人間草木

项宏 著

作家出版社

1

　　梅山镇食品站杀完一头猪，陈三爷留了一副猪心肺。猪下水之中，猪肝、猪大肠、小肠都是好东西，要给区里一些关系户留着。只有猪心肺难打理，味道又大，没人愿意花钱买，陈三爷就留下救济一些穷亲戚。

　　陆家老三去年盖了新房，让本来就不好过的日子更加捉襟见肘。这个季节，青黄不接，家里三个孩子正在长身体，不能一点油腥儿没有。陈三爷招呼食品站员工将宰完还冒着热气的猪尽快收拾好，又对女儿交代几句。女儿听说陈三爷又要去谷家冲陆家，担心父亲的身体，说道："这大热天的就别去了吧，路远又不好走，你老都六十多岁了，别中暑了。"

　　"我年轻的时候在深山老林扛枪打仗。那时候都没含糊过，现在走这点路算什么。做人要学会感恩，我这一条腿还是陆老爷子救的，每年去看看，心里踏实。"陈三爷和陆家是老交情，当年在打强盗洼那帮强盗的时候，要不是陆老爷子舍身相救，陈三爷有条腿就丢在谷家冲冲口那条小壕沟了。那条壕沟还在，只是人老了。当年陆老爷子也就三十多岁，刚从桐城挑着一双儿女翻身越岭来到谷家冲。正赶上残匪强盗肆虐，就与游击队一起战斗。打完强盗，就在谷家冲冲口落了户。冲口后来改名龙口，成为龙城公社五龙村下辖的一个生产队。贫困年代，没有计划生育，陆老爷子家人口添丁，连续生了四五个孩子。加上从桐城挑过来的两个，四男三女，最小的姑娘和自家姑娘差不多年纪，刚初中毕业，再有几年也该谈婚论嫁了。

陈三爷因为腿伤，没能去六安城打鬼子。那里仗打得惨烈，死人堆里活下来的几个老战友都到省城县城里当了大干部。陈三爷没啥文化，也没正式上过战场，解放之后，组织将他户口农转非，安排到区政府所在的梅山镇食品站当了站长，这一晃，也二十多年了。

陆家四个儿子，陈三爷最喜欢的是排行老三的陆浩至，为人忠厚，踏实肯干。

陈三爷搭乘县木材公司的大货车到了沙湾街，剩下七八里山路只能步行。沿河滩向上，河滩满是鹅卵石，还有从山上冲下来的各种乱石。河道被大水冲得犬牙交错，成了"险滩"。记得年轻那会儿，这条河也就一丈多宽，水流清缓。二十多年，砍树冶炼钢铁，大量开山造田，生态遭到严重破坏。这条河也就成了现在这个样子。

陈三爷沿河而上，越走日头越晒，山涧的布谷鸟也叫得有声无力。走了约莫一个多小时，到了谷家冲龙口生产队。

龙口生产队地形如一只喇叭，喇叭口对着大河滩。从河滩沿坡上行四五百米，就见到小山谷中一个村庄。小村依山而建，二三十户人家成三排簇拥在一起，两排沿山而建。中间一排门口是块场地，场地前面一口水塘，屋后是五龙山其中的一条龙状山脉。

"哎呀，这不是陈大站长吗？"就在陈三爷低头想着陈年往事的时候，一个突兀的声音从路边树林子窜了出来。中等个头，花白头发，眼睛永远泪痕未干的样子。陈三爷呸了一口，眼前之人，正是龙口生产队队长韩大头。这人善于钻营，虚伪至极。"大白天的，你不去领着社员干活，在这里钻草窝子干吗？"钻草窝子在农村不是一句好话，不是做贼，就是偷人。

韩大头脸皮讪讪，然后又露出一脸得意："陈站长，你还不知道吧，我光荣退休了，现在队长是我儿子，韩大川。"

"哦，生产队长也世袭啊。龙口队还真成你们韩家的了。"陈三爷看着韩大头，眼神不屑。

韩大头并不懂世袭的意思，但知道不是什么好话。又没有什么合适的词语辩驳，嘿嘿一笑："我们为政府干事，你陈老爷子看不过眼？嘿嘿，就是看不过眼，你老陈又有什么法子？这二十多年，你姓陈的没少说我坏话，我们韩家还不是过得挺滋润！"

"庙小妖风大，池浅王八多。"陈三爷鄙视地看了韩大头一眼。

韩大头立即跳脚，指着陈三爷叫道："你姓陈的说什么呢？谁是王八，谁是妖风。小心我到公社告你，你破坏革命团结，你不利两个凡是……"

陈三爷一步走到韩大头跟前，伸手按住韩大头头顶："姓韩的，你少在我面前装腔作势，把你裤子扣子扣了，你干的那些不正经的事，你以为我不知道？我把你这事到区里一说，你看公社谁敢保你？"

韩大头挣脱陈三爷有力的大手。陈三爷也懒得搭理他，继续向山坡走去。日过晌午，陈三爷穿过沿山而建的房屋弄堂，又上了一段坡，就来到了村庄后的山冈。冈上满是松树，遮住了暑热，三间大瓦房建在其间，房屋背后是延绵的五龙山。

陈三爷看到场基上一个小男孩蹲在地下，好像在玩沙土里的蚂蚁，轻轻咳了一声。小男孩抬起头看到是陈三爷，欢快地站起身："陈三爷好。"

"好。你叫子规还是子长？"陈三爷和蔼地问道。

"我叫陆子规，我爸是陆浩至。子长是我大哥，陈三爷。你到屋子里，我给你烧水泡茶。"小男孩一溜烟跑到厨房点火烧水。农村人好客，来了客人先烧水泡茶，水是山泉水，茶是满山头都有的野茶。

中午十二点多，陆子规爸爸陆浩至和母亲陈凤英扛着锄头回家了。一看到陈三爷满脸欢喜："陈三爷来了。"陈三爷这个称呼老人小孩都叫。又回头以略带责备的口吻问陆子规："子规，陈三爷来了，你怎么不到田里叫我们？"

陈三爷赶紧安抚夫妻两个："我和小子规聊得挺好呢，说山上蘑菇的名字。今年的伞菇一簇一簇的，还有不少长尾巴鸟……再说，就是子规叫你们，没到放工时间，你们先回来也是要被扣工分的。"

陆浩至陪陈三爷聊天，茶叙。陈凤英将陆子规拉到一边，小声说道："赶紧拿个碗到三婶家借一点米。陈三爷来了，我们就不能只吃红薯干和红薯母了。"

子规答应一声，又问道："到哪个三婶家？"村里人称呼多种多样，不论亲疏。叫叔伯的不见得是自家父辈兄弟，叫婶婶的也是。

"当然是你韩家三婶。快去，嘴甜点。"陈凤英交代。

"好咧。"陆子规从碗柜拿出一个大海碗，却被陈凤英叫住。"大海碗太大，换一个兰花碗。"农村家家没有余粮，有的人家米缸早已见底，有米的人家米缸也不会超过三大海碗。

陆子规拿着兰花碗下了场基前的坎，穿过一片林地，走到韩家三婶家门口，甜甜地冲屋里叫了一句："三婶在家吗？"

"在呢，是子规啊。"屋里走出一个三十多岁的女人，看到陆子规，又看到陆子规手中的兰花碗，猜到了陆子规的来意，脸上露出一些难色。"家里来人了？"农村平时过惯苦日子，只有来了贵客才会吃一点白米饭，家里没有米，只好相互借。

"是咧，陈三爷来我了，我妈让我来三婶家借一点米。"陆子规嗫嚅着。年龄虽小，但是张口向人家借东西还是有点羞怯为难。

三婶挠了挠头，犹豫半天，说道，好吧。将陆子规带到最后面一间屋子，屋子光线昏暗。三婶接过陆子规手中的兰花碗，在缸底刮了半天，端出来一碗米。又用一根筷子沿着碗沿刮了一圈，将冒出碗沿的米刮回米缸。

虽然说巧妇难为无米之炊，但是农村人只要不懒，山头上河滩里还是能扒拉一些吃食的，比如蘑菇、嫩树叶。陈凤英用小子规借来的一碗米，加上野菜，做了一大锅菜叶饭。又将陈三爷带来的猪心肺收拾利落了，炒了一碟辣椒猪心肺，做了一个蘑菇猪心肺汤，还蒸了一个鸡蛋，端上桌时，陈三爷说难为凤英了。

陈三爷和陈凤英都姓陈。不是直系亲属，不过农村人讲究一点宗亲关系。陈三爷跟陆家几个儿子中老三陆浩至最为亲近，一多半也是因为陈凤英的关系。

"三爷难得来一趟，这都寒酸了，你老别怪就好。你喝一点。"陈凤英说完去柜子里找了一瓶陈年老酒老白干。

陆浩至不喝酒，拿茶作陪。陈三爷见桌子上就自己和陆浩至两人，问道："怎么孩子们都不上桌，这么多菜，就咱俩人也吃不完。"

陆家规矩重，来客人时女人和孩子都不上桌。"他们习惯在厨房吃。"陆浩至闷声说了一句，男人大多时候都这样，活累话不多。

"今天没外人，叫孩子们上桌吃饭吧。即使凤英她们习惯了，子规是男孩，将来要立起来一个家的，要见世面，吃饭要上桌子。"陈三爷说道。子规坐到大方桌靠门的位置，几块猪心肺吃得津津有味。

陈三爷喝了几杯酒，对陆浩至说："老三啊，好日子马上就来了。"

陆浩至不解地抬起头，看向陈三爷。

"这事是国家大事，咱们不敢乱说，我和你说了，你也不许和别人说。"陈三爷郑重其事交代陆浩至。

"三爷放心，我不会乱说。"陆浩至点头。

"小孩子也不准乱说。"陈三爷看向陆子规。

"三爷放心，子规这一点还好，嘴紧。"

陈三爷点点头，慢慢说道："国家政策可能要改，要搞包产到户了。多劳多得，你和凤英能干，以后家里就不缺粮食了。"

陆浩至怔怔地看着陈三爷，突然眼睛一红，给自己倒了一杯酒："三爷，你说的要是真的，这日子就有盼头了。"

这是陆子规第一次看到父亲喝酒。后边陈三爷说的话，陆子规听得并不是太懂，只听到凤阳、小岗、红手印，等等。喝完酒，家里气氛一下子好了不少。因为从来板着脸的父亲有了笑脸，晚上，让凤英破天荒地多蒸了一个鸡蛋，将还剩半碗的鸡蛋给三个孩子分了。三个孩子第一次吃了完整的蒸鸡蛋，而不是只能等客人吃完只剩一点残羹的鸡蛋碗沾上米饭解馋。

2

陈三爷当天在谷家冲住了下来，晚上和陆老爷子把酒言欢。陆老爷子乍听到可能要分田到户的消息，还是有点不相信，说：那不就是资本主义社会了吗？老人家可是说过，我们宁要社会主义的草，也不要资本主义的宝。

"时代在变，不能一切都和政治挂帅了。小平同志说得好，不管白猫黑猫，逮到老鼠就是好猫……"陈三爷对政治也是似懂非懂，但是因为单位就在镇政府边上，近水楼台先得月，偶尔和区领导聊天，能够率先知悉一些内部政策。

"要真是那样，咱们日子就有盼头了。我这身老骨头还能干几年，大半辈子在生产队，一身力气真是大牯牛掉进井里，有力使不出啊。"陆老爷子端起酒杯，和陈三爷实实在在地干了一杯，虽然是老白干，但是这酒喝着有劲，还香。

"哈哈，老哥你身体棒得很，我可是有点跟不上趟了，有时候腰酸背痛的。"陈三爷喝了一杯酒，"分田到户，你带着几个孩子好好干，这农村有山有水，长粮食。"

陆老爷子点头，嘴唇咂摸着酒，也咂摸着往后的生活。沉吟半天，问道："分田到户，那这生产队长就不能瞎干了吧。整天整那些虚头巴脑的，硬要巴结公社大队干部，就是不出粮食，还劳民伤财。"

"估摸着，生产队长还是有。但绝不会像现在这样大权在握，往后各家顾各家的，谁还听这些瞎指挥。"陈三爷点头。

陆老爷子连忙点头，这龙口生产队可是被姓韩的折腾死了。以后陆家管好陆家的事。分到的水田、山地，好好种，一年总得有万把斤的粮食，二十多口吃饭绝对没有问题。

人这一辈子，只要能吃饱饭，不就是好日子吗！

1978年，那一年过得很快。各种小道消息在官方和民间流传，没有人敢大声说出来。小小的龙口生产队也是暗流涌动，时间慢慢到了秋天，收粮之后除了上缴公粮，剩下的生产队截留一些，像陆浩至家这样劳力少的，每人分不到一百斤的口粮。

在没人的时候，陆浩至唉声叹气："这干了一大年，还是吃不饱啊。"陈凤英跟着叹息，看着自己才两岁多的小女儿，因为奶水不足，小女娃经常哭闹。

"马上就好了，有些事我们能都感觉到。韩家现在说话声音都小了。陈三爷说的那事肯定是真的，要真是分田包产到户，就凭我这把式，怎么样也能让三个孩子吃饱。"陆浩至信心满满地说道，而后突然转过身问，"小二子呢?"陆子规一个姐，一个妹，在家排行老二，父母习惯了叫他小二子。

"他上山捡板栗去了。"十一岁的姐姐说道。

"啊，和谁去的?"陈凤英紧张起来。

谷家冲山坡上种了茶叶树和板栗林。茶叶和板栗都属于生产队集体财产，每年成熟季节由生产队组织社员集体采收。板栗长在高树上，外壳像刺猬。采收是个力气活，成年人抱着毛竹竿，冲刺猬一样的板栗蒲（对包裹板栗外壳的称呼，下同）打去，板栗蒲就滚落到地上，再由妇女拿着竹夹子捡到篮子里。

社员不上工的时候，会去山上捡板栗，拿到供销合作社去卖，多少能卖几毛钱。对于农民来说，这是一笔不小的收入，那时候猪肉才七毛三一斤，大米也才一毛二一斤。

半大孩子也会结伴上山捡板栗，比如韩小马、韩小海、韩小山兄弟三个。韩大川指使打板栗的人在某棵树上、某块草地藏好板栗蒲，再告诉这三个儿子去捡。别的孩子就没有这样幸运了，但是山大草深，难免会有漏网之鱼，像陆子规两个堂哥陆子长、陆子存两个半大小子每年这个季节也能捡到五六斤板栗，能卖个一块多钱。

陈凤英担心陆子规捡板栗出事，有几个原因。一是山坡陡峭，沟壑密布，卵石遍地，一不小心摔到沟渠里，大人都难爬起来，别说一个六岁的孩子；另外一个原因，韩家三个小孩仗势欺人，陆子规年龄小不是他们对手；山中还有毒蛇、马蜂窝，比陆子规大两岁的堂侄陆华中前一年就被马蜂蜇得差点死了。

陈凤英叮嘱大女儿等陆子规回来看好，再也不要让他乱跑。

陆子规背着一个小背篓，手中拿一个小竹夹，走到离家不远的小山冈。板栗树刚被竹竿打过，树叶凌乱，一半掉在地上的草丛里，另外一半挂在树上。陆子规找了一棵板栗树，仰头看了半天，上面没有板栗蒲。又去找下一棵，直到第五棵的时候，看到树梢上面挂着一个板栗蒲，金黄金黄的，非常饱满，一看就不是"瞎子"。板栗蒲里面没有板栗的叫作"瞎子"。山里孩子对板栗蒲里面是否有板栗天生熟悉。陆子规摘下小背篓，双手抱树，准备上树去采摘那个有板栗的板栗蒲。

那棵树有大海碗碗口粗，陆子规双手抱树，双脚踩在树干上，屁股撅起，哼哧了半天，才爬上三尺多高。与那个板栗蒲还有很远的距离，望树兴叹。

就在陆子规望树兴叹无计可施的时候，山坳里面传出来一声长嚎，声音凄惨。吓得陆子规从树干上哧溜一声滑了下来，接着，一阵嘈杂的声音传了过来："陆子长、陆子存，你们敢抢我们的板栗，我们打死你。"

　　陆子规弯腰慢慢走到山坳边沿，一不小心，差点碰到隐藏在霸王草丛中的一个马蜂窝。让开马蜂窝，陆子规就见陆子长额头鲜血直流，和陆子存从山坳里连滚带爬爬了上来。身后不远处，韩小马领着韩小海、韩小山如狼似虎追了过来。

　　等陆子长拉着陆子存跑了过来，陆子规抓起身边的碎石向山下砸去，一块石子差点砸到韩小山额头。韩小马站住，狐疑地看向山上，停下脚步，不敢再追。

　　陆子长和陆子存气喘吁吁地爬上山坳，回头见韩小马三个人没有追上来，双手撑在膝盖上，大口喘气。

　　"子长哥，子存哥，这边。"陆子规伏在霸王草后面轻声叫道。

　　陆子长一见是陆子规，问："你怎么在这儿？赶紧跑，要不被韩小马他们打了，三大和三婶要怪我。"三大也是一种称呼，这里是三叔的代称。

　　"别说废话，咱们赶紧想法子，要不，韩小马他们三个追过来了。"陆子规摆摆手说道。

　　"能有什么法子？我和子长都不是他们对手，我脚被板栗刺扎了。"陆子存沮丧地说道。

　　山里孩子，很少穿鞋。在山上捡板栗一不小心，就会满脚板都是板栗刺，疼痛难忍，母亲一般都会等孩子睡着之后用针一根根将刺挑出来。陆子长和陆子存脚板上本来就有板栗刺，刚才因为和韩小马他们争抢板栗被追得慌不择路，现在脚上板栗刺更多。

　　陆子规看了他们脚板一眼，又看了陆子长额头上的伤口，小大人一般叹息一声："你们要是听我的，我就有法子治他们。刚才他们追你们，就是被我用石子砸停下来的。"

陆子长狐疑地看了身后一眼，果然看到韩小马三个人窝在那里，离山顶还有三四十米距离。"你真有法子？你要是有，我和子存这一次听你的。"

陆子规点点头。用竹夹从陆子存小背篓里夹出三四个板栗蒲按照顺序放到霸王草下面，最后一个藏在马蜂窝边上。"你要干吗？"陆子存见陆子规将自己好不容易捡来的板栗蒲倒出来，非常生气，过来要抢，被陆子规拦住："小心马蜂。"

陆子长好像明白陆子规的用意了，深深吸了一口，说道："好。"看着陆子规将板栗蒲布置好，又转身抓了一把树叶轻轻挥撒到马蜂窝上面的霸王草上，一个陷阱做好了。

陆子存也明白过来，"现在怎么办？"他问。

陆子规朝身后挥挥手，身后是一丛灌木，刚好隐身，又不影响视线。"我们躲到后面去，看好戏。"

陆子长、陆子存、陆子规三个人躲到灌木后面。"哎哟。"陆子规突然发出一声惨叫，吓得陆子存一激灵，压抑着声音问道："你干吗？"

"别说话。"陆子规小声说道。这是诱敌深入，他看韩小马三人没有追上来，肯定是怀疑自己这边有伏兵，自己发出惨叫引诱他们追上来，好让他们看见霸王草前面的板栗蒲。

果然，不一会儿，一阵细碎的脚步声从山坳里传了过来。先是看到韩小马的头顶，等了一会儿，韩小山、韩小海脑袋也冒了出来。"妈的，这姓陆的跑了？"是韩小马的声音。

"能行吗？"看到韩小马三个人气焰嚣张，陆子存紧张地问道。

"别说话，看戏就行。"陆子长心里虽然紧张，但是觉得陆子规这个计策不错，再说，自己这边力量薄弱，只能死马当活马医。

"咦，哥哥你们看，这儿这么大板栗蒲。"韩小山个子小，低头就见脚下一个板栗蒲。

韩小马、韩小海也看到了脚下的板栗蒲，冷哼一声，说道："咱们先捡板栗蒲，捡完再收拾他们。敢和我们作对，有他们好果子吃。"

3

陆子规三人蹲在灌木丛后。透过灌木丛缝隙看着韩小马三个人弯腰将四个板栗蒲捡了三个，就剩最后一个，最后一个在马蜂窝下面。如果这个被捡了，马蜂窝还没有动，那真就是赔了夫人又折兵了。

陆子存眼神不善地看着陆子规，心中已经存了怒意，要是陆子规的计策不成功，他非要陆子规赔他板栗蒲不可。

陆子规心里也有点小紧张。小手下意识地向地上抓去，抓起一块半干的动物粪便，看了一眼，忍不住恶心，赶紧将手中粪便扔掉，呸了一声。

"谁?"猫腰捡最后一个板栗蒲的韩小海听到响声，一下子站起身，嘴中恶狠狠地问道。哪知道这一抬身，脑袋刚好顶上马蜂窝。

平常人用"捅了马蜂窝"来形容惹了不该惹的人或者惹了不该惹的麻烦，可想而知马蜂窝被撞的后果。呼的一声，马蜂窝中的马蜂蜂拥而出，黑压压一片，瞬间向韩小马、韩小海、韩小山三人扑去。"哎哟，我的妈呀!"顿时，鬼哭狼嚎声一片。

"该，活该。"陆子存手中抓起一块碎石站起身，要冲过去。被陆子长拽住："你要干吗?"

"他们刚才砸我，我现在要砸死他们。"趁人病要人命，陆子存觉得现在是自己报仇雪恨的机会。

"不行。不能让他们知道是我们设置的陷阱。"陆子长冷静地说道，"趁他们没发现我们，我们赶紧走。"说完，拉住陆子规和陆子存，就要从灌木丛后溜走。

"行。"陆子存忍住心中恶气。这会儿，不禁对陆子规另眼相看。要说狠，这小子才是真的狠，用马蜂对付韩小马那三个恶霸，报了仇还不露痕迹。

此时，陆子规却停下脚步，说道："我要救他们，不然他们会被马蜂咬死。"马蜂不会咬人，会蜇人。但是山村人词语单薄，用词习惯，被马蜂蜇了，都说是被马蜂咬了。和蚊子叮人不说叮人说蚊子咬人一样的道理。

"你这是找死啊。你小屁孩儿别没救下他们，自己被马蜂咬死。还有，你现在冲出去，到时候他们肯定咬定是我们害他们的。韩大川那狗杂种仗着是生产队长，平时就领着韩家欺负我们陆家。要是被他们知道是我们让马蜂咬他们的，还不整死我们陆家。"陆子长急促地说道。

陆子规小脸凝重，咬紧嘴唇说道："你和子存赶紧走，只要出去不说，我就没事。"

"哼。就你逞能，我们走，不管你。马蜂咬死了，别哭。别赖我们。"陆子存懊恼地说道。

陆子长看到陆子规脸色坚毅，也没有法子，只能先和陆子存偷偷溜走。

陆子规将竹篓套在头上，从泡桐树上折起几个硕大的树叶冲了过去："趴在地上，用双手捂头。"

韩小马三个人躺在地上，脸颊肿起，眼睛就剩一道缝，惨不忍睹。"陆子规，是不是你干的，让马蜂咬我们？"比陆子规大几岁的韩小海哭丧着脸，问道。

"滚你妈的蛋,老子是来救你们的。你们不识好人心,老子走,才不管你们死活。"陆子规恶狠狠地用脚踢了一下韩小海,顺手用泡桐叶扇走了几只马蜂。

"你赶紧救我啊。"最小的韩小山又被马蜂蜇了一下,痛得死去活来。他和陆子规年龄差不多,见到陆子规如天降神兵一样过来救他们三个,赶紧大声呼救。

好在这一窝马蜂不是山里最厉害的九段蜂,九段蜂躯体有一寸多长,浑身黝黑,毒性很强。一头牛被蜇上几口都会死去,别说人了。这一窝马蜂是土蜂,蜇了人会很痛,虽然不至于丧命,但要是被蜇得多了,也会有性命危险。

陆子规手中的泡桐树叶有黏性,在他不停挥舞下,树叶上面粘了不少马蜂,加上四人踩死的,马蜂渐渐少了。韩小马艰难地从地上爬起来,眯着只剩一条缝的眼睛看着陆子规,审慎地问陆子规:"陆子规,真的不是你干的?"

陆子规镇定地看着韩小马:"你什么意思?"

"不是你干的,是陆子长、陆子存干的?"韩小马追问。

"你到底什么意思?什么陆子长、陆子存。我刚过来就看到你们被马蜂咬了,我没看到我大哥、二哥。难道我救你们有毛病?"陆子规毫不示弱。

"大哥。"韩小山拉了拉韩小马衣袖,脸肿得像包子一样,疼痛难忍。

"我会查出来的。"韩小马一甩袖子,恶狠狠地看着陆子规,然后转身要走。

"站住。"陆子规叉着腰,在三人面前,毫不示弱。

"你要干吗?"看到陆子规这样,韩小海、韩小山吓得倒退一步。

"我救了你们,你们不说谢谢就走。"陆子规手指韩小马说道。

"谢你?在龙口生产队,我们姓韩的要谢你们姓陆的?"韩小马讥讽道。

"不谢也行。我就在村子里说你们三个人被马蜂咬了，哭爹喊娘，还是我救你们的。让大家都知道你们的尿样。还有你们偷别的生产队的花生种子的事我也知道。"陆子规想了半天，又想起他们一件损事。就是每年邻队种下花生种的时候，韩小马他们三个人就偷偷从地里挖出来吃。"还有……"

"你和他说的？"韩小马揪住韩小山衣领，恶狠狠地问道，这种事自己兄弟三人干得神不知鬼不觉，只有韩小山小，嘴里没把门的。

"我，我……"韩小山本来就被马蜂蜇得疼痛难忍，被大哥一凶，吓得哇哇大哭。

"你想怎么样？"韩小马无奈，问陆子规，心里却越发狐疑。今天是被陆子规算计了，这小子虽然和韩小山一样大，这么大的屁孩子平时自己根本不放在眼里，但是今天这事，自己被整得哑巴吃黄连。

"和我说谢谢就不用了，我是来捡板栗的，为了救你们耽误了时间，你们将身上的板栗都给我，否则……"陆子规装作胸有成竹的样子，漫天要价。

"你休想。"韩小马毫不退让。

"那你们偷生产队芋头母的事我也说出来。"芋头母和花生种的事情一样，每年队里都会留下一些山芋当作第二年的种子。韩小马也是坏事干透，将队里的芋头种偷出来烤着吃，甚至将下地的芋头种也就是芋头母挖出来吃。

"你……"韩小马怒气冲冲看向韩小山。

韩小山哭丧着脸看向陆子规，嚷道："陆子规，你不是答应我告诉你这些事，你和谁也不说吗？你不讲义气。"

"我没和别人说啊。"陆子规摊摊手。

韩小马那个恨啊，自己父亲虽然是生产队长，但还不能一手遮天。自己干的这些坏事在队里传开，引起公愤，肯定不好。何况这段时间队里气氛诡异，说要变天。爷爷和父亲警告自己三个做事要小心，别被人抓住把柄。

韩小马将三人背篓里的板栗倒在地上，恶狠狠地对陆子规说道："小子，你别得意太早。要是让我知道今儿这事是你干的，我绝不饶你。还有，小山和你说的事，你不准跟人说。"

"那看你们表现哈。"陆子规哈哈笑着，看着韩小马三人狼狈而去，将地上板栗和板栗蒲夹到自己背篓里，竟然装了满满一背篓。

陆子规艰难地将装满板栗的背篓背到肩上，哼着小曲沿着山冈往家走。刚到转角的时候，窜出的两个身影，吓得他差点将身上的背篓掉了下来。"怎么是你们，你们还不躲起来，要是被韩小马他们三个人看到，又会惹来麻烦！"原来是陆子长和陆子存兄弟两个。

"我看到他们去下拐了，肯定是回家躺着了。那三个脸肿得像馒头一样，比马蜂窝还大。你小子够狠的啊。"陆子存畅快地说道。

"快点闭嘴。你想让所有人都知道啊。"陆子规左右看看，幸好没人。

哼，陆子存冷哼了一声然后闭了嘴。当看到陆子规背篓里的板栗，顿时满眼放光："你这板栗哪里来的，难道我那些板栗蒲，被你捡来啦？"

"你什么意思？"看着陆子存满眼的绿光，陆子规用小身板挡住背篓。

"子规，你别这么小气。我和你二哥忙了半天，背篓里面空空的，把你这板栗给我们分一些，不然你二大和二妈会怪我们的。"陆子长帮腔。

"不给。你们做哥的就欺负我行？刚才被韩小马他们打得头破血流，你们怎么不和他们抢板栗？"陆子规心里的委屈变成泪水，刚才在韩小马他们面前强装的镇定一下子崩溃，泪水哗哗地流了下来。

4

陆子规一哭，陆子长和陆子存也有点束手无策，但是看着子规背篓里面满满当当的板栗，自己两人背篓空空如也，着实有点不甘心。

陆子长心生一计，从裤兜里面掏出一把做工粗糙的木刀，对陆子规说："子规，你不是喜欢做英雄吗？没有刀剑怎么做大侠、英雄。这把刀可是我和子存花了好几天时间给你做的。"

陆子规看着这把木刀，有点喜欢，问道："你们真的是为我做的，真的给我？"

"给你可以啊。但是你的板栗要分一些给我们。"陆子存说道。

"你们要多少板栗，一人一个板栗蒲，多了可不行。"陆子规抵不住木刀的诱惑，但又不愿将背篓里面的板栗分出去太多，今天是成功收拾了韩小马三个，才诓了这么多板栗，平时哪有这个机会。

"一个太少了，最少给我们一人五个板栗蒲。"陆子长将木刀扔到陆子规脚下，就招呼陆子存来抢板栗。

陆子规不去捡地上的木刀，而是紧紧护住背篓就往家走。却没想到陆子存故意使绊，陆子规摔倒在地，板栗蒲散了一地。眼见着两人来抢板栗，急得大声叫嚷："姐姐，姐姐，快出来，陆子长他们抢我东西。"

正在屋里剁猪草的陆子然听到陆子规哭声，拿着铁刀就走了出来。看到陆子长和陆子存抢陆子规背篓，将铁刀挥舞了一下，怒气冲冲地说道："你俩做哥哥的真有出息，就知道抢子规东西，就知道欺负他。"

陆子然比陆子长小两岁，今年十一。虽然小时候身体受过灾，老是咳嗽，但脾气不好，陆子长、陆子存有点怕她。见她手中拿着铁刀，顿时停住争抢，面色讪讪地说道："我是怕子规力气小，背不动，帮他分一点。"

"你们这话就是能骗小孩子，能骗得了我？你们滚。"陆子然手中拿着铁刀，作势要砍两人，两人相互看了一眼，心有不甘地溜走。

等两人走远，陆子然扔下铁刀，抓起背篓。很沉，差点抓不起来，高兴地问："子规，这都是你捡的板栗？"

"是啊。"陆子规得意洋洋地说道，"姐，我厉害吧。"

"真厉害。这至少能剥四五斤板栗呢。能卖五六毛钱。"陆子然背起背篓，牵着拿起铁刀的陆子规往家走。

"姐，这钱一半给爸爸妈妈，另一半给你，给你买笔买作业本。你不是说笔和本子老是不够用吗？"陆子规很有成就感地说道，这是第一次自己挣钱，而且一下子挣这么多。

"谢谢子规。"陆子然看了一眼自己小弟，转过脸去，眼中有了泪水。

陆浩至和陈凤英两口子上工回来，看到陆子规收获颇丰，先是狐疑，后听陆子规吞吞吐吐地将白天的经过说了一遍，两口子面面相觑脸色复杂。不过也很解气，老一辈斗不过韩大川他们，陆子规却是帮老陆家出了一口恶气，不过还是连声叮嘱子规和子然一定要守口如瓶，不然会有大麻烦。

陆浩至不放心陆子长和陆子存两张嘴，吃过晚饭，又下了山冈，到生产队去找父亲商议。陆老爷子一听，哈哈大笑，很是畅快，立马将陆浩贵叫了过来，将白天的事叙述了一遍，叮嘱陆浩贵要求陆子长陆子存两人一定要把住嘴，谁说出去，老爷子就要撕烂谁的嘴。

陆子长、陆子存兄弟俩也认识到事情的严重性，连忙保证不乱说。

和陆家掩饰不住的欢喜相比，韩家可是翻了天了。

韩小马三人从山上滚了下来，等大人回家，浑身已经肿得不像样子。大人立马紧张起来，韩大川嚷嚷道："妈你巴子的，这事情肯定与陆子规那小子有关系。"

"不会吧。陆子规才七岁（村里人说虚岁，陆子规在1978年刚刚六周岁），有这心眼儿？那马蜂窝就长在霸王草里面，那么小的孩子能管住马蜂？"韩大川女人和韩家男人不同，在龙口生产队比较贤惠，和左邻右舍的关系都不错。

"你他妈巴子的，要你这女人插嘴？"韩大川怒不可遏，冲自己女人嚷道。

"你他妈多大人了，一遇到事就会瞎嚷嚷？你就是知道是陆子规干的，你说出去谁又会相信？怪就怪你他妈生的蠢材，十几岁的人被七岁小孩算计。"韩大头在边上责骂韩大川，"这么多年生产队长白当了，怎么算计也算计不过陆家。老子当年当队长的时候陆老头在队里屁都不敢放一个。"

韩大川天不怕地不怕，就怕自己老头子，老头子参加过革命，脾气火暴在队里说一不二，在家里也是说一不二。

"这口气就这样吞了？"韩大川看着自己三个儿子的惨样，心有不甘地问道。

"算了？你他妈的尿种，我老韩家的种被人欺负成这样，能算了？君子报仇十年不晚，如果这事调查真是陆子规那兔崽子干的，我让他活不到十岁。"韩大头恶狠狠地说道。

"咱日子过得比他们好，忍忍就算了，干吗结那么大仇。这可是人命啊。"韩大川女人嗫嚅着说道。话没说完，被一巴掌甩在脸上。"闭住你的屁嘴。"打她的不是韩大川，却是她的公公韩大头，女人看着韩大头眼神中的狠劲，吓得蹲在地上，不敢抬头。韩大头低头看了一眼媳妇单薄宽敞的衣衫里露出的一大截饱满胸口，咽了一下口水，在韩大川屁股上踢了一脚，"妈你巴子的，你他妈变成木头了啊，还不去找医生看看，要不等三个种死啊。"

韩大川回头看看自己父亲和自己女人，心中有气，但还是硬生生憋住，慢吞吞地走出去。等韩大川身影一闪，韩大头一把抓住女人胸前衣衫，拉到自己面前，另一只手就伸到……

韩大川走出大门不远，回头见自家灯火熄灭，心里百味杂陈。他一步一步挪到庄子下面，到了大河边，想想三个孩子的惨样，加快步伐朝河对面的卫生院走去，哪知道到了卫生院门口，大门紧闭。叫了半天，也没有人答应，那个李医生应该是回家搂自己婆娘睡觉了，一想到婆娘、睡觉两个词，心里和裤裆里就冒出一股邪火。

韩大川发着邪火狠劲踹卫生院大门，惹来别人怒喝："韩大川，你他妈巴子的想造反啊。卫生院是公家财产，你这是破坏公家财产，你不怕我喊来民兵抓你到公社示众吗？"韩大川在龙口生产队是一号人物，但是出了生产队，也是屎种一个，一听说有民兵来抓自己，吓得立马跑路。

韩大川前几年没少掺和过拉人示众的事。示众的人双手被人绑在身后，腰只能弓着，名为坐飞机；还有将鞋挂在脖子上，鞋子臭不说，还有人使坏，在鞋子里装满铁砂。被示众之人最后多成为残废，勉强不死的也是成天精神恍惚，痴痴呆呆。

韩大川去卫生院不但没找到李医生，还受了一场惊吓，回到家里看到女人坐在灯下，脸色潮红。韩大头坐在不远处，吧嗒吧嗒抽着旱烟，脸上写满满足，看到自己，冷冷问了一句："李医生呢？你请的李医生呢？"

韩大川心里虽然有气，但是还是老老实实回答："卫生院门关了，李医生人不在。"

韩大头忽的一下站起身："你妈的巴子的，就这尿种，不在，你不会多喊几声？"

"我喊了很多声，就是没人开门。"韩大川辩解。

"那你不会找别人。小马这个尿种死就死了，如果小海有危险，我拿你是问。"韩大头将旱烟袋点到韩大川面前，气势汹汹。三个孩子当中，他不大喜欢韩小马。阴沉，看着聪明实际愣头青一个，他天然与韩小海、韩小山亲，这种亲好像不单纯是隔代亲一般。

"李医生是咱大队唯一一个赤脚医生，他不在我还能找谁？"韩大川已经认命了，摊上这样的父亲，又娶了这样的婆娘。

"要不，找孙九爷吧。"灯下女人抬起头试探着问道。

韩大川看到她那样，就生气，一巴掌要呼过来，却被韩大头烟杆子拦住："妈你巴子的尿种，就会打自己女人。她说找孙九爷，你就去找孙九爷。"

5

龙口生产队二十多户，七十多口人，两个大姓。韩姓，以韩大头为主，开枝散叶，加上旁支，到韩大川这一辈，亲兄弟、堂兄弟十来个。多半结婚生子，在龙口生产队人多势众。另外一个就是陆姓，陆老爷子战乱时从桐城过来，击退残匪强盗之后在此落户，到现在也有五六户。生产队其余姓氏不多，孙家、周家、伍家等，孙九爷一家算是外来户，五个女儿，加上老两口一共七口人，在生产队里没有话语权，也没什么存在感。

孙九爷一家和陆家亲近，对韩家避而远之。

孙九爷一家在龙口生产队落户，因为都是女儿，劳力很少，遇到灾荒年份，吃饭都是问题。几个女儿也没得一套完整的衣服，只要一个出门，其余几个就得在床上躺着，否则衣不蔽体不好看。不过，孙九爷家也有两个赖以为生的手段，一是城里亲戚多，偶尔接济一些，另外孙九爷是中医出身，治病手段高，十里八乡的小病小灾，孙九爷利用山头地间的草药就能给治好。

只是那个年代，孙九爷不敢以行医为名收费，否则就是投机倒把，会被拉去公社示众的。五年前，孙九爷收了一个病人的三个鸡蛋被韩大川知道了，韩大川号召兄弟几个将孙九爷五花大绑，架到大河对面的公社示众，陆老爷子看不过眼，冒着被当作同案犯的罪名将奄奄一息的孙九爷扛回家。陈凤英杀了家里唯一的生蛋鸡，给孙九爷将养身子。

孙九爷吃了韩大川大亏，从此两家仇恨更甚。韩大头平时看不起孙九爷这种人，在路上碰到孙九爷这种"走资派"，韩大头都是昂起脖子，大头朝天。眼下能救孙子的只有孙九爷，这个头不得不低。

韩大川跨过门槛，下了门前场基的台阶，向孙九爷家走去。一百多步，韩大川走了四五分钟，要不是身后屋内传出三个孩子的惨叫声，韩大川还会走得更慢。到了孙九爷家门口，看门虚掩着，抬手就要推门。但还是犹豫了一下，不习惯地敲了几下。很久之后，传来一声低沉的声音。"谁呀？"

韩大川回答："是我。我家小马他们被马蜂咬了，请孙九爷给看看。"

屋内"哦"了一声，然后一阵稀稀拉拉的忙乱。孙九爷披着外套走过来，手中端着一只茶壶，一边咳嗽着一边过来开门："我去看看。"

韩小马三人疼得死去活来，在地上翻滚。韩大头看到孙九爷进来，面色讪讪，想要张口却不知道怎么开口，只是示意女人给孙九爷倒茶。孙九爷没有搭理，走到韩小马三人面前，一把按住韩小马头，见脸上至少被蜇了四五处，肿得像包子一样，眼睛只剩一条缝，"怎么处理的？"

"我用口水给他们擦了。"女人赶忙说道。

孙九爷厌恶地将放在韩小马额头上的手拿开，吩咐道："拿三个鸡蛋过来，然后端一盆清水，再拿一条干净毛巾。"

女人赶紧去准备东西。

"没事吧？孙九爷。"韩大头和韩大川担心地问道。

"应该死不了。"孙九爷淡淡地说道，然后不再多言。等女人将鸡蛋拿过来，磕破，将蛋汁均匀淋在三人脸上，用暖毛巾敷干。最后再慢慢将脸上蛋皮揭掉，放在灯下照了照，上面可以看到马蜂尾针。孙九爷将毛巾用清水沾湿，擦拭三个孩子的脸，又解开他们的破烂衣衫，让女人依样画葫芦。

一番操作，三个孩子的惨叫声小了许多。孙九爷吩咐一声："按照我刚才做的，再做三次，基本就没什么问题了。"

"这就好了？"韩大头见三个孩子状态好了不少，如释重负地长出一口气。

"要想彻底好，还得一个星期，家里要是有老母猪油，好好擦擦，好得快。"孙九爷说完，洗净手，端起茶壶走了出去。

"老母猪油？陈凤英家有。"女人平时作风不好，脑子也不大清楚，但也就因为脑子不好，才没有韩大川他们父子那样坏，在村子里人缘还不错。

"知道她家有，你还不去要？"韩大川今天左右看不惯自己婆娘，要不是韩大头在场，拳脚早上去了。

女人唯唯诺诺，出门去陈凤英家要老母猪油。农村人家里有条件的几乎都养猪。陈凤英勤快，家里养老母猪，每年下几窝猪仔，大多卖给村里乡亲。虽然赊账较多，但是多少能贴补家用。老母猪猪肉不好卖，猪油却是好东西，熬好之后能放几十年。农村缺医少药，村里人都把老母猪油当作一味药材。谁被蜂子蜇了，涂上一点，烫了也涂上一点，是否管用，谁也不去追问。

陈凤英很大方，将猪油缸拿了出来，让陆子规拿过来一个兰花碗，装了满满一碗给韩大川女人。土法子有时候很管用，韩小马三人涂上猪油，疼痛果然减轻了不少。

"我说，以后咱们能不能不跟陆家吵架了，都是一个队的。"女人犹豫着说道，眼睛不敢直视韩大川和韩大头。

"妇人之仁。"韩大头啐了一口，"生产队就这么多山，就这么多地。好处都让给他们了，我们喝西北风啊。"

韩大川什么没说，只是狠狠瞪了女人一眼。

中秋很快过去，转眼到了收晚稻的时间。龙口生产队依山而建，庄子背后是连绵的五龙山，庄子前面一条大河，大河对面就是龙眠山。据说是宋朝著名画家李公麟归隐之地，最早还有龙眠山庄。但也有说龙眠山庄在桐城而不在龙舒。在山与山之间的洼地，韩大头以及陆老爷子他们那辈人年轻时候开垦了梯田。山坡上的梯田是旱地，山坳中的梯田是水田。不能开垦的地方种的是板栗树和茶叶，山地贫瘠，冬天小麦，夏天红薯、黄豆。水田一年两季，早稻和晚稻。

一大早，韩大川就站在场基上吹响哨子。哨子响了三声，社员陆续从家里走出来，在大场基集合。约有三四十人，每个人扛着镰刀，韩大川很有气势地巡视一遍，开始点名。能出工的劳力基本上都到了，半大小子比如陆子长也算半个工，成年劳力出一个工十二工分，陆子长这种半大小子出一个工六工分，也有八工分的，像和陆子长一样大的韩小马。至于具体多少工分，完全是生产队长韩大川说了算。

韩大川吩咐一声："今天将凤立洼的晚稻全割了。"大手一挥，率先走去。

"报告队长，好像少一个人。"紧跟韩大川身后的一个壮汉叫道。

韩大川回头一看是自己堂弟韩大栓，是韩大川三个得力干将中的一个，名字起得粗糙，人也长得粗糙。韩大栓就属于这种头脑简单四肢发达的人，平时干活行，打架也行。韩大川另外两个得力干将也都是自己亲兄弟和堂兄弟，一个是韩大河，另一个是韩大庆。四人成为一个团体，以韩大川为首，号称龙口生产队四大金刚。

四个人抱团干了不少坏事，龙口生产队其他人对四人极为反感，私下都将韩大庆、韩大河、韩大栓称为韩大川的狗腿子，并分别起了外号，叫二狗子、三驴子、脑栓子。

韩大川刚才点名的时候就知道孙九爷没来。放在平时，早吩咐二狗子、脑栓子、三驴子去抓人了。韩大川虽然在生产队横行霸道，但是看在孙九爷不久之前给韩小马三人治好马蜂毒的面子上，不想过分为难孙九爷。刚才点名看到孙九爷没来，也就没当一回事，却没想到韩大栓脑栓病发作，不懂自己这点心思。

"我早上看到孙九爷去他自留地了。"二狗子韩大庆走上前来，点头哈腰给韩大川点上一支烟。

"去自留地干吗？"

"弄他那些贝母吧。"三驴子也凑上前，并从韩大庆手上蹭了一支烟。

"他那贝母不是被王书记给拔了吗？"韩大川问道。

这件事闹得很大。孙九爷身体不行，干点活就气喘吁吁，所以在生产队上工只能得半份工分。具体多少看韩大川心情，高兴了给八分，不高兴了六分。同样上工一年，别人到年底多少能分一点粮食，孙九爷家却是年年欠生产队工分，分不到人家三分之一的粮食。孙九爷知道家里人温饱不能靠生产队，就经常借故到山上挖草药，然后加工了偷偷卖到合作社。也在自家二分自留地里种一点草药，成熟了卖到合作社。生产队睁一只眼闭一只眼，孙九爷也就这样混过来了。哪知道今年六月份，公社王书记到五龙村龙口生产队视察大生产，看到孙九爷家自留地的药材，当时就大发雷霆，说："这是资本主义，这是投机倒把，要把孙九爷抓起来，要把这资本主义毒草铲了。"

四大金刚平时很难与公社书记直接说上话，这次有王书记命令，立即就分成两组。韩大栓和二狗子将孙九爷五花大绑送到公社小黑屋关了三天三夜，韩大川和韩大河三下五除二将自留地贝母铲了。孙九爷身体本来就不好，加上几次被批斗，三天不到奄奄一息。张主任实在看不下去了，趁书记去县里开会，偷偷将孙九爷放了，又让自己一个在省城当记者的同学写了一篇关于此事的稿子作为内参报到省委。孙九爷回来看到就要成熟的贝母一夜之间全部枯萎，心疼得号啕大哭。

6

韩大川回头看了看，三四十人肩上扛着镰刀，都沉默不语。没有一个人因为自己放纵孙九爷不来上工而抗议，很满足自己一言九鼎的感觉。只是内心也有一点不安，听公社钱主任私下说：政策可能要变，中央换领导了。省里大领导前段时间还召集六安、巢湖、滁县地委书记开会，说肥西县有的公社搞了包产到户。还说："增产就是最大的政治，老百姓没饭吃就是最坏的政治。"真包产到户了，各家干各家的，那自己这个生产队长不就成了摆设了吗？

韩大川心里还在思忖，大栓说："大川，只要你一声令下，我就去地里把姓孙的给抓回来，关他个三天三夜。看他还敢不敢不把你这个大队长放在眼里。"

韩大川顺手一个耳光呼在他脸上："你给老子闭嘴。"

晚稻收完，堆在场基上脱粒。大人忙碌，小孩子也热闹起来，在场基边上逮无力呼叫的知了和秋后的蚂蚱。这时，从河滩上走过来三个人，韩大川远远地看到，马上迎过去。是公社的张主任和钱主任。韩大川算是钱主任一条线上的人。韩大川皮笑肉不笑地让过张主任，俯身向钱主任鞠躬，双手伸过来："什么风把你吹过来了，钱大主任？"

张主任回头意味深长地看了韩大川和钱主任一眼。钱主任脸色阴沉，伸手拍开韩大川伸过来的手："到场基上去说，公社有重要通知。"

韩大川讪讪地缩回手，跟在张主任、钱主任以及一个公社干事身后。公社干事年纪不大，戴个眼镜，斯斯文文的，手中夹着一个包。韩大川主动搭讪："领导，我给你拿包。"

干事朝韩大川翻了一个白眼："这是重要材料，拿丢了，你能负责？"

韩大川再一次被抢白，脸色一阵红一阵绿，钱主任看到，哼了一声，算是给他解围："韩队长，马上将队里所有人叫到场基。"

"都叫？"韩大川赶紧问道。

"全部。"钱主任说道。

"特别是孙九爷。"张主任补充一句。

韩大川不明所以，又不敢多问。朝场基吼了一声："把家里能动的人都给我叫过来，公社领导有重要事宣布。"说完自己去找孙九爷。

等孙九爷来到场基，看到张主任和大家伙席地而坐，有说有笑地聊着家常。钱主任却站在一边，与人群相隔一丈多远。李干事站在两人之间，一会儿朝张主任看一眼，一会儿又看向钱主任，见到孙九爷，李干事几步跑过来，"你就是孙九爷？"

孙九爷见他语气不善，心里一激灵，难道贝母的事还没有完？张主任是好人，看自己年老体衰，偷偷将自己放了。难道是书记旧事重提，要把自己抓回去？孙九爷这几年已经习惯了被抓，被示众了，反正自己一身病骨头，不被这帮人折腾散架，他们是不甘心的。只是自己死就死了，老婆子和五个姑娘怎么办？好人张主任会不会被连累吃挂落儿？

李干事年轻气盛，在龙城公社很不自在。穷乡僻壤要啥啥没有，哪有县城舒服。只是想回县城，要有公社的资历和领导的推荐，暂时只能夹着尾巴做人，将来才好出人头地。今天又被两个主任骂了一顿，内心有气。面对生产队社员，整个人的气势像场基边上的泡桐树，兀地挺拔傲然起来。看到孙九爷低头不语，对自己问话无动于衷就更来气了，语气顿时凌厉："孙九爷？胆子不小，你妈没给你起名字吗？张口闭口九爷九爷的，你是地主老财还是资本家啊？"

韩大川一直猜不透两位主任今天怎么会大驾光临龙口生产队。刚才钱主任的态度让自己心惊胆战，张主任又点名让孙九爷到场，说有重要事情宣布，心里忐忑。此刻看到李干事将矛头指向孙九爷，这种忐忑突然平复了一点。看来，自己要有点表示了，立场很重要。钱主任知道自己和孙九爷不对付，李干事应该也是钱主任的人，这是在为自己撑腰啊。

"孙老头，李干事问话呢。你要端正态度，否则，我绑了你。"韩大川厉声喝道，并朝人群中招手。二狗子、三驴子立马气势汹汹地过来，脑栓子表现更是积极，从身后将孙九爷双手抓住，一用力，扭在身后。孙九爷痛叫一声，身子向前弯曲，双手朝天，一个标准的喷气式飞机样子。

"韩大川，你干吗？赶紧给我放人。"在人群中和乡亲攀谈的张主任听到这边动静，立马走了过去。"你谁，还不放人？"冲韩大栓喝道。

韩大栓见到主任过来，放开双手，嘴里还不甘地说道："你这老东西，我整不死你。"

张主任扶起差点趴到地上的孙九爷，对韩大栓狠狠瞪了一眼。扶着孙九爷走到草堆边坐下，轻声说道："老爷子，让你受苦了。"

"感谢张主任，别牵累你就好。"孙九爷坐在草堆上，好半天缓过气。

张主任站起身，问钱主任："咱们可以开始吗？"

"你是正主任，你说开始就开始。"钱主任面色冷淡地说道。

张主任点点头，朝李干事挥挥手示意他把公文包拿过来。从公文包里掏出一个信封，然后郑重打开，对着众人说道："龙口生产队的社员们，我们今天过来，是代表政府、代表公社宣布一件重要的事……"

他清了清喉咙，见到大家全神贯注，点点头，继续说道："我这里有个重要文件，是从省里下达到县里，又从县里下达到公社，公社里只有我和钱主任以及王书记三个人看到。今天受王书记委托，由我和钱主任来宣布……"

本来安静的场基此刻窃窃私语。"什么事啊？和我们生产队有关系吗？""你还是真看得起自己，我们龙口生产队屁大的地方，能惊动省里、县里？""都是韩大头没用，我们生产队从来就没放过卫星，也没有亩产过万的。"

张主任按了按手掌，示意大家安静，继续说道："这封文件是和你们龙口生产队孙道乾，也就是你们的孙九爷有关系的。"

"啊！"孙九爷腾的一下站起身，以为张主任私放自己的事被王书记告到县里、省里，顿时愧疚得不行，颤声说道，"张主任，我有罪，我是私自偷跑出来的，与你没有关系，要抓就抓我吧，我这一身病骨头说不定哪一天就散架了，可千万别连累你。"

"现在知道怕了，早干吗去了？"李干事在边上嘀咕一声，更让孙九爷坐也不敢，站也不敢。

"哈哈，听我说完，你再道歉不迟。"张主任朝孙九爷说道，又看了看李干事，嘴角露出不易察觉的冷笑。这个李干事县里有人，和王书记走得近，平时在公社也不把自己放在眼里。

"大家都很关注我手里的文件是什么内容吧。那好，我就不卖关子了。"张主任将手中一本书样的东西朝大家挥了挥，"这是《情况反映》，我们《安徽日报》的内参刊物，说真话，我平时都没机会看到。这不是重点，这上面有我们省委书记万里的亲自批示，批示啥呢？大家猜猜。"

张主任今天心情不错，和大家展开了互动。当然，关于《情况反映》，这些老百姓估计听都没听说过。包括李干事在内，大家都不知道张主任葫芦里卖的是什么药。孙九爷更是一头雾水，暗自思忖，自己屁兜小民，那点事不至于惊动省里大领导吧。

"这上面万里书记批了十二个字，对了，钱主任，这十二个字你说吧。"张主任看向钱主任。

"我不记得，记得也就是十个字，到你嘴里怎么就成十二个字了？"钱主任没好气地说道。

张主任哈哈一笑："我说就我说。上面是十个字，但还有两个标点符号，所以说是十二个字：'严肃查处，赔偿农民损失。'"

"现在大家都清楚了吧。这严肃查处是查处什么呢，就是今年六月王书记带领韩大川等铲除了孙九爷家贝母地里贝母的事，被记者报道了。省委万里书记非常重视这个事，所以就这篇报道作了重要批示。"

好像夏天闷热池塘上面响起一个炸雷，激起无数浪花。大家

"啊"的一声，看向孙九爷。除了韩家众人，其余人都惊讶不已。孙九爷竟然还有这个能量，能够直通省里，这是多大的背景啊。韩家人更是胆战心惊，看向孙九爷的眼神都有了畏惧。这孙九爷要是秋后和自己算账，自己韩家这点斤两还不够人家一根手指啊。

孙九爷自己也是狐疑万分，虽说自己医术不错，给一些人看过病，但好像也没结识过什么大官啊。贝母被铲了，心里委屈也就委屈了，只要政府不秋后算账就好。

在场的，只有张主任和钱主任知道，这事是谁做的。钱主任心里也不平静，往日里自己和王书记在一条线上。王书记答应过自己，只要找机会把张主任搞倒，自己就是正主任。这篇报道不是别人写的，就是张主任找自己省报的同学写的。

7

张主任说到兴处："党的十一届三中全会开启了改革开放这个历史新时期，这次全会在历史上具有深远意义，也是中国共产党在新中国成立以来的一次伟大转折。中国共产党在思想、政治、组织等领域的全面拨乱反正，万里书记这个批示就是一个有力的证明。我和大家说，大家要相信我，我们农民的日子会越来越好，越来越有盼头。"

大家鼓掌，然后张主任又拿出十元钱，交到孙九爷手中："王书记也诚恳地接受上级批评，这是他的赔偿。"

孙九爷哪里敢收这个钱，在张主任好说歹说下才战战兢兢地收下。这让韩大川等人非常眼红，一个农民一年上满工也才十几元收入。

这是一个转折，在大家都以为孙九爷要倒霉的时候，事情有了一个大反转。这也是当时中国农村的大反转，以前的大锅饭如大山一般，压得农民直不起腰来，如今，这座大山慢慢龟裂，有了松动的迹象。

1978年12月中共十一届三中全会胜利召开之后，新气象如飓风一般刮过中国大地。这一股飓风吹到山村，山绿了，水清了，人也精神了。最早是凤阳小岗，然后是肥西山南，到1979年年底，龙口队也开始了分产到户工作。

整个龙口生产队喜气洋洋。在公社张主任亲自监督下，以韩大川和陆浩至为首的分田组拿着绳子在田间地头丈量。山地按照人口每家几块，水田按照人口每家几亩。孙九爷家七口人，除了最小的孙茜是计划外生育，没有户口，无法分到田地之外，孙家一共分得了两亩水田，七八亩山地。陆浩至家五口人，其中四个人有户口，分到了一亩多水田，六七亩山地。

中国的改革始于农村，农村的改革始于安徽。但改革总是会撬动一些人利益的，何况在那个年代。这些人在改革中阴阳怪气，恶意阻拦。包括龙口生产队在内，水田和山地虽然分了，林木却始终不见动静，还把持在生产队手中。山地和水田可以让大家吃饱肚子，林木中的板栗和茶叶却可以让农民增收。因为把持在生产队，韩大川这个队长就有了把控空间，一些收入不明不白地被他装到口袋里。

增产的同时也需要增收，农民才能过得更好。好在，中央领导英明。1980年5月31日，邓小平对农村这种现象特意开会并作重要讲话：农村政策放宽后，一些地方搞了包产到户，效果很好，变化很快。安徽肥西县绝大多数生产队搞了包产到户，增产幅度很大。凤阳花鼓中唱的那个凤阳县，绝大多数生产队搞了大包干也是一年翻身，我们还要加大力量，彻底改变农村面貌，让农民增产增收。

这是一场及时雨，在邓小平专题讲话一年之后，已经做了公社书记的张书记（原先的张主任）特意来到龙口生产队组织对林地分产到户。

陆浩至家分到一百多棵茶叶树、三十多棵板栗。

夏天的夜晚，山村寂静，星星在树梢上眨巴着眼睛，萤火虫在草丛里忽闪着光亮。孙九爷难得闲下心来，和陆浩至坐在凉床上喝茶。陆子规看着父亲脸上的笑容，问道："那咱家以后有板栗吃了，再也不用看韩大川他们脸色了？"

"等今年板栗熟了，我给你做板栗烧公鸡，让你吃个够。"坐在一旁闲聊的陈凤英心疼地看着自己儿子。

陆子规已经八岁。这一年，因为家里粮食充足，陆子规身子蹿高了不少。此刻，坐在煤油灯下做作业。因为有风，灯罩里的灯火被吹得忽明忽暗。小妹子柔和孙九爷家最小的女儿孙茜在一旁捣乱，陆子规小声嘀咕："你俩走远一点玩儿，别影响我做作业。"

"子规哥哥，你带我们逮萤火虫吧。"孙茜今年六岁，还没有上学，灯光下，小脸显得白净净。此时，她瞪着一双大眼睛期待地看着陆子规。

"就是就是。萤火虫好玩。"四岁的陆子柔在一旁添乱。

"去，去，我不像你俩，你们不要做作业，我作业完不成，老师会打板子的。"陆子规像驱赶蚊子一样驱赶两个小妹妹。但是小妹妹不讲理，一左一右抱住陆子规的手臂，嘴里嚷嚷："就要，就要萤火虫。"

陆子规哭笑不得，只好起身，带着两人去草丛里逮萤火虫。不一会儿，三个人手中都抓了一大把萤火虫，回到大人身边。

土地是农民的命根子。解放前，农民没有土地，给地主家做牛做马，食不果腹。解放后，从1949年到1979年，农民翻身做主，但是，因为大锅饭大集体，农民的积极性受到影响，致使很多人吃不饱饭。直到1980年之后，分产到户，农民才在自己的土地上有了自主权。大家起早贪黑，家里粮仓满了，再也没有人家吃不饱肚子了。

陆浩至家一亩多水田，夫妻俩精耕细作，每年都能收一千多斤水稻。山地上又种了小麦、红薯、油菜，日子慢慢好了起来。不到两年，当年烂尾的西屋盖了起来，五间大瓦房白墙黑瓦，分外亮堂。陆子规终于有了自己的一间书房。

孙九爷身体不行，不是种庄稼的好手，另辟蹊径，在山地里种了贝母、百合等药材，每年也有好几千元收入。1985年时，还被乡里当作典型，宣传成"万元户"。

荣誉有了，麻烦也接踵而来。

主要是"万元户"这个称号引起了村里人眼红。地里的贝母和其他药材经常莫名其妙被毁坏，收成不到半数。去派出所报警，公安来了，查了查，也查不出个所以然来。

其实，大家都心知肚明。这坏事和韩大川他们脱不了干系。承包到户之后，生产队长还是韩大川，但是大家各自忙各自的，没有太多人搭理他。有段时间，他失魂落魄的，每天太阳还没出来，就斜披个大衣，拿个哨子，站在场基边沿，吹响哨子，招呼大家上工。但是吹了半天，没有一个人出来。还有脾气不好的，在背后骂道："有毛病啊，这大清早的，乱吹哨子，还让不让人睡觉了。"

到1985年左右，韩大头死了，后一年，陈三爷和陆老爷子也先后去世。属于他们那个时代已经谢幕，历史又往前迈了一步。新时代已经渐露台前。韩大川也从失去权力的失落中缓过劲来，虽然心里还是愤愤不平。自从分产到户之后，队里的情形彻底变了样。韩家各户过得越来越差，像他自己、韩大庆、韩大河、韩大栓就没有一个会侍弄庄稼的。明明和人家一样播种、插秧、薅草、打药，但收成就是比人家少一大截。加上孩子大了，如狼似虎的年纪，饭量一个比一个大，这几家一到青黄不接的季节就缺粮少油的，远不如在生产队的时候。

与之相反，陆家却是越过越有滋味。陆老头死了，并没影响陆家兄弟几个的团结。在陆浩至的带领下，几家将土地精耕细作，相互帮衬，收成总是队里最好的。韩大河他们很眼红，暗中和他们较劲，背地里下绊子。但是韩大川明面上还真不敢，即便生产队的时候，自己实权在握，都不敢对陆浩至做什么过分的举动，更何况现在。刚分到户的时候，张书记就看好陆浩至做龙口生产队队长，陆浩至不愿意而已。别人不知道，韩大川自己心里清楚，生产队长虽然没有大包干时耀武扬威，但是实惠不少。每年上缴这个费那个费，稍微截留一点，就够自己一家五口偷偷吃香喝辣的了。否则，以自己这侍弄庄稼的水准，日子过得肯定比韩大河他们更惨。

韩大川还是保持一点清醒的，无论韩大河、韩大庆、韩大栓他们如何蛊惑，自己是绝对不会和陆家过不去的。但是韩大川对孙九爷这样的外迁户却是毫不客气。

龙口生产队外迁户不多，除了孙九爷一家，另一家姓周，基本上是似有似无的存在。那个男人尿得一棍子打不出一个屁，女人一直被韩大川霸占着，生产队里人都知道，男人也知道，但看到韩大川还是点头哈腰。

自然而然地，韩大川将矛头指向孙九爷一家。谁叫他家有五个如花似玉的女儿呢，而且还都不愿意嫁给韩家几个光棍兄弟。更让韩大川等人不甘心的是，孙九爷在生产队出工只能得半个工分，如今承包到户，竟然是公社最早的万元户。

8

以韩大川为首的四大金刚这几年没少祸害孙九爷的药材。又到了贝母收获的季节，双抢时节，早稻要收，晚稻要种，村里所有人忙得不可开交。

陆浩至召集陆家几口人，包括老大陆长随、老二陆浩贵、老小陆长水，以及陆子长和陆子存。老大陆长随当年因为家穷，没娶上媳妇，这么多年一直单身。老小陆长水被陆老太太宠坏了，也是高不成低不就，三十多岁了，还没成家。

陆子长今年二十，正是壮年。陆子存十八岁，也成年了。这兄弟俩学龄时候在生产队里挣工分，又不是读书的料。兄弟俩上到小学二三年级先后弃读，如今除了会写自己名字，扁担长的一字认识不了几个。

能出工的六七个，都是庄稼好手。趁这几天没有下雨，决定三天收稻子，三天耕田，三天栽下晚稻，又叫来陆子规，说道："你也该下田割稻了。"

陆子规手中攥了课本，答应一声。

"三大。"陆子长称呼陆浩至，"子规要好好学习，我们人够。"陆子存也点头附和："我们陆家就子规一个是读书的料，让子规好好读书，将来给我们光耀门楣。"

"不在乎这一天两天。农村孩子哪有不干活的。再说，不知道干活的累，哪能珍惜读书的好。"陆浩至反驳。虽然都是一家人，但是毕竟各自都有小家庭，老二家四个劳力，自家不能占老二家便宜。

陆浩贵问陆子规："子规呀，这学期考得怎么样？"

"二爸，年级第一，得了三个奖状呢。"陆子规成绩不错，聪明。虽然平时爱看一点小说和杂书，但还是用功的时候居多，成绩年年都是班上前几名，这一次发挥更好，得了个年级第一。

"不能骄傲。瞎猫碰到死耗子，你能次次都得第一？"陆浩至不让陆子规翘尾巴。

"三哥，就你讲究多。子规考上第一是我们陆家的骄傲，你这样打击孩子不好。要不你也碰一个死耗子，考个第一？"老四陆长水敬了兄长三个一人一支烟，顺便给陆子长和陆子存一支。

陆子长接过烟，撞了一下陆子存的胳臂，陆子存回过头，努努嘴："你是老大，你说。"

陆子长瞪了他一眼："说好你说的。"

"你俩嘀咕什么？"陆浩贵责骂道。

"有事就说，一家人有什么话不好说的？"陆浩至问道。

"我说就我说。"陆子存腰杆一挺，"大伯、三大、小叔，我和子长想出门打工。"

陆浩至眉头皱了起来。"打工"这个词有点生涩。家里有庄稼不种，出门去挣钱，这在过去，不是走资本主义路线吗？"去哪打工？"

"我一个朋友在苏州帮人家盖房子，好的时候一天能挣七八块钱呢，一个月能挣二三百。这大米才七毛多钱一斤，我们七八个人一年才能收四千多斤水稻，磨成米，才两千多斤，我们打工一个月就能买到。"陆子长说道。

"哪有这么好的事，能这么挣钱？"陆浩贵吧嗒一声，将手中烟头扔在地上。

"是真的，我这个朋友住在青螺镇街里，说再干一年，家里都能盖小洋楼了。"陆子存补充道。

"这个。要是真这么挣钱。你俩想出去就出去，但是出去一定要好好干活，不能浮。"老大陆长随也希望家里过得好一点，这几年老是种庄稼，吃是能吃得饱了，就是缺钱花。

"浮？我们肯定不会浮的。我们除了吃一点喝一点，其他的吃喝嫖赌抽我们都不沾。"当然这话有毛病。农村人把吃喝嫖赌抽称之为浮，就是轻浮的意思。不过这个时候，也没有人计较陆子长话语中的字眼。

"老二，你看呢？"陆浩至问陆浩贵。这几年，陆家日子过得好了，大家平时各自过各自的。但是遇到"双抢"时节，一起动员，人多力量大。在村子里稻子种得最早，收成最多，老二家出力最多。现在孩子想出门闯闯，自己不能自私留住不放。

"孩子大了，我说的话也不管用。随他们自己吧，在外面饿死才好。"陆浩贵赌气地说道。

"那你们什么时候走？"陆浩至听明白陆浩贵的意思，不能勉强孩子。只要趁天气好把"双抢"忙完，他也愿意孩子出去闯闯。虽然内心里觉得农民就该守好土地，但是孩子大了，要娶媳妇，要盖房子，要准备彩礼，靠地里这些庄稼实在是变不出钱来。

"我们想明天就走。我那个朋友明天要去苏州。"陆子存吞吞吐吐地说道。兄弟两人今年一个十八、一个二十，除了偶尔去青螺镇卖一点农杂物，最远只去过一趟县城。苏州在江苏，没有人带，兄弟俩真不敢去这么远的地方。

"这么急？"陆长水差点急了，"现在多忙？不把早稻收了，一下雨，就更不好收了。晚稻秧苗也老了，再不种下去，晚稻收成也不好。"

"我……"陆子长和陆子存兄弟俩也觉得这个时候出去不合适，要不刚才也不会吞吞吐吐，就怕长辈怪罪自己不懂事，偷懒。

陆浩至看到陆长水急赤白脸，小兄弟俩又是心有不甘。思考了一下，说道："真要是明天必须走，你俩就准备准备，我让你三婶多煮几个鸡蛋路上吃。家里的活儿我们抢一点，总能干完。"

"那就谢谢三大了。"陆子长和陆子存长舒一口气。陆浩贵虽然是他俩亲爹，但是陆家以前是陆老爷子说了算，现在是三大陆浩至说了算。两人拿起镰刀，站起身。"我们这就下田，今晚就是不睡觉，也要将凤立洼那片稻子割了。"

"我也去。"陆子规扔下手中书本，拿起镰刀，跟在后边。

"世道变了。家里好好的地不种，出去打工，打工能挣到钱，那大家谁还种稻子？"老大陆长随感叹。

"你还真别说。说不定哪一天这地就没人种了。"陆长水也是感叹一声。

陆浩至当然不信这个邪。千百年来，土地是农民的命根子，现在好不容易有了好政策，分产到户，家家有了自己可以打理的土地，能舍得扔了？出门打工，挣人家的钱，和当年凤阳人背个花鼓去外面唱花鼓戏有什么区别？

一下子少了两个年轻力壮的好劳力。这一次陆家"双抢"也显得紧张起来。除了陆长随老兄弟四个起早贪黑，陈凤英带领陆子然也加入战队。白天割稻，晚上挑稻捆子，有时候趁着月色还要将稻子脱粒。大人们白天割完稻子赶紧耕田、插秧。这几天，陆子规累得像一个小泥人，跟着大人一起割稻、耕田、插秧。本来白净的小脸晒得黝黑，后背也起了许多泡，肩膀更是被扁担压得红肿起来。

陆家四户用了三四天时间将十来亩早稻全部收割完，并在陈凤英带领下脱粒晒干，几天后就可以分配入库了。水田也都耕作完成，晚稻秧也插了一半。

天气晴好，无月，星星挤在一起，银河璀璨。陆子规洗完澡穿了背心帮助母亲和姐姐将稻谷装进麻袋。正在忙碌的时候，一个单薄的身影走了过来，远远地叫道："子规哥，子规哥。"

陆子规回头一看，是孙茜，孙九爷家最小的闺女。这几年，孙茜就像陆子规的小妹妹一样，一起上学，一起散学，一起到山上打柴，一起做作业。小学一二年级的时候，韩小山领着一帮孩子乱嚼舌头。说"陆子规是孙茜男人，孙茜是陆子规相好的"混账话，被陆子规按住头狠狠揍了一顿之后，韩小山那帮熊孩子老实了不少，但是看到孙茜整天跟在陆子规后面，还是嫉妒得很。

"有事啊，孙茜？"陆子规问孙茜。孙茜和陈凤英以及陆子然打了个招呼，将陆子规拉到一边，小声说道："我家贝母又被人毁坏了。我爸气得躺在床上起不来，我妈想不出法子光会在家里嘟囔。"

这几年孙茜四个姐姐出嫁的出嫁，出门打工的打工，家里只剩下孙九爷和孙茜母女。孙九爷身体越来越不好，孙茜妈妈也干不了体力活，孙九爷家全靠种的那些药材才有收入。

但是，韩大川这帮人阴魂不散，想尽了坏点子去毁坏孙九爷家的中药材。孙九爷去青螺镇派出所报警，公安来了，也没有什么证据，最后不了了之。韩大川这帮人看到公安都拿自己没有法子，更加肆无忌惮。

孙九爷去乡里找干部，张书记不在。原先的李干事当了副乡长，看到孙九爷阴阳怪气地说道："你报警啊，公安来了就能给你撑腰了？"

孙九爷气上加气，回来一头栽在床上，女人在身边唉声叹气。"这日子怎么过啊。人家地里能种庄稼，至少能吃一口饱饭，我们种药材，这贝母没了，家里饭都吃不上。"

孙茜来找陆子规，约定晚上一起蹲守，去抓毁她家贝母的坏人。

9

孙茜站在村口，等陆子规回家拿了一根棍子，两个人沿着田埂走到贝母地里。

"子规这家伙不带自己妹妹，老是和孙茜混在一起，他俩不会有事吧。"看到陆子规溜走，陆子然抱怨道。

"两个小屁孩子，在一起能有什么事。"陈凤英笑道。

山村寂静，树影在星空下隐隐约约。孙茜紧跟在陆子规身后，水田刚刚犁过，蓄满了水，一不小心滑下田埂，就会满身湿透。农村这一两年刚通电，替换了原先的煤油灯，条件好的，家里买了收音机。陆浩至家刚刚添置了一台十四英寸的黑白电视机，不是太忙的时候，一个生产队的人聚在他家看电视。电视信号不好，有时候屋里聚一大堆人看电视，屋外专门有人转动天线，天线角度不好的时候，电视上全是雪花点，即使一个图像没有，满屋子人也是看得津津有味。

"子规哥。"快到贝母地的时候，有一道大坎，几棵红柳树郁郁葱葱的，一堆树影乱晃。

陆子规停下脚步，回头问道："怕了？"

"嗯。有点。"孙茜身形单薄。往日在校园风风火火，假小子一样，但是到了夜晚，还是有点胆怯。

"没事，有我。"陆子规站住，一手持棍，一手抓住孙茜的小手。孙茜小手被陆子规抓住，心里瞬间踏实了许多。

"你说，我们真要是抓到二狗子他们毁我家贝母，我俩打得过他们吗？"二狗子脑栓子一身力气，满脸横肉，孙茜还真有点害怕。

"我有这个。"陆子规晃一晃手中的棍子。

"你拿个棍子，就以为自己是孙悟空了？"孙茜笑陆子规小大人一般的样子。以二狗子、三驴子、脑栓子那么大力气，自己和陆子规小胳膊小腿的，别被他们打伤了。要是陆子规受伤，自己会过意不去。

"要不，我们回去吧。"孙茜小声说道。

"你就当我是孙悟空，保护你这小妖精。"陆子规随口说道。其实，他心里也怕，但是在孙茜面前，小男子汉的腰杆必须挺得笔直。

"你才是妖精。"孙茜白了陆子规一眼。夜色之下，陆子规突然想到"妩媚"两个字。当然，毕竟年少，妩媚的真正意义他也不懂，只是从杂书上看到，这时候突然从脑际冒出来。

两人牵着手滑下田埂，走过小河，翻过一个山冈，就到了凤立洼。

都说凤凰不立无宝之地，但是陆子规祖辈三代在这里，从来没有发现凤立洼有什么宝贝。

凤立洼是一座大山延绵到河边岔开，形成的一个洼地。洼地两边是梯田，中间是水田。夜晚的凤立洼深邃且幽静，水田里蛙声一片。两边山地小麦收过之后，又种了玉米、黄豆。草丛中，虫鸣此起彼伏。布谷鸟偶尔鸣叫几声"布谷，布谷"，有时候也听成"不如归去，不如归去"。

孙茜家的贝母地在半山坡上，约有一亩地。贝母枝叶已经泛黄，马上就能挖掘收割，这一亩多地能卖两三千元。可是现在的贝母地就像被野猪糟蹋过一样，贝母叶横七竖八躺在地上，成熟的贝母也散落一地。

"真是造孽啊。"陆子规看到这个情景，心里恨韩大川几人作孽。要是自己能抓住他们，非要狠狠揍他们一顿才解恨。

孙茜看到被毁坏的贝母，更是心疼，双眼泛红："我发誓有一天，非要找他们算账不可。"

"会的，等我们长大了，将他们做的坏事一一清算，就不信没人治得了他们。"陆子规扶起几棵贝母，插到土里，用脚将泥土踩实。

"公安都拿他们没办法。"孙茜叹息一声。

就在这时，山冈上隐隐约约走过来两个黑影，陆子规一把拉过孙茜，躲到地边的一堆灌木丛中藏好。

草丛中蚊子多，陆子规和孙茜刚躲进去，浑身就叮满了蚊子。两人用手胡乱扒拉，小手就碰到对方的身体，孙茜身体突然僵硬了一下，蹲在那里不动。

黑影慢慢走近。星光之下，陆子规和孙茜从身形上判断就是二狗子和三驴子，没有看到韩大川和韩大栓的身影，心中稍定。毕竟二狗子和三驴子体形不如脑栓子魁梧，陆子规虽然自觉体形不如他们，但是这大晚上黑灯瞎火，突然偷袭，自己和孙茜不至于太吃亏。只要跑到山冈，大声一喊惊动村人，二狗子和三驴子做贼心虚，估计不敢把自己和孙茜两个人怎么样。

陆子规已经想好对策，用手碰碰孙茜。孙茜身体还在僵硬之中，刚才两人扒拉蚊子，陆子规无意间触碰到自己胸口。虽然只有十一岁，孙茜身形已经发育，胸口和男孩子不一样。而好死不死的，自己手也触碰到陆子规大腿那里，摸到一个和自己同样位置不一样的东西。孙茜此刻不但身体僵硬，脸更是发烧。

又见陆子规用手碰自己，孙茜虽然知道陆子规不是故意的，但还是有点不好意思。"怎么了？"声音细如蚊蝇。

"他们下来了。等一下咱俩见机行事，你听我的。"陆子规在身边抓了几块碎石。

"嗯。"孙茜轻轻地哼了一声。见陆子规捡石头，顿时明白了他的用意，也从身边捡了几块石头堆在身边。

二狗子和三驴子今晚在韩大川家喝酒。喝酒的还有脑栓子。四个曾经风光无限的人喝着两三毛钱一斤的芋头干酒，越喝越来气。觉得凭自己四个，不应该干不过陆家，陆浩至厉害，脑子好使，也就认了。但是，不能过得连孙九爷家都不如。

据说，孙九爷那个病老头子这几年可是靠中药材都成了万元户了，还成了乡里的典型？凭什么啊？那一身病骨头，在生产队时候，上个工只有五六工分，连半大孩子都不如。

更让他们愤愤不平的是，孙老头不识好歹，与陆家走得近，与韩家仇人一样。早几年，孙家大姑娘、二姑娘都到了谈婚论嫁的时候，韩家二狗子、三驴子也是单身，央人上门提亲，孙老头子看都不看媒人一眼，手中攥着那把紫砂壶，冷冷地说道："我家丫头就是嫁给狗嫁给猪，也不可能嫁给韩家。"

这让韩大川几个怀恨在心。这几年，处处和孙家作对。韩大川在最风光的时候霸占了周家女人，如今时代不同了，他再不敢明目张胆地嚣张，只能偷偷地干坏事。比如偷孙家几个女儿晾在外面的内衣，趁上厕所的时候偷窥她们。孙家大女儿、二女儿对韩家兄弟这些见不得光的事除了责骂几声，也没有更好的法子。在能嫁人的时候赶紧把自己嫁出去了。两个人嫁得都不近，回娘家的时候很少。三女儿、四女儿也受不了这种不堪的骚扰，今年一开春，跑到南京和苏州打工去了。

孙家现在老弱病残，孙九爷病体不堪，多半时间躺在床上，女人唯唯诺诺，没有什么见识，一味忍让。

韩家兄弟几个没能逼迫孙家女儿成为自己媳妇，就把恶念算在了孙家的中药材上。刚开始的时候，还不敢把动静搞得太大，怕政府找自己麻烦。公安出警未果之后，韩大川他们变得明目张胆。今晚几个人喝酒，就说要把孙九爷家所有贝母全毁了，让他们一家今年喝西北风去。

干坏事，韩大川很少出面，都是他出谋划策。今晚，二狗子、三驴子、脑栓子三人约定喝完酒一起，但是事到临头，韩大川让脑栓子陪他一起去河里炸鱼，二狗子和三驴子两个人来到地头，准备拔掉孙九爷家仅剩下的一些贝母。

10

二狗子、三驴子两人从山冈上窜到地边，看到稀稀拉拉的贝母，哈哈大笑："哈哈，孙老头，我想让你做我岳父，给你脸不要脸。我给你全拔了，饿死你这老不死的。"

孙茜牙齿紧咬，手中抓起一块石头。陆子规轻轻拍一拍她的小手，小声说道："距离太远，砸不到他们，还容易打草惊蛇。"

孙茜放下石头，等两人走近。

那两个人走到地头却站住了，三驴子身体有点摇晃："妈的，酒喝多了，头有点晕。"

"你他妈的事真多，三两猫尿就头晕了。"二狗子大着舌头说道。

"你没头晕？说话咋舌头大了？"三驴子嘴硬。

"大个屁，等大川和脑栓子炸了鱼，我们回去还喝。"二狗子晃晃悠悠，双脚已经踩在贝母上。

"那还不赶紧干活。"三驴子站在地边，褪下外裤，站在地边哗啦啦撒尿。

孙茜赶紧低下头："真不要脸。"

等三驴子撒完尿，裤子也没拉，双手拔起贝母，疯了一样，一边拔一边扔。二狗子也是疯了一样，不一刻，地头剩下的一点贝母被他俩糟蹋完。孙茜紧咬牙关，心中愤恨。

"好了，就是这个时候。"陆子规抓起一块石头，半蹲起身子，瞄准两人额头砸去。

农村小孩子从小玩石头，砸鸟砸鱼，陆子规这块石头精准地砸到二狗子额头。二狗子一声怪叫："谁他妈砸我？"话音未落，陆子规又是一块石头砸来，这一次，落在三驴子脸颊，三驴子也是一声惨叫。

孙茜见陆子规两块石头都砸中，心中欢喜，也跃跃欲试。却被陆子规拦住，小声吩咐道："你躲在这里别动，摇动树枝，吓他们。"

这是声东击西，让二狗子他们怀疑有伏兵。要不两个坏人知道只有两个小孩子偷袭他们，暴怒起来，真要报复自己和孙茜，在这深夜的荒山野岭之中，杀人灭口都有可能。

陆子规瞬间丢出去五六块石头，除了两块落空，其余四块都落在二狗子和三驴子身上。"谁，谁他妈砸我们？"两人怒喝，站在原地不敢乱动。

陆子规瞬间冷静，身子躲在灌木丛后面，将手中棍子擎起，压低嗓门恶狠狠地说道："你们以为我们公安吃干饭的？"

"啊，公安。"二狗子大惊失色，拔腿要跑。

三驴子站住，说道："等一等，怎么会是公安？他们大晚上的不睡觉？"

陆子规压低嗓门哼哼冷笑一声，又示意孙茜努力晃动树枝。夜晚之下，灌木丛晃动，陆子规碎步踩地弄出声响，传到二狗子、三驴子耳里，那里至少有三四个人埋伏。

"走。"三驴子胆战心惊，拉起二狗子就朝山冈上跑。虽然怀疑有诈，但是两人毕竟做贼心虚，真要被公安抓到了，往死里打不说，还要赔偿孙九爷家损失，两个人可不敢束手就擒。

"抓他们啊，子规哥。"孙茜眼见两个坏人跑走，既紧张又兴奋地说道，还没说完，起身就要追去。

陆子规一把拉住孙茜，小声说道："别激动，等一下，穷寇莫追。"

此刻，陆子规已经完全清醒，而且心有余悸。

"那就让他们跑了？他们太坏了，我家贝母全被他们毁了。"孙茜不甘心地说道。

陆子规抓住孙茜的小手，等那两人到了山冈，说道："追。"然后拿起几块石头牵着孙茜奔向山冈。二狗子和三驴子两人喝了不少酒，本来就晃晃悠悠的，路都走不稳。刚才骤然遇袭，额头和脸颊受伤，以为是公安蹲守抓他们一个现行，气喘吁吁地跑到山冈，两个人都有点跑不动了。

陆子规抓住孙茜奔向山冈，看到二狗子和三驴子刚刚下了两三层梯田，双手杵在膝盖上呕吐。陆子规和孙茜隐在一堆霸王草后面。陆子规抓起一块石头，瞅准两人后背，一石头砸去，砸中蹲在地上呕吐的二狗子，还没等二狗子反应过来，又是一石头砸在三驴子后背。

二狗子和三驴子站起身，就往山下跑去。这边山坡与村子隔着一条小河，跨过小河，爬上山冈半山腰就是村子。远远地可以看到场基上的灯火，天还不算太晚，场地上有人还在给稻谷脱粒扬尘。

"抓坏人了。"陆子规看到两人仓皇向山下跑去，大声喊道。此刻，陆子规已经不再紧张，一是自己和孙茜站在山冈顶上，即使二狗子和三驴子发现不是公安只是两个孩子蹲守，他们也不敢轻易上山。从山上往山下砸石头，石头更准更有力。即使两人躲过石头，等他们跑到山顶，自己和孙茜可以从别处下山，他们也抓不到自己。这边山坡不远的地方就有人家，只要自己和孙茜大声叫唤，就能惊动大人。人一多，就不怕二狗子和三驴子。

孙茜瞬间明白了陆子规心思，也大声喊道："抓坏人了，抓损坏我们家贝母的坏人了。大家都来啊，抓坏人了。"小女孩声音清脆，在这夜晚一下传到很远。

"妈的，咱俩上当受骗了。不是公安，是陆浩至家那个小杂种陆子规，还有老孙家小丫头。咱俩回去抓住他们，往死里打。"二狗子听出是陆子规和孙茜的声音，气不打一处来。

三驴子一摸脸，一手血，也是气不打一处来。竟然被两个孩子欺骗惊吓住，还受伤了。但是下坡太急脚步收不住，而且两个孩子大声吼叫，村子里人肯定能听到的，要是大人过来，了解事情经过，自己和二狗子干的坏事大家都知道了。没有证据，公安拿自己没办法，但现在被抓了现行送到公安局，那情况就不一样。

"回什么回。今晚算是栽了。赶紧跑，被陆家大人抓住，咱俩没好果子吃。"他不甘心地说道。

二狗子也不是太傻，想明白其中道理。两人不敢往村里跑，怕和被陆子规喊叫惊动的村里大人撞上。两个人向大河边跑去，韩大川和脑栓子在河边炸鱼，即使被人抓到了，嘴硬坚持说两人没有上山，一直在河边炸鱼。

龙口生产队紧靠大河，这条大河有个霸气的名字，叫作霸王河。有说是两边长满霸王草的原因，也有说因为西楚霸王当年曾在这河里饮马渡河而得名，但是就如河对岸的龙眠山一样，说是李公麟故居，多是望文生义，附会名人典故。这霸王河的名字更多是因为两边长满霸王草得名。

陆子规经常听爷爷和父亲说，三四十年前，这霸王河只有一丈多宽。两边长满红柳，河床很深，是这几十年山头开垦过度，经常暴发山洪，将两边岸堤冲毁。河床变宽，才使这霸王河有了一里多宽的河床。

河床变宽了，河水却变少了。下大雨的时候，水流如野兽，横冲直撞很是吓人，雨水一过，河水干枯河床裸露，满是鹅卵石和从山上冲下来的大石头。

以前河里有很多鱼。一尺多长的鲤鱼，二三斤的大草鱼，以及各种各样的野生鱼。听爷爷说，到河里游一圈泳，就能抓五六斤鱼上来，运气好的时候，还有彩色的鳝鱼以及筷子长的沙鳅，味道都很美。但是如今时常断水，河里就只剩一些小野鱼。长不过三寸，吃在嘴里，都是骨头。

农村人平时偶尔从河里抓一些小鱼，喂喂鸡鸭，或者晒干了打打牙祭。地里活儿那么多，谁有闲心专门去河里抓这些小杂鱼啊。但是韩大川他们不同，经常下河抓鱼，河床里没有鱼可炸，他们就找河床转弯处的潭子。

河水十八弯，顺着山势而下，每到河流受到山石阻挡的地方，山洪就会冲出一个河潭。这些潭水有大有小，河水常年不干，就存住了一些大点的鲫鱼、草鱼、鳝鱼。

韩大川家懒得种蔬菜，也懒得上山采蘑菇。家里更不愿意养鸡养鸭，就将这些河滩里的鱼当作家里常年吃的菜。他们用当年开山炸梯田时候留下的雷管炸鱼。这么多年，他们自鸣得意，觉得河里的鱼是上天给他们的馈赠，还经常洋洋自得地说：老天爷赏饭吃，没法子。

11

晚上，韩大川四人喝酒，酒辣又没有菜，这酒喝得就没滋没味。韩大川让脑栓子去自己屋里翻出几根雷管，晚上一起炸鱼，作为下酒的佐菜。

雷管这东西属于危险品，当时虽然没有违禁，但也不是寻常百姓可以触碰到的东西。脑栓子家床底几十根雷管整整齐齐排着，这些都是韩大头、韩大川当生产队长时开山炸石偷偷摸摸积攒下来，留着自家炸鱼用的。这几十年时间，一边积攒，一边炸鱼，到现在还剩二三十根。

雷管威力巨大，一根雷管就可以掀翻一座房子。韩大川自己怕死，怕家里用柴火烧锅造饭或者自己抽烟一不小心烟火掉落引起爆炸。脑栓子脑子不好，觉得雷管这东西是重要物资，藏在自己家里就是一笔财富，又觉得这是和韩大川表露忠心的事，所以就把雷管整整齐齐地放在自己那张破床下。闻着火药味睡得踏实，岂不知自己就是躺在一个火药桶上。

脑栓子拿出三根雷管，将雷管往桌前一推，自鸣得意地说："大川，看我这雷管保存得好吧？你担心潮湿失效，我都用油纸包了。"

三人赶紧将他手推开，喝道："拿远点，没看到我们抽烟吗？"

"脑子不好。"韩大川骂了一句，安排二狗子和三驴子去处理孙九爷家的贝母，恶狠狠地交代，"手脚麻利一些，拔得一棵不剩。我就不信，龙口生产队还有人跟我们作对后有好下场。"又让韩小马从后屋找来一截导火线，让韩小山、韩小海收拾碗筷，让女人洗锅。说等鱼回来，要重新炒菜喝酒。

天上无月，星星挤在一起。银河璀璨，韩大川斜披一件衣服，踢踏一双拖鞋向大河边走去。脑栓子拿着雷管和装鱼的网兜紧跟在后。

霸王河前段时间干涸，最近下了几场雨，河水又充溢起来。韩大栓找了一处正对村庄的河潭，在边上琢磨："大川，去黛山村河潭，那里鱼多。扔三根雷管下去，至少能炸十几斤鱼。"

"没脑子，那是属黛山村管辖，我们去那，炸的鱼还有我们的份？"黛山村是龙口生产队河岸上边的村，村民剽悍，对自家范围的山林、河潭等资源看护得紧。龙口生产队因为林地少，偶尔在他们辖区砍一点柴火也被他们抢夺回去，有时候还要挨一顿打。就不用说让别人在他们河潭炸鱼了。韩大川在龙口生产队就像一只大螃蟹，横着走，但是一出生产队，也就尿得狠，更不敢和民风剽悍的黛山村村民斗。

脑栓子韩大栓咧嘴傻笑，嘴里直叫可惜。

韩大川吸完一支烟，给雷管接上导火线，用烟头点着，扔到水里，半天没有声响。问道："妈你巴子的，你不说雷管保存得好，没受潮吗？怎么点不着？"

韩大栓也莫名其妙。自己拿了一根雷管，装上导火线，用烟头点着，看着导火线嗞嗞冒烟，快要引燃雷管的时候扔到水里。因为引线离雷管太近，一入水，也是熄灭。

"你脑子被门夹了啊。扔得这么迟，导火线都被水熄灭了。"韩大川看韩大栓不熟练，骂了一句。

"我下去捡回来。"两个雷管沉到水底，又漂上来，韩大栓准备下水去捡。

就在这时候，寂静的夜里突然传来抓坏人的叫声，声音清脆。

韩大川拦住就要下水的韩大栓，说："等一会儿。"

叫声时断时续。韩大川向山冈看去，看到两个黑影向这边跑过来，料定是韩大河和韩大庆。又听不远的村庄有躁动，感觉不好，估计是韩大河和韩大庆办事不力，贝母没有拔成反而被人逮住了。韩大川做贼心虚。

看到水中漂浮的两个雷管就要向河下游漂去，催促韩大栓赶紧下河将两个雷管捡回来。韩大栓来不及脱衣服，纵身一跃，狗爬着将两个雷管捞回来。

"看看为什么不响。"韩大川没有接韩大栓凑过来的雷管，反而退后一步。

"还冒着烟呢，怎么就不响？"韩大栓两手中各拿一个雷管，其中一个完全没有动静，另外一个雷管上面导火线还剩一小截。拿出水后嗞嗞地冒烟。韩大栓将雷管凑到嘴边吹气，吹了一刻，烟冒得更大，有火星亮起。"大川，没灭，还能用。"韩大栓喜出望外地叫道。

"赶紧扔了……"韩大川感觉有危险。话音未落，啪的一声，惊天动地的响声，然后眼前爆出一股耀眼的火光……

"啊。"韩大川被一股气浪冲击，差点躺到水里，等稳起身，眼前一幕让他胆战心惊。

韩大栓扑倒在水里，衣衫破碎，手脚已经不太完整，只剩一些血管和身体相连，整个潭水变得通红。韩大川瞬间明白出了什么事，吓得脸色煞白，慌张叫道："大栓子，大栓子，你他妈的没事吧？"就要冲过去拉他起来，哪知道刚到身边，又是突然一声爆响，然后，河潭里冲起一股冲天水柱。水柱落下时，韩大栓身体已经破碎不堪。原来是韩大栓另一只手的雷管被动爆炸。

啊——，韩大川发出一声凄惨的叫声，跌坐在地。

听到爆炸声，韩大河、韩大庆加快步伐，向大河边冲来。他们以为韩大川和韩大栓炸鱼成功，准备过来捡鱼。到了河边，见到韩大川跌坐在地，河潭里漂浮着一些零碎的东西。星光下看不真切，他们还以为是鱼，问道："大川，脑栓子呢，他到河潭底捞鱼了？"

韩大川脸色煞白，突然暴跳起来，"妈你巴子的，鱼，鱼，你们一天到晚干啥啥不行，就知道吃吃喝喝……"

到了近前，两人终于看清河潭里漂浮的是什么了。顿时紧张，也是不知所措，"炸死了，真的炸死了？"

不远的村子里，噪音涌动。先是听到陆子规和孙茜的喊叫声，陆家几个大人出来，陆浩至和陆浩贵担心陆子规有事，手中拿了家伙向山冈上冲去。看到陆子规和孙茜没事，放下心来。陆子规和孙茜小嘴叭叭地将事情经过说了，陆浩至心有余悸，瞪了陆子规一眼："就你小子逞能，这黑灯瞎火的，真要被他们发现了，你们小命都有危险。"

然后，就听到河潭里两声炸响。陆浩贵嘟嘟嘴："又他妈的炸鱼了。当年我就觉得队里雷管少了，那石头都是我们用铁钎撬的，好处却被他们贪了。"

"那不是好东西。咱们农民踏踏实实把庄稼弄好，有口饭吃比什么都强。"陆浩至心思单纯，看重土地，把土地种好了产出好庄稼，就是农民的本分。分产到户后，主粮够了，杂粮和蔬菜不缺，家里一块菜地，从春到冬，都有。要想开荤，山上的、家里养的都不缺，到河里炸鱼，冒险也不值。

"三哥啊，你这观念也该变变了。整天就是'三十亩地一头牛，老婆孩子热炕头'，土地对你吸引力就那么强？"老小陆长水不定性，在家种地也不踏实，陆子长、陆子存两个侄子到苏州之后，一天真能挣好几块钱，心里也是蠢蠢欲动。

"我要真有三十亩地，那一年还不种出一万斤水稻啊。除了缴公粮，自家吃的，至少能卖好几千斤，不卖的话放在家里粮缸，心里也踏实。"陆浩至对种地千般喜欢万般着迷。

几人边往家走边闲唠嗑。突然，听到河边的惨叫，那叫带着哭腔："大栓啊，你可不能死啊，你的腿呢，你的手呢？"

"不好，出事了。"陆浩至停下脚步，看向河边，"我们也去看看，看看能不能帮上忙。"

"管他呢，出事才好。"陆长水对韩家几个人不感兴趣，这些年，没少被他们欺负。

"不能见死不救，乡里乡亲的，不能光记仇。"陆浩至凛然说道，率先迈开步子向大河边走去。

"老三啊，你就是心软。让你当生产队长不干，现在他们出了事，咱们不笑话就不错了，干吗还要去帮忙？"陆浩贵也不以为然。

"一码归一码。吃百家米养百家人，都是一些鸡毛蒜皮的小事，还不至于生死相向。我们过去看看，能帮一把就帮一把。"陆浩至不为所动，让老四陆长水将陆子规和孙茜送回家，从家里拿过床板，去河边帮忙。

陆浩至和陆浩贵走到河边，就见三个人围着一团破破碎碎的身体。"怎么了？"陆浩至问韩大川。

韩大川此刻六神无主，见到陆浩至，就像见到救命稻草一样，"浩至啊，你要给我做主啊，韩大栓炸鱼炸死了。"

"死了？"陆浩至也是第一次经历这种事，看到众人都是一副惶惶不可终日的样子，走到残碎的身体边。那具身体很不完整，主体还在，只连着一只腿，另外一只腿和两只手只有血管和身体相连，脑袋模糊，已经看不清五官。陆浩至强忍住恐惧，俯身用手在鼻子那里摸了摸，说道："还有一点气，赶紧送卫生院。"

韩大河和韩大庆就要抬起那具身体，被陆浩至拦住。"等长水拿床板来抬，现在一动，人还能有好吗？"

"听浩至的，你们别乱动。"韩大川此刻完全遵从陆浩至安排。

12

等陆长水拿过来床板，几个人小心翼翼地将残存的韩大栓挪到床板上，几人合力把床板抬到卫生院。李医生开门，看到床板上的韩大栓，冷哼了一声："人都炸成这样，抬到我这管什么用？"

"李医生啊，你行行好，救救大栓吧。他还没娶媳妇呢。"韩大川低声哀求。

"你想什么呢，人都这样了，还想着媳妇？"李医生冷眼看了韩大川一眼。乡村卫生院都是赤脚医生，医术并不高，也没有什么医疗器材，平时看个感冒、发烧什么的，还凑合，像这样的重伤，就束手无策了。

"李医生，你是咱们公社唯一的医生，你好歹给看看。"陆浩至在一边恳求。

李医生对陆浩至印象稍好。回屋拿了一些纱布，胡乱塞到伤口严重地方，说道："我们卫生院就这条件，人炸成这样，你们想救，赶紧去青螺镇，就是青螺镇也不见得救得活，最好去县里。血要是没流尽，或许能救得活。"

陆浩至招呼一声，几个人抬着床板出了卫生院，去青螺镇。卫生院坐落在五龙村，离青螺镇八九里山路。几个人脚步踉跄，到了青螺镇卫生院，已经是十一点多，出来一个医生摸了摸韩大栓鼻息，摇摇头，说道："赶紧抬到县医院，说不定还能留一条命。"

青螺镇离县城三十多公里，抬过去，天都要亮了。韩大川问医生："有救护车吗？"

"你以为你是公社干部？还有车？"医生讥讽一声，擦了擦手，不再搭理几个人。

"怎么办？浩至。"韩大川求救地看着陆浩至。

陆浩至摇一摇头，叹息一声："看来只能这样了。我也没有法子。"

韩大河、韩大庆扑通一声跪在医生面前："求求你，救救我们大栓吧。"

医生将韩大河抓住白大褂的手甩开："你们这些人强人所难，我有什么法子？"

几人木呆呆地看着躺在床板上已经分不清五官的韩大栓。另外一个女医生看到这样，走过来试一试鼻息，说了一声："算了吧，人已经不行了，赶紧抬回去准备后事。"

韩大栓的丧事从简，简简单单地准备了一口棺材。韩大河几个人在凤立洼孙九爷家贝母地不远的地头平整了一块地，垫上石头将棺材放在上面，外面用草包了。

当地农村的丧葬习惯是人死后不能马上入土，而是做成这样的坟丘子，三年后重新移棺入土。韩大栓属于惨死，又无后代，本来不必这样麻烦，直接入土最好。但是韩大川估计心里惭愧，还是要求一切按照程序来。只是韩大栓棺材上山的时候，韩大川被派出所叫去问话，问来问去，都是韩大栓自己要炸鱼的，失手将自己炸死。派出所最后将这起事件定性为意外，把韩大川关了几天就放了回来。

发生了这件事，韩大河、韩大庆再也不敢去弄孙九爷家的贝母，那仅剩下来的贝母得以成熟。可惜孙九爷身体越来越差，医者不自医，孙九爷这些年帮助乡里乡亲做了不少好事，治好了不少人，但是临到自己，病却越来越严重。家里能干活的只有女人，但是这女人干事磨叽，除了给孙九爷熬熬药汤，再给孙茜洗洗涮涮，就没有什么精力去地里干活了。

眼看着贝母成熟，孙茜只好背起背篓去采贝母。孙茜力气小，半天能挖一小块，有时候一抬头，看到不远处的新包的坟丘子，吓得大气不敢出，偷偷地溜回家，又被母亲骂了一顿。

陆子规陪着孙茜采完贝母，又到秋季开学了。

乡中学离家不远，跨过一条河，到龙城乡就是。1987年，公社名称改为乡政府，龙城公社中学就变成了龙城乡中学。

初中分三个年级，每个年级两个班，每个班五十多名学生，是龙城乡十个村唯一的初中部学校，竞争激烈。好在陆子规一直努力，脑子聪明，每次考试都是班上前五名。比他早上学的韩小海留级三年，现在和陆子规一个年级，每次考试依然是倒数。老师有时候实在教不了他，奚落道："你这脑袋瓜啊真是比石头还硬，再简单的知识怎么就和你说不通呢。你看看人家陆子规，你们一个队的，人家天天考第一，你天天考倒数第一。"

韩小海学习不行，蠢得像个木头，但是脑袋记仇，经常被老师拿来和陆子规比，心里愤恨不已，但是又不敢明面上和陆子规争吵，就暗地里使坏。趁人不注意的时候将陆子规的书和笔藏了，或者将陆子规做好的作业本给撕了。

陆子规知道是韩小海干的。等放学时，躲在竹林里，看到韩小海背着个书包晃悠悠地过来，一下子蹿出来，冲着韩小海面颊就是一拳。韩小海比陆子规大三岁，个子也高了半头，要是正面冲撞，陆子规不是韩小海对手，陆子规突然袭击，韩小海也是没有准备，被陆子规一拳把鼻血打了出来。

"我让你偷我书，我让你撕我作业本。"趁韩小海走神时，陆子规又是乒乒两拳。韩小海眼冒金星，嘴里喝骂，要揍陆子规。陆子规却是脚下使个绊子，抽身就走。

当晚，陆子规吃完饭辅导自己妹妹和孙茜的作业。韩大川女人领着哭哭啼啼的韩小海和拖着鼻涕的韩小山到了家门口。女人在门前夸张地叫道："凤英三婶啊，你看你家子规把我家小海打的，流了一碗鼻血，眼睛也看不见了。"

陈凤英拽出陆子规："你怎么打人啊？"作势要打，陈凤英实际上舍不得打自己儿子，但是被人家上门兴师问罪，怎么样也要做做样子。

"他偷我笔和书，撕我作业本。"陆子规辩解，然后瞪了韩小海一眼。韩小海吓得躲在他妈后面，韩小山却是咧嘴傻傻一笑："我要吃鸡蛋。"

孙茜和陆子规小妹陆子柔一起走出来。极为不屑地看着韩家兄弟两个，小声嘀咕："来骗鸡蛋吃的。"

陈凤英苦笑一声，将家里五个鸡蛋拿出来："他婶，真不好意思啊，我会教育我家子规的，这几个鸡蛋你拿回去，给小孩补补。"

女人接过五个鸡蛋，带着韩小海、韩小山走了。

"他们就是来骗鸡蛋的。"陆子规不甘心。

"你还说，都是你惹的祸。准备卖了鸡蛋交电费的，现在好了吧。你们也别想吃鸡蛋了，晚上没电也别做作业了。"陈凤英心疼几个鸡蛋，瞪了陆子规几人一眼。

转眼，孙茜也上了初中。在陆子规辅导和她自己努力之下，孙茜和另外一个女孩在年级轮流第一和第二，这让整个学校的老师都很意外：这龙口生产队不大，倒是出了两个学习的好苗子。

这几年风调雨顺，粮食收成不错。但是让陆子规困惑的是无论家里如何忙碌，也就是勉强吃得饱。钱还是紧张，要交电费，要缴农业税，自己学费赶上要缴农业税的时候，就得延后。几次被老师点名，弄得他心情烦闷。家里平时也吃不上荤菜，养的鸡要留着下蛋卖了换成油盐。早几年，陈凤英农忙之余，家里养了一头老母猪，每年下崽，乡亲们多是赊账。几年下来一算账，粮食搭进去不少还不挣钱，索性把老母猪卖了。

又到交学费的时候。陆子规和陆子柔加在一起七八十块钱，这可是一大笔钱，陆浩至和陈凤英愁眉不展。陆子柔叹息一声："要不我不上学了，钱留着给哥哥。"

"那不行，你是女孩子，你不学习将来干什么？"陆子规反对，这几年，因为家里缺钱，姐姐已经没有上学了，出门打工，妹妹不能再不上学。

"你是男的，老陆家的希望。"妹妹希望陆子规好好学习。

"你们都要上学。家里就是砸锅卖铁，也要供你们读书。"陈凤英不同意。陈凤英小时候家里穷没有上学，吃了不少不认字的苦。

"说得容易，砸锅卖铁，能卖什么钱？"陆浩至眉头紧锁说道。

"我明天将家里蚕豆、芝麻收拾一下，上街卖了，至少能卖三四十元。实在不够，再卖两只老母鸡。"陈凤英掂量了一下自己的家底。

街市在青螺镇，有天然温泉，几百年的老街，青石板铺路，两边二层木质小楼都是临街，既能住人也能做生意。陈凤英第二天一大早就背了两大包蚕豆和芝麻，又拎了两只老母鸡。到晚上的时候回来，欢喜地坐在桌边，数了又数。一共八九十元，还给两个孩子各买了一个点心——油炸大饺子。

1989年，陆子规初中将要毕业。有两个选择，一是直接上中专，两年后毕业就是商品粮户口，能挣工资。另一个是上高中，再考大学。

中专分数线略高。以龙城乡中学每年的升学率，陆子规直接考上中专没有问题。但是整个龙舒县也就一所师范中专，毕业后出来分配为小学教师，陆子规有点不太愿意。班主任也觉得以陆子规的成绩只上师范学校有点可惜。

但是陆浩至却希望陆子规上中专，可以给家里省点学费，又能吃上商品粮，而且两年之后就能挣钱。

13

端午节那天，陆家吃完粽子，开了一个小型的家庭会议，家里一共五口人，大姐陆子然十六岁就到上海打工去了。不是年节，很少回家。

会议只有四人，父母陆浩至和陈凤英，以及陆子规和陆子柔。陆浩至简明扼要，开宗明义，说道："咱们商议一下子规上学的事。"

陈凤英收拾碗筷，陆浩至也让她坐下。"家里不都是你当家吗？你说怎么办就怎么办呗。考师范也好，上什么高中也好。只要孩子爱学习，我就是累一点苦一点也无所谓。"陈凤英心里也是觉得师范好，毕业后就能吃商品粮。一斤大米普通老百姓买要一块三一斤，商品粮只要两毛多钱，而且吃了商品粮，就是吃公家饭，陆子规要是能成为公家人，是龙口队第一人，父母亲友都有面子。

分产到户后家里粮食够吃，但是累也是真累，起早贪黑的，就没有闲的时候。一闲地里就长满了野草，那野草长在地里也长在心里，看着就慌得很。做农民真苦，而且农民之间鸡毛蒜皮的小事太多，陈凤英巴不得陆子规能早日跳出农门，成为公家人。上了师范，陆子规就不会再被人欺负。考上高中，还不是中学吗？虽然说有机会考上大学，将来发展前景更大，但是也有风险啊，万一考不上大学呢？

陆子规是直接上师范还是上高中，班主任朱老师特意做了个家访，和陆浩至及陈凤英做了一番谈话。老师在农村地位极高，说是先生也不为过，何况陆浩至家在农村算是注重教育的，对老师就更为尊重。不像韩家，几个娃学习一直上不去，韩小马早就辍学，韩小海初一、初二留级两年，每次考试都是倒数第一，韩小山也是在小学年年磨底。这与他们脑瓜子不灵有关系，和家庭对教育的重视程度也有关系。但是尊重归尊重，一旦牵涉到三年学费以及高中考大学的风险，朱老师也不敢把话说得太深太死。毕竟这几年在农村亲眼所见亲耳所闻，农民温饱没有问题了，这经济还是很差。供养子女读书的负担和农业税等负担不相上下。

"我读书就没给你们丢过脸吧。"陆子规看气氛有点凝重，说道。内心还是希望父母支持自己能上高中。师范，他真不喜欢，不是不喜欢老师这个职业，而是陆子规希望去更大的城市、更广阔的天地看看。

"我和你妈几辈子都是农民，当年就没想过能有今天。咱们饭是吃饱了，但是当农民也真累，起早贪黑的，我和你妈就这个命。但是你们，特别是你，能有这个能力，考上师范，有商品粮吃，不用在土里刨食吃，这就很好了。农村孩子，要脚踏实地，不要这山望着那山高。我上次听朱老师说，高中考大学，一个学校一年也没有几个能考上。"陆浩至字斟句酌地说道。

"只要有能考上的，我就能考上。"陆子规比较自信。

"可是？……"陆浩至为难了，毕竟是孩子前途，自己也不能一味地拿出家长作风，将来孩子要是怨自己怎么办。

"爸，我知道你是担心学费。要不我不上了，我和大姐一起去上海打工。省下来学费，给哥哥。"陆子柔今年五年级，成绩在班上也总是名列前茅，马上要上初中了。初中学费高，每年两学期，一百多元。

"那不行，你要是不上学出去打工，那还不如我不念了。我岁数大，打工挣钱比你多。"未等父母说话，陆子规赶忙说道。农村，多少都有点重男轻女，陆子规有时候隐隐感觉父母在子女教育方面对自己更为舍得。对姐姐妹妹，就是顺其自然的样子。姐姐初一辍学，十六岁就出门打工了。妹妹成绩虽然很好，但是父母从来没有欢喜过。

"一般女孩子到了初中成绩就下降了。"果然，陈凤英说道。要说对子女的爱，陈凤英和陆浩至真的没有明显的偏心。但是见识有限，觉得女孩子迟早嫁人，上那么多学不太管用。

陆浩至点上一支烟，关键时候，他也在犹豫。农村情况就这样，这几年甩开膀子干，粮食够吃了，钱是真的难挣。两个孩子的学费不断上涨，一年可能要二三百三四百。每年农业税费等又是好几百，加在一起一千多。就山头一点茶叶和板栗，真是变不出钱来，粮食吧，卖了也是不太值钱。

"爸。"陆子规叫了一声陆浩至，"咱家别老是种粮食了，粮食价格不高，你也舍不得卖。茶叶也不值钱，板栗一年好一年坏，也是卖不了几个钱。我们能不能像孙九爷一样，种点药材卖卖，或者栽点经济林，比如桃树、洋桃?"洋桃是山上的猕猴桃，生在深山老林之中。每年农闲时候，农民上山采回来，自家吃或者送人。山上还有不少野果，比如树莓或者毛栗子，比家生的板栗小，但是皮薄香甜。

"上了几天学，就异想天开了。中药哪有那么好种，你不懂，种不好也卖不掉。还有你说的桃子，谁买啊，家里都没钱，吃饱饭就不错了，还来买这些东西。洋桃更不现实，山上就有，免费的。你种不活，也是卖不掉。"陆浩至觉得农民就是种地，把地种好才是正道。

"说来说去，还是农民没钱啊。"陆子规叹一口气，对小妹说道，"不行，我就考师范吧。省点钱，两年后毕业挣钱也能供你读高中。但是小妹，咱俩可是说好了，我要是不能上大学，你就必须保证上大学。"

"压力大啊。"陆子柔做了一个鬼脸，心里也是有点难受。

事情基本就这样决定了，陆子规白天上学，尽量把书复习好。散学之后赶紧到地头帮助父母做一些农活，晚上继续挑灯夜战。

初中升学考试分两次，一次预考，以区为单位。考点在区政府所在地梅山镇。陆子规没有住宿舍，而是住在食品站。陈三爷早几年去世之后，陈三爷的女儿接替他做了食品站站长，两家依然来往。陈三爷女儿的孩子比陆子规小五六岁，精灵古怪，就是不爱学习。和镇上一帮半大小子呼啦一声到镇子上头，又呼啦一声到镇子下边。晚上，陈三爷女儿给陆子规做了满满一碗鸡蛋汤，里面放着肉片。看陆子规要让给自己儿子，赶紧拦了："子规学习好，马上考试，要多吃。小文，你要向你哥学习。"陈三爷外孙叫陈小文。

考试比较顺利，陆子规发挥也不错。成绩出来，七门，总计考了670分，不但在学校第一，全区也进了前五。

朱老师在班上宣读完分数，脸上掩饰不住惊喜，特意把陆子规叫到自己办公室："子规，考得不错啊。是我带的这几届中考得最好的。"

"朱老师教得好。"陆子规谦虚地说道。

朱老师哈哈大笑："智商不低，情商也不低哈。难得难得，继续努力。对了，和你父母商议好了吗？是直接上师范还是上六安一中？"龙舒县只有一所中专学校，就是龙舒师范。高中不少，六安一中是六安地区的全省重点高中，考上六安一中，基本上半只脚就迈进大学了。

"唉。"陆子规叹了一口气，"他们还是希望我直接上师范。"

朱老师也是叹一口气，觉得惋惜。

陆子规回到班级里，有点闷闷不乐，坐到自己座位上，眼神发呆。

"嘿，陆同学，发什么呆呢？装忧郁王子？"后座一个同学用笔捅了捅陆子规后背。陆子规回头一看，是二班的俞茹烟。预考之后，两班达到及格线的只有三十多人，陆子规知道俞茹烟，大家暗自封的"校花"。聪明美丽，只是两人不太熟，这算是俞茹烟第一次找陆子规说话。

"愁啊。考得太好了，和父母不好交代。"陆子规叹息一声。考了这么高分，肯定先被中专学校录取，再和父母说上高中就有点说不过去了。

俞茹烟噗嗤一声笑出声来。环顾四周，用笔点点，说道："你真是饱汉不知饿汉饥，好多人因为没考好在家抹眼泪呢。你倒好，因为考得太好了发愁。你小心他们知道了，来学校打你一顿，说你故意气他们的。"

"我倒是希望他们来打我一顿呢。那样，我在家躺一个月，等到中考，考得不好就可以上高中了。"陆子规无奈地说道。

"得。"俞茹烟用笔尖在桌子上敲了敲，"别得了便宜还卖乖了。龙城中学这一次大放异彩，朱老师全区都得奖了，都是你的功劳啊。不说这个，这道题怎么写？"

陆子规懒懒地回头一看，是一道关于传温导体的物理题，不算太难，便奚落一声："俞大才女，不会说这道题你也不会吧？"

俞茹烟白了陆子规一眼："你以为都是你，文科理科都那么擅长？不但发表文章挣稿费，物理、化学也是满分。我啊，就文科还行，这物理啊，一看就头疼。"

14

这一个月都是复习阶段，两个班拼成一个班，人数少了一大半，彼此也都熟悉了起来。

俞茹烟坐在陆子规后面，有不熟练的题就问陆子规。陆子规有时候怀疑，俞茹烟是不是不愿意独立思考，很简单的题也不会。真是这样，她是怎么考那么高的分的。不过，少男少女年纪，相互都有点好感，只要俞茹烟问了，自己都会认真解答。

孙茜上初二，临到考试，也经常到初三教室问陆子规题目。每次见到陆子规，都是甜甜地叫上一声："子规哥哥。"

"好甜哦。"俞茹烟在边上调皮地说道，"你妹妹？"

"算是吧。"陆子规回答。

"这话怎么说，是就是不是就不是。算是？"俞茹烟故意睁大眼睛，托着下巴，好奇宝宝一样看着陆子规，"要不让我猜猜你俩关系？堂兄堂妹，表兄表妹，或者是两小无猜青梅竹马……"

陆子规朝俞茹烟张大嘴巴，却没有发声。

"你说什么？"俞茹烟不解。

"G……U……N。"

"你才滚呢。"俞茹烟用笔敲在陆子规头上，陆子规作势要打回来。俞茹烟吓得双手抱头："小女子不才，大侠饶命。"

时间过去很快，转眼到了正式中考的时候。考点设在龙舒县城，这是一座老城，古龙舒国所在，也是全国很少以龙字命名的城市。

龙城乡离县城三十多公里，沿霸王河下行五里，是一个村民沿河自建的小镇，叫作沙湾。连接县城和梅山镇的县道贯穿而过。俞茹烟家住在沙湾。

县道是柏油路，两车可以并道而走。

龙口生产队村民很少去县城，有些物资交换，要不在霸王河街，要不在沙湾，更远的会去青螺镇。去县城麻烦，公共汽车在沙湾很少停靠，只在青螺镇有一个小站。等上半天，来一趟车，先要买票，车票紧张的时候，挤上车没有票也会被售票员赶下来。

龙城中学租了一辆大巴，将三十多个学生送到县城，校长亲自讲话，做了一番动员，无非是大家好好考试，超常发挥，考一个好成绩，对得起家长，对得起老师，对得起学校，更是要对得起自己，从此跳出农门，展翅高飞。

朱老师领队，上了车，和陆子规坐在一起，问："有信心吗？"

"还好吧。"其实陆子规这段时间没有好好学习，一方面是纠结自己怎么能控制一个合适的分数，既能不上师范分数线，又能达到高中分数线。另外一个，陆子规破天荒地失眠了，睡梦之中多次出现俞茹烟白衣黑裙的身影，风姿绰约地站在清浅河水边，河边有桃树，桃花开得正艳。有时候也出现孙茜的身影，欢快地跑到自己面前，甜甜地叫道："子规哥哥。"

"不管怎么样，都要好好地考。"朱老师嘱咐。山路颠簸，三十多里，大巴车也要行驶一个多小时。就在这时，两人身后，哇的一声。陆子规回头一看，是俞茹烟晕车，呕吐了。

陆子规赶紧起身，拿出一个破袋子。和俞茹烟身边同学换了一个位子，俞茹烟呕吐完，脸色苍白，陆子规关心地问道："没事吧?"

"黄疸都吐出来了。"俞茹烟神情萎靡地说道，"不行，我好难受，又要吐了。"陆子规伸手帮她拍后背。

朱老师回头看了一眼，眼神有点担心。两人情形如此，不会真的是学生反映的那样，两人在谈恋爱吧。

做老师的最怕学生早恋。那种懵懂青涩的恋情最乱人心，影响学习。朱老师今年年纪不大，也刚从那个年龄过来，所以不像一些传统老师一样一旦发现学生有早恋苗头，就去找家长。这样做的结果，学生学习更差而且从此留下心理阴影。

陆子规和俞茹烟都是班上的尖子生，也是龙城中学这一届最能考上中专学校的希望。对于尖子生上中专一事朱老师本身不太赞同，但是农村中学有农村中学的特点，考核指标以考上中专计算。俞茹烟家里条件不错，不用为上高中学费发愁。但是陆子规不一样，陆家父母意思还是希望陆子规直接上中专。两人成绩都不错，只要正常发挥，中专没有问题，偶尔失误，上龙舒中学也没问题。当然，能上六安一中更好，一个是省重点，一个是地区重点。

朱老师一直想找机会和陆子规谈谈，但是不知道怎么开口，毕竟，这么大的孩子敏感，弄不好会适得其反。

考点在县师范学校，住宿也在师范学校。这是好事，省得从住宿地方到考试地方来回奔波，没有专车，很不方便。

陆子规一下车，竟然有点喜欢师范学校了。学校建在城郊，很大，风景很不错，教室和宿舍分开，中间有人工湖，种着荷花。夏天，荷叶亭亭，荷花翩跹，湖边垂柳依依，湖上还有回廊，回廊上有凉亭。这么大，风景这么好，学生们纷纷感叹，见惯了建在山坡上的乡村中学，再看这里，哪里都觉得好，哪里都蕴含着文化。

大家住下，相互也没心思看书了。你到我宿舍看看，我到你宿舍看看，要不就在湖中凉亭里坐坐。有人搬来西瓜，招呼大家一起吃，陆子规也吃了几块，冰凉爽口。

到晚上的时候，陆子规肚子突然有点不舒服，跑了几趟厕所都不见好转，有气无力地躺在床上，有人敲门，"进来。"其余人都跑出去玩了，只有陆子规一个人在宿舍。

进来的是俞茹烟，看到陆子规脸色不好，关切地问道："你怎么了？"

"肚子坏了。"

"啊，怎么搞的？"俞茹烟眼中满是关心。

"可能是下午吃了几块西瓜。"陆子规胃口浅，平时吃到大盐粒子都吐，菠菜也不能吃，今天肯定是贪吃了太凉的西瓜，吃坏了肚子。

"那怎么办？明天就要考试了。"俞茹烟站在陆子规床前，屋内就他两人，气氛有点微妙。

"应该没事吧。"陆子规答道。

俞茹烟不知道怎么安慰，看陆子规洗澡换下来的衣服，突然小声说道："我去把你衣服洗了。"

"不要。"见俞茹烟把自己脏衣服装到脸盆里，陆子规突然站起身，身体发软，踉跄一下。俞茹烟伸手来扶，两人身体第一次亲密接触到了一起，都是脸色绯红，心脏怦怦乱跳。

"我出去了。你好好休息。"俞茹烟一低头，手拿脸盆，侧身走了出去。

陆子规躺在床上，脸色有点绯红，实在不好意思让俞茹烟给自己洗衣服。在农村，只有自己姐妹和父母或者媳妇能给男人洗衣服，而自己和俞茹烟，到底算什么关系呢？早恋？陆子规知道，两人应该还不是这个关系，虽然学校里有不少孩子早恋，但是，陆子规知道学习要紧。而且，陆子规知道俞茹烟家里条件不错，农村不都是讲究门当户对吗？

吾身无长物，哪敢连累佳人一起受苦啊！

就在陆子规胡思乱想之际，门外传来一阵杂乱的脚步声。原来是同宿舍的男生回来了，一个个被淋湿，进屋就纷纷牢骚："怎么就下雨了啊，我们玩得好好的呢，那足球场真的有草坪呢。"

"下雨了？"陆子规紧张问道。

"是啊，下得不小呢。"同学一边用毛巾擦头发一边说道。

陆子规拿了一把伞就冲下来，冲到湖边，见俞茹烟蹲在湖边的青石上洗衣服，雨水已经淋湿她的后背。

陆子规在她身后撑开伞，俞茹烟回头看了一看，脸色羞红，莞尔一笑，继续低头洗衣服。

"谢谢了。"夏日晚上，有虫鸣，有雨声，气氛就像这天气一样，说不清道不明。沉默了片刻，两人同声说道。

气氛不再尴尬，两人有一搭没一搭地聊天。等衣服洗完，俞茹烟端着盆建议去湖上凉亭坐一坐。两人坐在凉亭栏杆上，垂柳垂下细条，在两人身边轻轻浮动。

"我听说你爸你妈想让你上师范。"俞茹烟率先打破沉默。

"是啊。"陆子规一听到这个话题，有点惆怅。

"你要是只上师范，太可惜了。"

"又能怎么办？父母也不容易。"陆子规有点羡慕俞茹烟，她家里条件不错，上面几个哥哥都已经挣钱，她只要管好自己学习，不用为钱发愁。而自己，三年高中学费对于父母来说是个沉重的负担。

"和父母好好谈一谈呗。上了师范，一辈子就只能在农村了。"

"是呀，农村除了山还是山，走一天，都走不出来这个大山。而且，你看，咱们山里人家住的什么地方，这儿挖一块建个房子，那里掏一块整一块地，石头缝里能长出什么庄稼？说起来，说穷乡僻壤也不公平，山本来就在那里，很完整很和谐很自然，反而是人，就像后来者打扰了这山。"陆子规怅然若失，山村人家为了生存，所占用和开发的资源就是破坏山的主体，有的地方，这几年不是塌崩就是泥石流。

"你这想法倒是好奇怪。我听我哥哥说海里有个生物叫藤壶，就喜欢依附在船上、鲸鱼身上。难道你说我们山里人家就像藤壶一样依附在山体上。"俞茹烟想法活跃。

"差不多吧。"陆子规第一次听说藤壶这个词，但是俞茹烟一比喻，觉得挺像，"你肯定是上高中吧？"

"我哥要求我最好能上六安一中，最次也要考到龙舒中学，千万不能只考到青螺中学。"六安一中是省重点中学，龙舒中学是地区重点中学，青螺中学只是一般中学，和龙城中学比，多了一个高中部。六安一中每年百分之二十能上本科，百分之五十能上大专，升学率相当不错。龙舒中学升学率约有六安一中一半，青螺中学一年能有百分之三考上大专就不错了，所以只考上青螺中学的话，基本与大学无缘，也就是完整读完中学，有个高中毕业证而已。

15

陆子规的中考只能用"天有不测风云，人有旦夕祸福"来形容。第二天考试，上午考语文，陆子规肚子呼啦啦啦地响。到作文的时候，肚子实在憋不住了，胡乱几笔，赶紧交卷出来找厕所。到下午考数学也是这样，做到一大半，肚子又是闹别扭，别说检查，后面两道大题都没有做完。

晚上俞茹烟看他脸色愈加不好，担心地问道："没事吧，我去给你买点药。"

药是吃了，可能药不对症，当晚发起烧来，又吐又拉，第三天考英语，英语本就不是陆子规的强项，发下试卷十几分钟，陆子规头昏脑晕，强忍到三十分钟可以交卷的时候，实在坚持不住，交卷出来，等在门口的朱老师看到，很生气地问道："陆子规，你这态度有问题，哪能这样对待考试，即使你不想上师范，你也要好好发挥考一个重点高中啊。"

"老师，我……"陆子规知道朱老师误会了自己，急火攻心，眼睛就睁不开了，感觉天地间就像一个大幕，在脑海里缓缓闭合，顿时天旋地转，脚步打战站不稳。朱老师见状一把抱住陆子规："子规，你这是怎么了？"

"赶紧送医院吧，这孩子是不是精神压力太大，顶不住了。"边上送考家长和带队老师说道。

好在考点离医院不远，朱老师连拉带抱将陆子规送到急诊室，抽血验血，医生诊断："急性肠炎。"

挂了两瓶生理盐水之后，陆子规感觉好了一点，看到身边焦急的朱老师，歉意说道："对不起了，朱老师。"

朱老师安慰一声，不解地问道："前天你上车的时候，还没有事，怎么就肠炎了？"

"可能是多吃了几块西瓜。"陆子规回答。

朱老师哦了一声，心中了然，农村孩子见识少，像陆子规长这么大，可能吃西瓜的次数不超过四五次，每一次还都是掂着分量吃，这一次到县城，一下子碰到路边摊各种小吃，这些路边摊不卫生，吃多了自然会有肠炎等麻烦。看看时间已经到了下午一点半，问："还能考试吗？"

陆子规从病床上翻下身，说："没问题。"

考试时间两点，陆子规快步跑到考场，好说歹说，监考老师让进了考场，政治，对于陆子规来说，问题不大。第四天三门副课，物理、化学、历史，陆子规考得也不错。

从县城回来，陆子规脚步刚跨过门槛，陆浩至问："考得怎么样？"

陆子规脸色有点不自然，父亲问，又不敢说实话："应该还行吧。"

"能考上师范吗？"陆浩至又问，眼神殷切。

"可能有点难。"陆子规更没勇气面对父亲的这个眼神。

陆浩至脸上有了怒色。"考不好回家跟我种地。"说完，转身出门，扛着锄头下地去了。

唉，陆子规叹息一声，躺在床上，看着起伏的屋瓦，第一次为自己的将来担心。

一周后，中考分数线下来，龙城中学三十多人参加中考，第一名640多分，最后一名370多分。陆子规420分，这让所有老师和同学大跌眼镜，比他预考少了250多分，虽然说部分同学也有起伏，但是像他这样两次考试相差200多分的，少之又少。

以陆子规420多分的成绩别说考上师范一点希望都没有，就是上个普通高中好像都难。

过了几天，师范分数线下来。630分，龙城中学两人搭上分数线，六安一中610分，又是三人。龙舒中学540分，有五人。剩下来就等青螺中学分数线了。

俞茹烟这一次也没有考好，490分左右，也仅是勉强能够保证上青螺中学。

成绩一公布，陆子规立即迎来了暴风骤雨，陆浩至手中拿着门前砍下的桃树枝，厉声喝道："我让你谈恋爱，不知羞耻，考得这样差，花了那么多钱不丢脸啊！你以为老子的钱大水冲下来的啊！"然后，桃树枝就落在陆子规脊背上。

陆子规小时候没少挨打。这几年稍微好一点，如今考得不好，别说父亲生气，就是自己也觉得该打，所以无论桃枝怎么落在脊背上，他不闪不躲。只是，心里微微惊惧，父亲说的谈恋爱，这个消息他是怎么知道的？要说别的原因没考好，可以解释，因谈恋爱没考好这在农村确实让人羞耻。

陈凤英心疼孩子，过来拉，被陆浩至一把推开，并引火烧身："妈的，都是你给惯的。考这么点分，我陆家脸都被他丢尽了。"

"那你也不能打死孩子啊。"陈凤英平时弱势，但是再弱势的老母鸡也有护小鸡的天分，见抢夺不下桃枝，自己身子覆盖在陆子规身上，那桃枝就落在她的后背上。

一直咬嘴倔强的陆子规哇的一声哭了，推开母亲："妈，是我对不起你们，是我没考好，你让他打吧，打了他好受我心里也好受。"

陆浩至听到陆子规话语，又见母子俩抱头痛哭，突然觉得浑身无力，扔下桃枝，颓然地坐到门槛上。嘴里絮絮叨叨："扶竹竿扶上天，扶大肠扶出屎来。以为你成龙成凤，哪知道成了水米虫。你说，家里累死累活供你读书，你却不读书，去谈恋爱。考这么一点分，你不丢人我们丢人啊。"

陆子规深感惭愧，呆呆地看着屋顶。犹豫半天说道："我不念书了，在家干活吧。"

"瞎说什么啊？干活？干活能有出息？农村哪个干活干出名堂了。无论如何，要念书的。"陈凤英见父子之间不再剑拔弩张，制止陆子规说不念书，她怕陆浩至真的冷了心，不让陆子规上学。

"念书念书，念到最后就这个样子？再念书，你给孩子钱啊。

学费我可不掏。"陆浩至气还未消。

陈凤英将陆子规推回房间:"好好看书,不行复读一年。我供你,没钱我回娘家去借钱。"

"双抢"之后,板栗还没有成熟,农村不是最忙的季节,但是陆浩至总是会给自己和家人找到干不完的事,不是这里的地要翻一下,就是那里的稻草要薅了。往年暑假,陆子规和父母一样下地干活,但是那天被揍之后,陆浩至不要陆子规跟着自己下地,说被人看到,问起来考得怎么样丢脸。

陆浩至这么多年在村里,腰杆挺得挺硬,一是田地里的活自己拿手,另外一个就是陆子规争气,每次在班里考个前三名,别人都说自己教子有方。与韩家竞争,明里暗里,相互较量,无论韩大川当了生产队长得了多少便宜,但是一谈孩子学习,韩大川都要在人前低下头。就他家那三个孩子,韩小马早就辍学,在外面瞎混。有时候夹个包装万元户,但是打开包就一堆乱报纸,这几年在外面混不下去了,老实了。回村说开一个水泥预制厂,但是那水泥砖谁用啊。韩小山、韩小海也都不是读书的料。

陆子规被软禁了,关在屋里,不许出门。陆浩至出门干活的时候,将门锁一锁。

离九月开学还有一个多礼拜,俞茹烟收到青螺中学录取通知书,心里稍微踏实了一些。这个暑假她过得也是不自在,以她预考的成绩可以上六安一中,最次也是龙舒中学,结果考了490多分,这让她的大哥雷霆万分,特意从六安赶回来,将这个自己平时最为宠爱的小妹狠狠责骂一顿。

怅然啊,俞茹烟看着门前池塘几只鸭子百无聊赖地漂浮在水面上,"也不知道他怎么样了?"

应该也不好过吧。但是,你是男孩,大家心情都不好的时候,你应该主动来安慰安慰我啊。

俞茹烟等家里没人，出了门，沿河而上，到了龙口村庄。正在犹豫怎么找到陆子规家的时候，看到孙茜刚从河边洗衣服回来，身形利索，挎个篮子。两人迎面撞上，面色有点不自然。

俞茹烟耸耸肩，看着孙茜："怎么，很不欢迎我？"

"你又不是来找我，要我欢迎干吗？"孙茜看着俞茹烟，她也听说陆子规这一次没有考好，是因为谈恋爱，那对象肯定是眼前这个身材曼妙的女孩。

"找你也行啊。"俞茹烟笑道，"你请我喝茶还是聊天？"

"没时间，你要去找子规就去呗，别不好意思开口。"孙茜没好气地说道。内心里，总是觉得眼前女孩好像抢走了自己什么东西一样，对她略有防备。

"小丫头片子，伶牙俐齿的。"俞茹烟嘻嘻一笑。

"就你大。"孙茜被对手叫小丫头片子，心里不服，立马反驳。

俞茹烟故意挺一挺胸，嘿嘿一笑："不闹了，带我去找陆子规。"

孙茜也不再为难她，说："你等我一下，我把衣服送回家。另外，你别这样大张旗鼓地站在场基上，在树荫下等我。要不被陆叔叔看到，陆子规又要遭殃。"

"我咋了，我来了会给陆子规带来麻烦？"俞茹烟不解地问道。

到了陆子规家，俞茹烟就知道陆子规是什么个情况了。

16

孙茜陪着俞茹烟来到陆子规家门口，大门紧锁，四周寂寂无声。

俞茹烟问孙茜："陆子规在家吗？"

孙茜凑到西边陆子规房间窗户边，轻轻叫了声："子规哥哥。

子规哥哥。"

陆子规躺在床上胡乱地看着屋顶鱼鳞一样的瓦片，为自己的前途忧虑。被父亲关在家一个多礼拜，陆子规并没有看书，左看右看看不下去。听到人叫，走到窗前，透过窗户玻璃看到是孙茜。打开窗户，隔着栏杆，问："你怎么来了？"

"你看看谁来了？"孙茜侧过身，陆子规就看到俞茹烟，一个多月没见，俞茹烟好像又长高了，穿着白色七分裤，露出洁白的脚脖子，一双高跟凉鞋，短袖上衣，刚好合身。

"俞……茹烟。是你。"陆子规掩饰不住惊喜，就像在黑屋子里关久了，不但见到了光，还见到了光中的神。

"你咋被关起来了？"俞茹烟掩饰住心中惊喜，故意惊讶地问道，眼中还有一些促狭。

"一言难尽啊。"陆子规说道，"等等，我出来。"

俞茹烟看到大门紧锁，不知道陆子规怎么出来。孙茜走到门口，双手取下门槛。不一刻，陆子规的脑袋露出门槛，然后整个身子钻了出来。拍拍灰，抬头看天，深深地呼吸一口新鲜空气，"还是这外面好，青山啊，翠松啊。"

三人走到屋前的山坡斜躺在草坪上。陆子规打量了一眼俞茹烟，俞茹烟刚好也看他，两人眼神碰撞在一起瞬间移开。

"我要不要回避一下？"孙茜问道，她躺在离两人稍远的地方。见两人没有说话，想了想又说："看来我还是回家吧。子规哥哥，我可提醒你哟，别玩得太久，等下陆叔叔就要回家，看你偷溜出来，估计又要揍你。"

俞茹烟问陆子规："你爸真打你啊？"

"习惯了。"农村孩子没有少挨家长揍的。这么多年，陆子规真被父亲揍习惯了。小时候是顽皮，长大了不见得是自己做了错事，只是父母不顺心，将邪火发到自己身上而已。

孙茜果真走了。俞茹烟和陆子规躺在树荫下的草皮上，有一搭没一搭地说话。当说到这次考得不好的时候，陆子规沉默了。

"不行就复读一年呗？"俞茹烟也考虑过复读，但是大哥不允许，说初中就复读的学生即使考上高中也没有什么希望。

"哪有那么容易？"陆子规明白家里经济条件不好，复读一年要多交好几百元学杂费，父亲肯定不愿意拿这一笔他觉得冤枉的钱。

"和你父母好好谈谈，天下哪有父母真不希望自己孩子好的。"

"可是，他们现在很生气，说我没考好是因为早恋。"

"早恋？和谁？难道是和我？"俞茹烟看着陆子规，故意眨巴了一下眼睛，"那我将来要远离你了。"

"你马上去青螺镇上高中，我都不知道接下来怎么样。你就是不想远离我，咱俩以后也很难见面。"陆子规略有一点失落。沙湾和龙口相隔虽然只有五里，但是两家又非亲非故，平时没有往来。

"我可以像今天一样来看你啊。或者，再不济，咱们可以写信。"俞茹烟性格开朗，没有陆子规这么多忧愁。

时间不早，两人从山坡上下来。走到河边，俞茹烟要赶回家，陆子规送她到河边。

朝向龙口村庄这边的河堤较缓，这边河床也是没有河水。韩小马在外面闯荡一番之后，并没有闯出什么名堂，就号召大家集资筹建水泥预制厂，说在上海广东那边看到这种厂非常挣钱。叫唤半天，没人响应，只拉来同姓几个。像韩大河、韩大庆，包括自己弟弟韩小海，在河边搭起几个草棚，又在河床平整一块地，起了个很响亮的名字："马踏山海水泥预制集团"。厂子开张一年，没有生产出什么好东西，只在场基边沿堆了两堆水泥砖，没卖出几块。

俞茹烟要跨河到对面的公路，就要从场基中过去。刚走到一半，从棚里探出一个脑袋，乱糟糟的头发顶在脑袋上，像鸡窝。那脑袋看到俞茹烟，两眼放光："耶，这哪里的美女啊，胸真大啊。

来，进屋坐坐，和哥哥谈谈人生，谈谈事业。"

"谁呀，这么不要脸？"俞茹烟啐了一口。陆子规回头一看，棚里是韩小海。弯腰从地上捡起一块拳头大的石头，向棚里走过去。韩小海一见是陆子规，见他手中拿着石头脸色不善，缩回棚里。

陆子规走到棚子门口，低声喝道："韩小海，你给我出来。"

"谁呀，胆子不小啊。"门被韩小马推开，韩小马已经二十多了，个子虽然不比陆子规高多少，但是长得壮实。看到是陆子规，也是讶异了一下："陆子规，你干吗？"

"叫韩小海给我滚出来。"陆子规面无表情地说道。在韩小马面前，他也毫不退缩。俞茹烟走到陆子规身边，轻声说道："子规，要不算了。"

陆子规回身示意俞茹烟没事。见韩小海还没出来，将手中石头向门砸去，那门本就不结实，被石头一下子砸了一个大洞。

"陆子规你想干吗？"石头刚才从韩小马身边飞过，吓了他一大跳，回头一看，木门被砸了一个大洞，愤怒地问陆子规。

"让韩小海滚出来，给我同学道歉。"陆子规并不在乎韩小马比自己壮实，也不怕他的愤怒。从小到大，韩小马他们想欺负他，最终倒霉的都是他们兄弟几个。事情一多，陆子规在他们兄弟面前气势就高了不少，也就养成了心理优势。

韩小马举起拳头，朝陆子规扬了扬："你以为我不敢揍你？"

陆子规仰起脖子，上前进一步："你试试？"

韩小马拳头尴尬地停在半空，他还真不敢轻易动陆子规。自从知道兄弟三人被马蜂蜇个半死是陆子规干的，韩小马对陆子规就有点害怕。这几年，自己在外，韩小海也被陆子规揍过几次。"你到底想怎么样？"

"你傻呀。"陆子规瞪了韩小马一眼，"白长这一身膘肉，不长脑子。我都说过几次，让韩小海给我滚出来，给我同学道歉。"

"真是只是道歉?"韩小马狐疑地问道。

"先让他滚出来再说。"陆子规语气坚定。

韩小马犹豫了一下,回身叫韩小海。韩小海磨磨叽叽地走出来,看到陆子规皮笑肉不笑的样子,吓得退后一步。陆子规却是上前一步,一下子封住他的衣领,上手扇了几个耳光:"让你妈的嘴贱。"

"你。""你。"韩小马和韩小海同时发出惊叫声,韩小马就要过来拉陆子规。陆子规不等他到跟前,一只手拽起韩小海,另一只手抓住俞茹烟,向河中心跑去。

陆子规跑得飞快,韩小海踉跄几步,没有站稳,身子被陆子规带着向河中心跑去。

到了河中心,陆子规将韩小海按到河水里。"你他妈嘴这么臭,好好洗洗。"然后用脚踩在韩小海后背,狠狠踹了几脚。又拉起俞茹烟就跑,身后韩小马和韩大河追了过来,手中拿着铁锹。

俞茹烟手被陆子规拉着,跑过大河,到了马路上才停下。俞茹烟弯下腰,双手撑在膝盖上,气喘吁吁:"在学校跑步比赛都没这么快。"

"再不跑,我可打不过他们三个人。"陆子规也是累得够呛。

好半天,两个人才缓过劲来,相互看看,突然哈哈大笑,觉得最近一段时间淤积在心中的闷气都发泄出来了。

"以后再打架,还叫上我。"俞茹烟期待地说。

"女孩子家打打杀杀多不斯文。"陆子规白了他一眼。

"我又不想做大家闺秀,只要开心就好。"俞茹烟想起刚才情景,又忍不住哈哈大笑。看向陆子规,满是敬仰:"没想到你打架也这么厉害。"

"还好,还好。"陆子规做了一个双手抱拳的姿势,谦虚说道。脸上也是开心,这段时间,被父母责骂,被邻里嘲笑,又被关了一个多礼拜,心里说不出的难受,直到这一刻,这一切都烟消云散。

他对俞茹烟说道："俞茹烟，你到青螺镇好好学习，争取考一个好大学。我也会努力，不管怎么样，我都要努力，追上你。"

17

这是两人第一次约定。再转身一个向南、一个向东的时候，两人步伐都相当坚定。

这一年，青螺中学的分数线迟迟没有明确公布，让人感觉奇怪。直到新学期开学的头一天才正式公布了分数线，390分。分数一出来，全镇哗然，刚开始可是传言分数线是440分。

后来，消息出来，说是青螺镇为什么把分数线定得那么高，不是因为全镇学生都考了高分，而是青螺镇要留相当一部分名额给关系户。这些关系户一半是领导子女，另外一半给出钱赞助的学生，但是这事被县教委拦了，到要开学的时候，160个名额，符合条件的才120人。

陆子规知道青螺中学最终分数线的时候已经是新学期开学之后了，虽然极不愿意，但是陆浩至还是同意陆子规复读一年。其中朱老师做了不少工作，而且解释了陆子规这一次考砸原因是急性肠炎，而不全是早恋。

不全是，就是还是。陆浩至还是痛骂了陆子规一顿，陆子规也不还嘴，只要同意复读，不让自己辍学，那自己就还有希望。

陆子规重新回到初三教室，和孙茜一班。孙茜倒是欢喜，主动将座位挪到陆子规身边。"子规哥哥，我终于和你坐一起了。以后又像小时候，咱俩天天一起上学，一起散学。不会的还可以问你。"两人小时候一二年级离村庄很远，五六里山路，路上经常遇到狼，一个人走路很危险，都是陆子规带着孙茜一起上学。

陆子规叹息一声："惭愧啊。"

"从头再来！"孙茜挥了挥小拳头，"这世上再没有人相信你，我都相信你。"

"你呀，还像小时候一样。"陆子规无奈地笑笑。

孙茜突然指着陆子规脑袋，然后惊叫一声："子规哥哥，你老了。"

陆子规听得莫名所以，不解地问道："什么意思？"

"你有白头发了啊。怎么一回事？这一次没考好急的？"原来孙茜突然在陆子规脑袋上发现几根白发，一头黑发之间有几根白发特别晃眼。

陆子规挠了挠头："有吗？"自己这段时间确实想了不少，为自己将来考虑，但是应该不至于急出白头发吧。当年闯王为渡黄河急得一夜白发，难道这事也在自己身上发生了？"绿水本无忧，因风皱面；青山本不老，为雪白头。"

"嘿，还挺诗意的。你倒不如说'自古美人如名将，不许人间见白头'。不过，子规哥哥你别急，我有法子治好你的白发。"孙茜皱眉想了想说，并劝解陆子规不要因为几根白发着急。笑说，我子规哥哥长得帅，有了白发显得更为成熟，多了一种沧桑美。同时，父亲医疗笔记中记了一个专门治白发的方子。子规哥哥要是需要，自己回去好好研究那个药方子。

"你有什么法子？最好的方式就是把白头发拔了。"陆子规不以为意。

孙茜听陆子规说拔掉白头发，嘻嘻一笑，说道："这倒是个好法子，简单省事。我先给你拔掉这两根白头发。在我没研究药方之前，你白头发我见一根拔一根。"说完，真的上手按住陆子规脑袋，要来拔白头发。

就在两人说话推搡躲让之间，朱老师走进教室，新学期，朱老师重新去做初一班主任，他来初三是专门找陆子规的。

陆子规听说自己被青螺中学录取，茫然了半天。

接下来半天，做父母思想工作。陆子规好说歹说，陆浩至终于答应他上普通高中。但是约法三章：省吃俭用，只准学习，不准看杂书谈恋爱。陆子规一一答应，第二天，收拾了东西，背了书包，手中提了二十斤米和一瓶小菜，青螺中学离家远，中午必须在食堂吃。可以买饭票，也可以拿米换。买饭票比自己带米要贵不少，菜可以买菜票，一顿两毛至一块之间，一个月下来也是一笔不小的开支。本着勤俭节约的原则，陆子规带米换饭票，自己带菜吃。

走谷家冲翻过梅子岭再走梅岭冲、韩庄，穿过青螺镇老街，跨过一条河，才能到青螺中学报到。从龙口村经过谷家冲到梅子岭四里，上岭下岭二里，梅岭冲、韩庄到老街三里，老街一里，穿过老街到学校一里，总计十一里山路。路是羊肠小道，或是两山夹道，或是一边高冈一边悬崖，极不好走。另一条路是沿河而下到沙湾，再走县道到青螺镇，双向车道的柏油路。只是距离更远，有二十多里。陆子规没有自行车，不敢耽搁这个时间。

二十多斤米拎在手上，不一刻手就发酸。十一里山路走下来，到了老街，手指都发麻了。老街很老，自明清时就有山民沿河而居，后来发现天然温泉。在街西头挖了两个大池子，砌了围墙，就是周边人的天然澡堂子。老街青石铺路，两边房屋鳞次栉比，多是二层木质小楼。转弯处有花盆草木，户户门前挖了一个小池子，冒出天然温汤。冬天里袅袅热气升腾。一里多老街，店面相对而开。有粮店、油店、理发店和副食品店。其中分布着三四家早点摊，卖着油条、大饺子。陆子规父母不可能专门为他上学起早做好早饭，他怕上学迟到，没吃早饭就从家出发，此刻走了一个多小时，闻到早点摊的香气，更觉得饥肠辘辘。

到了学校，幸好没有迟到。找到报名处，报名交费，交费处人潮汹涌，陆子规一手拎着米袋子和菜瓶子，另一只手捧着书。艰难地从人潮中挤了出来，手中书本几次差点掉落。陆子规狼狈地离开人潮，刚走了不远，却被一个声音叫住："陆子规，这边，这边。"

原来是俞茹烟，她昨天已经办完入学手续，刚要从宿舍去教室。看到陆子规，赶紧走过来接过陆子规手上的书本："是一班还是二班？"

"二班。"陆子规站直身子，长舒一口气，回头看看交费处依然人潮汹涌，如释重负的样子。

"真好耶，我也是二班。知道吗？我昨天听说录取分数线降到390分，我就在想，你会不会也来读高中，不复读了。没想到今天就看到你了。而且咱俩一个班。"俞茹烟乍然看见陆子规，知道分到一个班，非常欢喜。

"是呀，我和我爸谈判半天，他老人家终于点头同意了。"陆子规擦一擦额头的汗。江淮之间，这个季节闷热潮湿，刚才拥挤，不合脚的凉鞋差点挤掉，身上的汗衫也是湿透了。

"你手上拎着什么？"俞茹烟白色七分裤，精致凉鞋，上身一件红短袖体恤，显得精致利索。看到陆子规手中蛇皮袋和一个冒着油花的玻璃瓶，不解问道。

"米和菜。"陆子规看看四周，同学们都是背着书包，或是拿着书本，像自己这样农民工打扮，与周围满是栀子花、翠竹的校园环境格格不入。

"换饭票？"俞茹烟明白过来，"但是每周五才能换饭票，今天周二，你把米放我这儿，我到周五给你换。"俞茹烟住校。接着，俞茹烟从口袋里掏出五斤饭票，递给陆子规："这几天你先用着。"

陆子规接过饭票："谢谢，到时候换了饭票，你从里面扣下来。"

"你和我客气啊。"俞茹烟看着陆子规，感觉有点陌生。可能环境变了，人也有点变化，即使没变化，也需要时间适应。

高中课程与初中课程跨度挺大。特别是物理、化学、地理三门课，在初中时，陆子规学得游刃有余，但是高中一开课，陆子规却觉得有点听不懂了，周围同学基本上也都是懵懂状态。

陆子规上课聚精会神，努力跟上高中老师上课的节奏，一个月后小测验，陆子规考得不错。虽然都是八十多分，在年级一百多人之中竟然排进前三，陆子规才长出一口气。

俞茹烟考得不太理想。七门课，最高的语文也才七十多分，物理、化学、地理三门课都不及格，只有五十多分，总分在班上排到中等。周末，看陆子规收拾书包要回家，俞茹烟走到身边，低声说道："子规，今天走大路，陪我一起回家，好不好？"

高中老师更忌讳同学早恋，一经发现，会通报批评，会找家长，闹得满城风雨。这一个多月，两人尽量保持距离。陆子规走出校门，站在栀子花下等俞茹烟。不一刻，俞茹烟推出自己粉红色自行车出来，车后架上放着换洗的被褥。

两个人看四下无人时走到一起。陆子规接过俞茹烟的自行车，两人沿着县道走着。

"怎么办啊，子规。我这一次考得这么差。"俞茹烟率先开口。在初中，她成绩也是名列前茅，到了高中，突然觉得课程太难了。新环境，到现在还没适应过来。

18

"我这一次考得也不是太好。"陆子规不太会安慰人。

俞茹烟转过头白了陆子规一眼："你都前三名了，还说考得不好？你这样说让我无地自容啊。"

"一次考试，能够代表什么？又不是中考、高考。"经过中考的失利，陆子规到现在都有点恍惚，时刻提醒自己以后要处处小心，不敢再麻痹大意，别高考时再一次惨遭人生的滑铁卢。

"但是我感觉学不好啊。"俞茹烟轻轻地跺一跺脚，嘟起小嘴，有点懊恼的样子。

"没事，有我。"陆子规安慰道，"这个月，我总结分析了一下，高中和初中课程内容不一样，中间跨度较大。但是，总之还是延续初中的基础，包括某些公式。主要是老师的上课方式不一样，节奏也不一样，只要努力习惯了，跟上老师节奏，就没问题。我也抽空梳理了一下各科的笔记，你拿去看看，或许能有帮助。"

俞茹烟接过陆子规递过来的几个笔记本，里面密密麻麻写满了字。字是行书，写得洒脱。有的地方做成思维导图，条理清晰，纲目清楚。"谢谢，你真好！"

陆子规笑笑，没有说话。自己辅导俞茹烟，以俞茹烟的聪明，成绩很快就能上来。但是学校里不知道什么原因，正常男女同学交流总会被人说闲话，要是传到老师耳朵里，老师不问青红皂白就会批评一顿。校长也经常在校园溜达，特别是夜晚，竹林里面，池塘边上，栀子花丛后面，只要有男女同学单独在一起，都被划为早恋，后果很严重。反而是那些不听话的学生，和社会男女纠结在一起，学校反而不管，甚至让某些社会不良人员明目张胆地进入校园，敲诈勒索学生。有的女孩子老实胆小，慢慢地也被他们连蒙带吓以及小恩小惠带坏了。

可能这就是普通中学吧，校风不好。整体实力和龙舒中学、六安一中那些重点中学比差了很多，与师资力量有关，与校风更有关。

陆子规愿意每天晚回家一个小时，辅导俞茹烟。陪同俞茹烟掌握当天的知识，效果更好。但是在教室，会被人说闲话。这段时间，眼见俞茹烟为学习跟不上而发愁，做完自己作业之后，回家帮助父母干完农活，帮俞茹烟熬夜整理了这些笔记。

第二次测试，俞茹烟成绩果然有了提高。陆子规还是年级前三名，差距在于另外两位都是住校生，学习时间充足。而陆子规每天早晚上学散学路上就要花去两个多小时，晚上回家还要帮父母做一个多小时农活，早晨起来，也是经常饿着肚子。

俞茹烟每周回家一趟。隔段时间，陆子规陪她一起走县道，顺便将笔记给她。到学期结束，俞茹烟成绩提高到年级前二十名。春节过后，第二学期开学，下了一场大雪。山路结冰，陆子规每天上学路上需要两个多小时，为了不迟到，陆子规每天早晨五点钟就出门，到了老街，脱下鞋，将冰冻的双脚泡在温泉小池子里，等暖和之后再去学校。

一年过去，两年过去，高二结束，陆子规依然是年级前三，俞茹烟终于进了年级前十。孙茜也是考进青螺中学，比陆子规和俞茹烟低一年级，成绩不好不坏，偶尔还要旷课，在家照顾生病的母亲。

高三第一学期第四个周末。陆子规推着俞茹烟的自行车，俞茹烟空手走在身边。两年时间俞茹烟个子长高了不少，身材完全长开，正是豆蔻年华，穿衣讲究了起来。不像陆子规，还是老三样。普通长裤，普通衬衣，普通凉鞋。俞茹烟的自行车也换了，女士二六，比原先粉色的自行车高了不少，陆子规也勉强能骑，但是带人不行，所以两人还是走路。

"紧张了。"俞茹烟这一个月感觉到班上气氛明显变化，老师、校长一开口就是高考。两人高二选班的时候都选了文科，俞茹烟实在不喜欢物理、化学，那些公式在脑子里打转，无论自己怎么梳理，到考试时都是一团乱麻。陆子规理科成绩不错，文科更好，特别是历史、地理，那些没经历过的，没到过的，因为在书本上可以感受。另外一点，陆子规在初中时就偶尔发表文章。到了高中，发表的更多，稿费不高，但是可以贴补自己一些，比如买点菜票，偶尔在学校打菜吃。

母亲做的菜并不比学校的菜差。一个班六七十人都可以到食堂买菜，就陆子规只打饭回到教室吃自己的菜，心里感觉有点委屈，也有点自卑。俞茹烟有时候偷偷塞给陆子规菜票，陆子规也是摇头拒绝。

"这学期要更努力了。"俞茹烟舒展了一下自己圆润光洁的手臂，说道。

"是呀，高三了。又到人生关键时候。"陆子规响应，再也不敢大意。像初中那样，成绩在年级一直都是名列前茅，但是关键中考的时候却是遭遇了滑铁卢。

"你应该还好，每次前三名，我还差一点，不过你放心，我这学期争取到年级前五名。"俞茹烟蛮有信心地说道。

"好啥啊。前三名听着好听，但是以青螺中学每年的升学率，就是第一，也不敢说就能考一个好学校。"陆子规忧愁啊。青螺中学教学质量确实不咋样，去年，达到专科分数线的就五人。除了一个勉强上了本科，其余四个都是上了地区的专科学校，六安地区一所本科学校都没有，一个是师专，另一个是联合大学，比师专更差一点。自己好不容易争取到读高中的机会，三年努力，陆子规并不想上这样的专科学校。

"你心太大。我只要上了专科学校就能交差了。"俞茹烟对陆子规的态度不以为然。

"那你要继续努力，怎么样也要挤进年级前五名才行。"陆子规说道，"女孩子，总会好一点，能考上大专，走出农村，工作要好找一点。"

"女孩子怎么了？总不能比男孩子差太多吧。"俞茹烟白了陆子规一眼，然后问道，"你脑子中不会也有男尊女卑的思想吧。"

陆子规摇头。

"要不这样行不行，你这学期也住校。节省路上时间，争取冲到第一。也可以有时间多辅导辅导我。"俞茹烟知道陆子规每天花在路上的时间比较多，耽误了学习，也因为这个原因，始终没有考到第一名。

陆子规犹豫了一下，说："我父母可能不会同意。"

"因为钱?"俞茹烟这几年和陆子规在一起，相互间都很了解。知道陆子规家里不愁吃喝，但是经济条件不是太好。

"算是吧。"一学期住宿费五十多元，加上早晚两顿饭四五块钱，一学期下来，住宿比走读要多三四百开支，一年就是小一千元。家里肯定拿不出来这么多钱。妹妹也上初中了，学费越来越高。自己这几年虽然有点稿费，但是十元二十元的，解决不了什么实际问题。

"钱我给你出了。我想在外面找一间宿舍，给你住。这样你既有充足的时间学习，也能辅导我。"

"那你住哪里?"

"正常情况下我还是住宿舍啊。除非……"俞茹烟说到这里，突然想到一个问题，这是否属于同居，突然不开口了。

两个人沉默着走到沙湾，谁也没有继续这个话题。

生活本来可以这样平静地开始，但是事情往往不按照预计的那样发展。开学两个星期后，校园内有点躁动，就是高三太累了，大家的神经不能绷得太紧，不然会和上一学年几个学姐学长一样，精神出了问题。大家需要适当放松一下。据说龙河口水库要改成万佛湖了，是全省有名的旅游景点。

陆子规对于这些言语自然当了耳边风，周日不但要学习还要帮父母秋收呢，但是俞茹烟想去，并恳求陆子规能陪她。

陆子规见她楚楚可怜的样子，虽然知道她是装的，但还是同意了。万佛湖原先不叫万佛湖，而是五六十年代龙舒县举全县之力建设的人工水库，叫作龙河口水库，库容量七亿多立方米。

从青螺镇到万佛湖大坝，六十多里。老师对于学生这种活动的组织，睁一只眼闭一只眼，但是明面上绝不支持。所以要去，学生自己组织，自己搞交通工具。二三十人，骑车过去。

为了避嫌，男同学一组，女同学一组。

两个多小时后，陆子规和几个男同学率先到了水库大坝。眼前波光粼粼，水波之中若干湖中小岛，秋水长天，湖光一色。就在陆子规静下心欣赏风景的时候，却有几个同学急匆匆赶过来："陆子规，俞茹烟出事了。"

19

从青螺镇到万佛湖六十多里山路，山路十八弯。遇到大坡上行四五里，下坡六七里，坑坑洼洼，不好骑行。

俞茹烟奋力骑行到一个大弯的时候，对面突然窜出来一辆农用车。农用车冒着黑烟横冲直撞过来，俞茹烟躲闪不及，连人带车栽到路边的沟里。沟有一丈多深，俞茹烟哎哟一声惨叫，半边身子不能动弹了。几个同学手脚忙乱地把她从沟里抬起来，马上送到就近的龙河医院，有人跑到大坝通知陆子规。

陆子规心急如焚，不知俞茹烟伤得怎么样。同学也是说不清楚，陆子规冲下大坝，找到自己借来的自行车，翻身跨上车座，被同学叫住："你去哪?"

"找俞茹烟。"陆子规回头说道。

"你知道她在哪?"同学问道。

关心则乱，陆子规真不知道俞茹烟现在在哪，就是想第一时间找到她。

同学说俞茹烟可能被送到了医院，陆子规打听了一下龙河医院地址，就直接骑了过去。一进医院，就看到俞茹烟痛苦地蹲在医院院子的桂花树下，脸色煞白。

"查出来哪里受伤了吗?"陆子规急切地问道。

"肋骨移位了，具体原因还不知道，等片子出来。"俞茹烟老老实实地回答。几句话的间隙，豆大的汗珠又从脸颊上滚落下来，她咬了一下牙，试着从地上站起来。

陆子规扶起她，扶她到花坛坐下，"没事，有我呢。我带你回去。"

俞茹烟嗯了一声，温顺地说好。眼睛瞟过陆子规，低声问道："你不会怪我吧。我让你来秋游的，我自己又不小心摔倒了。"

"怪你什么? 只要你没事就好。"陆子规轻轻拍拍俞茹烟后背，安慰道。

这时候，同学把俞茹烟拍的片子拿出来，看到陆子规，笑了一下说："医生说，第三、第四根肋骨移位了。问是在这里治疗还是回家治疗?"

"有什么区别吗?"陆子规问，"我还是去问医生吧。"

医生看到陆子规，冷淡地说道："你这孩子是傻还是怎么了? 肋骨都移位了，还问严不严重? 再严重一点，肋骨断了，内脏都会受伤，那姑娘一辈子就毁了。在这里治，先交三百块钱，办理住院。需要一个礼拜，然后回家静养一个月，影响不大。"

陆子规听说差点伤到内脏，冒了一身冷汗。又听说需要三百块钱，自己身上有三十多元，找所有同学凑凑，差不多也能凑出来，但是需要住院一个礼拜，这里离学校太远，不方便。

陆子规转身出门，却被医生叫住，"拍片子二十八元，先交了。"陆子规交了二十八元拍片子的钱，身上只剩两块钱了。转身到院子，对俞茹烟说了医生的意思。

"那可不行，一个礼拜，这事我不敢让我父母知道呢。再说一个礼拜，也耽误学习啊。"俞茹烟现在有点后怕，这要是让父母知道肯定责怪自己，再让大哥知道，又要骂自己疯丫头。"我们回学校吧，青螺镇也有医院。"

"你能坚持吗？"陆子规担心俞茹烟身体能否坚持到青螺镇。

"只要你带我回去，我就不怕。"俞茹烟虽然疼，但是有陆子规在自己身边，内心安定。

陆子规扶着俞茹烟坐上自行车后座，自己从前面上车，歪歪斜斜出了医院。风吹过发梢，俞茹烟坐在车子后边，身体不稳定，但是又不敢用手搂住陆子规的腰。

山路难骑，陆子规咬紧牙关，一骑就是十几里路。

"累不？"俞茹烟问。

"还行。"陆子规回答。遇到一个小坡，陆子规弓起身体，用力踩踏脚踏板。

"要不，我下来走，你推着上坡？"俞茹烟看到陆子规吃力的样子。

"不行。要快点回去，送你去医院看看，我才放心。"陆子规态度坚决，"痛吗？"

"还行。"俞茹烟龇牙咧嘴，能不痛吗？而且这种痛随着麻木消退，越来越厉害。

"你也挺厉害的，肋骨差点断了，还能咬牙坚持不哭。"陆子规骑到小山坡上面，踮着脚撑在地上，稍微喘一口气。

"我哭，让你笑话我啊？"看到陆子规后背衣衫湿透，转头的那一刻，脸上豆大汗珠滚落下来。俞茹烟伸手从裤兜里掏出手帕，给陆子规擦汗。

两人很少这么亲近。陆子规本能侧过脸，不让俞茹烟擦汗。俞茹烟却是倔强地伸出手。陆子规只好将脸停住，让俞茹烟把脸上汗珠擦了。

　　一时间，气氛有点凝固。陆子规低声说道："坐好了。"

　　"嗯。"俞茹烟试探着靠在陆子规背上。小声问道："你看过《圣经》吗？"

　　"什么意思？"下坡路，风呼呼刮过面颊。陆子规控制车速，更是尽量避开路面的坑坑洼洼。

　　"说女人是男人肋骨做的呢。那你说，我移位的肋骨到底是我的，还是上辈子哪个男人抽给我的？"俞茹烟悠悠地问道。

　　陆子规一时之间不知道怎么回答。

　　六十里山路，一人骑行都是艰难的事。陆子规带着俞茹烟，为了不耽搁时间，遇到小坡，陆子规都是不让俞茹烟下车，而是奋力踩上去。遇到下坡，陆子规也是不敢走快，还要避开坑坑洼洼，让俞茹烟少受颠簸。这一路走下来，陆子规累得筋疲力尽，好不容易到了青螺镇医院，俞茹烟身上只有一百多元，陆子规又去找同学借钱，凑够三百多元医疗费，医生开药，重新固定绷带。

　　医生本来也是要求住院，经过俞茹烟哀求，医生同意可以不住院，但是每天要来复查换药。到了晚上，陆子规把俞茹烟送到学校门口，说："你在宿舍行吗？"

　　俞茹烟摇一摇头，说："不行。"

　　"那怎么办？"陆子规也不知道，自己不住宿，即便住宿了，男女宿舍分开，自己也没法照顾俞茹烟。

　　"你要陪我。"俞茹烟咬着牙，低头说道。虽然面色羞红，但是态度坚决。

　　"可是？"陆子规为难了。到了高三，父母也知道学习任务重，不太要陆子规帮助干农活。

"我一个亲戚家就在学校边上，他出去打工了，钥匙在我手上。我们去那住。"俞茹烟想了想，说道，"从中午到现在还没吃饭，你至少要给我煮一碗面条吧。"

陆子规只好同意。俞茹烟亲戚家就在学校围墙外面，房子和其他人家连在一起。进了屋子，简单的一张床，一副桌椅和一些锅碗瓢盆。俞茹烟朝着屋梁努一努嘴，轻声说道："咱俩声音小一点，隔壁老太太事情特多，稍微声音大一点，就骂人。"原来这房子和隔壁房子并没有完全分隔开，屋子中间的墙没有砌到顶，这边说话那边听得清清楚楚。那边一点动静这边也是听得分明。

陆子规答应一声，让俞茹烟坐到床沿，自己烧水煮面。简单的白汤挂面，陆子规吃了一大碗，俞茹烟却是只吃了一点点。收拾碗筷的时候，俞茹烟要来帮忙，陆子规拦住："你好好养伤。"

俞茹烟看着陆子规轻手轻脚地忙来忙去，有点过意不去，但是也有一点幸福的样子。

夜很快黑了下来。陆子规收拾完碗筷，准备回家时，俞茹烟却躺在床上睡着了，睡梦中发出痛苦的呓语："痛死我了，别走……"

陆子规有点手足无措。和俞茹烟孤男寡女独处一屋，而且隔墙有个特事多的老太太，离学校又这么近，要是传出什么动静，那会造成很多误解。

要是走吧，俞茹烟没人照顾，自己又确实不放心。

陆子规在走与不走之间纠结。俞茹烟翻了一个身，压到受伤的肋骨，一声压抑的惨叫。陆子规赶紧走上前。俞茹烟脸色苍白，痛得死去活来。"子规，我，我痛死了。"俞茹烟终于忍受不住这锥心的痛，眼泪哗哗地流出来。"你可以坐过来，让我靠一下吗?"俞茹烟楚楚可怜地说道。

20

俞茹烟靠在陆子规肩膀上。很久之后，俞茹烟睡意浓浓，但是肋骨的疼痛一阵阵袭来，让她睡得很不踏实。半夜时候，陆子规一摸俞茹烟额头，烫得厉害，赶紧从院子里提出来一桶凉水。用毛巾沾湿了，不断给她擦拭。

俞茹烟在家是个乖乖女，是父母的掌上明珠，三个哥哥对她也非常疼爱。加上家里经济条件不错，从小娇生惯养，这次受伤让她吃尽了苦楚。第二天，她依然强忍着上课。陆子规这一周也没有回家，陪她去医院开药换药，晚上帮她做饭。夜晚睡觉的时候，就一张床，有时候困了，两人和衣躺下，保持一定距离。

一周之后，俞茹烟基本康复。当然，伤筋动骨一百天，离彻底康复还远。只是不用去医院换药了，手上绷带也撤了，俞茹烟长出一口气。周末的时候，推出自行车，在约定地方等陆子规。陆子规接过车，两人沿县道向沙湾方向走去。

这一周，两人朝夕相处，关系更近。发乎情止于礼，没有耽误学习，在刚进行的摸底考试中，陆子规终于挤进了第二名，俞茹烟第一次进入年级前五。

"子规，要不你和父母商议一下，住宿吧。就住那间房子，不用交住宿费。"俞茹烟看到陆子规进步，比自己进入前五名还高兴。虽然陆子规只是从第三名进入第二名，但是要知道包括陆子规在内，这三人是神仙打架学习都很棒。另外两人因为有住宿优势，从高一起就交替霸占一二名宝座。"你要是住宿，每天省掉路上耽误的两三个小时，冲进第一没有问题，保持到高考，就能实现你上本科的梦想了。"

"舒桐和顾鸿影两人基础扎实，不是那么好超过的。再说，即使冲到了第一，以青螺中学的升学率，也不见得能考上什么好学校。倒是你，这一段时间成绩突飞猛进，再努力一点，高考成绩应该不错的。"舒桐和顾鸿影一男一女，成绩一直稳定。

"因为有你，我才有这个进步，记得高一时候，我在班上差不多倒数。"俞茹烟浅浅地笑道。看向陆子规的眼神，满是欢喜和感谢。自己成绩能够上来，真得感谢陆子规坚持不懈地给自己整理知识点，让自己走了不少捷径。特别是这七天，和他在一起，他除了照顾自己，还督促自己学习。

也许这就是比翼双飞。

陆子规听从了俞茹烟的建议，暂住在那间屋子里。两人面皮都薄，俞茹烟伤好之后，搬回宿舍，没有理由再住在一起。只是偶尔，俞茹烟吃过饭会回到屋子里，两人一起探讨课业。但是去了几次，俞茹烟也不愿意去了。那个隔壁老太太走亲戚回来，看到隔壁房里男女同时进出，一双浑浊的眼睛里满是怨恨。有时候指桑骂槐，说现在年轻男女真不要脸，光天化日之下就住在一起。

孙茜这两年一半走读一半住宿。父亲前几年走后，几个姐姐出嫁的出嫁，在外打工的打工，只剩孙茜和母亲相依为命。母亲的身体不好，慢性病，时好时坏。母亲身体正常的时候，孙茜住校，利用这难得的时间努力补上课程，不会的也去问陆子规。有时候碰到俞茹烟和陆子规在一起，孙茜就站在不远的地方，静静地看两人讨论作业或者有说有笑，等俞茹烟离开了她再来到陆子规身边。

俞茹烟对孙茜的态度就如孙茜对她的态度一样，不冷不热，路上遇见了，最多点头示意。有时候俞茹烟发现来找陆子规的孙茜，故意拖着和陆子规在一起，眼睛余光看向孙茜，偷偷观察她的神情。

到了冬天，下了几场小雪。雪化之后，天气更加寒冷。孙茜母亲的哮喘又发作了，这一次比较厉害，找医生在家挂水不管用，孙茜找了一辆车将母亲推到青螺镇医院。白天上学，晚上照顾母亲。

陆子规知道孙茜母亲住院。下课之后，去医院看她，絮叨了几句，和孙母告别。出门时候看到孙茜站在病房外走廊里，双手伸到嘴边，不停地吹气吸气，陆子规看到她双手红肿，手背有丝丝裂口，渗出血丝。"怎么了？"陆子规赶紧问道，伸手来抓孙茜的双手。

孙茜一下子将双手别到身后。陆子规绕过来，抓住她的手。只见手背皲裂，应该是冻得。手心也是红肿了一块，还磨破了皮。"怎么搞的？"

孙茜小嘴一瘪，有点委屈，双眼泛红。

陆子规突然明白过来，孙茜这手应该是拉板车磨的。农村医院没有急救车，家属送病人来医院都是自己想办法。孙母哮喘病急性发作，孙茜一着急，没有交通工具，又不敢用自行车，只好自己找了一辆板车，从龙口生产队将母亲拉了过来。二十多里路，这双本来就冻得皲裂的手伤痕累累，手背流血，手心红肿。

"怎么不叫医生看看？"陆子规心疼地问。

"没事。"孙茜抽出手，然后说道，"钱都给妈交了住院费了。我二姐说给寄钱还没收到。"

陆子规掏遍口袋也才凑出十多块钱，要塞给孙茜，"让医生看看，够不够？"

孙茜耸一耸肩，没接陆子规的钱。吹了一下手，说："买点蛤蜊油擦一下就行了，从小到大，这手就这样，没那么娇贵。"外面太冷，她跺一跺脚取暖，哪知道又是哎呀一声。

"你脚怎么了？也破了？"

孙茜咧咧嘴："上小谭岭的时候，路滑摔了一跤。膝盖可能磕破了。"

"我看看。"陆子规弯下腰。

"怎么看?"孙茜看着陆子规,指指自己的厚棉裤,根本卷不起来。

陆子规没有法子,只得作罢。两人回到病房,看到孙母已经睡着,手臂上挂着生理盐水,两人一人一边站在床边。病房里没有多余的床,也没有凳子。"你晚上怎么办?"陆子规看看病床两边,问孙茜,"要不,我晚上陪伯母吧,你回我那屋休息一下。"

刚好护士走过来给孙母换药水。看了两人一眼,说道:"这是今天最后一瓶水,病人病情稳定,晚上不要看护。"

孙母醒来,心疼地看了自己女儿一眼。催促孙茜回学校,说别耽误学习。

两人晚上十点多从医院出来,默默走向学校。到了学校门口,孙茜准备进门,却被保安拦住,说到了闭校的时间,不让进。孙茜解释,说我是高二二班的孙茜,就晚五分钟,不让我进,我晚上住哪里?但是保安无动于衷。

"回我那里吧。"陆子规见保安油盐不进,这么晚又不好打扰班主任。孙茜想了想,点头。两人走到屋前,陆子规掏出钥匙轻轻地开门,并对孙茜说:"轻点,隔壁老太太很不讲理。"

进了屋,孙茜一下子坐到椅子上,搓手,揉腿,陆子规看过去,见她龇牙咧嘴,应该是很痛的样子。

"外衣脱了,我给你看看腿上的伤。"陆子规找到一盒俞茹烟用剩的云南白药,帮助孙茜涂了涂,孙茜痛得吸气。然后听话地脱了棉裤,慢慢地将内衣裤卷起来,那条本来秀气的腿血肉模糊。陆子规也是倒抽一口凉气,惊问道:"怎么伤成这样?"

"摔倒了,又被板车轮子压了一下。还好,没让我妈从板车上摔下来。"孙茜平淡地说道,这种苦她从小到大已经习以为常。

陆子规满是心痛。都是穷人家的孩子,孙茜却比别人更要过早地承受丧父之痛。又要操持家务，照顾母亲，还要上学，真不容易。

陆子规烧了一壶开水倒到脸盆里面。兑了凉水，找到一条毛巾，蘸上水给孙茜擦拭。毛巾沾到皮肤的时候，孙茜感到钻心地痛，忍不住啊地一声尖叫，然后赶紧捂住嘴巴，扑在陆子规肩上。

隔壁突然有了一声响动，并传来含糊不清的骂声。孙茜这一声尖叫还是惊动了隔壁的老太太。

两人更加小心。陆子规小心翼翼地帮助孙茜擦拭伤口，孙茜原本白净的双腿伤痕累累。有的地方红肿，有的地方划开好几道大口子。孙茜不停地吸着凉气，听在隔壁老太太耳中，这房间里的两个人肯定没干好事。"真不要脸，又是叫，又是吸气的。有那么痛苦，有那么快乐吗？"

除了手脚，孙茜让陆子规帮忙擦拭，上药。女孩隐私和关键部位，孙茜自己拿起毛巾，轻轻地擦拭。有时候碰到伤口了，痛得也是忍不住发出低低的叫声。孙茜自己擦拭时，陆子规背对着她，等她喊好了才转过身。两个人都比较疲倦，不久和衣睡去。

第二天一早，孙茜先洗漱了。要出门去医院看自己母亲，刚到门口，却发现大门被人家在外面反锁起来，不解地问陆子规，谁把大门锁了？陆子规刚到院子，就听到一声尖叫："抓奸啊！"

21

原本寂静的清晨被这一声尖叫打破，四周传来了一阵骚动。一墙之隔的校园是一些教职工家属，其中两个单身已久的中年女人，听到有人喊抓奸，像是鲨鱼闻到了血腥味，停下梳洗，立马搬了凳子爬到墙头往这边看。

老太太看到被自己叫声吸引过来的女老师，更是亢奋。大声叫嚷："学生通奸了，青螺中学学生通奸被我抓了。"

那两个女人眼神中充满亢奋，红着眼睛问道："在哪，在哪？"

老太太扬了扬手中的钥匙，说："等一下，等我开门，我们要抓奸在床。"

那两个单身已久的教师家属终究没有撕开最后的脸皮翻墙过来一起捉奸在床，而是扒在墙头招呼其他教师家属一起围观。老太太不管不顾，招呼自己孙儿和被她吵起来的邻居，打开门就往里面冲。陆子规拦在门口："你们要干什么？"

陆子规站在院中，已经被部分教师家属认出来，小声说道："这不是高三班的陆子规吗？学习成绩不错呢，怎么干这种见不得人的事？"

老太太看到陆子规阻挡，伸手来推："让开。"然后领人一哄而上，推开陆子规，向房间冲去。众人冲进房间，却没有发现有其他人，立即翻箱倒柜，也是一个人影没有看到。陆子规担心孙茜受到这些人伤害，跟了进去，却没有发现孙茜身影，心中也是狐疑。捉贼捉赃，抓奸在床，总得有个证据。现在屋里就一个人，任凭老太太怎么叫唤，陆子规倒是不再恐慌。

就在这时，后屋却是传来一声惊叫："在这里，我看到一个女人身影翻过去了。"

农村房屋除了单家单户的，一般多是连在一起。相隔的墙没有到顶，陆子规住的这间屋左边是和学校相连的通道，右边就是老太太家，后边是另外一家。家里一个小孩子正在上小学，偶尔到前屋找陆子规辅导作业，和他父母见面，也是点头招呼。

"看，这里有手爪印。肯定是从这里翻过去的。我们去老五家，她肯定翻墙到老五家了。"一个魁梧身材的中年女人走到墙边，看到孙茜翻越的痕迹，兴奋地说道。

一帮人呼啦一声出门，撞开老五家的屋门，四下寻找，人呢？

孙茜已经从老五家翻墙出去了。

大家尽兴而来，败兴而归，又回到陆子规屋子里。那个老太太指着陆子规鼻梁骂道："滚，作风败坏的家伙，我们韩庄不允许你这样的人住在这里。"

好事不出门，恶事传千里。虽然没有现场捉奸证据，但是老太太有鼻子有眼，说昨晚隔壁这对男女怎么折腾，什么时候关灯，什么时候发出声音，什么时候声音大什么时候声音小，吵得她一夜没睡。

校园内那几个女人也是言语引导，说看到陆子规在院子中衣衫不整，说看到一袭红衣服一闪而过。

班主任将陆子规叫到自己办公室，话语严肃："陆子规，这件事你要给我说清楚。"

"真没什么。"陆子规保持镇静说道。

"那间屋子是俞茹烟租的？那红衣服女孩是俞茹烟？"班主任老师问道，脸色很不好看。学校要抓校风校纪，陆子规这是严重违反了校风校纪。此刻自己学生发生这事，已经不光是早恋，而是同居了。性质相当严重，对自己这个班主任影响很不好。如果再是俞茹烟，那都是自己班上的，就更麻烦了。

是不是俞茹烟一查就查出来了，俞茹烟昨晚在宿舍，全宿舍都可以作证。

事情很快调查清楚。是三年级的陆子规和二年级的孙茜，学校处理结果也很快出来，两人必须退学。陆子规找到班主任，说：我们真没有发生什么。

"怎么证明？"班主任平时还是比较看重陆子规，但是事关自己前途，在校纪校风会上，不但没有为陆子规做过多辩护，反而态度坚决，要对陆子规严肃处理。所以这一次对陆子规和孙茜的处理结果很快出来，也非常严厉。

陆子规无奈，这事怎么证明。虽然自己和孙茜只是待在一个屋子里，自己给她擦拭伤口，然后就和衣睡觉。但是隔壁老太太说得有鼻子有眼，两人在一起肯定干男女交融的坏事了。

"或者，你转学到别的学校借读半年，回来高考。你说你陆子规平时那么聪明老实听话，怎么在这节骨眼上犯这个严重错误。"班主任给了建议。

陆子规无奈，说："我看看吧。"他不知道这事怎么和父母解释，这几年和父亲关系越来越僵，父亲对自己中考失利没有直接上中专一直耿耿于怀，勉强答应自己上了高中，也是和自己约法三章的，现在出了这个事，回家商议的结果肯定不好。

这也是陆子规第二次感觉到被人误解后的无能为力，中考是因为急性肠炎没有考好，但是别人一致认为自己是早恋造成的。这一次自己和孙茜明明什么也没有发生，却被说成了乱搞男女关系。父亲脸色铁青，瞪着陆子规："你他妈就是个败家玩意儿，什么时候能够给我们不丢脸啊！"

陈凤英相对来说倒是看得开，从学校接回陆子规。学生早恋找家长好像是青螺中学、龙城中学的唯一法宝，班主任找陆母陈凤英意味深长地谈了一谈，大意就是陆子规太可惜了，学习不错，这个节骨眼上出了这个事，高考肯定受到影响，但是能够保留学籍，他已经做了很大努力了。要不，会和孙茜受到的处罚一样，直接被学校开除。

孙茜被学校开除的事，陆子规很久之后才知道。

要去新学校借读，陈凤英找关系办理了手续，临去上学的时候，陆子规去找俞茹烟。俞茹烟脸色冷淡地出来，无论陆子规如何解释，俞茹烟都是冷冷的一句："陆子规，你还有脸来找我吗？你觉得我会信你吗？你有意思吗？就这样伤害我，你觉得好玩吗？"

最后在俞茹烟一句"响鼓不要重敲"的讽刺下，陆子规黯然离去。

新学校在龙舒县和桐城县交界地方，学风比青螺中学更差。好在陆子规抱定两耳不闻窗外事，一心只读圣贤书，对于其他同学好坏一概不论，对于社会人员骚扰也是心如止水，半年多时间，成绩并没有塌下来。只是为了不招人嫉恨，每次考试只拿出百分之六十的水平，名次在班上保持中等偏上。

转眼到了高考前夕。还有十五天时间，陆子规办好手续硬着头皮回到青螺中学，班主任没有说什么，同学对陆子规回来充满好奇，倒是没有太多隔阂。

只是俞茹烟对陆子规依然冷淡，就像陌生人一样。俞茹烟更多是和舒桐在一起，两人课间有说有笑，一起进出，一起吃饭。舒桐在陆子规离开的这大半年时间，成绩依然保持在第一。陆子规回来参加了第一次模拟考试，总分600分，舒桐接近590分，顾鸿影580分，让陆子规稍微意外的是俞茹烟排在第四，570多分。

陆子规坐在桌子上，看到俞茹烟背影，比一年前稍微消瘦了一些。舒桐和她坐在一张桌子上。陆子规心想，俞茹烟没有自己，成绩也能上来，不禁自嘲地笑笑。这个世上，谁离开谁都一样活得挺好，谁也不用自负到自诩对别人有多重要。这样也好，这一年，陆子规有时候还真担心自己的事影响了俞茹烟心情，耽误了她的学习。也怕自己不在，没人督促辅导她，她的成绩会下降。

高中虽然没有预考，但是为了保证升学率，也要降低考试的人数。提前一个多月，学校安排了几次考试，末位淘汰两批成绩差的学生。现在两班合为一班，只剩三十多人参加正式高考。顾鸿影看到陆子规发呆，走过来问："陆子规同学，我可以坐到你这里吗？"

陆子规挪一挪书本："随便。"

"好嘞。"顾鸿影大大咧咧地将手中书本放到桌子上，坐下。

前面俞茹烟听到响声，回头看到顾鸿影和陆子规坐到一起，眼神飞快地扫过陆子规脸颊，有点暗淡。陆子规刚好抬头，看到，想说些什么，俞茹烟却迅速地扭过头。

接下来差不多三天一次模拟考试，四人成绩交替上升。最后两次，陆子规不再藏拙了，成绩稳稳站在第一名。这让顾鸿影大为惊奇，睁大她那可爱的大眼睛看着陆子规，陆子规被她瞅得发毛，忍不住问道："我脸上有花啊。"

顾鸿影上下打量，噗嗤一笑："厉害呀，陆子规。在大家都以为你将永远消沉的时候，你却绝地反击。不但没有被流言蜚语打倒，反而成为万众瞩目的存在。"

"你小说看多了吧。谁在你心中都是踩着祥云的英雄。"陆子规没好气地说道。又将头往后侧了侧，躲避顾鸿影每天从校园里摘过来的栀子花的浓烈香味。青螺中学建在半山坡上，后面是山，前面是河，校园中还有一座突兀而起的小山。教室呈梯田形状一层层排开，山坡上满是翠竹，教室门口栽满栀子花。这个季节，花开得如雪如云，整个校园都是栀子花香味，陆子规对花香有点过敏，教室外的花香没法子躲过，顾鸿影还要每天将栀子花插在两人课桌中间。

22

顾鸿影在学校属于优越感很强的女孩。成绩好长相佳，家里条件不错，父母好像是在政府当领导。这样的女孩放在青螺中学，难免出类拔萃。顾鸿影也是养成了比常人高出一头的行事风格，荤素不忌。学校命令不准摘花，她每天照摘不误，即使校长看到了，也只是微笑着说一句，而不是像对普通学生那样大声呵斥。

看到陆子规侧过头躲避花香，她故意将花朵递到陆子规脸庞前。陆子规赶紧躲开，身子一斜，差点从椅子上掉下来。顾鸿影见玩笑开得大了，伸手拉住陆子规，陆子规坐好，赶紧甩开她的手。顾鸿影嘻嘻一笑，凑到陆子规耳朵边，问："怎么，怕俞茹烟看到你我这么亲近？"

"没有。"陆子规像是被戳到痛处，赶紧说道。

"人家现在才懒得管你呢。人家和舒桐好着呢。"

陆子规皱眉。

"好了，不说了不说了。你呀，也是笨。一点不懂女孩心思，死缠烂打，喜欢就追呗，多哄哄啊。"顾鸿影看到陆子规脸色不好，叹了一口气说道。

"别那么八婆行不行。过几天就要考试了，好好学习。"陆子规不愿意和顾鸿影再涉及这个话题。

"考试就考试呗。你看我每天看花摘花，不也是前三名吗？"说到学习，顾鸿影很有自信。

"青螺镇前三名并不能证明什么，高考是和全国精英同场竞赛。我们差得还远呢。"陆子规对青螺中学的升学率不抱多大的期望，对于自己考了第一也没有什么自满。

"好吧。一副老学究样子。"顾鸿影兴趣索然。

很快高考，学校租了一辆大巴将学生拉到考场，说巧不巧，住宿的地方和考点依然是在龙舒师范。

第二天考试，头天晚上陆子规吃完饭婉拒了顾鸿影送来的西瓜。那一次因为吃西瓜急性肠炎的事，陆子规记忆犹新。这一次，再也不敢乱吃东西了。顾鸿影家在县城，不住宿舍。吃完饭过来找陆子规玩，还说要和陆子规一起去龙头塔那里玩。

龙头塔是龙舒县地标性建筑，也是宋朝以来的文物。周边小吃较多，夏日晚上，正是生意最为红火的季节，可以吃大排档，也可以唱路边卡拉OK。点几瓶汽水，夜风习习之下，花几毛钱敞开嗓子吼几声，是县城年轻人重要的娱乐项目。

"不去。"陆子规直接拒绝。

"架子不小啊。陆子规，我给你送西瓜不吃，请你出去唱歌，看风景，你也不看。"顾鸿影哼了一声，"别人求我，我还不愿意搭理他们呢。"

"就是不吃，也不去。"陆子规直接拒绝。走到校园中心湖边，杨柳依然，荷花依然，只是少了当年湖边洗衣人的身影。

"别等俞茹烟了，她和舒桐唱歌去了。"顾鸿影看陆子规对自己的邀请油盐不进，心中懊恼，没好气地说，"不信，你看那个是不是他们？人家唱完歌，现在月下漫步呢。"

陆子规抬头，果然看到对面岸堤上一对人影，是舒桐和俞茹烟。

陆子规看了一眼，就收回来视线，心中略有失落。又看了一眼顾鸿影："早点回家，好好休息吧，明天考试。考试结束了，只要不是考得太差，我请你唱歌。"

"你说话算话？"顾鸿影问道。

"当然。"陆子规肯定回答。

"君子一言。"

"驷马难追。"

顾鸿影伸出小手指，要和陆子规拉钩。陆子规被顾鸿影小孩子模样弄笑，第一次发现顾鸿影不一样的风情。

顾鸿影终于离开，等身影消失在柳梢后边，陆子规脑子中突然冒出一句诗句：缺月挂疏桐，漏断人初静。谁见幽人独往来，缥缈孤鸿影。

顾鸿影，孤鸿影。怎么这么巧？

这一次考试没出意外，陆子规发挥正常。考完回家估分，在

520分左右，比模拟测试稍微低一点。问了其他人，也都说这一次题目相对较难，分数都不会太高。

考完试，书本都收了起来，算是刀枪入库。城里孩子可以尽情玩耍了。陆子规听顾鸿影说，这个暑假要去上海、南京旅游。但是农村孩子，暑假必须要帮家里做些农活。

陆子规已经是一米七六左右的个子，身材略微单薄，不过力气已经超过了同龄人，插秧割稻薅草这些农活不在话下。挑稻捆、打板栗这些力气活也是一样不落。

一大早，一家人吃过早饭。陆浩至、陈凤英带着陆子柔去屋后山地种黄豆，给陆子规安排的是将一池子大粪挑到凤立洼田里，给刚栽下不久的秧苗施肥。

陆子规什么农活都愿意干，就是不愿意挑大粪。但是父亲安排，不得违抗，谁叫自己前几天估分略有保留，对父母说只考了四百多分。陆浩至听说分数不高可能又考不上，觉得这三年的学费打了水漂，怨气难免。解决怨气的办法就是让陆子规多干又脏又累的活，不然陆子规不懂农民的辛苦，就不知道好好学习，尽弄些丢人现眼的丑事。

从家里挑上大粪走过一截山冈的脊背，然后就是下坡。狭窄的山路，然后一条小河，过了小河，是上坡路，再下坡就是凤立洼。一上一下，三里多路。这几年，农民对地里的庄稼不再像刚分到户时候对待自己孩子一样精心侍弄，特别是一些人家出门打工，挣钱比种地更多的时候，不少山地和水田都荒芜了。农民有个习惯，自家的地可以放着不种，但是公共地方能多占一分是一分。陆子规走的这条路最早时候有三四尺宽，几年慢慢被人蚕食，如今只剩一尺多宽。空手走路都难，挑了满满的大粪，就更容易摔落到沟渠里。

陆子规也可以不走这一条路，走道路略宽的老庄子门前，但是人多略远。考完试后，陆子规基本上窝在家里，干活也是去人少的地方，怕人问考得怎么样。加上和孙茜"同居"被人误会之后，孙茜远走他乡不知所终，陆子规也不愿意在村人面前露面。

陆子规对挑大粪的抗拒还有一点原因，毕竟年轻好面子，怕同学看到自己挑大粪的狼狈。

怕什么来什么，而且来的还是顾鸿影，城里的娇贵公主。

陆子规挑着大粪跨过小河正要上河岸时，抬头见到顾鸿影袅袅婷婷地站在河岸上面，笑意盈盈地看着自己。"陆子规，你好臭。"

"嫌臭，你还不离我远一点。"陆子规没好气地说，把大粪桶轻轻放到地下，以免大粪溅到顾鸿影身上。

"我来找你请我吃饭啊。"顾鸿影说道。

"这个时候？"陆子规下意识地看看大粪。

"呸。"顾鸿影捂住鼻子，退后一步，"陆子规，我没说错，你臭，说话也臭。"

在山上干活的陆子柔眼尖，看到陆子规身边的女同学穿着洋气，个子高挑。看看父母好像没有注意到，也是低下头，不时用眼睛瞄过来。

"不逗你玩了，我是来给你送录取通知书的。"顾鸿影变戏法一样从兜里掏出一张录取通知书，"我好不容易找到你家，看门锁着，等看到你，你走得又快，我好不容易追上你。说吧，怎么感谢我？"

陆子规来不及说话，接过通知书。地区联大，全地区唯一的大专学校，另外一所，皖西师专。

唉。陆子规长出一口气，虽然没有达到自己上本科的目标，但是能够考上联大也不错，好跟父亲交差。这一段时间父亲的脸色实在难看，陆子规也感觉特别压抑。如今收到大专录取通知书，虽然不尽如人意，但也算是跳出农门，可以向父母交差。陆子规如今变得务实，第一步跳出农门，上好大专，然后再报考本科，甚至是研究生。

顾鸿影陪同陆子规将这一担大粪送到田里。然后看着陆子规在河里将粪桶洗干净，忍不住问："陆子规，你不嫌脏啊？"

"农村人哪有你们城里人讲究。"陆子规回应一声。

青螺中学这一届考得不错，三十多人参加高考，达到大专分数线的有五个，录取率16%，超过前面三届。但没有一个考上本科，最好的是舒桐上了皖西师专，陆子规、顾鸿影、俞茹烟都上了地区联大。另外一位同学考上一所技校，也算是大专。

"以后，你，俞茹烟又是校友了。你是不是觉得挺好？"顾鸿影问。

"怎么好了？"陆子规不解。

"你可以追我，也可以追老情人俞茹烟啊。"顾鸿影促狭地说道。

"滚。"陆子规没好气地瞪她一眼。

陆子规接到大学通知书，父母终于有了笑脸，中午留顾鸿影在家吃饭，都是一些山味野菜，顾鸿影吃得津津有味，还说："好吃，好吃，阿姨做饭真好吃。"

陈凤英差点把顾鸿影当成自己未来的儿媳妇，笑着给顾鸿影夹菜，又给顾鸿影装了一大包干蘑菇和茶叶等，让顾鸿影带回城里。

23

陆子规是龙口生产队第一个大学生，这让整个陆家人脸上都洋溢着喜庆和骄傲。陆浩至特意叫陈凤英杀了鸡，邀请陆浩贵、陆长随、陆长水兄弟来家坐坐。小兄弟陆子长刚好从苏州干工程回来，也跟着过来。老兄弟四个除了陆浩至不喝酒，另外三人酒量都不小。陆子长已经成家，前几年还生了小孩。因为夫妻俩常年在外打工，小孩是陆浩贵老两口带。虽然陆浩贵两口子对孙女也不错，但毕竟是留守儿童，看到父母回来，既喜欢又害怕。每次陆子长两口子回来，小女孩都要在门后面偷偷打量，慢慢才敢接近。等接近了，亲热不了几天，父母又要离开。几次之后，小女孩性格显得孤僻，经常半夜惊醒，自问自答：父母是不是不要我了？

以前这种场合，陆子规都是坐在厨房扒拉几口饭了事。这一次，不但要上桌子，还被叔伯拉上主座。陆子规谦让一番，最后和陆子长坐在一条长板凳上，背对大门，面对主座。

陆子规酒量不行，不过浅尝辄止。喝了三杯"龙舒宴"后，叔伯之间已经喝得很热烈。陆子规建议陆子长，要不就留在家里找点事干干，不能老是不和孩子在一起，孩子长大了会孤独。

如果放在以前，陆子规这样说，陆子长会冷冷一笑，觉得他不合时宜。但是现在陆子规考上了大学，这可是陆家第一个大学生，说话分量比他这个长兄要管用多了。陆子长叹了一口气，说道："打工这么多年，其实也没挣到钱，在外面没知识没文化，也没手艺，在工地干些苦力活，和在家种庄稼一样，看天吃饭。天气好干一天，下雨了，歇个四五天就没钱。前几年盖房子娶媳妇花了不少钱，还有外债，小丫头上学也要钱，不趁现在多挣一点，等年纪大了，就更不行了。"

"有笔账你也要算一下。眼前看打工是比在家里多挣一些钱，但是和侄女关系你可没算进去啊。小女孩慢慢长大，太孤单了容易敏感。"陆子规没说出来，亲情更无价，小孩子是需要父母陪伴的。但是桌上众人没有一人赞同自己的观点，陆子规也就不再坚持。

几人酒喝得正酣，脚下突然一阵剧烈的抖动。"地震?"陆子规本能地拔脚就跑，但是几人却是坐着没动。"没事，放炮呢。"陆浩至说。

陆子规好奇地问："谁家建房子?"在龙口生产队,除了河水冲刷出来的一小块滩涂平地以及老房子宅基地,要建新房子,都是到乡里土管所审批之后,在山坡建房子。建房子之前,换地,挖地基。山坡地质是土壤的,人工挖掘;地质是石板的,就要特批炸药雷管,炸开石头,才能有一块平地。

农村人最早居住,喜欢群居。在山窝窝里找一块地方,向阳而居。一是集中生产方便,另外一个可以抵挡野兽、外族侵害、骚扰。这几年,人口激增,经济条件稍好,农村人喜欢单家独户纷纷将房子从村子里往外迁。只是山里适合做宅基地的地方并不多,要想单家独户,就得在山坡上挖出宅基地。

"韩家几个又在炸山开石头吧。"陆浩至说。

陆子规这一年多不在家,很少去关心韩家的事。原来韩小马兄弟三个那个"马踏山海水泥预制集团"搞了好多年,一直经营不善。这几年农村兴起盖二层小洋楼,对水泥预制板需求倒是不少,但是韩小马他们偷工减料,做的预制板质量不行。黛山村一家买了他们水泥板做楼板,还没住人,水泥板断了,差点砸死了人。来要赔偿,双方打得不可开交,最后这事也不知道怎么处理的。韩小马他们另辟蹊径,找到乡里什么关系,把凤立洼那个老采石场重新开发,开山炸石头卖。

凤立洼靠近村庄小河的这个山坡不大,朝阳一面新建了一排房子,沿河而居。背阴一面,土壤不错,适合种植中药。老采石场占三分之一山坡,如果再开采,那面山坡就开没了。影响部分村民新建的房子,严重的是,这面山坡是天然防护堤,保护凤立洼后面几个村庄的农田及村庄安全。山坡一旦被毁,小河发起洪水,就会向凤立洼横冲直撞,后果非常严重。

农村的自然灾害多是人祸。山林过度开发,容易引起山洪和泥石流,霸王河几十年的演变触目惊心。在陆浩至父辈刚从桐城来到龙城乡的时候，霸王河一丈多宽，岸堤完整，河水清浅，终年不干。三十多年，开山造梯田，开荒毁林，一到夏天，洪水暴发，冲毁岸堤，河床变得一里多宽，农田被洪水冲毁，村庄也是不断遭受泥石流侵袭。不少人家半夜睡着，午后山坡突然坍塌，轻的，屋子被埋没到屋顶高，严重的，房塌人亡。

这开山炸石，比开荒毁林更为严重。第二天，陆子规特意到采石场附近看了看，远远地就看到采石场突然腾起一阵烟雾，然后一声炸响，整个山头都在晃动。"这就没有人管管？"陆子规看着非常心痛，也为龙口村庄以及凤立洼后面的村庄担心。

陆子规没有找到负责的韩小马。据说韩小马现在已经是董事长了，轻易不在现场，都是到县城和外地谈大项目了，只见到韩小海。三年前，韩小海嘴贱骚扰俞茹烟，被陆子规揍了一顿，到如今依然耿耿于怀。后来追求孙茜。说是追求，也是骚扰。孙茜又因为和陆子规"同居"的事，彻底离开村庄，去北京了。韩小海对陆子规是又怕又恨。

见到陆子规来到采石场，韩小海拿起一把铁锨，站在一块大石头上斜眼瞪着他。他准备先下手为强，当知道陆子规来意时，他放下警备，讥笑道："陆子规，别以为你考上大学就牛皮，你还没当干部呢。等你当了乡长再来和我们谈还差不多。我们这是乡里批的，马踏山海水泥预制集团现在是乡里重点乡镇企业，知道吗？国家大力扶持乡镇企业。你没事，滚开，我们马上放炮了。炸死炸伤我们一概不负责。"韩小海怕陆子规不信，还拿出营业执照。

陆子规无奈，转头走开。不几天，开学日期到了，陆子规带着遗憾离开村庄，去地区联大报到。

临走之前，和父亲做了一番交谈。他建议父亲在种好自家水田的基础上，增加一点经济作物。父亲沉默半天，摇摇头，说一辈子农民，能把地种好就是本事，至于陆子规说的经济作物，那是异想天开，一是种不好，第二种好了卖不掉。

还是技术和销路啊。父亲说：等你翅膀硬了再说吧。出去了，上大学了，就是公家人了，农村可以回来，但是只是看看就行。农村不是人待的，不辛勤劳作吃不饱。人要老实，但是太老实了，又容易被人家欺负。

陈凤英帮助陆子规收拾背包和网兜。多是一些生活用品，妹妹也来帮忙。"哥哥，放心，我也会好好上完高中，争取考一个好大学。"陆子柔今年也考得不错，上了龙舒中学，是地区重点中学。教学质量远远好于青螺中学，妹妹只要不掉队，将来考的大学肯定比地区联大要好。兄妹俩相互鼓励，谈到好晚。

第二天清晨，陆子规背上包，手提网兜，陈凤英送到坎下。陆浩至追了过来，塞给陆子规一百块钱。陆子规没接，说："学费和生活费你们昨晚给我了啊，坚持三个月应该够了。听学长说，那边可以做家教，我去了安顿好了，马上找一份家教。"

"做什么家教啊，好好学习。再说，那个顾鸿影特意来给你送通知书，你不请人家吃一顿饭啊。好好搞好关系，那女娃挺不错的。"陆浩至是个感情不外露的人，和孩子更是不废话，所以也谈不上父子谈心交流。

"是呀，顾鸿影真不错，人长得好，家里条件也好，你和她……"陈凤英意思，陆子规当然明白，连忙打断："妈，你想多了，我和她就是同学关系。"

"那也要争取啊。"陆子柔笑道，"上大学好好谈一场恋爱，爸妈不管的。妈妈甚至还支持你高攀顾鸿影哈。"

陆子规惭愧，不是因为父母的意思和妹妹的打趣，而是顾鸿影真不是自己的对象。两个人家里条件天壤之别，这个社会，虽然不讲门当户对，但是富贵就是富贵，贫穷就是贫穷。当年和俞茹烟在一起，陆子规都有"吾本身无长物，怎敢叫佳人与我一起受苦"的想法，何况是面对比俞茹烟家境还要富贵十倍的顾鸿影。陆子规不愿意父母有这个唐突的想法，更不愿意他们有那种希望自己儿子高攀富贵的庸俗念头。

陆子规因为父母想法而惭愧。其实，内心终是为自己出身贫贱而自卑。走到河边，回头看看掩映在树林中的家，长长出一口气：这一次，自己算是彻底走出村庄，不混个人模狗样绝不回来。

24

地区联大在六安，六安古名皋城。因汉武帝说陆平之地叫作六安，地处皖西，建城已久。

龙舒县行政划分属于六安地区，但是到合肥更为方便。

陆子规在沙湾等到大巴车。这几年，私人跑交通的不少，去县城不用再在青螺镇那个小车站等公交车。私人车多种多样，正规大巴车很少，多是一些老旧的大客车和小中巴，方便是方便了不少，只是为了多拉客，这些大客车和小中巴喜欢绕道和拖延，必须等人塞得满满的才发车。

等人时候拖延时间，一旦人员满了，车开得飞快。县道弯道、山坡较多，小中巴司机不讲交通规则，常常出车祸。

到了县城公交车站，再换车去六安。道路宽敞了不少，路面也相对平整。

新生缴费处，陆子规遇到俞茹烟。俞茹烟也带了不少行李，东西一多有点手忙脚乱顾此失彼。陆子规默默地走过去，帮她拎起两个包。俞茹烟本来想要拒绝，见陆子规不说话也就作罢。

陆子规跟在俞茹烟身后，俞茹烟办好手续，伸手过来把包拎到自己手上，脸绷着没有说话。"我把你送到宿舍。"陆子规说。"不用。"俞茹烟接过包扬长而去。

"嘿，人都走远了，还站得像只呆头鹅。"陆子规回头一看，是神采飞扬的顾鸿影，空着手。

"你东西呢？"陆子规问。

顾鸿影浅笑："我东西昨天就安排好了。我是来找你的。"顾鸿影不是坐大巴车来的，而是父母昨天开车送她到学校，帮她安排好的行李。父母在六安也有房子，本来建议顾鸿影在家住，顾鸿影说要和别人一样过校园生活，她的父母拗不过她才作罢。

"找我？"陆子规不解，看交费处人已经不多，赶紧过去排队交费。顾鸿影陪在他身边，看他忙不过来时，顺手帮他拎了网兜。见到网兜里面的锅巴和小菜，呷呷嘴说道："阿姨做的饭好吃，你这锅巴、小菜分我一半。"

"你要，全部拿去。"陆子规很大方。

"嘿嘿，先放在你那里，我想吃了随时找你。"顾鸿影笑着说道，"这样，你就没有理由躲避我了吧。"

两人交完费，顾鸿影陪着陆子规找到男生宿舍。刚刚开学，宿舍大姐管得不是太严，看到顾鸿影陪着陆子规上了宿舍楼，也没有阻拦。宿舍里面已经住进了五个人，看到顾鸿影，眼神都是放出异彩。

大学生活没有想象得精彩，也不至于枯燥无味。宿舍里面，陆子规排行老四，以后大家相互称呼也就是老大老三老四等等，省掉了每天直呼姓名的烦琐和生分。

陆子规选的是新闻专业，和写作有关。这倒是陆子规的优势。顾鸿影学的是行政专业，俞茹烟选的是会计专业。

地区联大位于淠河西岸，创办于1985年，占地面积1800多亩，风景优美。不远处的月亮岛上栽满桃花，一到三月，桃花盛开，灿烂如云霞。落花掉进水里，半个淠河都是桃花瓣。最早时候，淠河有码头船坞，那里就叫桃花坞。陆子规上完一学年之后，校园内就传出来，联大要合并皖西师专和另一所大专学校，升级为联合大学。

快到学年放假的时候，顾鸿影找到陆子规，问："明天我爸爸开车来接我，你和我一起回龙舒？"

陆子规摇头："我暑假接了三份家教，就不回家了。"开学三个月后，陆子规接了家教，每周能挣二三百元。从那时候起，陆子规就很少跟家里要生活费了，包括第二学期的学费都是自己交的。陆子规也不大参加宿舍和班级的聚会，这样省钱也节省了不少时间。能经常写点文章，在《皖西日报》和省内的几家报纸发表，挣点稿费，除了自己留一些生活费，其余的都给妹妹陆子柔了。

暑假是家教旺季，陆子规想趁这个机会多挣一点钱。

顾鸿影叹了一口气："你这样辛苦，要注意身体啊。"一年来，两人关系略微亲近。不上课的时候，一起聊聊天，要是陆子规晚上没有家教课，也一起出去吃吃饭。就在校园外面的大排档上，那里多是六安吊锅，还有兔头等等。有时候，景色旖旎，两人也沿着淠河堤坝去月亮岛，看桃花。坐在桃花坞边，看落英缤纷，船来船去。

在别人眼中，两人俨然就是对情侣。但是顾鸿影知道，陆子规的心扉从来没有真正打开过。好像他就是一个天生独守孤独的人，或者说"独享"。

顾鸿影有时候也觉得自己挺委屈的。追求自己的男生很多，自己都是不冷不淡的。对陆子规她是真的关心，可是陆子规从来不愿意和自己过分亲近。两人至今，最亲热的表现也就是拉拉手而已。

这一年，陆子规就是埋头学习，课后家教，然后看书写作。顾鸿影看他脸上唯有收到稿费的时候略有兴奋，她不明白，钱对一个人真的有那么重要吗？

让顾鸿影稍微欣慰的是，陆子规对自己不热烈，对俞茹烟也是始终保持距离。开学那天陆子规遭受俞茹烟的再一次冷眼后，两人再也没有说过话。即使在校园碰到，两人眼神即便短暂交会也会迅速扭开。顾鸿影还听说，俞茹烟一直与在师专的舒桐关系很近。

"我还行。天天锻炼，身体差不了。"陆子规知道顾鸿影关心自己，如此说道，"我天天锻炼，饭也吃得饱，比高中时候身体好多了。"因为不太缺生活费，陆子规在上了地区联大之后，按时吃饭，每次饭菜虽然不是太好，但是能吃饱的。加上每天走路，去家教也都是骑车，身体还是锻炼得不错。

"家里要真是缺钱，我可以帮你想想法子。"顾鸿影家条件很好，钱对于她来说没有什么概念。

"我是男人，怎么会要你的钱。"陆子规笑笑。

"还挺大男子主义的啊。"

陆子规不说话。夏天，两人躺在草坪上，陆子规侧头，顾鸿影身材匀称，但是胸口起伏，很健康很养眼。

"你知道舒桐和俞茹烟的事吗?"顾鸿影犹豫了一下，问道。

陆子规看着天上，天色湛蓝，有白云飘过，摇摇头："我听说一些，但是不想知道太多。大家都是成年人了，各自有各自的生活。"

"但是怀孕然后流产对女孩子身体不好的。"顾鸿影平时时间多，对同学之间的事知道更多。

"你是说俞茹烟?"陆子规转头问顾鸿影。如果舒桐和俞茹烟只是交往也就算了，但是如果俞茹烟意外怀孕，再流产，这很让陆子规意外。在他印象之中，俞茹烟是个很骄傲也很自爱的女孩子。

"可能是吧。我听班上女同学说的，在医院妇产科碰到过俞茹烟，没见到舒桐陪同。舒桐那家伙我在中学就看不过眼，阴阳怪气的，依仗自己学习好，老是骗女孩子。"顾鸿影没好气地说道。在中学，舒桐也是她的追求者之一，但是顾鸿影左看右看，就是看舒桐不舒服。

舒桐那人也是有毛病。在中学，陆子规和他并没有什么利益冲突，但是私下里，舒桐处处说陆子规不好。比如早恋了，和俞茹烟关系不清不楚了，还有陆子规写了几篇狗屁文章，就冒充是大作家了，平时看人都是俯视，等等。这些话本来没根没据，但是舒桐次次考第一，被老师看好，被同学看成神一样的存在。所以他的话即使没有根据也有很多人信。后来，出了陆子规和孙茜的事，舒桐像是圣人先贤一样四处宣扬：我说得没错吧，陆子规就不是个好东西，学校不开除他就是学校有问题，他不退学，我就退学。

也不知道俞茹烟是跟陆子规赌气还是觉得陆子规真的伤害了她，骄傲的俞茹烟在孙茜和陆子规发生那事之后，先是消沉了一段时间，而后就和舒桐关系亲密了起来。到了大学，两人竟然偶尔同居了。

陆子规感觉心里痛苦，同时也很自责。和孙茜那事，一直想和俞茹烟解释，但是俞茹烟不听，几次拒绝自己邀请。

陆子规掏出一根烟。他的烟瘾不大，但是从上高中以后，特别是被逼转学之后，遇到烦心事也是抽一支烟解压。岸堤上风大，烟在嘴中，几次没有点着。顾鸿影坐起来，面对陆子规，用背挡风。陆子规抽了一口烟，吐出一口烟雾，烟雾被风吹散。

"你不是不喜欢我抽烟吗？"陆子规想起来，顾鸿影因为反对自己抽烟，还拿自己父亲举例子。说父亲在单位人五人六，抽烟喝酒，但是回家之前都是把烟放在车上，怕被她母亲发现。母亲一旦发现他抽烟，三天不理他，父亲就尿了。

顾鸿影笑笑："你心烦，就抽吧。"

"对不起啊。"陆子规有点歉意，不光是在她面前抽烟，而是他知道顾鸿影的心思，自己却一直逃避。

"这人生啊，总是有太多不如意。比如求不得，但是也怨不得。毕竟有的事是我们自己的选择。"顾鸿影低头说道。

25

三年大专生活很快结束。转眼到了毕业季，大专院校已经不再包分配，学生自主择业。

顾鸿影家里条件不错，关系也不简单，直接分去了省城。是某个委办局。顾鸿影走得匆忙，大多数学生还在找实习单位时，她已经走了。走前和陆子规深谈了一次。"子规，我对你的心思你也知道，我一直不明白什么原因。你其实不讨厌我，但是就是不愿意开口答应和我在一起。三年时间，我都没有打动你。我也不奢望以后天南地北，咱们还能在一起了，就是希望你以后即使成功，也要记得咱们在一起的时光吧。"说完，端起酒杯，和陆子规碰杯，杯中红酒荡漾，她脸比桃花娇艳。

饭是陆子规请的。算是六安城高端的酒店，里面有西餐。陆子规这几年做家教，写东西，经济条件比以前好了不少，不但没要家里生活费，除了给妹妹提供学费，自己还攒了一点钱。

一顿饭，一千多元，牛排之类的还好，主要是两瓶红酒占了一大部分费用。几杯酒下肚，顾鸿影脸色绯红，灯下愈加娇羞。陆子规坦诚，说虽然如今不讲门当户对，但是毕竟经济基础决定上层建筑，自己从农村出来，吃过苦，看过冷眼，底层的苦不是顾鸿影可以理解的。

顾鸿影有点怅然，问："如果双方家庭差不多，两人是否可以在一起?"

"我当然希望这样。但是这个假设没法成立。"

"你是不是更喜欢和俞茹烟在一起，两人在一起更舒服？"顾鸿影问道。

"为什么又说她？"

"哦，忘了和你说了。俞茹烟和舒桐也分手了。舒桐这一次据说分配到县黄梅戏团。"顾鸿影善于交际，同学之间关系好，听到的消息也不少。

"都过去了，她分不分手，对于我已经不重要了。眼下，我需要找一个好一点的工作。"陆子规对接了几家单位，都没有明确答复，现在看来最坏的结果是回到县城。县广播台态度明确，只要陆子规愿意，回来做一个乡镇记者站的通讯员没有问题。

县广播台在各乡镇都设有记者站。每个站一至两名记者，更多是乡村写作爱好者出身，像陆子规这种科班出身文笔不错的不多。有正式编制，只是待遇不高，一个月三四百元。

"我爸可以把你直接留在县委办局，比如教育局、财政局都行。"顾鸿影和父亲谈过，父亲对陆子规有点印象。

"谢谢伯父。好意心领了，我还是想自己看看再说。"陆子规再一次婉拒。

"随你吧。还有一件事我后来调查了，俞茹烟和舒桐在一起并没有怀孕，是同学之间误传。"

陆子规看了顾鸿影一眼，默然半晌，说了一句"谢谢"。

俞茹烟和陆子规一样，也是出自农村，但是家里多少有点关系，毕业分配后，分到乡政府办公室。

陆子规最终分到了县广播台在青螺镇的记者站，离家很近，每周都能回一次家。父母明显老了，对陆子规只分配到青螺镇，有点失望，但是能吃公家饭，还是勉强接受。陆子规也是按月将自己工资上交，三四百元，父母比较满意。农村人忙一年，除去各种开支税费，到年底剩下千把块钱就算不错。

父母有时候话有点感慨：这社会变了，上学真没有打工好，人家陆华中学了木匠，在外面包工，一年能挣三四万呢。韩小马兄弟三个高中都没上过，现在一年炸石头还能挣十几万。

这种话语多了，陆子规就不愿意每周回家一次，而是一个月半年回家一趟。父母有了一些闲钱，又想折腾盖新房子，预算了一下，需要四五万元。要求陆子规先上交一万，后面三年每年再上交一万，其余的他们自己凑。

两年之后，县广播台筹备县电视台，缺少人手，把陆子规调回县城。电视台成立之初，需要主持人，有人推荐陆子规，因为他文笔不错，长相也不错，陆子规觉得是个机会，开始做准备工作，争取一试。

其间，和顾鸿影偶尔通话，也写信。语言不冷不热，没有太多思念，顾鸿影很上进，级别已经是科长，而且调到市发改委工作。

俞茹烟先是在龙城乡，后来龙城乡黛山乡被青螺镇合并，俞茹烟也就被合并进去。有段时间，人员精简，差点被精简了下来，通过努力，俞茹烟留在了青螺镇，级别略有调整，成为主任科员。

电视台主持人的竞争非常激烈。先是社会报名，内部推荐，经过筛选留下十人，男女各五名。然后笔试留下四人，男女各两名。女主持人在第一环节已经内定，是某个县领导的女儿。陆子规听说男主持人也定了下来，去找台长。台长一脸严肃地说："县电视台是我们县的脸面、喉舌，我们一定要甄选最有素质最合适的主持人，怎么会内定？"让陆子规好好准备，最终结果一定会公平公正。

等到笔试，到场的考官坐了整整一排，一共十多人。让陆子规意外的是其中还有三四个县领导，包括县委副书记以及分管文化的顾副县长，正是顾鸿影的父亲。第一个面试的是位女孩，也就是传说中内定的那位女孩。鹅蛋脸，长得不算太好看，一脸傲气，目中无人。候场时，陆子规在走廊中碰到出来抽烟的顾副县长。他上下打量了陆子规一眼："你就是陆子规？"

陆子规点头答应："顾副县长好。"

顾副县长哼了一声："和鸿影还联系吗？"

陆子规没想到顾副县长在这种公共场合会问这个问题，犹豫了一下，老老实实地回答："偶尔打个电话，说说相互工作的事，写信很少了。也没机会见面。"

"男孩子嘛，总要主动一些。你们都年轻，应该以事业为主。"顾副县长抽完烟，里面有人叫，就掐掉烟头转身往里面走，回头对陆子规说，"这次竞争很激烈。你要好好准备。至于结果，咱们男人只要努力了，问心无愧，事后无憾就好。"

陆子规没想到顾鸿影父亲身为副县长这么平易近人，顿时对这个中年男人有了不少好感。

陆子规自觉发挥还不错。面试官分别问了一些问题，陆子规不敢说对答如流，基本上说中要义。后面朗诵一篇新闻稿，七百字左右，要求在规定时间内读完。

等待结果，原先说好三天出结果，最终七天也没出来。等待期间陆子规回了一趟青螺镇，去记者站拿回一些自己的个人物品。记者站就设在青螺镇政府办公楼里，二楼。陆子规轻车熟路走到自己办公室，刚要敲门的时候，却看到相邻房间走出一个女孩，两人目光交会，都有点意外。

俞茹烟随着龙城乡被青螺镇合并，组织关系也到了青螺镇，被安排在扶贫办，负责青螺镇扶贫工作。

新中国成立五十年来，我国扶贫事业先后经历了小规模救济式扶贫、体制改革推动扶贫、大规模开发式扶贫、八七扶贫攻坚四个阶段。1949年至1978年为小规模救济式扶贫阶段；1978年至1985年为体制改革推动扶贫阶段。1978年，党的十一届三中全会拉开了农村经济体制改革的序幕，我国农村扶贫工作也进入到体制改革推动扶贫的阶段。这一阶段实施的农村经济体制改革措施，包括实施家庭联产承包责任制、提高部分农产品的价格、扶持乡镇企业发展等，极大地解放了农村生产力，调动了农民劳动的积极性，推动了农村经济的快速发展，减少了农村贫困人口的数量。按照1978年的贫困线标准，我国农村贫困人口由1978年的2.5亿人减少到1985年的1.25亿人，农村贫困发生率从30.7%下降到14.8%，年均减贫1786万人。大规模有针对性扶贫计划的展开（1986—1993年）。从20世纪80年代中期开始，我们在全国范围内有计划、有组织、大规模地开展扶贫开发工作。1986年国务院贫困地区经济开发领导小组成立，安排专项扶贫资金，制定专门的优惠政策，并对传统的救济式扶贫进行彻底改革，确定了开发式扶贫的方针。"八七扶贫攻坚计划"的实施（1994—2000年）是以1994年3月《国家八七扶贫攻坚计划》的公布实施为标志。该计划明确要求集中人力、物力、财力，用7年左右的时间，基本解决8000万农村贫困人口的温饱问题。由此，中国扶贫开发进入了最艰难的攻坚阶段。

26

2000年年底，"八七扶贫攻坚计划"的目标基本实现。农村贫困人口大幅度减少，农村贫困地区群众温饱问题基本得到解决。2001年，我国颁布实施了《中国农村扶贫开发纲要（2001—2010年）》。虽然还叫"扶贫开发"，但扶贫工作重点与瞄准对象已经做了重大调整。扶贫工作重点县放到西部地区；贫困村成为基本瞄准对象，扶贫资金覆盖到非重点县的贫困村。

俞茹烟就是在这个时候进入的扶贫办。其后二十多年时间，俞茹烟像是找到了人生的支点，全身心投入扶贫事业中去，无论是科员还是升为乡长，俞茹烟率先完成扶贫任务，成为全县扶贫工作模范人物。

陆子规没想到毕业三年后第一次见到俞茹烟是在工作场合。如果这一次自己不主动调回县里，那两人办公室相邻，每天抬头不见低头见了。

"你好！"陆子规先开口，"听说你调到青螺镇了，没想到在这里碰见。"

"你调回县里了？"俞茹烟问。

"嗯。你现在在……"陆子规指一指扶贫办办公室的标志牌问。扶贫办在镇政府是一个不太显眼的科室，龙舒县早几年就摘掉贫困县帽子，每年没有什么扶贫资金，各个街镇的扶贫办也就显得不太重要。

"是的，清水衙门。"俞茹烟点点头，自嘲地笑笑，"不过，没有在街乡合并中被精简掉，已经很庆幸了。"街乡合并时，精简了不少人员，俞茹烟差点被精简掉，后面找了不少人，才留在青螺镇政府。

"听说过。要不进屋坐坐，我最后尽一次地主之谊。"走廊人来人往，两人说话有点不太方便，陆子规打开记者站门，邀请俞茹烟进去坐坐。

俞茹烟回头和办公室领导打了一声招呼，走进屋。记者站除了陆子规一个正式员工，其余两个都是通讯员。家就在农村，除了写完稿子送过来给陆子规审核，平时很少过来。陆子规走了一个多月，屋里杂乱，一开门满是灰尘。陆子规赶紧推开窗，这时候俞茹烟走进来，捂住鼻子。"这么乱啊。"捡起地上报纸、杂志放到桌子上。

屋子里就一把椅子，陆子规用报纸擦了擦，让俞茹烟坐。

"不坐了，初来乍到，我不敢停留太久，要回去干活，给领导留一个好印象。"俞茹烟没有接过椅子。"问你一个问题，没别的意思，你愿意回答就回答，不愿意就算了，不勉强。"屋子里就两个人，俞茹烟和陆子规隔着一张写字台。俞茹烟看着陆子规，熟悉又陌生。从高三到现在九年了，当初陆子规给自己造成的伤痕已经被岁月慢慢磨平。

陆子规看着俞茹烟。眼前，曾经深爱的女孩已经全部脱去青涩，皎洁面容上已经有了进入社会后打磨出的成熟，眼神依然清澈，身高也较以前长高了不少，比较圆润，更有女人味。"有什么你就问吧，没有啥不能回答的。"九年来，两人第一次说这么多话，陆子规的心情有点喜悦，当然，面容保持冷静、淡定。毕竟当初那一句"响鼓不要重敲"言犹在耳，记住的不是怨恨，而是怕自己表露的过度热情而唐突了对方。

"是不是因为我调到青螺镇，你才回县城的？"俞茹烟看着陆子规。

"不是。"陆子规摇摇头，点起一支烟。

俞茹烟没从陆子规眼神中看出什么，哦了一声，像是自言自语地说道："上高中的时候同学之间关系复杂，为了排名你争我夺，暗地里相互诋毁。到上了大学才觉得高中时候同学还是非常单纯的。为了进入社团，为了奖学金，好好的年轻人前一套背后一套，风言风语什么都可以说。甚至诋毁怀孕了、流产了。到了毕业季更是各种手段使出，以为那就是社会了。没想到真到了社会，学校那一套才是小儿科。"

陆子规不置可否，学校生活怎么能跟社会比？所谓争夺，无非就是社会资源分配的争夺。有时候为了一级工资，大家都能打得头破血流。社会资源分配难以公平，分配原则也不是根据各自能力和付出分配，而是背后的人际关系、处世方式。但是听到怀孕、流产字眼，陆子规还是有点讶异，顾鸿影和自己透露过有女同学说俞茹烟怀孕、流产的事，那女同学也是会计系的，和俞茹烟应该有竞争关系。后来，顾鸿影证实，那位女同学多半是造谣，恶意中伤俞茹烟。

看陆子规靠在窗台抽烟，没有说话，继续问道："那是为她？"

"谁？"陆子规换了一个姿势。猜出俞茹烟问的，自己调到县城的原因是不是顾鸿影的关系。但是不敢确定，俞茹烟和顾鸿影一样，都是女孩当中清高的类型，很少八婆，更少问一些八卦的事。

"顾鸿影啊。谁见幽人独往来？缥缈孤鸿影。"

陆子规摇了摇头："我回县城不是为她，而是在这农村，有些东西我不太习惯。这不是我忘本，忘记了自己出身农村。是因为对农村太了解，所以有时候更失望。"

"说说，我听听。"俞茹烟今天好像很有耐心，刚才说的急着回去工作也不急了。

"咱们从最贫困时候过来的。上小学之前，吃不饱穿不暖。那时候生产队长对一个队的社员都有生杀大权，更掌握了全队的资源分配。谁家多谁家少，哪一块地种什么都是他一拍脑门子。后来包产到户了，各家干劲十足，恨不得把路铲平了做水田，多种出一粒庄稼都是好的。结果呢，山林河流破坏得不像样子，山洪泥石流频发。后来又有人出去打工了，说打工挣钱，家里的地也荒了。如今说要发展经济，扶持乡镇企业，但是你看看我们青螺镇所谓的乡镇企业哪一家是真正做企业的。别说高科技企业没有一家，就是生产企业，谁又在正规生产？要不冒领国家扶持资金，要不贪婪地侵占国家资源，破坏环境，向大自然索取。就这些，有人说有人管吗？"陆子规在农村二十多年，这几句话是他亲眼所见亲耳所闻。有时候怕的不是政策，而是乡民的思想。对于这些违规行为，做的人心安理得，旁观的人也觉得理所当然。比如，陆浩至和陈凤英就从不觉得韩小马他们炸山开石头有错，反而觉得他们挣钱光荣。自己父母应该是最能代表普通农民的，他们的思想也代表了大多数农民的思想。自己这三年记者，写的多是吹捧地方政府、劳动模范的稿子。自己也不想就这样随波逐流，但是，真正深入的稿子每次到台里都被无情毙了，这不也是上级的一种态度嘛。

俞茹烟点头，沉思，然后也是叹一口气："我们可以继续努力，我们总得相信党和政府。扶贫这么艰难的工作国家都能做得很好，你说的这些也能改变的。"

话语好像不在一个频道。陆子规不愿意深究，感觉自己刚才话语说得沉重，故意轻松说道："那你们扶贫办也扶贫扶贫我吧。"

"嘴贫。"俞茹烟白了陆子规一眼。这让陆子规恍惚，当年，俞茹烟也是这样调皮，要不用笔尖敲自己脑袋，要不瞪一眼，白一眼，都是小女儿姿态。

"对了，有孙茜的消息吗?"俞茹烟今天心结好像全部打开，不但问了陆子规和顾鸿影的关系，还有孙茜，这一个让她曾经梦魇的名字。

陆子规看俞茹烟突然问到孙茜，内心微微一颤，赶紧抽出香烟又点了一支。内心自语一声："俞茹烟今天这是干吗，逮到我是要问个底朝天啊。我还是缓一缓再说。"

看到陆子规脸上稍纵即逝的变化。俞茹烟淡然一笑，心结彻底放开，开玩笑说道："陆子规，你什么时候开始抽烟的，不会是当年和我在一起的时候就偷偷抽烟吧?"

"没有呀。"陆子规弹了一下烟灰，"我那时候老实得很啊。"

"是老实，连手都不敢拉。老实交代，什么时候抽烟的，或者是不是因为有亏心事才抽烟?"俞茹烟嬉笑。

陆子规哭笑不得，看着俞茹烟，觉得这几年改变很大。原本性格开朗，有说有笑，因为高三自己和孙茜的事，她消沉一段时间，然后对自己冷言冷语，非常冷漠，在校园看到了，也不正眼看自己，两人实在需要说话的时候，也都是一个字两个字。"其实和你在一起，我也抽烟，但是很少。就是写东西时抽一点，再说那时候那么穷，想多抽也抽不起啊。"

　　"你们男人啊，心口不一。"俞茹烟噗嗤一笑，"我早就知道你抽烟，你那烟味我闻不出来吗？就是没戳破你而已。好了，不逗你了。孙茜呢？"

　　孙茜，因为那一年和陆子规一起被人喊了抓奸，急中生智从韩老五家翻墙出去，给陆子规解了围，至少没被那帮人当时"抓奸在床"。孙茜跳出那帮人"追捕"后没回校园，只是给班主任写了一封信，将事情经过说了一下，然后自己退学。因为她的主动退学保证了陆子规的学籍，这些都是陆子规高考成绩出来后才知道的。

　　孙茜也没回村庄。知道村人爱说闲话，等母亲出院后，从青螺镇直接买了车票，带着母亲投靠在北京打工的二姐、三姐了。

　　九年了，竟然没有她更多更准确的音信。

27

　　俞茹烟帮助陆子规收拾了个人物品，陪他走出镇政府大门。陆子规停步，说道："你该回去上班了，别让领导说你上班溜号，这影响可不好哦。"

　　"刚才骗你的，我们这刚整合，扶贫办就我一个人呢，领导还没确定。送送你吧。怎么说也到县城上任呢，以后就是县官了，还

125

指望你这老同学照顾照顾我呢。"俞茹烟开玩笑说道。

两人交流融洽，好像把这九年的误会都解开了。

陆子规自嘲笑笑："我这算什么县官，事业单位人员，有合同了是个合同工，领导不高兴了，随时下岗。"

俞茹烟不知道陆子规正在竞争县电视台主持人的事，陆子规也没有主动提及。毕竟八字没有一撇，说出来好像自己故意炫耀，要是被录取还好，不被录取就是笑话。

俞茹烟送陆子规穿过老街。老街这几年也有变化，大多数人都搬到新街去了，那里离公路更近，出行方便，住处也宽敞了不少。老街显得衰败，铺路的青石出现了坑洼。原本每家每户门前的天然温泉小池子被填塞整平，老街没有了老街的样子。

"不送了，送君千里终有一别。再回青螺镇方便的时候回来看看，同学之间一毕业天南地北，大家都不在一起了。虽有几个在附近乡镇和中学教书，但是联系很少。"俞茹烟将行李交给陆子规，挥手说道。

陆子规接过行李，说："到县城找我，方便就一起吃个饭。"

"请我喝红酒？吃牛排？还是吃吊锅子？"俞茹烟促狭笑笑。

红酒、牛排是陆子规毕业时请顾鸿影一起吃的。那晚气氛很好，好像被哪个嘴快的同学无意中看到然后给传开了。吊锅子是六安美食特色，大家在大排档经常吃。当然，在地区联大上学的时候，陆子规也只和顾鸿影一起去吃。此刻被俞茹烟拿出来说，难免有点善意取笑的感觉。

陆子规朝俞茹烟挥一挥手："走了。"夏天，离青螺中学不远，校园那浓烈的栀子花香随风飘了过来。

　　在绿树白花的篱前
　　曾那样轻易地挥手道别

陆子规挥手一刻，突然想起席慕蓉《七里香》里的这两句。同时思绪飞舞，九年前，自己被逼借读离开青螺中学时，也找俞茹烟告别，但是那一次，两人之间发生争吵。陆子规还记得不管自己如何解释，俞茹烟都是脸色铁青，话语冷淡。

其实有时候，我们愿意用一生去爱一个人。这种爱，我们愿意用自己的汗水甚至生命去维护。害怕她流泪，害怕她受伤。太阳炙热的时候，自己要变成一棵树，枝叶繁茂只为她遮挡烈日，哪怕随着她移动，根脚受伤；雨雪的时候，自己变成一把伞或者风衣，披在她身上，只要她能暖和，即使自己变得一身僵硬。她欢喜时候，陪她欢喜，哪怕是莫名其妙地笑；她悲伤的时候，和她一起流泪，全然放弃男儿有泪不轻弹的所谓俗语。一生，真的愿意用一生，从决定爱她的那一刻，她就是心中的红莲，就是黑暗中的烛光。

但是最后，却是告别。谁能证明点滴的错不是前世的孽，缘分已尽，终究劳燕分飞。

陆子规回到县城，就得到了一个不好的信息，自己在主持人竞争中落选了。台长在私下谈话中透露了一丝信息，包括台长本人和顾副县长都为陆子规争取了，但是县委副书记点名录取另一位竞争者，理由是陆子规和竞争者相比，专业知识和形象都算优，但一个致命缺点就是陆子规来自农村，身上还有土味，不能充分展示龙舒形象。

陆子规没想到是这个原因。自己出身农村是改变不了的，而且城乡平衡已经喊了很多年，关键时候，自己竟然因为土味而落选。

不好的消息接二连三。电视台正式成立之后，抢走了广播台的广告资源，成为广播局重要创收单位。广播台地位在广播局一落千丈，陆子规原有四五百元工资降到三百，原来的奖金也全部取消。这几年物价上涨，要是在青螺镇，陆子规还可以回家拿米拿菜。在县城，三四百元勉强够吃饭，想买一件衣服都难，就更别说完成父母交给自己一年上交一万元的盖房任务了。

在县城上班，还不如在青螺镇记者站自由。广播台一些老记者都出去跑创收了，日常任务及政治性稿子都落在陆子规身上。原先一个通讯稿播出有十五元奖励，现在变成五元。老记者回来了，五六个人挤在一间十几平方米的办公室里，抽烟，相互发牢骚。陆子规想写一点东西挣些外快，也没有清静环境。

穷则思变，2003年"非典"过后，陆子规向台长递交了辞呈。台长象征性挽留一下，见陆子规态度坚决，也就批准，顺便说了一句："树挪死人挪活，年轻人是该出去闯闯。"

陆子规去了北京。投了几份简历，也收到几个面试答复。

第一家在西三环航天桥。不大的办公室坐着几个人，看起来也不太像正规出版公司。陆子规重新递交简历，对方放下简历说："交三百块钱面试费，回去等着吧。"

陆子规没有交钱，又到北三环一家影视公司。对方说："这种稿子太文艺了，我们要生活化的剧本。"结果也是不行。

陆子规刚到北京，人生地不熟，一天跑了三家单位面试，此时，已经是天黑了，晚上就住在东边的一家小宾馆里。回宾馆之前找了一家复印店将自己的简历重新修改了一下，将发表的文章重新梳理复印了几份。

小宾馆坐落在城中村。周围杂乱，宾馆里面条件也很简陋。选择这里无非是便宜，交通方便，走上一两公里，就是一号线地铁站。夜晚，陆子规拖着疲惫的身体回来，就着一阵冷一阵热的水洗好澡，上床睡觉。朦胧间，隔壁传来一种异样的声音，有喘息，有呻吟，还有床板摩擦的声响。陆子规没经历过男女之事。但是还是听得出来声音背后的事。这才想起刚回来的时候，城中村巷中几个打扮妖冶的女人在路灯下搔首弄姿，和人讨价还价，终于明白了这个小宾馆是什么场所。

明天不管是否找到工作，都要先搬家了。

陆子规起床，点燃一根烟。推开窗户，远处灯火辉煌，近处城中村，灯光昏暗。陆子规将自己钱包掏出来，还剩一千多元。看来，没找到工作之前一定要省着用。

来北京之前，陆子规回家一趟，给父母留下八千元钱，说剩下来的等年底给。父亲脸色有点不乐意，说房子盖到一半正缺钱呢，你都在县城工作好几年了，两千块钱还拿不出来？

陆子规本想和父母谈谈自己到北京工作的事，看到父亲没问，自己也就没有说。临走时，去青螺镇找俞茹烟告别，但是俞茹烟不在，说是下乡扶贫去了。

第二天清晨，陆子规去找前台退押金。女老板四十多岁，嘴唇猩红。她手指夹着香烟，斜眼看着陆子规，"押金不退，说好住一个礼拜，你就住一天，本店概不退还押金。"

"可是，晚上太吵啊。"陆子规争辩。一晚八十元，陆子规准备住一个礼拜，交了五百多元。扣除昨天八十，还能退四百多元。穷家富路，陆子规一共带了两千元，以为这两千元找到工作再维持到发工资没有问题，现在看来，自己是想简单了。

"吵什么吵啊，那么多人都不说吵，就你嫌吵？矫情得很啊。"女老板当然清楚陆子规说的吵是什么个吵法，但是一看陆子规就是外地人，她不欺负外地人欺负谁？

两人争辩时，从楼梯口下来两个光膀子男人，长得五大三粗，脖子上戴着金链子，前胸后背都有文身。他们走到陆子规面前，双手叉腰："你丫找抽吧。敢要退押金，老子揍你信吗？"

"你们不怕我报警？"陆子规退后一步，不甘示弱地说道。

那两男一女三个人同时发出一声冷笑。其中一人一巴掌扇向陆子规，另外一人抓起陆子规行李扔到门外："滚。"

陆子规刚到北京，被这些人给了一个下马威。他真的找派出所报警，但是结果很不理想，被人奚落一番。

陆子规重新找了住处，是石景山一个城中村。这一次没有找小宾馆，而是一所民房，一个月才三百元。陆子规住下，做好长期战斗的准备。

28

北京十八个区县，其中东城、西城、崇文、宣武、朝阳、海淀、丰台、石景山属于城八区，相对于其他七个区来说，石景山较为偏远。陆子规租住的房子位于西下庄，某个部队大院门口。平房区，独立院子，里面住了四五户人家。院中水泥地，留下三小块土地种了一棵石榴树、两棵柿子树。

房间七八平方米，放下一张床，还能放一个写字台。陆子规简单收拾完，早出晚归，四处找工作。原先在龙舒联系的几家都不是正规单位，有的是临时搭台的影视公司，说散就散，有的是皮包性质的出版公司。陆子规更想找一家正规的出版单位，安安静静地做个编辑，然后自己写点东西。丢在老家的台式电脑一时间没法子弄过来，要写东西，陆子规还要趴在写字台上。写好后找到附近的打印店，录入电脑，用邮件发出去。

苹果园地铁是一号线西边首发站。西下庄到苹果园地铁有公交车，陆子规怕赶上早高峰地铁拥挤，都是提前出门。

十多天时间，陆子规大概面试了二十多家。工作终于有了一点眉目，是北三环一家内刊杂志社，做编辑同时负责排版校对，不管吃住，一个月1500元。在北京工资不算高，但是比老家三四百元强多了。

周五，陆子规从地铁走下来，刚要上公交车回西下庄，却接到顾鸿影的电话。电话里顾鸿影语气不善："陆子规，你长能耐了啊。辞了工作也不和我说？跑到北京来了？"

从广播台辞职，陆子规谁也没说，包括父母和俞茹烟，更没有和顾鸿影说。两人之间偶尔通话，陆子规知道顾鸿影事业发展很快，已经是发改委副处级了，自己与她差距越来越大。经济条件决定上层建筑，爱情亦然。没有经济基础的爱情根基不牢。

陆子规不知道顾鸿影怎么这么快就知道自己辞职了，也不知道她是通过什么渠道知道自己来了北京。不对呀，她应该问怎么跑到北京去了，而不是跑到北京来了？

她不应该也在北京吧？陆子规下意识地扭头朝四周看看，人潮汹涌，地铁出口直到公交站台摩肩接踵，多是北漂的人。各色衣衫，神态多是疲惫，脸上唯有茫然。

"说话呀，住哪里啊？工作找到没有？"顾鸿影语速挺快。

"我在等公交车呢。有点吵，听得不是太清楚。"陆子规躲避人群，对着话筒说道。

"跟我说个地址，我来找你。"顾鸿影急切地说道，"晚上一起吃饭。"

"您真在北京啊？"陆子规惊喜地问道。

"啥？您？我没听错吧。"顾鸿影笑着问道，"适应挺快嘛，到北京才几天时间就学会了用您不用你了？"

陆子规自己还没感觉到这个潜移默化的变化。在老家一直习惯用"你"称呼对方，北京不愧是首善之地，即使是街上摆地摊的，与人打招呼时都是用"您"。如果真正的北京人说得更溜。"您来了，走好咧，您呢！"与您一样说得溜嘴的，还有"丫的"，那就有点骂人的感觉呢。

陆子规自嘲笑笑。到北京时间是不长，但是这几天与好多人打交道，遭受白眼不说，也是"你你的"被人纠正了好几遍。"我在石景山西下庄这里，八大处附近。你到了军队大门给我打电话就行，比较好找。"

"好的。"顾鸿影挂了电话。

陆子规回到宿舍，同院子的人问："找到工作了吗？"

陆子规点点头，这是一个河北人，在部队当兵，应该是个士官，给首长开车。女朋友是四川人，两人没有结婚，同居好几年了，像夫妻一样生活。

"一起吃点儿？"四川女孩性格泼辣，和人自来熟，陆子规搬进来一两天，女孩都到他房间串门好几次了。

"不了，等下我来朋友。"陆子规进了房间，等顾鸿影电话。坐在写字台前翻看最近的报纸，早几天翻看的是人才市场报，今天工作有了着落，陆子规将这些人才类报纸都收了起来，翻出积攒了半个月的《北京日报》和《北京晚报》。陆子规不看新闻，只看副刊。特别是晚报的"五色土"。知己知彼方能百战百胜，陆子规在做在北京工作的长期打算。光靠工资肯定攒不下来钱，额外的收入只有稿费。他想先在《北京晚报》副刊上多写几篇稿子，然后再向别的副刊拓展。

简单收拾了房间。一个多小时后，接到顾鸿影电话："我在军队大院门口了。"

陆子规关门出去。走了约三分钟，到了部队门口，左右看去，却没看到顾鸿影的身影。"在哪里？"陆子规打电话问。

"稍等，我看到你了。"顾鸿影说着，推开车门，就在陆子规不远的地方。陆子规看到，是奥迪A6，有专职司机。

顾鸿影下车和司机说了几句，司机为难地说："顾副县长说晚上请几个领导一起吃饭，让您一定要参加呢。我现在回去，等下堵车，能来得及吗？"

"我爸那边我说，您不用担心。"司机是驻京办副主任，顾鸿影
与他见过几次面。晚上吃饭也都是驻京办安排的，这一次父女两人
到北京，公事私事都有。平时，这种场合顾鸿影必须参加，但是今
晚，她想和陆子规在一起。

"那顾处长，我先走了。您要是用车，提前给我电话。"司机犹
豫了一下，开车掉头。

几年不见，顾鸿影气质更佳。本就身材高挑，加上得体的小黑
衣服，还有利落的发型，晚风一吹，显得干净、优雅。

顾鸿影看到陆子规，亲切地叫了一声："子规。"然后快走几
步，上前挽住陆子规的胳臂："走，带我看看你的'闺房'。"

陆子规手臂感觉到体温，余香飘进鼻子中。那种好闻的香水，
比高中教室外的栀子花香略淡。"你怎么到北京来了？"

"我要说特意看你，你是不是不信？"顾鸿影斜眼看了陆子规一
眼，"你真厉害啊，不声不响就走了，一个电话都不打。"

"这不还不是被你找到了吗？"陆子规搪塞。

"嘿，知道我的厉害了吧。"顾鸿影得意地笑笑。

进了陆子规租住的房间，顾鸿影恼怒地说："这么小，这么
简陋？"

"在北京有个地方住算是不错了。条件差了点，周边环境还
行，离地铁也近。"陆子规一到北京就遭遇小宾馆那帮恶人，如今
搬到这里，至少能睡一个安稳觉。

"你呀，这性格倔得很，什么时候能改改啊。你说在龙舒，我让
我爸关照你一下，你也不要。那个电视台主持人叫什么小李吧，要
长相没长相，要气质没气质，而且读稿子还能读错。当时我爸还问
我，要不要给你争取一下，我想给你打电话，你却关机。"顾鸿影
弯下腰，帮助陆子规把床上凌乱的被子整理好，然后数落陆子规。

陆子规摆摆手，示意顾鸿影不用继续。

"我就说。"顾鸿影有点赌气，"你以为大家都公平，你以为大家都是靠能力？再有能力，也要有赏识你的人啊，那才有用武之地。要不，你跟我回去，在省城找一个单位，熬几年，也能是个科长。"

"鸿影，要不咱俩先吃饭，不探讨这个可以不？"时间不早，陆子规已经饥肠辘辘。

路边的小饭店里，几个简单小菜。顾鸿影吃菜很少，只是瞪着陆子规。陆子规知道她在恼怒什么，几次张口想要解释，但是都怕一解释更似是而非，所以也就低头吃饭。中间，顾鸿影接了一个电话，是她父亲，顾副县长在电话那边非常恼怒，责问这么重要的聚会顾鸿影为什么不参加。

"要不你先回去吧，别让你父亲担心。"陆子规知道这时候开口不好，更容易引起顾鸿影恼怒。

果然，顾鸿影没好气地白了陆子规一眼："就这么急着催我走？"

"不是我着急，是怕你父亲担心。"陆子规赶紧解释，眼前坐的可是小祖宗，正在气头上，陆子规不敢招惹。

"要你管。"顾鸿影没好气地说道，"赶紧吃，吃完回去我帮你收拾一下房间，再回去。反正他们吃完饭还有下一场，我去参加下一场，也不耽误事。"

陆子规胡乱吃完，两人回去。顾鸿影可能有点生气，两个人保持一点距离。回到房间，顾鸿影闷声不响帮助陆子规收拾房间，其实没有什么东西收拾。顾鸿影用心将床单铺平，又看了看空落落的房间，缓和了一下情绪说道："听说北京天冷得早，你这被子太薄，有时间换一套厚的。还有你写东西不用电脑不行，我给你寄一台笔记本过来。"

"笔记本不用。我自己买。"陆子规算了一下，攒一台配置不高的电脑，不玩游戏只打字，估计两千多元，自己一月工资一千五百多，加上稿费，能有两千左右，一月去掉开销六七百，两个月下来应该够攒一台电脑，至于其他生活用品，能用就行，反正自己到北京不是来享福的。

顾鸿影接到司机电话，就准备出去，对陆子规说："两人之间，钱真没那么重要，地位也不是很重要。"

"我知道。"陆子规说。

"如果在北京，实在太累，太苦，回去吧，我等你。"顾鸿影眼圈泛红，走到陆子规面前，拥抱了一下，低声说道，"我等你，我愿意等你，但是，咱们年龄都不小了。我怕有一天我实在抵挡不了父亲和母亲的压力，那，到那时候，我想即使你不怪我，但是我也会怪你……"

说完，快步跑出院子，等到陆子规跟着出来，那辆奥迪车已经掉头向市里开去。

29

九月的北京，白天酷热，到了夜晚，夜风习习。虽然不至于寒冷彻骨，却是有点凉意入怀了。陆子规站在路口，看着车子远去，一时之间有点怅然。手机短信铃响，顾鸿影发过来的："回去看看床单。另外，我中秋节要是不离京，过来陪你一起爬山，看月亮。"

"好嘞，路上注意安全。"陆子规回了短信快步走回房间，掀开床单，一沓崭新的百元钞票。陆子规拿起来，数了数，六千多元。陆子规坐在床上，手中拿着钞票，怔怔发呆。

工作还算顺手，涉及文字的事，陆子规驾轻就熟。一个多礼拜内刊出来，领导拿到手比较满意。转眼到了中秋，陆子规早早下班，拿了单位发的月饼，从地铁口出来，走了三四站路，找到花店，买了一束玫瑰和康乃馨。一进院门，那个四川女孩看到花，惊喜地叫道："好漂亮的花。"又转头叫自己男朋友："你看人家，陆子规，中秋节都知道买花，你看你呢，三四年了，什么时候给我买过花？"

那个男孩正在水龙头下用桶接水，抬起头和陆子规打了一声招呼，没好气地对女孩说："还买花呢，你妈要我拿的二十万彩礼，还不知道什么时候凑得起来呢。"

女孩嘟噜一声："二十万还多啊，我们姐妹有要三十万、五十万的呢。"

"你们那卖女儿算了。"男孩也是嘟噜一句。

女孩听到，上手就要打。四川女孩泼辣，动不动就动手。那个男孩虽然是个当过兵的，但是也不敢还手。

陆子规上前劝架，说大过节的，都心平气和一点。女孩还是不依不饶，男孩起身回屋做饭。女孩等气消一点，又跑到陆子规房间："陆子规，晚上一起喝点儿？"

陆子规摇摇头，那个男孩不喝酒，女孩酒一喝多又爱说话，荤素不忌，男孩不在乎，陆子规在乎。"不了，我等人。"

"是上次那个女孩吗？长得真漂亮。"女孩感叹，当时只和顾鸿影打了一个照面，到现在还有印象。

陆子规打开笔记本，开始构思一篇小说。最近陆子规在副刊发了几个短篇、散文，收到一些稿费。都是六十八十的，很少，一月积攒下来也就三五百块钱。陆子规今年还欠父母规定盖房任务一万元中的两千元钱，明年后年还各有一万，另外，顾鸿影的六千。

陆子规知道顾鸿影留六千元给自己是怕自己生活太苦，没想要自己还钱。但自己是男人，在地位上暂时没法和她比，在经济上更不想拖累她。

小说开了个头，《狐狸情人》，写校园爱情的。最近陆子规在网上浏览，无意中发现几个文学网站，做得很不错。其中还有几个网站流量很大，影响不小。有写长篇小说设置VIP的，可以收钱。据说作者每个月收入也不少，加上出版，一本几十万字的长篇能卖十几万元，那些字数多影响大的，作者年入百万。

陆子规知道自己没有别的本事，只是文字方面还是有些水平。虽然网文和传统文学从架构和笔法上有很多不同，好在陆子规学习快，钻研了几天，基本上摸透了网文模式。节奏快，情节爽，故事直入主线，主角永远自带光环。说白了，文字越白越好，简称小白文。

陆子规不愿意写这种无脑的小白文，也不愿意选择奇幻、武侠。而是从熟悉的情感题材入手，可以少一些无脑，多一点文学性。

时间已经九点。东边的天空，满月已经爬了上来，院子中的小两口也吃完饭收拾停当，准备回房间继续男女的战斗，但是顾鸿影还没有来。

陆子规拿出手机翻看短信，确定顾鸿影说的是中秋只要不离京，就会过来陪自己爬山，看月亮。

前几天两人打了电话。顾鸿影说龙舒县几个领导这次过来要多待几天，自己也会陪着。中秋应该在京的。

陆子规发了一个短信，没有回音。

几分钟之后，又发了一个短信，到了十点，还是没有回。

打电话。陆子规拿起电话犹豫了一下，拨通，嘟嘟的响声，很久没有人接。

东三环，某个五星级宾馆豪华包厢里。顾副县长喝了不少酒，顾鸿影跟着他回来，屋里多了一个华贵的中年女人，是顾鸿影的母亲。

"小影，给你爸洗点水果。"女人看到顾鸿影，亲切地说道。

顾鸿影端起果盘，是智利车厘子。很黑很大，比国内的大樱桃要大几倍。洗完，放在茶几上。

母亲站在床前，掀开窗帘，回头感叹道："还是京城好啊，车来车往的。月亮都比龙舒大。"

"妈，你夸张了吧。四处都是灯火，哪里看得清月亮？"顾鸿影下意识地看看手机，说好去陪陆子规爬山，看月亮的。

"我说的是咱一家人难得聚齐，一起过中秋。"母亲反驳，"来，一起吃水果。陪我们聊聊天。对了，老顾，晚上喝酒，秦总去了吗？"

"就是老秦请客啊。"顾副县长喝了一口浓茶，吃了一个车厘子，"小秦也去了。"顾副县长看看顾鸿影，补充一句。

"真的呀。那小影和小秦聊得不错吧。我看小秦那孩子已经是项目经理了，按照级别来说，应该是正处了吧。老顾，是不是？"

"刚才听老秦说，小秦可能会到安徽挂职，应该是芜湖那边哪个县的常务副县长，肯定是正处了。"顾副县长说道。

"那敢情好。到了安徽，合肥离芜湖不远，小影就可以和他多亲近了。"

"你们说什么啊。"顾鸿影有点不乐意。父母口中的老秦是某个央企的总经理，司局级别。他的儿子小秦，也是正处级了。本来这和自己没有多大关系，两人也很少交流，可是双方父母却要将两人撮合到一起。这不，母亲名义上说到北京陪自己和父亲过中秋节，实际上是双方父母约定好，要趁这一次将亲事定下来。

而且，秦家能量很大。能把小秦直接安排到安徽，挂职常务副县长。要不是觉得芜湖经济好，能更有发展，人家都能到龙舒去挂职县长。那级别比做副县长的父亲都高一级。

可是，虽然小秦长相和学历都不错，但是自己却喜欢不起来。自己喜欢的是那个在父母口中不求上进的陆子规。

看到顾鸿影再一次看手机，母亲有点不悦。"小影，谁的电话？不是工作的就挂掉，我们谈正事。"

顾鸿影不希望大过节的惹父母不高兴，坐下来。母亲絮絮叨叨。主题就是爱情虽好，但是没有面包一切白扯。这个社会不可能有王宝钏和薛平贵的故事重现，现在讲究门当户对，这个不是俗气，而是现实。

说着说着，竟然扯到陆子规身上。和小秦一比，真是一个在天上，一个在尘埃里。

顾鸿影忍住不耐烦，向看似开明的父亲求救。

父亲却摇摇头，说道："人生大事上，我同意你母亲的观点。那个陆子规我见过一次，人不错，可惜生错了家庭。农村出来，家底太薄。小影，我也和你说一句实话，我当官这么多年，有些事看得比别人更清楚。咱们社会主义不讲阶级，我们党员更不能讲。但是我作为你的父亲，还是要和你说一句的，我们的社会已经有了精英和草根的分化，更多精英都是从富有家庭和有底蕴的家庭出来的。如果说现在还不明显，那到你们这一代，有了孩子会更明显。比如，重点学校怎么进？穷人家的孩子有几个上得起贵族辅导班？"

"你爸说得有道理。小影，你别三心二意，父母都是为你好。"顾母看到顾鸿影有点不耐烦，老是低头看手机，索性将女儿手机拿到沙发上，不让顾鸿影看。

"妈，你——"顾鸿影抗议。

母亲轻轻一笑："听爸爸说话。"

"我再说两句。县电视台主持人的事，张副书记一句'陆子规太土'就基本上决定了结果。我没有帮助陆子规说话，有两方面原因，因为他出自农村。另外一方面就是一个事业单位的普通岗位，我没必要和张副书记翻脸。如果是一个科级干部选拔，我不会轻易让步。"

"其实，我和你爸商议过。如果你真想和陆子规好，也行，陆子规这个孩子先要懂事。我们会给他安排一个好位置，几年时间，处级不好解决，至少能解决一个实职科长的位置。结果呢，这个孩子不懂人情世故，看到你父亲也不知道说几句好话。平时更和我们保持距离。听台长老吴说，孩子挺有个性。说好听点叫宁折不弯，说难听点就是不识时务。我知道你看手机，是想和他出去。但是，小影啊，你现在是省发改委的处级干部，到了北京，人家都给你面子。但是你和一个居无定所、食不果腹的打工仔在一起，你觉得合适吗?"

30

顾鸿影在官场日久，父母说的道理都懂。但是让她这样轻易地和陆子规断绝关系还是很不甘心。毕竟，无论做多大的官，她还是一个女孩子。女孩有自己的心思，有自己想要的爱人。陆子规给她的印象就是高三那年受到那么大挫折，在大家以为他永远消沉的时候依然站了起来。那份努力和自信让年轻的顾鸿影着迷。人生不可能没有挫折，但是男人就应该愈挫愈刚，人生也不可能没有低谷，但是，自信的人一定会把低谷当作跳板。

顾鸿影也有怨言，对父母，对陆子规。陆子规性格过于倔强，不会拍马不去逢迎。顾鸿影虽然相信陆子规会从低谷爬起来，但是在这个社会想要单枪匹马闯出名堂，总是一条很艰难很弯曲的路。顾鸿影怀念两人三年大学时光。那时候走在湨河的岸堤上看树看桃花，躺在桃花岛的草坪上，身上落英缤纷。抬头就是蓝天白云，也怀念校园外的小食街上，两人吃着吊锅喝着啤酒。

顾鸿影是个女孩。无论外表多么坚强，她都需要辛苦的时候有人安慰，孤独的时候有个肩膀可以依靠，欢喜的时候有人分享喜悦。

陆子规等到晚上十二点，依然没有等来顾鸿影的电话。站起身，推开窗户，屋外凉风习习，天上星月清冷。

生活依旧，一个月过去，北京更冷。陆子规透过窗户玻璃，三环外的树叶枯黄，纷纷落下。一阵风过，卷起落叶，路上行人匆匆，落叶追随行人的脚步，又被车轮辗轧。

收到晚报的样刊，陆子规迅速看完自己的文章，又看到同版另外一篇文章《不叫人间见白发》，文字内容似曾相识。是说在初三的某个下午，抬起头看到前排的他头上几根白发，在耀眼阳光下显得触目惊心。又想起小时候他如哥哥一样帮助自己的点点滴滴，蓦然心酸。回家问病床上的父亲，可否有一剂药方能根治白发，父亲给了一张发黄的纸。是一个家传的固发的药方，主要作用是温和头皮，滋养秀发，使头发达到自然黑亮的效果。配药有首乌、当归、乌药、灵芝、银杏叶等，但是却缺少一味主药，让作者自己去找。

作者翻遍家中医书。其中《医方集解》中的二至丸是以旱莲草、女贞子等量配制而成，是补益肝肾的传统中成药。其中的旱莲草在中医美容古方中使用频率极高，认为是乌须黑发，生长毛发的良药。《千金月令》中的金陵煎；《寿亲养老书》中的牢牙乌髭方、旱莲散；《摄生众妙方》的乌须固齿方；《太平圣惠方》的治眉毛脱落方，都是以旱莲草为主药。《新修本草》说用旱莲草"汁涂发眉，生速而繁"。《本草纲目》说它能"乌髭发，益肾阴"。《本草正义》认为旱莲草"入肾补阴而生长毛发"。明代名医缪促醇对旱莲草十分推崇，在《本草经疏》中说："古今变白之草，当以兹为胜。"他认为在中草药中，能使白发变黑的最佳药物就算旱莲草了。

作者花了几年时间凑齐药方，配好药后因为一件意外事故发生，自己远走他乡，一直没有机会给他尝试。所以到现在，不知道他头上的几根白发是否还在。这篇文章作者署名：草西。

草西？草西？陆子规默念几句，突然惊醒。这不就是孙茜吗？文中所写的那个下午就是自己坐在孙茜面前，她指着自己头发说"青山不老为雪白头，绿水无忧因风皱面"。却没想到，她真的为了自己的几根白发去寻找药方和配药。草西，草字头西子底，就是茜了。

陆子规找到晚报编辑的电话号码，打过去，说道："您好。我是这一期副刊《半夏而枯》的作者，我能查一下《不叫人间见白发》的作者真实姓名和联系方式吗？"

"《半夏而枯》的作者？你是叫陆子规吧？文章写得不错，欢迎经常来稿。但是……"电话那头语气温和，但是，说到要查另外作者的姓名，她犹豫了一下，"对作者我们有保密义务的，凡使用笔名的，一般都不愿意别人知道她的真名，联系方式更是保密。您看看能不能通过别的渠道查找。"

"我知道她叫孙茜，是我小时候的同伴，一起上学。后来发生了一件事，她突然走了，我们十年没联系了。老师，麻烦您，要是能查到一定帮我查一下。"陆子规急切地说道。

"这样啊……"电话那边犹豫了一下，按照原则是不可以向别人透露作者信息的，但是陆子规也是作者，而且他叫出了草西的真名，他说的应该是真的。

"我查一下吧。您等我电话。"电话那头还是没有马上告诉陆子规孙茜的信息。

就在陆子规上班不远的地方，沿着护城河是一排饭店。饭店规模都不大，有卖烤串的，有做成都小吃等快餐的，其中有一家徽味小轩的饭馆，门面不大，只有四五张桌子，后厨也很拥挤。

快到饭点的时候，孙茜前厅后厨巡视了一遍。看到几张桌椅还有油污，拿起抹布擦拭干净，又挪了一挪冰箱，然后用手臂擦汗，招呼三个服务员赶紧换好衣服，马上要来客人了。

领班小于给她端过来一杯绿茶。孙茜就坐在门口的桌子上打开这一周的晚报。"老板娘，又在看自己的文章啊？"后厨老张掀开帘子过来问道。

"都说了多少遍，叫我孙总就好。什么老板娘老板娘的，老板在哪？"孙茜不悦地说道。眼睛瞟过报纸，看完自己的《不叫人间见白发》，突然看到一个再熟悉不过的名字：陆子规。

子规哥哥，这么巧？十年没有音信，今天看到，两个人的名字出现在报纸的同一版面。难道，子规哥哥也到北京来了？

孙茜站起身，吩咐老张、小于："好好看店，我出去一下。"

孙茜拿起风衣，披在身上，回头吩咐领班小于："把窗台这两盆草好好浇浇水，中午晒点太阳，晚上别忘记拿回屋。"

"孙总，别的花这么精心说得过去，这两盆就是草，一个毛茸茸的，一个光长藤子，就是不开花。"小于嘟了个嘴。

孙茜瞪了小于一眼："让你浇水就浇水，哪那么多废话？再说，你怎么知道不开花？马上就要开了。"突然咳嗽了几声，孙茜捂住胸口，挥挥手，出门去了。

"哮喘又犯了，还往外跑？"厨师老张在后面嘀咕。

小于看了老张一眼，总觉得老张看孙总的眼神异样，撇了撇嘴："癞蛤蟆想吃天鹅肉，也不拿镜子照照自己。"

孙茜开了自己的RAV4去东城区建国门内大街20号。《北京晚报》设在北京日报社里，孙茜打了编辑电话，登记进去。副刊编辑部孙茜轻车熟路，编辑看到孙茜笑着问："大才女，什么风把你吹过来了？"这几年，孙茜经常在晚报发稿子，和几个编辑混得很熟，其中一个编辑也是安徽的，喜欢吃孙茜小店里的臭鳜鱼和老母鸡汤。

"吴老师，我来打听一个人。"孙茜寒暄了几句，说道。

"哦，这么巧？昨天也有人打电话打听你？"吴老师四十多岁，戴着眼镜，说话不温不火。

"陆子规？"孙茜猜出来，向编辑打听自己的读者很多，但是这一次，肯定是陆子规。

"哟，心有灵犀啊。刚好，我留了他的号码，你打过去问问。"吴老师从桌子上找到记录陆子规的便签，递给孙茜。

孙茜接过纸条，上面一串号码，还是安徽的号码。和吴老师打了招呼，迅速走出大门，上了自己的车，关上车窗，拨通电话："子规哥哥吗？"

"孙茜。"电话那头传来一个熟悉的声音，一下子叫出孙茜的名字。

"子规哥哥，你在哪？我来找你。"孙茜眼泪滚落下来，心里有委屈也有温暖。

31

三环路边，楸树最后几片树叶随风落下。孙茜怔怔地看着陆子规，突然加快几步，走到陆子规身边，双手抱住陆子规的腰，死死不放。良久之后，抬起头，眼泪在眼眶打转，却是笑着说道："十年没见了吧，子规哥哥又长高了、长帅了，就是比以前瘦了一点。"

陆子规伸手拍拍孙茜的后背："好了，好了，还像小时候一样，一说就哭鼻子。"

"就你欺负我。"孙茜放开陆子规，挽起陆子规手臂，到车子边，给陆子规拉开副驾驶门。自己走上车，启动："我请你吃臭鳜鱼。"

回到饭店，正赶上饭点，四五张桌子坐满了人。孙茜拉过一张凳子，让陆子规坐，自己到后厨看了看。

老张看到孙茜回来，脸上有了喜色，掀开帘子看看外面的客人："老板娘，今天生意不错吧，你看桌子都坐满了，还有人等位。"

"叫你别瞎叫，那是我朋友。"孙茜呵斥一声，让老张抓紧做一条臭鳜鱼，再做几个家乡小菜，她要给陆子规接风。

老张不乐意地将手中铲子摔在灶台上，嘀咕一声：哪家小白脸。

副厨露出一副猥琐的笑："张厨，吃醋了。早叫你下手追老板娘了。"

菜端上来，陆子规夹了一口臭鳜鱼，好像没熟。皱皱眉头，放下，又夹了一口羊肉，半生不熟的。孙茜看到陆子规的样子，也是夹了一口，一下子吐出来，回头朝厨房叫了一声："老张，你出来一下。"

老张拿着铲子走出厨房，站到两人身边，脸色不悦地问道："老板娘，咋了？"

"什么老板娘啊？"孙茜先是看了陆子规一眼，轻声说道，"你别误会，这人张口乱叫。"然后对张厨说道，"你怎么搞的啊？今天鱼也没熟，羊肉也是没炖烂。"

"哦，这个啊，人多，来不及。"张厨无所谓地说道，"要不等人不多的时候，我再给你们加加热？"说完，斜眼看了陆子规一眼。

陆子规有点不知所以然，感觉这厨师长不仅油腻，对自己也有点恶意。

"不好意思啊，子规哥哥，等下我给你做。"孙茜歉意地对陆子规说道，让小于将桌子上的菜撤回去。

"什么意思啊？嫌我做的菜不好，那你另请高明。"张厨突然将手中铲子摔在地上，将身上脏围裙脱下，也扔在地上，嘴里不干不净地骂道。回到厨房，对着副厨和案板说道："妈你巴子的，不干了。”

副厨和案板都是张厨带过来的。厨房一共三个人，一罢工，前厅出不了菜，几桌没有吃完的客人也不断催菜。小于走过来，为难地问道：“孙总，张厨突然撂挑子不干了，把副厨和案板也带走了，客人催菜，怎么办啊？”

“还有几个菜没上？”孙茜问。

“大概八九个菜吧。三个香干炒水芹，两条臭鳜鱼，一份鸡汤。”小于看了看手中的菜单说道。

“我来吧。”孙茜站起身，拿了一条围裙系上，对陆子规歉意地说道：“子规哥哥，本来想请你好好吃一顿饭，没想到出了这个事。”

陆子规敏锐地感觉到这件事应该是因为自己的突然出现而造成的，内心有愧。看到孙茜反而和自己道歉，更过意不去，也跟着进了厨房。

孙茜在厨房驾轻就熟。点火，洗锅，一气呵成。陆子规看到有青菜要洗，也帮忙洗菜。等孙茜烧好一个菜，就端起菜送到前厅，由小于和服务员端上桌子。

一个多小时，店里的客人都全部吃完。孙茜解下围裙洗了手，端出两个菜，招呼服务员先吃。又给陆子规烧了两个菜，陪陆子规一起坐下。“现在好好吃饭，喝酒吗？”

“中午就不喝了。”陆子规忙了一会儿，感觉有点饿，先吃饭。

小于走过来问：“孙总，厨师都走了，晚上我们怎么办？还接待客人吗？”

“歇业三天，重新找厨师，我就不信没了张屠夫就吃连毛猪？我也不信张厨子走了，咱饭店就开不了了。”孙茜扶一下自己遮住眼睛的刘海说道。

“好呢，其实孙总您可以和张厨好好谈谈，他对您……”小于说到这里故意停住话语，又看一看陆子规。

"小于，你别多嘴。去把我那两盆花端到阳台。"孙茜让小于不要乱说。孙茜何等聪明玲珑，她怎能不知道张厨那一点小心思，自己怎么可能和他在一起？油腻不说，那精神也不在一个层次，平时也就算了，为了生意正常开展，开几句无伤大雅的玩笑，自己也就忍了，但是涉及陆子规，孙茜看不惯张厨这种癞蛤蟆想吃天鹅肉，不切实际的毛病。

等小于端过来两盆花草，孙茜赶紧站起身接住："你小心一点，别摔坏了。"

陆子规看过去，一盆是蒿草一样普通的植物，几根根茎，长满叶片。叶多皱缩或破碎，墨绿色，密生白毛，头状花序。"这是什么？"陆子规问。

孙茜像是捧着自己心爱之物。微侧了身，上下打量眼前之物，说道："这可是好东西，是我从广西山野中找出来的优良品种，叫旱莲草，又叫墨旱莲。"

"这就是墨旱莲？"陆子规明白了，眼前植物看似普通，却是《医方集解》《本草纲目》《本草正义》等著名医书中十分推崇的"古今变白之草，当以兹为胜"，能使白发变黑的最佳药物就算旱莲草了。

"那这就是乌药了？"陆子规指着孙茜手中另一盆常绿藤木问道，龟甲状叶片，肥嫩油亮。

"你也快成名医了。这是我从福建武夷山那里挖过来的，差点死了，我养了两年才养活。"孙茜笑着说道。

"谢谢。"陆子规眼角有些湿润，这么多年，为了自己头顶两根白发，孙茜可是费尽了心思。

孙茜放下两盆植物，看了陆子规一眼："真要谢，应该我谢你。小时候要不是你，我被韩家兄弟几个欺负死了。要不是你天天带我一起上学，我也不敢走那段山路，上完一二年级，路上遇到狼，都是你挡在我身前。还有韩大河他们毁坏我家贝母，是你和我一起打跑他们的，这些我都记得。"

"还都记得啊。有的我都忘了。"陆子规不好意思地说道。都是小时候的事，自己并没多做什么，一切都是发自内心，童年率真而已。

"还有，要不是照顾我，你也不会被学校处分。"高二那年，陆子规给自己上药擦拭伤口，却被人误会通奸闹得满城风雨。孙茜一直到现在都耿耿于怀，觉得是自己影响了陆子规的学习，差点耽误了他的前程。

"好了，别说了，好像我很伟大一样。"陆子规尴尬地笑笑。

"你在我心中一直很伟大啊。"孙茜不以为然，又补充一句，"我的子规哥哥最伟大。"

两人十年没见，像是有说不完的话。直到深夜，两人和衣睡去。

这十年，孙茜过得很不容易。刚到北京的时候，姐姐已经嫁人，姐夫家是北京郊区的，觉得孙茜带着母亲都是农村人，不太愿意接纳。孙茜就自己找工作，连高中文凭都没有，找不到什么好工作，就四处打工。经常遇到查暂住证务工证的，几次差点被抓到沙河筛沙。后来还是老乡帮忙，找到一个饭店做服务员，攒了一点钱，就盘下来一个饭店。

开饭店起早贪黑，也挣不了什么钱。为了节省开支，买了一个二手车，每天天不亮就去菜市场买菜，回来择菜洗菜，又做厨师又做服务员。忙乎一年，除了保证了房租和员工工资，自己往往一分钱不剩。

加上自身是女孩，常常被厨师拿捏欺负。稍微攒了一点钱，又去了广西、福建大山里，寻找最优质的墨旱莲和乌药，想自己培植，掌握生物习性。

陆子规半夜睡醒，起来。看到孙茜沉沉地睡着，蜷缩在床角，长长的睫毛轻轻抖动，像是一个孤独的小孩，心中有点愧疚。从小到大，孙茜都把自己当亲哥哥一样，可是自己这个哥哥照顾她却是很少。

孙茜知道陆子规上班的地方不是太正规，往往没日没夜地加班，还没有加班费，领导对此项工作也是不重视，建议道："子规哥哥，要不你到饭店来吧。你管理饭店肯定比我有经验。"

陆子规没有做过企业管理，先是不愿意，看到孙茜眼中露出恳求，考虑了一番同意辞职。孙茜很高兴，陪着陆子规办好辞职手续，又将陆子规行李从出租房里搬出来，找了一个二居室，和陆子规一人一间。

陆子规的《狐狸情人》写到二十万字时，发表在红袖添香网站，一周时间有了二百多万阅读量。孙茜看到，惊喜地喊道："子规哥哥，你的小说火了。"

陆子规打开链接，心中暗暗惊喜。再看底下评论，竟然有几个出版社的编辑留言联系出版事宜。长出一口气："如果能出版最好，我就可以申请省作协会员了。"

32

陆子规这几年在各个副刊上发表了不少小文章，积攒下来也有十来万字。离省作协会员门槛还有一点距离，这书预计三十万字，出版之后加上以前文字，可以申请省作协会员。

如今作家的称谓已经不吃香了。对于省作协会员这个称呼陆子规自己不是看得太重，顾鸿影上次离京之前好像说过：喜欢文字当然是好事，但是水平怎么衡量？你能拿一个省作协会员，我向别人介绍也好介绍啊。

徽味小轩重新找了几个厨师，服务员还是那几个。陆子规白天陪着孙茜一起去饭店，晚上一起回来。两个人各占一个写字台，写东西。孙茜依然喜欢写她的心情文字，在几个女性杂志上开了专刊。用的笔名是草西。陆子规写东西没有固定模式，散文、小小说，又写长篇。《狐狸情人》快要结尾了，连载到后来，阅读量四百多万。编辑发来邮件，说怕盗版，不要再在网上连载了。

　　小说出版事宜谈了几家，有一家很有诚意。预付了千字百元稿费中的百分之三十，加上后续版权，预估这本书总计稿费有十万元左右。孙茜为陆子规高兴，说："子规哥哥，你马上就是十万元户了。"

　　陆子规自己也比较满意。这个时代，靠写东西挣十多万元还是很有成就感。

　　《狐狸情人》结束的时候，陆子规又在几个大网站开始写起新书。这一次是玄幻类，名字叫《欲望森林》。孙茜帮他写简介，列大纲。两个人忙了一个多礼拜，又相互探讨了一番，最终定下大纲，交给网站编辑。审核后通过网签。新书也不错，六七万字后，上架，第一天订阅就超过了一千多元。

　　饭店生意依然不好。陆子规观察了一段时间，发现问题。前厅服务员不多，加上小于也就四个，没经过正规培训，在服务方面很不规范。有时候客人打碎一个勺子，不管人多人少追着客人要求赔偿，客人很不乐意。一个勺子二十多元，说你们抢钱啊。一桌客人一闹，其他客人也跟着起哄，客人越来越少。

　　陆子规找到小于，说："小于啊，这样不行啊，我们好不容易招揽来客人，这样一吵，下次还有谁来？"

　　"那陆总，您说吧，怎么办？要是不叫客人赔偿，都我们自己赔，我们这点工资可赔不起。"小于委屈地说。这是孙茜制定规章制度时要求的，客人损坏东西按价赔偿。而且店内每月有查库盘存，谁负责的物件少了谁赔偿。

陆子规找到孙茜，把这事分析了一下。孙茜想了半天，问陆子规："那如果不让客人赔偿，这物品损坏丢失就比较严重，我们成本会更高。"

小于在边上补充："有的客人就是坏，喝多了还故意摔东西。"

"就是啊。"孙茜也认为客人损坏东西就要赔偿，而且有的客人故意损坏东西。

"你们看这样可行？如果正常损坏，就不用客人赔偿。客人要是恶意的，我们要求赔偿，或者报警处理？"对于饭店内的事，陆子规也是门外汉，但是觉得为了一个进价四五块的勺子得罪客人很不值得。

"也行。"孙茜看陆子规坚持，只好点头答应。

"那孙总，我是听你的还是听陆总的？"小于为难地问。不管陆子规和孙茜什么关系，在小于等人眼中，饭店老板还是孙茜，她是创办者和投资人，陆子规只是来帮忙的。

"你们还是听孙总的。"陆子规感觉自己帮助孙茜一起管理，没有起到多大作用，反而给管理带来困扰。

陆子规想找个合适的时间和孙茜谈谈饭店管理以及两人分工的事，免得遇到事两人都管或者两人都不管，但是一直没有合适的机会。孙茜的身体也让陆子规担心，每天深夜，陆子规都被孙茜剧烈的咳嗽声给惊醒。一问，孙茜小时候就有哮喘，到了冬天非常严重。加上北京天气干燥，所以这十多年冬天都备受煎熬。

每天天不亮，孙茜都要起床去菜市场买菜。陆子规要去，却不会开车。偶尔早起去了一次，买回来的菜厨师说不能用，造成浪费。

过了春节，陆子规报名学车。孙茜买菜回来用车子送陆子规去驾校，陆子规学车时，她也不回饭店，将车子停在练车场周边，等陆子规练车空当端过来热水，这让同时学车的学员好生羡慕。

陆子规和孙茜白天一起经营徽味小轩，生意说不上好坏。每月起早贪黑，买菜，择菜，收拾桌椅，接待客人，都是一些烦琐的事。店小风险大，稍有计算不精确的地方，就会成本浪费造成亏损。

"孙茜，要不咱们扩大一点规模吧？"送走最后一桌客人，陆子规和服务员一起将餐具送回厨房，走到前厅一张桌子坐下。

孙茜倒了一杯"小兰花"，和陆子规相对而坐，不解地问："为什么有这个想法？"

"我听隔壁烤串的杨总说，这条街马上要拆迁。"陆子规经常和周边商户交流一些经营经验，对于信息了解比较及时。

"那还真要提前准备呢。找一家合适的店面不太容易，差不多两三个月才能找到。要是扩大规模，就不能像这个店这么装修简陋，需要找设计，然后装修，至少也要三四个月时间。"孙茜做了多年小餐饮，其实挺累。现在有陆子规帮忙，轻松了不少，也不像以前那样感觉无助。所以，既然陆子规有兴趣扩大规模，她当然同意。

两人都是行动派。第二天，就开着孙茜的RAV4去寻找店面，找来找去，在人大附近找了一个临街的店面，门面每平方米日租金五块四，六百平方米，一月租金九万多，要求押二付六。房子是国企的，出面洽谈的是一个科长，年纪三十岁左右，看似精明能干。

"黄科长，价格可否优惠一些？另外付款方式可否改成季付？"陆子规问，给对方敬了一支烟。两人站在廊檐下抽完烟之后，气氛相对融洽。孙茜站在不远的地方，看着两人。

"陆总，看您也是实在人。我实话实说吧，这个店面来看的人很多，其中还有一个领导亲戚。"黄科长说道，"您要是今天交了定金，这事我还可以做主，否则迟几天，领导开口，我就不好办了。"

陆子规和孙茜商议了一下。孙茜说："大事你定。我听你的。"两人手头钱不是很多，一部分是孙茜这么多年积攒的，有二十多万元。另外一部分是陆子规那本书的全部稿费，七八万元。还有两本书在网站VIP的订阅，每月两万多，积攒一年也有二十多万。两人加起来有四五十万元的样子，如果押二付六，两人积蓄就只够房租了。后续的设计、装修、餐具、厨具等总计需要六七十万。

陆子规回去和黄科长交涉，先是聊天，进一步拉近感情。当得知陆子规爱好写作时，黄科长有点好奇并露出好感，说自己年轻的时候也喜欢写写东西，现在也写，但是写的都是公文。

"这样吧，您知道我们这种单位所有事都要请示汇报，虽然我个人对你们非常理解，但是这事不是我个人能决定的。我原则上同意押二付三，您回去等我消息。"黄科长看了看陆子规，诚恳地说道。然后又说："你们在北京打拼，也不容易，而且能保持个人爱好，我非常尊敬。"

"有戏?"上了车，孙茜问。

陆子规摇摇头，说："不太确定。"

两人回到徽味小轩，厨师长和小于在嗑瓜子。前厅还有客人。陆子规皱皱眉，营业时间，后厨人员穿着工装在前厅停留，给客人印象很不好。刚要说话，李厨师长率先开口："老板，老板娘，我刚听烤串的说，这店两个月后就要拆。你们还开新店吗? 开的话我留下来，不开，我就要带我徒弟找新店工作了。"

"消息准确吗?"孙茜在这边待了七八年，这边一直说拆也没拆。对于后厨这帮人不喊职位喜欢喊老板娘，孙茜也习以为常了。好在现在的李厨比原来的张厨人品好，不猥琐油腻。

"差不多吧。上午工商的、城管的还有几个部门也过来了，一大帮人，在我们店检查，然后又在外面检查，好像说真要拆。"小于补充。

"那就是真的了。子规哥哥，咱们还得抓紧落实店面。"孙茜看着陆子规，有了陆子规之后，她像是有了主心骨。要不，这个小店支撑这么多年，一个人实在太累了，赶上拆迁关门就好。

"李厨，是这样子，我和孙总刚看好一家店回来，在人大那边。店面六百多平方米。如果谈下来，我们立马装修，两三个月也差不多。您和您徒弟愿意的话，我们希望继续合作。"陆子规说道。刚好那一桌客人吃完结账，大厅就剩自家人。陆子规扔过去一支烟，李厨接过，一看是硬中华，点着，"谢谢老板。这感情好，六百平方米不小。"

不几天，街道有人来谈拆迁的事，涉及商户，不存在拆迁补偿，但是商户要求有动迁补偿，街道原则上同意。每家根据面积一百平方米补偿十万，徽味小轩二百多平方米，也可以补偿二十多万。

但是新店面却出现了问题。陆子规接连给黄科长打电话，黄科长终于接了，却是不无遗憾地说道："陆总啊，对不起啊，我个人非常愿意把这房子租给你们，但是领导有自己的想法。我也只能这样了，抱歉啊。"

33

老店面马上要拆，新店面却没定下来，这让陆子规很着急。合适的店面难找，合适的厨师和服务人员也难找，徽味小轩前厅的领班小于不错，对客人服务比较周到，会来事。新来的李厨人品和厨艺也不错，这都是陆子规和孙茜开新店的人员保障。原本算着时间，新老店之间能够衔接得上，现在租新店面出了问题，计划就要打乱。

陆子规还想争取一下，问黄科长，如果按照押二付六的方式可否。

电话那头黄科长苦笑一声："兄弟啊，您是没听懂我话啊。看您也不容易，我就实话和您说了吧。我们是国企，您说您押二付六，押二付三，又不是装到我们自己口袋，这个不重要。也就和您说些实话，看您是个书生，书生意气，我要不和您说清楚您真不理解。您直接找一下我们领导吧。"

"什么意思呢？"陆子规接完电话，问孙茜。

孙茜想了想，笑了："黄科长说您书生意气，没说错哈。他们国企，咱们怎么交房租都是交到单位，和个人没有关系。他不是让你找他们领导吗？你单独找领导试试？"

陆子规从店里拿了两瓶古井贡，三四百块钱一瓶，是店里最好的酒。找到黄科长，黄科长看了陆子规手中的两瓶酒没说话，领着他来到领导办公室。一个秦姓处长，等陆子规站了半天，抬起头，问明来意。看到陆子规手中的酒，面无表情地说道："古井贡，没听说过。咱们那房子有用，不租。"

陆子规这是第一次给人送礼，而且小一千元，被人拒绝，站在那里有点手足无措。

见秦处长压根当自己不存在一样。陆子规走出门，找到黄科长，说："不管怎么说，还是谢谢您了。"

"就这样放弃？不再争取争取？"黄科长问道。

"可是？"陆子规不知道怎么打动秦处长。

"这样吧，哥们，您也是文化人，我和文化人投缘。我就好人做到底，送佛送到天。我们领导喜欢喝酱香酒，喜欢抽至尊。你回去准备一箱茅台，四条至尊。这事基本上能定。"黄科长对自己领导很了解，和陆子规交流了一次。觉得外地人在北京确实不容易，加上陆子规又是个文化人。文化人总是比生意人好，无论什么时候都会守住底线。黄科长抱着与人为善的原则，和陆子规搞好关系，他可能用不上陆子规，但是结交一个善缘总是好事。

"哦，这样啊。谢谢。"陆子规将手中两瓶古井贡塞给黄科长，

"秦处长说他不喜欢古井贡酒，您看我也不知道您喜欢什么，我带来了，拎回去不方便，就算是您帮我这么大忙，我先请您喝酒。等我店搞好了，您和家人喜欢吃什么，我会交代厨师专门给您做。"

黄科长接过两瓶古井贡，哈哈一笑："原来陆总也有不是书生的时候哈，那我就却之不恭了。说实话，我家老人早年在安徽做过知青，还真怀念安徽菜呢。哥们儿，您听我的，没错。"

陆子规回到饭店和孙茜一说，孙茜也觉得有戏。一箱茅台六瓶，七百多元一瓶，四千二，四条九五至尊一千元一条，总计八千二百元。俩人听说黄科长父母曾在安徽插队，又给老人买了一点礼品，总计花费一万多一点。

陆子规再一次敲响秦处长办公室的时候，却没想到秦处长屋里有人，顿时有点尴尬。这送礼应该是非常隐蔽的事，有别人在场肯定不好。没想到秦处长看到陆子规，扫了一眼他手里的东西，难得有了笑脸："哦，陆总啊，找我有事？"

"还是那门面房出租的事，打扰秦处长了。您要有事，我等一下过来。"陆子规站在门口，手中东西比较沉重，他想等秦处长办公室没人的时候再过来送礼。

"没事，没事，放下。哦，门面房出租，可以呀，咱们那房子本来就要出租，具体房租和交房租的事小黄都和你谈了吧。刚好这是办公室王主任，你们谈谈。能定下来就定下来，房子空一天也是浪费。"秦处长很干脆地说道，并将王主任介绍给陆子规。陆子规打了招呼，王主任和秦处长说完事，就要出门，却被秦处长叫住："来，老王，拿一条烟去抽。"从陆子规送来的四条烟中扔给王主任一条，"这酒也不错，哪天一起喝一点。"

有秦处长发话，这事就很顺利。当天下午，租房合同签了，付款方式押一付三，一下子给陆子规和孙茜暂时节省了三四十万元资金。

设计、装修，简单的中式风格。六百平方米，厨房面积规定不少于总面积的百分之二十五，其他地方留好消防通道。共有六个包厢，七八个卡包，五六个散桌，总计一百个餐位左右。按客单价八十元计算，中午上座率百分之五十，晚上上座率百分之八十，每天流水在一万元左右。餐饮毛利润百分之六十，一月下来毛利润十八万，扣除员工工资、房租，好的话两人一个月能挣九万多。

当然，这是把新店位置考虑在内的。像徽味小轩老店那种地方，中午生意就不太好，晚上客人多点。但是客单价便宜，尽管很忙，一月纯利润也还不到一万。陆子规和孙茜看上这个位置，是背靠人民大学，前面就是苏州街，人流量大，而且人流量相对稳定。中午上座率可以做到百分之五十以上，加上环境、菜品加持，客单价八十元左右不贵。

看设计，定装修，都是烦琐的事。孙茜身体不好，夏天虽然不咳嗽，但是连续十几年的冬天都是在哮喘发作中度过，令身体愈加消瘦了。稍微干一点出力气的活，都要休息一刻才能呼吸平稳。重活脏活，陆子规都不要孙茜插手。孙茜虽然心疼陆子规起早贪黑，但是拗不过他，只得作罢，给陆子规打打下手。好在，网购走进生活，店里配饰孙茜直接从网上采购，闲暇时间帮助陆子规在网站评论区互动、回复。

网文这东西有时候不在文字质量，而是互动和更新。最近陆子规忙，更新得就不太及时，评论区骂声一片，退订现象比较严重。孙茜担心地和陆子规说："子规哥哥，要不我盯着装修，你还是更新你的《欲望森林》吧，这个月VIP收入只有几千元了。好多老粉丝都退订了。"

"没事，网文这东西是我实在不得已而为之，不是正事，有收入当然好，没有收入也很正常。我毕竟写传统文字出身的，不能靠这个生活。"陆子规却是无所谓。他更喜欢传统方式的文学创作，而不喜欢相对肤浅的网文写作方式。刚到北京，要生活，碰巧走上网络文学道路。如今，踏入餐业行业，他还是更喜欢做实体，觉得这才是事业。同时陆子规考了本科，过几年本科文凭下来，再报考研究生，就更没时间写网文了。

孙茜与其说尊重陆子规，不如说从小习惯了陆子规的安排和照顾。只要是陆子规决定的，她都说行，"我听子规哥哥的。"

两个多月时间，进入金秋九月。北京天气晴朗，蓝天白云之下树叶渐黄，新店开业。在原班人马基础上增加了几个人，前厅领班小于升为前厅经理；李厨升为正式厨师长，统领后厨凉菜、面点、案板、打荷等各档口；收银是陈小文，陈三爷的外孙。这几年农村经济活跃，私营企业的业务瓜分了国营食品站的业务，陈小文没有一个正经工作，就到北京投奔了陆子规。店里以徽菜为主，加上其他一些地方菜。原先不被北京人待见的臭鳜鱼慢慢打出名号。最好的时候，一天能卖五十多条。光臭鳜鱼一项，一天收入就七八千元。其他如老母鸡汤、刀板香等徽菜传统特色菜，包厢里客人点得多。陆子规又趁热打铁推出精致徽菜，如黄石双石、无为板鸭和吴山贡鹅。无为板鸭和吴山贡鹅都是口味纯正的安徽地方菜。黄石双石采用黄山原生态的石蛙和石耳，都是比较贵重的食材，加上配置得当，一推出来，很受大众喜欢。

开业两个月后，营业额稳中有升，日营业额在两万左右。结算之后，一个月能挣十万。十月底，陆子规取出二十万，和孙茜一人一半，孙茜却摆手拒绝，说："子规哥哥，店里投资一百多万，你拿了六十多万。我加上动迁款也才四十万。还有店里都是你管理，我什么没干，这分红我不要。"

"不行，咱俩各百分之五十，这才公平。虽然说我多拿了一些钱，但是没有你原先的店做根本，我也不会做这一行，也就没有今天分红这一说。"陆子规坚持，虽然孙茜不在乎，陆子规还是想把账目算得清清楚楚，亲兄弟明算账。

"子规哥哥,你干吗和我这么见外?"孙茜有点闷闷不乐。她更愿意不拿一分钱,只要陆子规陪着自己。

陆子规坚持原则,不但和孙茜分红,还给前厅经理小于以及后厨李厨师长各拿出百分之五作为绩效分红。俩人工资加分红每个月两三万元,工作积极性更高,见到陆子规也是比往日热情,一口一个老板叫得亲热。见到孙茜也是老板娘叫个不停。两人虽然极力否认,但是在李厨和小于以及其他员工眼中两人就是老板和老板娘关系,就是典型的夫唱妇随。两人坚持到后来,看到员工坚持不改,觉得叫就叫吧,无伤大雅,也就不再坚持了。

饭店开业之后,秦处长和黄科长成为店里的常客,他们作为房东在店里有着非比寻常的特殊待遇。当然两人待遇又不一样,黄科长和王主任来吃饭,基本上都是公事,吃饭签字不用打折。偶尔黄科长会带父母过来吃饭,父母很喜欢安徽的臭鳜鱼和老母鸡汤,陆子规都是给免单。黄科长笑着说,签字吧,不差这一点,等我有一天没这个权力了,你再给我打折。秦处长过来,要是公事自然有黄科长和王主任等安排得妥妥当当,要是私事,那自然免单。而且在黄科长委婉的提醒下,陆子规给秦处长专门留出一个包厢,不到晚上六点都不往外面预订,同时给秦处长准备了免费茅台,喝多少提供多少。一来二去,秦处长对陆子规很满意。

34

又到冬天,孙茜的哮喘病发作。每到夜晚,咳嗽的身体蜷成一团。店里走上正轨,小于和李厨相对来说尽职尽责。陆子规就尽量早点回家照顾孙茜。有时候咳嗽得狠了,陆子规要送孙茜去医院,孙茜摇头："这病娘胎里带来的，治不好。"陆子规在附近找了一个一楼带院子的房间，这样孙茜白天可以晒晒太阳，让她苍白的脸色有点好转。

终于熬过冬天。将要开春的时候，陆子规收到两大袋子土，哼哧哼哧地扛回家，问坐在院子中的孙茜："你让老家寄这么多土过来干吗？光顺丰运费到付就付了三百多。"

"你没闻到这熟悉的泥土气味吗？你猜猜？这土是红螺洼还是凤立洼的？"天气变暖，孙茜的哮喘稍微好转，现在咳嗽得不是那么厉害了。整日晒着阳光，脸色也正常了一点。

"这有区别？"红螺洼在陆子规家老房子后面，两边山谷之间一块平地。山谷较高，整体偏阴。凤立洼朝阳，也是孙茜家种贝母的地方。

"红螺洼树木杂草较多，常年积存腐殖质，加上偏阴，土壤性凉。凤立洼朝阳，砂石土地，透气性好，利于植物生根。"孙茜说得头头是道，"这两袋是凤立洼土壤，也是我家贝母地的土。"孙茜突然想起来刚才陆子规说的快递费，笑着说："子规哥哥，就三百块钱快递费，可别心痛啊。"

陆子规也就是随口一说，就三百块钱，倒不至于笑话孙茜不会过日子。等陆子规放下土，孙茜拿过铲子，就将袋子打开，将土倒在地上铺平。然后回阳台小心翼翼地将那两盆墨旱莲和乌药材搬了出来，小心翼翼地栽上。"子规哥哥，再有几个月，等这两棵草分蘖移植，我就可以给你治白头发了。"

在孙茜的精心照料下，这两盆草长得旺盛。

"你应该多翻翻医书，找到给你自己治哮喘的药方。"陆子规陪孙茜种好那两棵草，一棵墨旱莲，一棵乌药材。墨旱莲像老家地边的艾草，乌药材叶片厚实，很像小时候母亲拿来当作蒸包子底垫的树叶。

"医者不自医，这是我爸说的。你看我哮喘，他也哮喘，一辈子都没治好。小时候倒是研究了'二陈汤'，我们父女喝。那几年就不这么严重。"孙茜父亲孙九爷是当地有名的老中医，一家先在城里开馆，后来被打成"右派"到了龙口生产队落户，经常被韩大川他们欺负。陆子规父亲陆浩至以及爷爷陆老爷子对他家多有关照，所以孙茜从小就跟陆子规亲近。孙九爷是医生，却治不好自己的哮喘。最疼的小女儿哮喘，他也只是研究了二陈汤，治标治不了本。

二陈汤两味主药，一个陈皮，一个半夏，龙口生产队山地里就有，与麦子一同成熟。麦子一收割，地里绿油油的。一片两片，那是半夏的叶片，开出勺子一样的白花。到花蕊发黄的时候，就可以采挖半夏。村子的孩子去地里挖半夏，回家用沙去皮，阴干，就可以拿到合作社去卖。那时候合作社什么都收，像农村家里产的鸡蛋，杀鸡后的鸡腰皮，还有山上收的野货、中药。龙口生产队，小孩子挖了半夏，不但可以卖给合作社，还可以卖给孙九爷，价格比合作社要高几分钱。

"你知道吗？小时候爸爸说你最实在，每次挖的半夏又大又好，去皮去得干净。韩小马他们特别坏，里面掺假，不是沙子就是梧桐树籽。沙子还好去，梧桐树籽和半夏一样大，颜色一样很不好分辨。他们来卖，爸爸还不敢不收。后来怕去不掉梧桐树籽，爸爸就不敢做二陈汤给我喝了，怕中毒。"孙茜想起小时候大家一起挖半夏的事，好久远了。好在，实在的子规哥哥现在还能和自己在一起。

"他们一家没干好事，现在韩小马、韩小海、韩小山他们更坏。弄了个什么马踏山海水泥预制集团，整天里破坏环境，凤立洼山都被他们炸了一半了。我担心再炸下去，我们村的房屋都被炸成危房。下河几个庄子没有那个山阻挡洪水，夏天也很危险。"一想到韩小马他们，陆子规就发愁，那样破坏环境，就没有人管？据说这几年变本加厉，这帮人又将手伸向霸王河了。

"他们这种破坏环境的行为肯定长久不了。对了，子规哥哥，前几天浙江的一个新闻你看了吗？说是浙江省委书记在浙江湖州安吉考察时提出一个科学论断，很有警示意义，就是'绿水青山就是金山银山'。"孙茜欢喜地说，眼中充满向往。老家的山山水水那么可爱，可是这么多年以来，有些人就是只知道索取。山上树木被砍掉，开荒种地，搞的每年山体崩塌，泥石流洪水肆虐。好好的青山被挖得东一块西一块，那些崩塌后留下的黄土触目惊心，就像青山被挖出了伤疤。现在粮食不值钱了，大家不开垦荒地，破坏环境却变本加厉了。炸山掏河，无恶不作，好像这就是没成本的生意，不赚白不赚一样。

"绿水青山就是金山银山，说得真好。可那是浙江啊，这几年，江浙沪不但先富起来，而且群众理念在变，注重保护山林、江湖环境。我们安徽，特别是安徽山区，大家都说是穷乡僻壤。"陆子规也是喜欢那绿水青山，可是这几年，过度索取，政府却不管，这种现象愈加严重。

"还不是欲望无止境吗？穷山恶水？山水本就在那里，招谁惹谁了？好像他们不把山上的石头挖出来、河里的水搅浑就觉得亏了自己一样。"一说到这里，孙茜愤愤不平。更加讨厌韩小马他们，特别是那个韩小山，十几岁还流鼻涕，不用纸擦，就用衣袖呼啦一下，就那样的人还整天骚扰自己，让人家来找自己提亲。

"不过这几年倒是有一件大好事。"陆子规种完草，浇完水说，"前几天我给我妈打钱，我妈说家里不缺钱了，这是破天荒的。这么多年，我就没听我爸我妈说家里不缺钱，一问，说国家不但把农业税免了，每年还有各种各样的补助，加起来一年也有好几千呢，而且，农民也有了医保，生了病不用像以前那样担心。再殷实的家庭只要有一个人生病，就掏空家底，一夜回到解放前了。"陆子规遵守和父母的承诺，去年不但补上了父亲交代分派的家里新房建房基金，还多给了两万。今年又要给钱的时候，母亲没要钱，电话里声音充满喜悦。中国两千五百年的农业税国家给取消了，还有了各种补贴。

"农村这么好了啊。一说，我都想回家了。"孙茜笑着说，眼神中充满向往。要不是村里有韩小马这种破坏环境的败类，孙茜真想回家将凤立洼那块地种上中药。那里云淡风轻，没有大城市这种压力和被城里人当作外地人的白眼和歧视。就看自己的山，看自己的河，种自己的地。如果，陆子规能陪自己就更好了。还有一点，老家的环境适合自己的身体。那几年，父亲虽然没做二陈汤，但是每年到了冬天，自己咳嗽得也没这样厉害。

再这样咳嗽，就真的要死了。孙茜自己叹息一声，有点自怨自艾，不过在陆子规面前，她一直将这种负面情绪掩饰得很好。

有了这块地，有了故乡的土，种上墨旱莲和乌药材后，孙茜好像又找到精神寄托一样，每天早晚都各看管一遍。干了浇水，太阳大了用草遮盖。让陆子规佩服的是，孙茜还会嫁接、分蘗移植，不到四五个月，墨旱莲和乌药材长满了一地，长势旺盛。孙茜看着自己的劳动成果，对陆子规说："子规哥哥，我厉害吧。"

陆子规最近也没闲着，原本准备两年收回的投店本金一年就收了回来。陆子规和孙茜商议用这笔本金加上部分分红扩展新店，孙茜一如往常："子规哥哥，我听你的。"黄科长给介绍了兄弟单位一处房子，在西客站附近，位置不错，租金略高，六七百平方米。

同样模式，开第二家店比第一家容易多了。但是装修这事，再熟悉的装修公司也会找一点事出来，不是这里要增加一个开关需要增加费用，就是那里多一个管线，一米需要增加多少钱。还有装修扰民等，都需要陆子规到现场处理。今天又是为了下水道开口的事，装修工头打电话叫陆子规去现场拍板。下午五点，陆子规到了现场，看到三个灶台只留一个下水口，衡量了一下排水量，陆子规坚决不同意原有设计，需要增加出水口数量或者加大出水口口径。

装修工头扯皮："设计就这样设计的。"

"谁设计的？设计也是你们公司设计的啊？要说有问题，也要你们公司内部解决。"陆子规一般不愿意和人发生争吵和冲突，但是装修这帮人习惯了得寸进尺，你退他进，你弱他就强。所以，和装修公司打交道的时候，陆子规就把自己当一个刻薄的人，至于做人要讲理的原则先放到一边去。

"陆总不能这样说。那装修方案是您看了，签字同意后我们按照方案施工的啊。"装修工头经验老到，语气神态恭敬，但是寸步不让。

"这样说也行啊。你按照方案施工吧。第一，我不验收，到时候财务不可能付款。第二，方案上要求你们进每一批材料都需要我验收签字的，你们装修了半个月，墙面和地面都差不多了，哪一样材料找我验收了？"陆子规当然不能轻易让步。要说方案自己确实看了，也认可，但是细微到一个下水口的细节，自己整天忙东忙西，真没看，那些图纸看了也不懂。

35

人大经济学院教室外，高大的梧桐树到了秋天树叶微黄。树下道路停着一辆阿斯顿·马丁one-77跑车。道路本来不宽，这辆车占去了一半马路，其他车辆经过都要小心翼翼。有的司机不耐烦，嘴里骂骂咧咧，但是当看到这辆车的时候，还是忍住脾气，能开这种车的非富即贵。

其实常在这里经过的司机都知道，能进校园接人送人的车主都得罪不起，他们要不自身厉害，要不背景厉害。

秦悦坐在车里，听着音乐，嘴上叼着香烟，抬腕看表。表是名表，江诗丹顿，离顾鸿影下课还有十五分钟。秦悦是三年前到安徽芜湖某县挂职常务副县长的，三年时间，他好像有了一些改变。至少在县里不开好车，不戴好表，尽量低调。只有到了北京，才把这停在车库里的跑车开出来兜一下风，找一下当年京城阔少的感觉。

陪正在人大读研的顾鸿影是秦悦回京后的主要任务之一。另外一个就是和同伴去追星。追星是自己的乐趣，陪顾鸿影是父母之命。生在这样的家庭，放荡不羁可以，但是家族使命必须完成。父母叔伯都在企业，有的在央企，有的在国企，到了秦悦这一代，多数从政。父母要求自己娶顾鸿影那就娶吧。秦悦甚至没有问过父母，顾鸿影家族只是一个农村县城的父母官，有必要自己这样费心费力地去求娶吗？

顾鸿影侧身上了车。闻到车内浓烈的烟酒味，微微皱了一下眉。秦悦淡淡地一笑，说："烟味大？我打开车顶。"

"不用了。"顾鸿影将书本放在自己膝盖上，"车子不错嘛。"

"还行。和小周他们比，还是差点。"秦悦随口答道。

"这个也要一百多万吧？"顾鸿影随口问。

"一百四十万，美元。"秦悦侧头看看顾鸿影，没见到她表露出特别惊讶的表情。顾鸿影这种态度秦悦倒是习以为常，在一起三年时间，两人关系不近不远，像是恋爱关系又像是事不关己的两个人。秦悦去省城找顾鸿影，在北京找顾鸿影，顾鸿影从没有拒绝，也没有反感。自己一个月两个月不去联系她，她也不主动联系自己。更不会像小周他们，有时候正和一些小影星打得火热，却被名义上的女朋友查岗，闹得不可开交，非常扫兴。

"挺贵的。"顾鸿影还是附和了一声。

"和小周那辆兰博基尼LP670-4sv中国限量版相比，还是差了不少。那辆车北京限量发行仅仅10辆，还有华子的布加迪Versyon Super Sports，240万美元。"秦悦觉得自己和华子以及小周相比，已经很低调了。人家开的车比自己贵一百多万美元，手表也是宝玑、积家中的经典款式，动辄上百万元。

"小周比较张扬，华子更是惹是生非。听说前段时间和那位小明星闹得满城风雨，他的父母差点都因这事受了处分。你和他们，我觉得还是保持一点距离好。"

"你这好像是关心我啊。怎么了，担心我出事，影响了你？"秦悦侧头看了一下顾鸿影，车子开得不快，行驶在梧桐树下，几片树叶落下，飘进敞开的车篷。

顾鸿影侧头看了秦悦一眼，脸上没有多少变化，只是淡淡说道："你可以不这样想吗，伯父伯母还是希望你好，出了事，父母会担心。"

因为两家关系算是世交，顾鸿影和秦悦从小就认识。小时候秦悦聪明懂事，对顾鸿影这个乡下来的丫头充满好奇。要不是后来双方父母突然出了奇想要让两家联亲，两人之间也不会这么尴尬。

对于联亲，顾鸿影知道秦悦和自己的想法差不多，无可无不可。生在这样的家族里，自然有很多的优势和资源。但是也有一点，没有普通百姓家儿女选择爱人的那种自由。两人不去挑破这层窗户纸，能拖一天就拖一天。除非到了父母急了下了死命令的那天，也只能到那时候再说。

"我和他们不一样。至少父母让我去你们安徽挂职我去了。小周和华子宁愿在京城瞎混，等一个喜欢的职位。"秦悦用手指敲一敲方向盘，脚下一踩油门，跑车发出刺耳的响声，在校园里面显得特别不和谐。

晚上是叔父请客，秦悦不敢不从，来接顾鸿影。

顾鸿影毕业之后分到省委办，后来调到发改委。在这期间，自考了本科。再要升职，本科学历就不够了，就来北京读研。考的学校不太理想，秦悦叔父就近找了关系。顾鸿影顺利考到人大经济学院，读了政治经济学，再有半年就可以顺利毕业。

车子停在人大门口的徽味小轩。陈小文听到发动机响，从收银台出来，围在跑车边，左看右看。秦悦下车，手中拿着钥匙，看着陈小文，面带微笑地问："想不想开一开？百米提速五秒。"

陈小文讪讪地笑笑："我没驾照，这么好的车，我也不敢乱开。"

秦悦面色温和："荣华厅客人来了吗？"

"你是秦处长的客人？秦处长、黄科长、王主任都来了，就等您了。"陈小文看到秦悦边上的顾鸿影，侧眼飞快地打量了一眼，心中感叹：有钱人果然好，身边的女朋友这么漂亮，有气质。

秦悦和顾鸿影走进徽味小轩，边走边说："这家安徽菜馆还不错，环境优雅，味道也正宗。我叔叔就喜欢到这里吃饭，我也来过几次，他们老板也是安徽人，好像姓陆。"

"姓陆？"顾鸿影下意识地问，秦悦点头答应，说是啊。

走进包厢，黄科长和王主任赶紧站起来，给两人挪动好椅子。顾鸿影先叫了一声："秦叔叔好。"

顾鸿影能来人大读研究生全靠秦处长帮忙，但是平时走动很少。今日见到，先感谢了一下。秦处长摆摆手："不用客气，迟早都是一家人，帮点小忙也是应该的。"说完，转身看了眼身边的服务员，想了一下，说："你们老板在吗？让你们陆总来点菜，顺便陪我喝一点。"

"老板好像不在，但是我们老板娘在。"服务员说道。原本还准备给这一桌推荐几个好菜，好菜价格也高，店里有点菜提成。既然认识老板，这份钱自己就挣不到了。

顾鸿影微不可察地舒出一口气。她还真怕在这里见到陆子规，刚才听秦悦说这里老板姓陆，来自安徽，下意识里就以为是陆子

167

规。现在听服务员说老板不在，老板娘在，那应该就不是陆子规了。三年前，因为中秋节爽约，这三年，哪怕自己经常来北京出差、上课，与陆子规也联系很少了，偶尔打个电话相互问一下情况还是有的。陆子规要真结婚了，这事他不敢不和自己说，否则，他和自己算是什么关系？即使不是情人，挑明也没说终止啊，要是不声不响地结婚岂不是脚踩两只船，渣男一个？

顾鸿影对于感情的态度，曾经很认真。就像大专三年，那么多男孩追求自己，顾鸿影都不为所动，一腔真心只对陆子规。毕业后，自己事业有成一帆风顺，陆子规却是有诸多不如意，两人地位相差越来越大。顾鸿影也没有嫌弃陆子规，还跑到北京来找陆子规。但是顾鸿影也有自己的自尊，自己的理智。她不会为了爱情，舍弃现在所拥有的一切，只陪陆子规。

这段时间，孙茜身体还不错，没有连续咳嗽。脸色也因为经常晒着阳光，看不出多少病容。陆子规要盯第二家店装修现场，孙茜就经常来一店盯着。

客人来的时候，门口要有人。孙茜转过来看到收银陈小文不在岗，问服务员：“陈小文呢？”

“小文在外面看车呢。来了一辆跑车，他围着车看半天了。”服务员知道陈小文是陆子规亲戚，不敢抱怨太多。但是这个陈小文工作确实不够认真，经常脱岗。

孙茜哦了一声，走出门，看到停车场已经停满车。陈小文正在那辆最为显眼的跑车周边转悠，喊了一声：“小文，前台正忙，你老是在停车场干吗？”

陈小文吐了一下舌头，喊了一声姐，灰溜溜地跑回收银台，冲近处服务员挥了挥拳头，抱怨她和孙茜告状。

孙茜看着陈小文小动作，没有说话。私下她和陆子规说过，陈小文不太适合收银员这么重要的岗位。但是陆子规念旧，觉得小时候家穷受到陈三爷接济，这份恩情刚好还在陈小文身上。这些小事，孙茜只是提醒陆子规，不会和陆子规吵架。

有服务员来叫孙茜，说荣华厅客人是常客，要找老板。老板不在，麻烦老板娘去点一下菜。

"你们不能老是这样乱叫，叫陆总孙总不行吗？老板、老板娘的容易引起人家误会。"孙茜轻轻地训斥了服务员，但是无济于事。厨师和服务员好像习惯了老板、老板娘这个称呼，现在连很多客人也这么叫了。

荣华厅是个十二人大厅。六个包厢每个包厢都坐满了，小一点的包厢都坐了十几个人。荣华厅是陆子规专门给秦处预留的，其他时间直到晚上六点秦处不用了才给其他客人。孙茜敲门进去，包厢内坐了五个人。秦处坐在首位，一边坐着黄科长和王主任，另一边坐着一男一女。秦处见到孙茜，招了招手："哦，老板娘啊，很少见嘛，最近有空？"

孙茜赶紧问好，秦处算是房东，轻易不敢得罪。好在秦处就是消费时候霸道一点，比如这紧俏的包厢荣华厅就得给他预留，还有喝酒只喝茅台，在作风上倒是不错。从来不像某些客人喝多了就对女服务员动手动脚。

"嗯，陆总最近忙新店装修，我没事就多过来看看。"孙茜谦逊地说道，又吩咐服务员将桌子上茶壶换了，用玻璃杯子倒茶过来，一人一杯。

顾鸿影问了一句："听孙总口音，也是安徽人，哪里的？"

"安徽六安的。"

"六安？"顾鸿影好奇，"六安哪里？"

"龙舒县的。"

"哦。"顾鸿影更为好奇，在北京遇到老乡比较常见，但是同一个县的不多。

"你们一个县?"秦悦在边上补充。

顾鸿影点点头:"那你们老板也是六安龙舒的?"

36

孙茜只以为顾鸿影是好奇,见她追问,也就如实回答:"我们老板姓陆,也是龙舒的。"

好巧,顾鸿影心里想着。希望,但愿不是陆子规吧。

陆子规跟着服务员推门进来。见到屋子里几个人,秦处、黄科长、王主任已经很熟了,乍然见到顾鸿影,心中惊奇更是惊喜,就要打招呼,却见顾鸿影看着自己,面无表情。

"坐,坐,老板来了,大家有面子。来,老板和我们喝一杯。"黄科长和陆子规更为亲近一些,觉得屋内气氛有点奇怪,率先开口。并让服务员多上两套餐具,服务员看着陆子规和孙茜,问道:"老板,老板娘也上白酒分酒器吗?"

陆子规刚要说话,眼睛余光看到顾鸿影脸色唯有怒气,突然明白一些什么,对服务员没好气地说道:"孙总身体不好,你不知道?还要喝白酒?"

孙茜并没有坐下,而是对秦处等人说道:"各位领导,实在对不起,我不喝酒,外面还有点事,我出去看看,让陆总敬大家一杯。"

孙茜推门出去又关上门,陆子规坐下来,给分酒器倒满一壶茅台。秦处做了开场白,大意是今天大家不要生分,算是家庭聚餐,顾鸿影不是外人,将来会是秦家的儿媳妇,陆子规也不是外人,大家也都很熟。先喝了三杯,顾鸿影没喝酒,只是将杯中的饮料端起来,抿了一口。

接下来敬酒，都是大家先敬秦处长。等陆子规敬完秦处长、黄科长、王主任和秦悦一杯就要坐下来时，顾鸿影拿起秦悦的分酒器给自己小杯子倒了一杯酒，站起来对着陆子规说道："怎么，陆总看不起人啊，在座的男士都敬了酒，就不敬我这女士？怎么说，咱们也是老乡呢，在这京城，相遇也是缘分。"

陆子规不知道顾鸿影葫芦里卖的是什么药，在桌上也不敢轻易开口。刚才秦处长介绍顾鸿影可能是自家未来的儿媳妇，那她身边的秦悦应该就是她的未婚夫，陆子规感觉心酸，并有隐隐的阵痛。但是又能怪谁呢，顾鸿影和秦悦门当户对，自己出身贫寒，一直没混出名堂。陆子规不会天真地以为这个时代只有爱情而不要面包，也不相信公主和穷小子的浪漫。

见顾鸿影这样看似风轻云淡，装作和自己就是路人，也端起酒，笑道："是难得，在北京遇到顾小姐。恭喜啊。"

恭喜你个头，顾鸿影心里有怨，恨陆子规。你都和孙茜结婚了，老板、老板娘这样夫唱妇随，一起打拼事业，现在还来恭喜我和秦悦？

"鸿影，你不是不喝白酒吗？"身边的秦悦见顾鸿影主动给陆子规敬酒，不解地问道。

"你不会是嫌弃我喝酒吧？"顾鸿影看向秦悦，小女儿神态，这让秦悦一时恍惚。顾鸿影对什么事都云淡风轻，待人接物不卑不亢，即使和自己在一起也很少有这个姿态，这个姿态很女人，很有女人味。

"不会，不会。要不我陪一杯？"秦悦问道，也给自己酒杯倒满酒。

顾鸿影摇摇头，对着陆子规，敬道："恭喜发财，生意不错啊。"

陆子规喝下，刚要坐下。顾鸿影给自己倒上一杯酒，又叫陆子规："来，第二杯，恭喜老板和老板娘夫唱妇随，情投意合。"

陆子规看了她一眼，两杯白酒下肚，她脸色微红。刚要坐下，又被她叫住："来，第三杯。您也应该敬一下我这位老乡，我也马上要结婚了。"说完，一口喝下，轻轻靠在秦悦身上。

秦悦一时之间，有点意外，不过很快高兴起来。用手轻轻拍着顾鸿影后背，又用另一只手端起酒杯，对着陆子规说道："哥们儿，谢谢啊。鸿影难得在北京遇到老乡，这一喝高兴，主动提及结婚了。"

黄科长和王主任刚才在敬秦处长酒，没注意这边细节，听到秦悦话语，一起惊喜问道："你们婚事定了啊，好啊，这是大好事，一定要好好办一场婚礼，我们都去庆贺。"

"是真的？"秦处长转头问顾鸿影和秦悦。

"当然啊，叔叔。您不是说我早晚是您秦家的儿媳妇吗？我和秦悦也不小了。像我们这么大年纪，同学之间一大半都结婚了，结婚早的，小孩子都不小了。"顾鸿影说完，面无表情地看了一下陆子规。

"是老大不小了，早晚要结婚，就不如今年把事情办了吧。我等下就给大哥大嫂打个电话，确定一下婚事。小顾，你也和你父母商议一下。"秦处长作为长辈，当然希望他们早点确定。这几年，像秦悦同伴小周和华子没少给父母惹事，秦悦一结婚，应该不会再和他们一样，无法无天。

"不急，我还有半年毕业。"顾鸿影坐直身子，"不过，陆总是老乡，到时候和老板娘一起来参加我婚礼啊。"

"没问题。"陆子规说了一句，站起身，对秦处长等几人说道，"我外面还有事，就不陪各位了。"

晚上，最后一桌客人结账出去。陆子规把陈小文叫到面前，狠狠地批评了一顿："你要干就给我好好干，不干滚回去。别老是吊儿郎当，刚才一桌都差点跑单了。"

陆子规感念陈三爷当年对自家的帮衬，所以对陈小文一直很关照。即使孙茜说自己放纵他，也只是说提醒陈小文注意，很少责骂。今晚心情不好，所以骂了一句，让他不好好干就滚蛋。

"哥，怎么了？"陈小文偷偷看了陆子规一眼，想看出陆子规是不是真生气，像他这种从小混在农村街镇上的孩子，有个鄙视链。县城孩子鄙视他们，他们又鄙视农村孩子。从小到大，胡乱玩耍，整日鬼混，就没有好好学习过，好不容易熬到高中毕业，母亲食品站效益又不行了。这个时代不能接班，前几年自己在外面打工，钱没挣到，还给父母惹了不少债务，后来母亲央求陆子规收留自己。这几年，陆子规对自己不错，也没轻视自己。

"好好工作吧，都老大不小了。"陆子规也不忍心太责骂陈小文。孙茜拎着自己的包出来，对陆子规说道："没啥事，咱回家吧。"

听到回家两个字，陆子规有点恼怒。但没有表现出来，率先走到车场，打开车门。孙茜有点奇怪，问陈小文："你哥怎么了？"

"不知道呢。刚才喝完酒出来就这样，脸比包公还黑。还骂了我一顿。"陈小文赶紧告状。

孙茜瞪了一眼陈小文："你少给你哥惹事就好。"

"没有啊，姐，我多老实。"陈小文在孙茜后面屁颠屁颠地说道，"姐，我给你拎包。"

孙茜没有搭理陈小文，上了车，问陆子规："怎么了，不高兴？谁惹你了？"

"没有。"陆子规闷声说道。

"是不是因为刚才包厢那位小姐？"孙茜试探地问。

"她是顾鸿影。"陆子规转头看了孙茜一眼，说道。

孙茜下意识地哦了一声，看向陆子规。突然将身子紧紧贴在座椅上，叹息一声，说道："都怪我，今天不应该来店里，那些服务员也讨厌，让他们叫陆总、孙总，就是不叫，非要叫老板、老板娘。鸿影姐姐肯定是误会你了。"孙茜当然知道陆子规和顾鸿影的关系，两人大学三年是恋人关系，毕业之后，顾鸿影也和陆子规保持电话联系。有时候一煲电话粥能说半个小时。无论陆子规是在多么落魄和犯愁的时候，只要一说顾鸿影，就是满脸笑意，忧愁也如阴天遇到阳光，冰雪融化，愁云散去。

"和你有什么关系？咱俩又没有什么。"陆子规看着前方的道路，路上车辆拥挤，尾灯闪烁。

"要不我和顾鸿影解释一下？"孙茜抬了抬身子，就要掏出电话。

"算了。"陆子规摇摇头。

"可是？"孙茜很自责的样子。

"她要结婚了。和秦悦，就坐在她身边的，秦处长的侄子。家世显赫。"

"可是，鸿影姐姐不是那样势利的人啊，就因为秦悦家世好，就和秦悦结婚？"

"你了解她？"

孙茜想了想，摇摇头，叹息一声，靠在座椅上，很无助的样子，然后用手搓了自己双肩，眼睛看向车外。

37

北京冬天来得早，国庆一过，龙舒县那里还穿短袖的时候，北京街头树叶已经渐渐变黄。然后一夜之间，突然落下，第二天起来，北风卷起树叶，扑向人脸，扑向车流。

一到冬天，孙茜的哮喘病又发作了，今年比往年还要严重。这几天，第二家分店装修收尾，杂事较多，陆子规回来都是深夜。今天又是很晚，和工头扯皮半天，回到家时已经是凌晨一点。

一进屋，就听到孙茜房间剧烈的咳嗽声。陆子规赶紧换了鞋，洗手，推门进去。两人住在一起，一人一间卧室，一般不习惯锁门。

"怎么了？"看到蜷缩在被窝里的孙茜，陆子规俯下身问道。

孙茜抬头看着陆子规，咳嗽不止，喉咙发痒，嘴巴张了半天，却是不能发出声音。用手推开陆子规，好不容易说道："子规哥哥，你离我远一点，脏。"

陆子规握住孙茜的手，她的双手纤细，可以看到血管，入手冰凉。责怪地说了一句："瞎说什么。喝水吗？我去给你倒。"

孙茜无力地摇摇头："我好像要死了。"

陆子规瞪了孙茜一眼，用手指轻轻地敲了一下孙茜的脑袋："年纪轻轻的，别瞎说。你这病又不是一天两天了，坚持下去，早晚能治好。"

孙茜想要说话，又忍不住地咳嗽。突然，她松开手，看着手心的白纸怔怔发呆，纸上一片殷红的血。她双眼发呆，听父亲说，哮喘一旦咳出血，就是内脏受伤了，会命不久矣。

陆子规也看到孙茜手心的血，顿时有点慌张。赶紧俯下身，抱起因剧烈咳嗽蜷缩成一团的孙茜，知道语言无从劝解，只好紧紧地抱着，用手轻轻地拍她后背。

好久，孙茜抬起头，无力地看着陆子规："子规哥哥，求你一件事。"

"你说。"

"答应我，如果我真的死了，你带我回老家好不好。我想陪陪妈妈，陪陪爸爸。"

孙九爷死去已经十来年，坟头荒草青了又黄黄了又青。孙母死去五年，也葬在老家的坟地，就在凤立洼的后山。"别说话。"陆子规轻轻地拍着孙茜，"医疗科技不断发展，总有一天会治好你的。"

孙茜凄惨地一笑，说："子规哥哥，别劝我了，我没事。其实这么多年我都在想，死了也好。从小父母就说我是累赘。那时候生了前面三个姐姐，父母想要一个男孩，生了四姐又是女孩，他们就不想再要孩子了。结果又怀孕了，父亲不想要，就给妈妈喝草药，没有把我打下来，反而让妈妈也落了一个病根。所以父母和姐姐都不太喜欢我，我又老是给家里惹事。"

孙茜停顿了一下，缓了一口气，继续说道："我后来相信父母姐姐说的是真的了，我就是一个惹事精。高二时和你那一次，晚上住在一起，惹那么大事，不但害你要转学，还害得你和茹烟姐姐误会，到现在都没解开。这一次又是我惹事，害得鸿影姐姐误会你。"

陆子规没想到孙茜对这两件事这么自责，至今还耿耿于怀。赶紧让她别说话，说要送她去医院。孙茜摇头："治不好的。你答应我，有一天送我回家就行。那里青山绿水的，我喜欢。其实，这么多年我并不喜欢北京，车多人多，而且好多人看不起外地人。"

好久之后，陆子规等孙茜睡着。刚要从床边站起来，听到孙茜睡梦中呢喃着说："我要回家，子规哥哥，送我回家。"

十一月初，第二家分店工商执照、食品经营许可证、消防证全部办理下来，选了个日子开业，没有大张旗鼓地搞开业典礼。

分店位置好，装修风格和第一家店差不多。在自身宣传和老客户口碑带动下，生意不错。人大店前厅经理小于已经升任为店长，第二家店挑选店长的时候，有两个人选，陈小文和另位一位领班。对店内管理，孙茜已经彻底放手，都让陆子规做决定。陆子规找了陈小文谈了一次，陈小文很有信心，说："哥，您放心吧。以前我在老家是不好，喜欢瞎混，到了北京，我跟你和姐学了不少东西。这个世上，也就你和姐对我最好，这一次，你要是相信我，给我这个机会，我一定不会让你失望。"

陆子规又征求了小于和李厨的意见。两人都说，陈小文这段时间有进步，工作态度端正了不少，忙的时候不但管收银台，还去给服务员帮忙，大家对他态度都有改观。于是，陈小文顺利成为第二家店店长。陆子规观察了几天，陈小文干得像模像样，也就稍微放心了。

更多时间，他在家陪孙茜。家里的活不要孙茜伸手，洗菜做饭，擦地洗衣服等。每天给孙茜熬姜汤驱寒。

孙茜看着陆子规忙碌，眼中露出感激。自己不咳嗽的时候也抢着去干家务，更多心思还是放在墨旱莲和乌药材上。入秋时候，就将墨旱莲和乌药材移植到花盆里面，有阳光的时候端出去，天黑之后端进客厅。

到了十二月份，顾鸿影打来电话，说和秦悦结婚。婚礼分为两场，元旦在北京举办，农历腊八在龙舒举办。陆子规要是嫌麻烦，可以不参加；要是有时间，也可以参加北京这场婚礼。

陆子规拿着电话，呆呆地站了半天没有说话，电话那头，顾鸿影淡淡地道："怎么，在家照顾老板娘，走不开？"

自从那天在饭店，知道顾鸿影误会自己和孙茜，陆子规一直没有解释。就如当年，自己和孙茜在学校外被人喊着抓奸的事，俞茹烟也是不听自己解释一样。陆子规知道，这个世上，你没法要求别人在误会你后一定要听你解释，然后原谅你。

"我参加腊八在龙舒的婚礼吧。"陆子规放下电话，对忙着给墨旱莲浇水修叶的孙茜说道，"下个月我送你回去。"

"好呀。"孙茜手中拿着小喷壶，"墨旱莲不适应室内气候，我们带回去，肯定长得很好。车子后备厢应该能装得下这几盆花草吧。"陆子规前段时间把那台RAV4换了，现在两人开宝马X5。

"差不多吧。"这些花草有十盆左右。孙茜曾经摘了墨旱莲，捣成汁水，涂在陆子规头顶的白发上，好像效果不是太明显。陆子规也嫌麻烦，说几根白发拔了就行。孙茜摇头，说我一定要治好你的白发，这墨旱莲不够，乌药材也不纯正，还缺少首乌，等等。

"对了，我听电话里是不是谁邀请你参加婚礼？"孙茜装作无意地问道。

"顾鸿影和秦悦。"陆子规已经让自己心情平静下来。

"啊。"孙茜手中喷壶差点掉了下来，"子规哥哥，你真的什么事也不做，任由他们结婚？"

"婚姻自由，父母都管不到，我算哪根葱？"陆子规自嘲地笑笑。

"可是，都怪我……"孙茜声音越来越小，低下头，自责这一切都是自己的错。

"算了。我答应腊八回龙舒参加他们的婚礼。咱们这段时间收拾收拾，提前几天回家。"陆子规说了一声，走到院子抽烟。

孙茜站在窗前，透过玻璃看过去，陆子规的背影写满失落和孤独。

俞茹烟也接到顾鸿影的请帖。打开的那一刻，她的心微微颤抖，害怕看到那个熟悉的名字，但是出乎她意料，男方那不是陆子规三个字，而是秦悦。

怎么他俩也没有在一起？俞茹烟一个人坐在屋子里自问。

也有几年没有见到陆子规了。俞茹烟这几年算是把心思全部扑在工作上面。扶贫，从主任科员升到扶贫办主任，职位升了，俞茹烟却是越来越觉得有心无力。都说经济发展了，农村变好了，但有的贫困户家里都不可以用家徒四壁来形容，那是真穷。

更让俞茹烟感觉到有心无力的是，当初的扶贫方式，发粮食发油盐，发救济金，却是越发越穷。那些人穷在思想上，穷在依赖上，觉得政府帮扶他们，救济他们就是理所应该，如果哪天发迟了点，发的少了一点，还会跑到政府门口大吵大闹。那种精神头要是放在劳作上面，家里也不至于穷成这样。

还让俞茹烟焦急的是，眼看着身边的人变成贫困户，可以不劳而获，那些原本勤快的人也慢慢变懒了。忙死忙活，一年也就是吃得饱肚子，不如变成贫苦户，还有政府养着。

国家的扶贫政策要改变啊。俞茹烟有时候这样想，但是人微言轻。她这点心思在正式场合从来不敢提出来，党员不能妄议政策。

看着案头的大红请帖，俞茹烟在去和不去思绪之间纠结了很久。说真话，她不知道这个秦悦是谁，和顾鸿影也是不熟。地区联大那么多同学，两人虽然是一届，但是从来没有说过话，要不是陆子规，两人以前都没有交集，将来也不会有什么交集。

38

从北京到龙舒开车走大广高速，经过天津、河北、山东、江苏、安徽等一市四省，全程一千二百多公里。

进入腊月，北京的天气变得更冷。二环景观河上，河面早就变成了冰场。从早到晚，市民带着孩子在上面滑冰嬉戏。岸边的柳树，春天柳丝飞舞，绿意柔和，到了这个季节也只剩枯黑的树干了。

腊月是餐饮的旺季，徽味小轩人大店天天客满。客人有时候为了抢占包厢打架不说，还经常把电话打到陆子规这里走后门，这让陆子规因为生意好而高兴的同时也很烦恼。每天流水也做到了三万以上，光这一家店，一年就能给陆子规和孙茜挣来三百多万的纯利润。西客站店开业三个月后，每天流水也在一万五左右，能够保持收支平衡。

每天陆子规来回两家店巡视。更多精力还是放在西客站店上，陈小文毕竟是个新手，没有经历底层的磨炼，干事还是感性毛糙。一旦发现问题，陆子规是毫不客气。陈小文也怪，不怕父母和别人，就怕陆子规，陈小文本性还不错，知道陆子规和孙茜骂是骂他，对他是真好。不但拿着店长的工资，还有各种补助。私下里陆子规经常给他一点零花钱，还给他租了一个单间。如果谈女朋友了，陆子规把关之后觉得人品不错，也是给许多支持。陈小文母亲知道儿子走上正轨，对陆子规非常感激，特意拎了礼物到陆家，让陆母也觉得脸上有面子。毕竟以前家里穷的时候，陈三爷对自家多有关照。如今，陆子规做的一切，也算是对陈三爷报恩。

其实，这时候，陆子规不适合离开北京，而是应该将更多心思放在两家店里。但是孙茜的身体越来越不好，咳嗽越来越厉害，离腊八的日子也不远，答应顾鸿影去参加她在龙舒举办的婚礼，不能失信。虽然这个婚礼，陆子规从内心里抵触。

孙茜在北京十多年，并没有攒下什么固定财产，甚至在和陆子规重逢之前，也没有什么余款。直到陆子规加入徽味小轩，拆了老店，换了新店，这两年分红有三百多万，其余的就是一些个人衣物，收拾了两包。其中两套，是孙茜到广西一年，自己种植苎麻，然后搓麻成衣，用天然染料染成藏蓝色裙子，孙茜平时舍不得穿。这一次，收拾衣物的时候，孙茜拿出来穿上，在镜子前照了半天。

对影自怜，孙茜看着镜中的自己，更多了一种病态的苍白。镜中那个人面色皎洁，亭亭玉立，一肩长发更多了风情万种。虽然多年经世态磨炼，但清纯依旧。

陆子规推门进来，看到穿着藏青色麻布衣裙的孙茜，眼前一亮，甚是惊艳。孙茜回头看到陆子规，四目相望，一时之间都是静默，此时无言更胜有言。

良久，孙茜问道："你说鸿影姐结婚，我送什么东西好呢？钱吧，人家不差，我要是送她化妆品，即使是迪奥、欧莱雅，人家不见得用这个品牌，送什么好呢？"

"你操这心干吗？咱俩一起包一个大红包不就行了吗？"陆子规压根就没想这事，参加别人婚礼，不都是拿一个红包就行吗？而且，顾鸿影邀请自己的同时也邀请了孙茜，那自己和孙茜就是一起的，还要分开送礼吗？

"你呀，子规哥哥。你真是粗心大意哈，鸿影姐姐为什么这么快结婚？还不是介意我和你在一起吗？现在送礼咱俩再送一份，这误会就更深了。我建议子规哥哥，你也别拿红包敷衍了事，你和鸿影姐姐在一起，应该知道她喜欢什么。"孙茜嗔怪地说道。内心里她挺愧疚，因为自己，让顾鸿影和陆子规关系生变。

"你呀，别想那么多。"陆子规嘴里说着，心里也在思忖，顾鸿影喜欢什么呢？好像自己真粗心大意了。

腊月初三晚上，陆子规和孙茜收拾好行李放到后备厢。孙茜的两个大包，陆子规一个随身衣物的行李箱，其他的就是孙茜收拾好的墨旱莲和乌药材，用塑料袋精心包了，里面放了土，外面用纸壳固定。

腊月初四早五点，陆子规和孙茜准备出发。锁门的那一刻，孙茜站在门口，看向室内，说道："子规哥哥，真要回去了，我还舍不得这里呢。也不知道什么时候能再回来，和你住在一起。"孙茜对陆子规从小就依赖，现在父母都不在了，姐姐又不太亲，好像这个世上就陆子规一个亲人。

"把身体养好，以后还长着呢。咱们还有饭店，现在发展都不错，明年开三家分店，咱们就是餐饮集团了。"陆子规宽慰孙茜。

"唉。"孙茜叹息一声。饭店挣不挣钱，孙茜已经不太关注。经营方面她相信陆子规，利益分配方面她更信陆子规。自己这个身体，总感觉时日无多，要再多钱又管什么用？孙茜更希望在接下来的日子，由陆子规相伴而过，可是自己和陆子规的关系也仅止于此吧。

小时候，韩小海他们一群熊孩子嘲笑自己和陆子规是青梅竹马。如今，两小无猜倒是做到了，但是青梅依旧是青梅，竹马依旧是竹马，这种关系能否到老？

181

很多时候，孙茜都会想，自己要是变成俞茹烟，或者顾鸿影多好。无论发生了多少事，只要爱了，就会爱陆子规到老。绝对不会因为孙茜的出现发生误会，最终劳燕分飞，徒增遗憾。

　　一路向南，气温渐渐升高，窗外有了丝丝点点的绿意。那是田园中的小麦冒出嫩芽。沿途，有的地方雾气沉沉，有的地方下起小雪。

　　孙茜不咳嗽的时候，替换陆子规开车，让陆子规休息一会儿。十多个小时，车到合肥，然后是省道206。再开一个小时，车到龙舒县城，两个人找了一家宾馆，开了两间房住下。

　　龙舒这几年发展得不错。最早的县城只有鼓楼大街、乌龙井、飞霞大街、梅花巷、椿树巷、桑园巷、双松巷等四街十二巷。街道长不到两华里，巷道仅仅数百米。如今，整个县城向外扩展了三四倍，以商业为主，没有什么重工业、轻工业。家底不厚发展略显虚浮，最明显的是房价快赶上合肥了。

　　回乡之后，孙茜心情好了不少。虽然开了一天的车，略显疲惫，还是兴致很高地说："子规哥哥，我还是上高中时来过一两次县城，平时偶尔经过，你陪我逛逛呗。"

　　"你身体吃得消?"陆子规担心。

　　孙茜举起小拳头，晃了晃："你看我，精神得很呢。"

　　难得孙茜有兴致，陆子规简单洗漱了，陪着孙茜出来。宾馆在龙舒路上，对面是当年县城的地标建筑新华书店，四层楼高，在周边低矮房屋衬托下显得鹤立鸡群。如今被周边的高楼大厦挤压得就像一个毫无发言权的小老头，只有"新华书店"四个霓虹灯字闪烁，诉说着昔日的风光。新华书店后面就是鼓楼大街，以服装铺为主。傍晚时，街里人流不小，但是已没了当年摩肩接踵的景象。女人好逛商场，尤其是服装店，孙茜也不例外。

　　"你又不买，看这么多家，你不嫌累?"陆子规脚底板疼，看孙茜一家家走过来，摸摸这个，问问那个，但是始终没买，忍不住问道。

"就是看看。"孙茜莞尔一笑。这些衣服她确实看不上眼，料子太差，做工也很粗糙。但是有陆子规陪着，她觉得挺好，也挺幸福。最终买了两件内衣，陆子规买了两双袜子。

走出鼓楼大街，是龙舒县城关中心广场。抬头看见一座高塔耸立在广场中央，这就是龙舒县的龙头塔，当地人又叫"城锥"。始建于明代天启元年，距今已有近四百年。曾经是龙舒八景之一，与龙敏毓秀、梅山晓烟、飞霞晚照、牧马旧市等齐名，有朝霞晚烟的仙韵之美，也有历史风云之厚重。整座宝塔塔身由青砖砌成，内部夯土。高20.7米。塔身为六面七层，塔顶是生铁铸造的三层葫芦形顶尖。从第二层开始，每面均设有假拱券门，第七层每角悬铁风铃一只。因塔内为土，且鸟落飞檐，砖缝中常年生有小树。让宝塔看起来别有活力。塔基呈六角形，几块碑刻分别记述龙舒的历史变革。龙舒春秋时期被称为群舒国，汉时又改为龙舒县，刘邓大军挺进大别山时，又称舒六县……

陆子规和孙茜围着龙头塔转了一圈，孙茜看到台阶底下那片空地一溜排开的大排档，雀跃地说："子规哥哥，我要吃小串。"

大排档以卖烤串、螺蛳等小吃为主，环境脏乱差。但是价格实惠、味道鲜美，遂成为城关人吃夜宵的好去处。陆子规不愿意扫孙茜的兴致，找了位子坐下。

39

要了一盘羊肉串、鱿鱼须、韭菜，等等。鱿鱼须一看就是冻货，不新鲜，陆子规自己没吃，也没让孙茜吃。孙茜朝陆子规嘟起小嘴，有点不乐意。

"小心肠胃。"陆子规说道，打开一瓶啤酒。最早时候，龙舒县有啤酒厂，生产龙津啤酒。当地大麦酿的，很有味道。现在被雪花啤酒收购了，酒味也与其他地方一样大众化。

羊肉串味道纯正，陆子规吃了两串，问老板。"老板，这是哪里的羊？味道挺好啊！叶集的？"六安地区，叶集养羊历史比较悠久。叶集产的叶集弯羊，肉肥瘦适中，绵软细嫩。

上大专的时候，陆子规和顾鸿影没少去校门口的大排档吃羊肉吊锅。同学之间也有家住叶集的，经常带来风干羊肉。撕着吃，像内蒙古那里的风干牛肉。所以，陆子规吃到这味道纯正的羊肉串，才想起问老板用的羊肉是不是叶集的。

老板一边烤串，一边看向陆子规和孙茜，笑了笑说："也是弯羊，但不是叶集的，是黛山村的。"

"黛山村？原先的黛山乡？"

"是呀，现在被青螺镇合并了。"老板说道。

这么巧啊。黛山村陆子规比较熟悉，村界离龙口生产队不远。沿霸王河上行，三公里不到，小时候经常去那里摸鱼砍柴。但是没听说过黛山村养羊啊。

老板是个热情人，加上陆子规是龙城乡的，两人住得很近，好像和陆浩至还认识。所以话就多了起来："你不知道吧，这几年咱们黛山村弯羊在县里都挂上号了，我这羊肉串一晚上能卖二三十斤呢。"

陆子规对黛山村养羊很有兴趣，这是做餐饮人的职业病，追求原材料产地和质量。自己饭馆名为徽味小轩，主打菜就是徽味。原材料多半来自安徽，比如黄山那边的臭鳜鱼、竹笋、石蛙、石耳，甚至连腊肉香肠都是安庆的。真正六安地区特别是龙舒县的原材料一样没有。这一次回乡看看，送孙茜回家疗养是主要任务，第二个是参加顾鸿影婚礼，还有一个目的，就是回家劝父母搞养殖，以前父亲担心养殖的东西卖不掉，现在自己家有餐馆，销售不成问题。

黛山村能养羊，龙城乡就能养鸡养猪养鸭养鹅。这些东西，精细处理后就是原汁原味的徽味原料。

"黛山村什么时候开始养羊的？"陆子规问。

"这个啊，说来话长了。我们黛山村和你们龙城乡一样，世代务农，就在土里扒拉一点庄稼。承包到户之前，吃不饱穿不暖，分到户之后，勉强吃饱饭，但是都是山啊，收成压根没有你们龙城乡好。前五年，合并到青螺镇，镇里扶贫办到我们老黛山乡如今的黛山村驻点扶贫，就引进了叶集弯羊。每家发了两头小羊羔，请来农技专家辅导。羊羔可以到山里吃草，又给了饲料补贴。我们黛山村弯羊养殖就慢慢发展起来了。"老板说到这几年的变化，脸上露出喜色。

"那你们每家每户养羊，这销路也成问题啊。"陆子规大概了解黛山村有四五千户，每户每家出栏二十头羊，一年就要出栏十万多头，每头一百斤，一年就是一千多万斤羊肉，龙舒县当地市场消费消化不了。

"你是读书出来的吧。"老板笑笑，脸上有揶揄，"哪有那么多，不说四五千户有一大半在外打工，肯定不养的。另外一半没经验，养不活。还有少部分人，镇里分了羊羔，马上宰了吃了。正儿八经养羊的不到二百多户，这还是驻村干部俞主任每天做工作呢，不但给技术支持，还帮我们跑销路。"

"俞主任？"陆子规自动过滤了其他词语，连忙问道，"扶贫办俞主任？男的，女的？"

孙茜穿着羽绒服，吃得很少，多年没回家，感觉新鲜好奇。听到陆子规和老板的对话，插了一句："应该是茹烟姐吧。听说青螺镇合并后她就在扶贫办工作。"

陆子规也估计是俞茹烟，但是不太确定。四五年时间，和俞茹烟联系很少，偶尔打个电话，问问近况。俞茹烟也不说工作的事。但是在他印象之中，俞茹烟是一个十指不沾阳春水的女孩，比较清冷高傲，她能做到这样具体而微？

"以前驻村干部驻村走走形式，填填表格，顶多到年底给贫困户发点米面油。人家俞主任那是真住在我们村啊，陪我们一起放羊，陪我们一起卖羊。好像就叫俞茹烟呢，在黛山村驻村从来不说辛苦。俞主任真是好干部呢，没她，我还是贫困户。只能在家里守着那一点石头疙瘩。人家年纪轻轻能出去打工挣钱，我家父母病重，出不了门。俞主任让我们养羊，每年能卖钱，还能顾家。我媳妇在家养羊，我在县城开大排档，这几年，家里都盖楼了。"

陆子规点了一支烟，对孙茜说道："士别三日当刮目相待，没想到俞茹烟真的为家乡做了这么多事。我印象当中，她是走路都嫌手多的人。"

"那是和你在一起，被你宠的。"孙茜知道陆子规和俞茹烟的事，上高中的时候每个月两个人一起走县道回家的时候，俞茹烟都是空手。自行车和后架上带回家换洗的衣服都是陆子规一路推着。

"吃醋了？"陆子规笑笑，问道。伸手在孙茜高挺的鼻梁上刮了一下。

孙茜挥手轻轻拍开陆子规的手，脸色微红地说道："鼻子刮塌了，就不好看了。再说，我吃你们什么醋？我就是后悔哦，要是没有我多好，你和茹烟姐就能在一起了。那样，你不要这么辛苦，她也不要这么辛苦。"

"看，又跑题了。"陆子规轻轻瞪了孙茜一眼，"喝酒。"说完，给孙茜杯子倒了半杯酒。

"哟嗬，挺亲热的啊。"一个不和谐的声音从另一桌子响起。陆子规回头一看，竟然是十几年没有联系的同学，看着面熟。想了半天，想起来了，舒桐。

大排档人来人往。这一桌子吃完，马上又坐下一桌，陆子规和老板说话，同时和孙茜聊天。压根就没注意到身边桌子已经换了人，或者舒桐早就来了，只是自己没有注意。

舒桐那一桌子三四个人，两男两女。男的和舒桐差不多年纪，女的年纪略小，脸上画着在这个场合不合时宜的浓妆。

"不认得我了？老同学。我可是一眼认出你了。"舒桐爽朗地笑了一声，并拿着一瓶啤酒，用屁股将小凳子挪了过来，"这一位美女是谁？"

舒桐是陆子规高中三年的同学。高一高二两人不一个班，当年陆子规考试老是老三，第一和第二不是舒桐就是顾鸿影。高考淘汰考试后两班合并，四个人才一个班。不久因为陆子规和孙茜被人"抓奸"事件后，陆子规被逼转学借读，和舒桐同窗时间并不长，也没有什么交集。高考之后，两人都考上六安。一个在联大，一个在皖西师专。两人唯一的交集是，如果说陆子规是俞茹烟的第一任男友，那舒桐就是乘虚而入，成为俞茹烟的第二任男友。

"舒桐，我记得。"陆子规对舒桐没有什么好印象，不管俞茹烟在大学时候是否怀孕，这都让陆子规对舒桐充满厌恨。陆子规知道自己心胸不够开阔。俞茹烟不是自己女友之后，她和谁恋爱都是她的自由，但是顾鸿影说过，俞茹烟那一次受到的伤害很大。

"喝一杯？"舒桐将手中啤酒朝陆子规晃了晃，又看看孙茜，"要不，美女陪一杯？"

"我不是陪酒的。"孙茜性格生冷。即使做了这么多年酒店，对于异性她也是生人莫近的样子，除了自小以来天然亲近的陆子规。

"这么不给面子。"舒桐嘟噜了一句，"你俩过来，陪我老同学陆大才子喝一杯。"舒桐招呼同桌的两个女生。

两个女生过来，嗲嗲地说道："舒团长，没听你说过你同学中还有什么大才子啊。"

这话说得就不太恭敬了，哪怕舒桐是故意恭维陆子规。大才子这种称谓，也是应酬场合惯用的，两个女孩却是毫不留情地揭开。舒桐不以为忤，哈哈一笑："对了，子规。刚才你和老板是说俞茹烟吧。我也好几年没看到她了，你呢？你们在一起了吗？哦，对了，你身边坐了美女，应该和她也不在一起了。"

舒桐提到俞茹烟，让陆子规对他印象更差。更不愿意和这种人曲意逢迎，冷冷对着舒桐说道："滚。"

40

舒桐被陆子规这种生冷态度弄得面红耳赤，强压怒火说道："陆子规，你别给脸不要脸。我过来给你敬酒，你不喝倒也罢了，敢叫我滚？"放在以前，舒桐早和陆子规翻脸了。不过如今，都说男人要有城府，舒桐别的能耐没有，在社会打拼，被挤压，被揉捻，夹缝中求生，就如生铁在火炉中锤炼，身体练废了，城府练得倒是喜怒不惊。

大庭广众之下被陆子规骂滚，这脸还是要争回来："陆子规，不就是俞茹烟选择了我，抛弃了你。这点事，至于让你这样吗？"

陆子规将手中啤酒泼了舒桐一脸，面无表情地说道："这个名字你不配说，再敢说一个字，我让你吃不了兜着走。"

在舒桐印象中，陆子规一直是他手下败将。在学校时成绩比不上自己，和俞茹烟的亲密关系自己更胜一筹。在他内心里不管别人如何敬佩陆子规，把陆子规吹成才子，但是自己觉得他就是一个屁。今天恰巧遇到陆子规，他更多关注的点是他身边的美女，来找陆子规喝酒只是一个接近他身边美女的由头。舒桐身为县文联副主席、剧团团长，多年来，酒色财气，特别是这个色字，近水楼台先得月，自认阅女无数。自信只要自己愿意出手，就没有拿不下的美女，无论你是风尘女子，还是良家妇女。

舒桐有个爱好：拉风尘女子上岸，让良家妇女下水。他以为这就是风流。

舒桐一见孙茜，就被孙茜那种略带一点苍白的病态美以及那清冷如山中幽兰一样的气质折服。往日阅女颇多，只是这种女孩很少见到。

"什么素质啊？"与舒桐一起的两个女孩瘪一瘪嘴，鄙视地看着陆子规，"团长，这就是你的同学？好没素质啊，还不知道好歹，好多人求着给我们团长敬酒呢，不吃敬酒吃罚酒。"

没等陆子规说话，孙茜直起身，直视两个浓妆艳抹的女人，说道："你让我子规哥哥吃个罚酒试试？"

"我又没说你。你怎么也没素质？"两个女人浓妆艳抹，在县城小舞剧团，也算一个角。在陆子规面前没讨到好处，被孙茜回呛了一句，有心发作，但是看到孙茜冷冷的眼神，气势就弱了一些。

"别搭理他们。咱们喝酒。"陆子规拿起杯子和孙茜碰了一下。两个人喝了酒，安静坐着，看也不看舒桐等人。

舒桐脸色阴晴不定，猜不出陆子规的依仗。有心发作，又怕真在县城闹出风雨，对自己和两个女人名声不好。当然，他们私下的勾当要是被人端出来，那名声早就臭大街了。但是人都有这个通病，这偷情乱搞男女关系只要没被说出来，就觉得这事平常。何况舒桐一向自称是个文化人，是艺术圈子里的角。多几个女人不是这个圈子的惯例吗？但是舒桐明白，这关系不能明着摆出来。否则，单位领导会找自己，社会影响也不好。这几天，舒桐更不敢闹出动静。

县城剧团一直徘徊在生死线上。舒桐之所以看中剧团团长的位置，不是真要发扬光大民间曲艺，而是看重这个团长的含金量。曲艺属于文联，文联主席是正科级，他这个曲艺团长就是副科级。一个县委办局不少，都是科级单位。能挤上科长位置的少之又少。而且就在今天，剧团接了一个露脸的活。顾副县长女儿腊八大婚，婚礼交给婚庆公司，要求从简办理。但是婚庆公司哪敢真的从简，人家本身是一县之长，女儿又在省委办局，女婿是京城高干。这样的身份办婚礼还不要办成全县最隆重的婚礼啊。婚庆公司老板和舒桐关系不错，就把演出的活交给剧团，地方戏加传统戏符合腊八这个节日。舒桐觉得这是自己机会，能和顾副县长搭上关系。

所以，今天一高兴，请自己手底下三个得力干将来吃大排档，没想到就遇到陆子规。

陆子规，顾鸿影。因为陆子规，舒桐下意识地想到顾鸿影。因为顾鸿影，舒桐又想到顾副县长。啊，舒桐差点吓出一身冷汗。自己差点犯糊涂了，顾副县长家的婚礼，那结婚的不就是顾鸿影吗？顾鸿影和陆子规什么关系？陆子规在这里出现，那多半是顾鸿影的原因。自己有一百个胆子敢得罪陆子规，可没有半个胆子得罪顾鸿影啊。

想到这里，舒桐站起身，就当什么事没发生一样，掏出三百块钱拍在桌子上，对老板说："走了，这两桌账我都结了。"又对手下三个人挥一挥手，说："走。"

刚走出大排档门，那两个女人用胸脯贴着舒桐手臂，不服地说道："团长，就这么轻饶他，还给他们结账。"

舒桐当然不会和他们说陆子规和顾鸿影的关系，只是呵呵一笑，说道："这家伙是我同学，当年我抢了他的女朋友，一直耿耿于怀呢。你看，现在混的穷酸样，只能带着女人吃大排档。我可怜他，给他账结了。"

"团长，你真是大人不计小人过。"三个手下恭维着舒桐，对陆子规更加鄙视。

舒桐心里冷冷一笑，陆子规啊，我明着不敢得罪你，只要你敢参加顾鸿影婚礼，看我到时候怎么踩你。

看着四人出去，孙茜撇撇嘴。"什么东西。"

"故弄玄虚，自作聪明。别理他们，咱俩吃。"陆子规端起酒杯和孙茜轻轻碰了一下。

顾鸿影也住在龙舒，一个月前请了婚假。元旦在北京和秦悦办了婚礼，很隆重。京城不少有脸有面子的人都来了，婚礼当天，秦悦喝了不少酒，晚上又和他那帮狐朋狗友去一个灯红酒绿的地方继续放纵，第二天，无精打采地回来，两个人各睡各的房间。入洞房，多么古老又厚重的词语啊，顾鸿影对于这个词语既是害怕又很好奇。自己该如何面对一个熟悉又陌生的男人，但是新婚之夜秦悦压根没有回房间。接下来一个月，秦悦也没有碰自己一根手指头。连在父母面前装装样子也省去了。双方父母也都是有身份的人，虽然觉得两人有点奇怪，但也不好直接问儿女的隐私。

无性婚姻。顾鸿影端着一杯红酒斜倚栏杆，看着窗外熟悉的夜色，苦笑了一下，仓促成就的婚姻原本就该如此吧。

陆子规回来了吗？三天后是否参加自己在龙舒的婚礼？顾鸿影想起那个熟悉的人，心中隐隐作痛。那一天在陆子规徽味小轩店里，突然听到人家喊陆子规为老板，又喊孙茜为老板娘，顾鸿影就觉得一盆凉水当头泼下，如渐冻人一样，从头到脚，渐渐冰凉而不能自已。

顾鸿影当场宣布要和秦悦结婚。秦悦表面高兴，实际从那时候起已经埋下眼前的祸根，有了一结婚就冷战的结果。以秦悦的性格和骄傲，他怎么会忍受顾鸿影这个态度。拿他当作备胎不算，只是因为看到旧情人结婚就决定结婚。顾鸿影本来就不是他梦中的情人，为了家族联姻可以，但是在秦悦心里，你顾鸿影不是我的女人，也不是个好女人。这一辈子，我就这样耗死你，挺好。你独守空房，我在外面依然可以花天酒地。

此刻，秦悦在北京，请兄弟们在那最有名的灯红酒绿场所，怀中抱着一个女孩，长得与顾鸿影有三分神似。搂在怀中，手轻轻抚摸，女孩很温顺。"这就很好。"秦悦心满意足，心中想起顾鸿影三个字，嘴角露出报复性的微笑。

顾鸿影放下红酒，拿起手机，按下陆子规的号码，想了想，"种豆得豆，种瓜得瓜。我这是自讨苦吃哈。"自嘲地笑笑，终是没有拨通。

陆子规和孙茜从街上溜回来，夜风习习。虽然比北京暖和，但是毕竟是寒冬腊月，孙茜走了一段路又是止不住地咳嗽。一咳嗽就很厉害，蹲在地上，身体蜷缩。

陆子规没有说话，扶起孙茜，让她趴在自己肩上，要背着她回酒店。

孙茜挣扎了一下，手被陆子规握住，就不再挣扎了，说了句："子规哥哥，被人看到不好。"毕竟这是老家县城，难免碰到熟人。

"没事，就像小时候一样，我背你回家。"陆子规弯下腰，让孙茜趴在自己后背，一步步向酒店走去。孙茜趴在陆子规身上，感觉胸口温暖，唱起抓泥鳅的儿歌。

如童年，四周寂静，一路上，星月相伴。

41

城西生态园占地百亩，一圈粉墙将喧嚣阻挡在围墙之外。内里建筑多是粉墙黛瓦的江南风格，中间有湖泊、假山、回廊。更多翠竹、松柳，即使是寒冬腊月，松竹依然青翠，蜡梅盛开，香气扑鼻。

龙舒是个农业县，经济基础薄弱，原先几家企业比如白酒厂、啤酒厂、麻纺厂，有的因为时代变化被迫转型，有的莫名其妙关闭了。这几年房地产价格虚高，看似繁荣实则底蕴不足。随着房地产的蓬勃发展，紧跟其后的就是酒店、洗浴等娱乐场所的繁荣。三四年时间冒出来十来家三星级和四星级酒店，装修都很豪华，只是细看，风格奢侈有余，文化底蕴略显不足。

普通人家婚丧嫁娶多是到这些三星级酒店、四星级酒店，顾鸿影和秦悦的婚宴选在环境幽静的城西生态园。

城西生态园很少对外营业。今天更是清退了所有住客，院落中二百多间客房从前天起已经住进了龙舒顾家、京城秦家的亲友来宾。中心草坪布置了花篮和装饰门，生态园大门敞开，门口站立着四位黑西服男子，专门检查进出车辆、人员证件，说是证件也不准确，主要看是否持有婚宴请帖。

顾母推开作为婚房的套房，焦急地问："鸿影，怎么回事？秦悦还没有来，婚礼马上就要开始了。"

顾鸿影看看母亲："这事你得问他啊。"

"你俩到底怎么一回事吗？人家小两口结婚，都是如胶似漆的。你俩倒好，结婚一个多月，一个留在北京，一个回到龙舒。就没看到你们住在一起。"顾母要不是顾及身份，为长者不能不尊，都要问顾鸿影和秦悦到底入没入洞房，或者是哪一方身体有问题了。

到了这个时候，顾鸿影已经不愿意抱怨父母硬要撮合自己和秦悦在一起了。她反而在想，秦悦要是缺席今天的婚礼，来宾是否会喧哗，双方父母如何面对？至于自己，顾鸿影倒是没有多少失落，也不觉得缺少男主角的婚礼有多么难堪，好像经历过这一件事后，一切都可以看淡，一切都可以不计较。

"我不管你们了。我去问秦总，这秦悦到底是怎么回事。"顾母说完，眼神复杂地看了自己女儿一眼。秦总是秦悦的父亲，前几天就和秦悦叔叔秦处长来到龙舒，筹备了厚实的彩礼。对于这场婚礼他们也很重视，还从京城带来了不少显赫人物。

"我同学他们来了吗？"顾鸿影问顾母，今天婚礼讲究挺多，新娘没到吉时不能走出这间房，手机也调成了静音。

"你同学？你邀请他们干吗？这几年也没听说你和哪个同学来往啊。"顾母不解地问，似乎若有所思，"哦，对了，你不会邀请了陆子规吧？"

这个日子，最不该出现的就是陆子规。

"邀请了啊。"顾鸿影淡淡地说道。看了一眼母亲，见她反应这么激烈，心中有点报复的快感，不过一闪而过，"你是不是觉得陆子规穷、土，我就不应该邀请他？"

"你这孩子，真不懂事。难怪秦悦到现在不出现呢。哪个男人愿意自己的婚礼上出现新娘的前男友。秦家不是普通人家，这事一旦处理不好，后果很严重。"顾母很生气地说道。顾家在龙舒也算是有脸有面的家族，县官级别虽只是处级干部，但是自古以来就有"破家县令"一说。只是顾家在不显山露水的秦家面前，就是小门小户，要想捏死，和小孩捏死一只蚂蚁一样容易。

"有多严重，退婚、休妻？我这现状和这个差不多吧。"顾鸿影没想过自己的另一半一定就是踩着祥云的英雄，也没想过自己能遇上骑着白马的王子。但她是一个女孩，这世上所有的女孩都会向往自己有一个浪漫的爱人，一个幸福的家庭，一个心疼自己的丈夫。但是秦悦呢，那种礼貌让自己感觉到生分，那种刻意的尊重让自己觉得两人更加不平等。和他在一起，让自己感觉到冷，感觉到四周黑暗一片空虚。

"有那么严重吗？女人嫁给男人，多关心体贴男人，就是一块冰也可以融化的，一块石头也可以焐热。你对秦悦不管不问，人家秦悦当然感觉不到你的温暖所以出去放纵了。"顾母觉得应该和顾鸿影说说三从四德，为妇之道。但是现在时间紧，要赶紧催秦悦过来，否则今天婚礼会出大笑话。

顾鸿影冷笑一声："这都是我的错?"

"错不错，你也不能让陆子规来。不行，我马上要求保卫在门口拦住他。"顾母急匆匆地就要出去。

"陆子规今天不来，即使秦悦来了，今天这婚礼也办不成。"顾鸿影生硬地说道。

顾母看着女儿，这种表情她很陌生。一时之间也不敢和顾鸿影赌气，叹息一声："好吧。我不拦。你好自为之，还有其他同学吗?"

"俞茹烟要是来了，让她到我房间，我要请她做伴娘。"今天伴娘都是父母找的，顾鸿影没有一个体己人，心里觉得孤单，想来想去，俞茹烟和自己虽然不熟，但是因为陆子规，两人算是同病相怜，惺惺相惜吧。

顾母觉得火烧眉毛，也不愿意计较这些细节，说："好，我让人找俞茹烟过来，你就别再整什么幺蛾子了。还有，忘了和你说，今天你同学舒桐也过来，他现在是文联副主席、县曲艺团团长。今天演出由他负责。"

看来有一场好戏啊。自己、秦悦、陆子规、俞茹烟、舒桐，这是什么关系? 五虎相争? 还是关公战秦琼，或者三英战吕布。顾鸿影突然觉得好玩，对着窗外一棵蜡梅，莫名其妙地笑了。对了，那个什么孙总会来吗? 就是和陆子规一起的老板娘。那丫头长着一双狐狸的眼，冷清之中却有狐媚之气，很吸引男人啊! 她要是来了，今天就是一锅乱炖啊。

城西生态园门口，厚重的铁质大门已经打开。红地毯一直从婚礼草坪铺到大门外。寻常百姓看到经常关闭的大门打开，好奇地站在远处向里面张望，却没有人敢擅自进入。门口四位黑西服男子面无表情，所有进出车辆、人员都是检查后才放行。

俞茹烟开着自己的桑塔纳到了门口，被保安拦下要求出示证件。俞茹烟低头翻找请帖，明明记得放在手提包里了，但是翻了半天也没有找到。其中一个黑衣西服男子冷冷地看了俞茹烟一眼："没有请帖一概不让进，将车子停到别处，别挡门。"这半天，有四五个想要混进去，都被四个黑色西服男子拦了下来。他们知道这些人的心思，县长千金结婚，是巴结的好机会。

"稍等，我再找一下。"请帖被她放在了副驾驶前面的手扣里。

黑衣西服男子接过请帖，认真检查了一下。哦了一声，准备放行，却在这时候从路边窜出来一个大腹便便的男人，五十多岁年纪，一路小跑到俞茹烟车窗前："俞主任，这么巧啊，你也来参加婚礼？"

俞茹烟见到这人，稍感意外。"李书记？"要是陆子规和孙茜在，可能还能认出这人，这就是当年跟龙城乡张书记去龙口生产队给孙九爷平反的李干事，如今，已经是青螺镇书记了。

"是呀，没想到俞主任也来参加婚礼，早知道，我们就一辆车子进来了。"李书记面色亲切，这让俞茹烟稍感意外。平时李书记都是非常霸道，镇里大小事务他一言九鼎，对手下不假辞色。怎么今天主动和自己说话而且显得亲密的样子。

"那李书记您先进去。"俞茹烟看到李书记的奥迪缓缓开了过来，就有意将自己车子倒回去，让奥迪先进。

李书记打了个哈哈。

那四个黑衣西服男子眼神凌厉地看了李书记一眼，冷冷说道："没有请帖一律不让进。这位女士，您要是进去就快一点，不然车子挡道。"

李书记讪讪地对俞茹烟说了一句："我在县里开会，不知道县长千金婚礼，所以也没有和顾副县长报备，就没有收到请帖。"然

196

后凑近车窗小声对俞茹烟说道："俞主任啊，怪我平时工作忙，没有过多关心你们，不知道你和顾副县长还有这一层关系，怪我有眼无珠，你要是方便，帮我要一张请帖，我参加完婚礼，回去一定多关注你们扶贫办工作。扶贫办在俞主任你的努力下，在全县取得不俗成绩。我要要求我们全镇干部向扶贫办学习……"

42

俞茹烟瞬间明白了是怎么一回事，李书记说没有和顾副县长报备，没有收到请帖，无非是找了一个借口。

龙舒县县域面积2000多平方公里，下辖十几个乡镇，七八个乡，还有两个省经济技术开发区，一个省级度假区。每个乡镇和开发区都有几个李书记这样的正科级、副处级干部。加上各委办局，正科级及正科级以上级别的干部总之有好几百个吧，这好几百个干部不可能都有机会参加顾副县长千金的婚礼。

如果放在以前，李书记这种级别的干部来不来参加这场婚礼对举办婚礼的家主和来宾不太重要。县级常委领导有书记、县长、副县长、组织部长等，每个领导都有自己的圈子。包括婚丧嫁娶、逢年过节，大家混自己的圈子就行了，各自相安无事。是圈子内的不招自来，不是自己圈子的大家也不乱巴结。一个副县长千金的婚礼还不至于大家挤破脑袋挖空心思挤进去。但是最近龙舒官场似乎有些暗流涌动，本次换届，顾副县长这个副字要去掉，更上一层楼。而且大家也都听说顾副县长的贵婿可是有着京城显赫背景。平时难以结识，能在婚礼混一个脸熟，那就多一个平步青云的机会。

李书记当年在龙城乡当个干事，只是作为跳板，最终是想回县里谋个委办局当个一把手，然后进入县委。但是阴差阳错，留在了龙城乡。苦心经营这么多年，终于熬上了青螺镇书记宝座。眼看年纪不小，这次换届想要上升一步，否则退休只能终老山村。李书记很不甘心，这次来县里不是开会，而是拜访老领导。老领导不像以前那样豪言壮语，对自己这个忠心下属也不再肝胆相照，而是说了一句，大意就是风雨来临，大家都要明哲保身，另找出路吧。

李书记这么多年都把忠心卖给了这位老领导。现在去哪里另谋出路，恰好就听到顾副县长千金腊八婚礼，觉得这是一个好机会，厚着脸皮也要参加婚礼，趁这机会和顾副县长搞好关系。所以，特意备了一份厚礼一大早就赶过来，哪知道到了门口却吃了一个闭门羹。刚才看到俞茹烟的车，他以为俞茹烟也是来蹭婚礼的，心中还冷笑，你俞茹烟平时看着光明正大，冷清高傲，这到关键时候也不低声下气来走关系了吗？却没想到俞茹烟手中真有请帖，所以放下矜持一下子蹭了过来，这个时候只要能进婚礼现场，哪还管领导权威和尊严。

俞茹烟看看手中请帖，自嘲地笑一笑。心中说道：这份请帖含金量挺重的呢。顾鸿影啊，你还真看得起我啊。

后面接连过来了几辆车，不停地按着喇叭。保安催促："小姐，你进不进去，不进去赶紧将车子挪开。堵住了后面的车，耽误了婚礼，你可承担不起。"

俞茹烟犹豫了一下，此刻自己要是直接进去，肯定让李书记很没面子，虽然平时李书记并不关照自己，对扶贫办工作也不热心。在他眼中，好多有政绩的工作要做，扶贫就是一个口号，一个任务，一个数据，能交代过去就过去了。但是人家李书记毕竟是青螺镇党政一把手，自己一个小兵，把他风头占了，将来小鞋有的穿。如果李书记故意针对，自己扶贫工作更不好做，这么多年好不容易做出的一点工作成果也会付之东流。所以她把车移到路边，让后面的车先进去，并走下车，对李书记说道："李书记，你别着急，我再想想法子。我和顾副县长千金顾鸿影是同学，我这请帖是顾鸿影给我发的，不是顾副县长。我和顾副县长也不太熟悉，就是领导开会的时候，我在主席台上看到他，他不见得能认识我。"俞茹烟觉得还是有必要解释一下自己和顾鸿影的关系，免得李书记误会，官场之上，俞茹烟不愿意让别人误会自己另攀高枝。

李书记脸色一下缓和多了，心中那个结也打开了。内心对俞茹烟也是高看一眼，这人平时不声不响，背景也是不简单啊。和顾副县长千金是同学，而且接到结婚请帖，这层关系可不比和顾副县长有关系简单。同时李书记记起一件事，青螺镇合并黛山乡和龙城乡时精简人员，最初俞茹烟也在名单之内，后来有人打招呼，说这人能力不错，要量才使用。如今想来，能说这话并能最终拍板的至少也是县级领导。

进去了几辆数字较为靠前的黑色奥迪车。紧跟着一辆大众和带棚货车，保安检查了请帖，抬手放行。那辆大众却停了下来，大众上下来一位男士，径直向俞茹烟走过来，远远地叫了一声："茹烟，你也来了啊。"

俞茹烟一看到这个人，面色变冷，皱眉说了一句："舒桐，请叫我全名或者叫我职位。"

舒桐对俞茹烟这个态度不以为忤，反而爽朗地笑了一声："人生何处不相逢啊，缘分缘分。"

"这位是谁?"李书记好奇地问。现在他是没话找话，有点自我化解尴尬的味道。

"我同学。"俞茹烟淡淡地说道。

"鄙人舒桐，县曲艺团团长，文联副主席。您是?"舒桐很有风度地对李书记介绍自己，"当然，茹烟说我是她同学也不错，当然……"

"舒桐，咱们没什么当然。"俞茹烟冷冷地说了一句。

李书记心里却有了一点想法。这俞茹烟真不简单的，虽说上的不是什么名牌大学，同学之间还真出了一些能人。顾鸿影自不用说，县长千金，自身也是省发改委处级干部。眼前这个人看着阴柔，曲艺团也不算一个大单位，但文联副主席也算是副科级干部了。别看一个县科级干部不少，但是人口基数大啊，就算公务员队伍里，有些人熬了一辈子临到退休，也是连科级门槛都没摸到。

舒桐听说这个大腹便便的男人是青螺镇书记，立马和李书记热络聊起来。这也是双方需要，否则，以李书记的眼界，他没必要和一个曲艺团团长这么快进入热聊状态。当舒桐知道李书记没有请帖被拦在外面，立即大包大揽地说道："这事简单，我来办。"然后向俞茹烟看了看，你看幸亏有我吧，能让你领导不吃闭门羹，要是换成陆子规，他有这能耐？

俞茹烟像看笑话一样看了一眼舒桐。她的心情倒是放松了一点，舒桐能将李书记带进去更好，自己不要这个情，这样至少不会让李书记记恨自己。如果舒桐带不进去，那也和自己没有关系，毕竟，这人只是自己的同学。

俞茹烟对舒桐现在是一点好感都没有。当年和陆子规感情生变，在自己情感失落的时候确实和舒桐处了一段时间。但是，路遥知马力，日久见人心，舒桐这人趋炎附势，略显浅薄，最可恨的是将两人恋爱关系当作炫耀资本，将两人之间不该为人知的细节公之于众，让自己很没尊严，也让这段感情不欢而散。这几年，舒桐找过自己，自己都严词拒绝了，心里也是将他的印痕努力抹去。

舒桐来到黑衣西服男子面前，很自来熟地拍一拍他的肩膀。那人冷眼甩开他的手。"嗨，哥们，我是县曲艺团的团长舒桐，今天婚礼演出是我负责。商量个事，我这位朋友忘记带请帖了，行行方便。"

"要演出就好好演出。你以为今天这婚礼你说了算？"黑衣西服男子对舒桐刚才拍肩膀的动作很不屑，面无表情地说道："没有请帖一概不让进。"

"哥们，别这样啊。你看通融通融，婚礼嘛，人越多越热闹……"舒桐从口袋掏出烟，准备敬烟。

"那是你车吧，赶紧挪开。"那人看都没看舒桐敬烟，只是冷冷地说道，后面又来了几辆车，被舒桐的车堵在外面。

"这……"舒桐还想说什么。

"你信不信你再啰唆，我连你都不让进。"黑衣男子终于不耐烦，看到几辆北京牌照的车缓缓驶来，立即紧张起来。

舒桐感觉无望，朝着李书记和俞茹烟挥一挥手。刚想把车开进去，却被保安拦住。示意他挪到一边，让北京牌照的车先进去再说。

舒桐暗骂一声，倒霉。但还是顺从地将车子开到俞茹烟的车一起。这一次，他压根没有下车，只是摇开车窗，看着几辆北京牌照的车靠近。第一辆宝马X5明显和后面几辆不是一起的。后面几辆北京牌照的车，打头的奔驰S，第二辆劳斯莱斯，第三、第四、第五、第六也是黑色奔驰，都是S级别。

宝马X5是陆子规的。早上起来，陆子规等孙茜梳洗完毕，两人没吃酒店提供的早餐，而是找到一家胡同的早点摊，吃了小时候想吃却吃不上的煎饺子，然后开车围着县城转了一圈，才开到这边。见到前面一辆大众和大篷车停在门口，也就停了下来，等大篷车进去跟着进去就行。哪知道等了半天，大篷车进去了，那辆大众却停到路边。陆子规看到舒桐，然后又看到俞茹烟。

孙茜也看到俞茹烟，问陆子规："子规哥哥，那不是茹烟姐吗？这么多年好像没什么变化啊。那个什么舒桐也在，他怎么不下车？"

陆子规也不知道什么情况。这时候，身后奔驰车队到了，见到宝马X5拦路，按了喇叭。陆子规准备进去，却被保安拦住。"请出示请帖。"对于北京牌照的车，保安态度好了不少。

"那边什么情况？"陆子规递出请帖随口问道。

"哦，一个人没有请帖，硬要往里面进，被我们拦住了。"保安看了一眼请帖就要放行。

陆子规以为是俞茹烟没有请帖，就说了一句："稍等，我下去看看什么情况。"

"但是，先生，您堵住后面的车队了呢。"

"没事，让秦悦等一下。"陆子规无所谓地说。

43

陆子规没有理会保安，径直走到俞茹烟身边。"怎么了？"两人几年没见，此刻见到，没有生疏感也没有过分客气和热情。孙茜跟在身后，也和俞茹烟打了一个招呼："茹烟姐好。"

俞茹烟做梦都没想到会在这里遇到陆子规，而且孙茜跟在陆子规身后，总觉得关系有点复杂。自己、舒桐、陆子规、孙茜、顾鸿影。几人好像没有关系，又好像有千丝万缕的关系。

舒桐坐在车里，本以为以自己的面子，带一个人进婚礼现场很容易，哪知道碰到这明显是秦家从京城带过来的黑衣保安六亲不认，不但没能将李书记带进去，自己也差点吃了闭门羹。心中恼怒，觉得在俞茹烟面前丢了面子，同时也责怪俞茹烟多事。就看到了陆子规和那个看了一眼就念念不忘的女孩。鬼使神差地，他也下了车。看看陆子规、俞茹烟、那个女孩，三个人到底什么关系。

陆子规简单地问了一下情况，朝黑衣保安中的一位挥挥手，那位保安正在郁闷呢，他们是秦家从京城派过来维持婚礼秩序的。四个人被安排守在门口，防止别有用心的人进入婚礼现场。这三天，他们兢兢业业，没有请帖连一只苍蝇也不可能飞进城西生态园。为了这个，秦家主持人秦局长还在他们领导面前表扬了他们。让四人感觉这份工作很有荣誉感也很轻松，哪知道，今天却有了变化。有四五个人接二连三硬闯或是软磨硬泡想要进入婚礼现场。虽然都被他们拦了下来，但是门口出现拥堵，被秦悦叔叔秦处长骂了一顿。这一会儿，又有人将车子堵在门口，问题严重的是，新郎车队就被堵在后面。

两个黑衣保安跑了过来，如果宝马X5不是北京牌照，他们早给直接撬到路边了。四人商量了一下，看到从X5上下来的陆子规和孙茜气质不凡，还对秦悦直呼其名，没敢轻易下手。见到陆子规朝他们挥手，其中两人走了过来，另外两人走到车队秦悦乘坐的劳斯莱斯边上。

"先生，求求您了。不管您和秦公子什么关系？麻烦您把车子先挪一下，让车队先进入。"那个保安谦卑地说道，并向陆子规鞠了一下躬。舒桐刚好下车看到这一幕，惊得眼珠都睁得很大，怎么一回事？这保安对陆子规这么恭敬。

"让这位先生一起进去。"陆子规指着李书记对保安说道，"要不，就让秦悦等一下。"陆子规本来就不想参加这场婚礼，见到门口这个架势，更觉得顾鸿影和秦悦有点夸张。这不是仗势欺人吗？做这豪门做派给谁看？

"先生，您这有点让我为难啊。上面规定了，没有请帖一概不让进入。"保安面有难色地说道。

"上面？谁？不是顾鸿影和秦悦？"陆子规很不高兴。什么人啊，弄一场婚礼还弄得这么严苛。陆子规倒不是为了李书记打抱不平，他对李书记没什么印象，也不是为了在俞茹烟面前充什么面子，就是觉得顾鸿影和秦悦有点过分。

舒桐嘿嘿一声冷笑，你陆子规充什么大头鬼。在这里耀武扬威，也不显得磕碜？就因为你和顾鸿影谈过恋爱？就算是，那顾鸿影新婚丈夫还不恨死你？你来参加婚礼就该老老实实的，夹着尾巴做人，还敢这么张扬？自己都没把这个李书记带进去，就凭你这个新郎的情敌？舒桐可是隐约听说顾鸿影丈夫秦家的背景，在京城跺一跺脚都有影响。

保安摇摇头，对陆子规依然保持恭敬。不为别的，陆子规语气霸道，张口就是顾鸿影、秦悦，开的又是北京牌照的车，他们真不敢轻易得罪，正为难时，劳斯莱斯车门打开，穿着一身礼服的秦悦下车，朝这边看了看，脸上还面带微笑，分明是认识陆子规，保安态度更低。

"这谁呀？俞主任。"李书记小声问俞茹烟。他现在内心也五味杂陈，婚礼没蹭成，他倒是没觉得没有面子。遇到俞茹烟，想让俞茹烟通融一下，也是抱着死马当活马医的心态，等到舒桐自告奋勇后铩羽而归，李书记已经彻底死心，不能进就不进吧。现在又来了一位，气势很盛，而且好像惊动了今天重要主角——新郎官。李书记觉得气氛有点特别，关系也有点复杂。

"哦，我同学。"俞茹烟也是感觉莫名其妙。一场简单的婚礼，搞得这么复杂，还牵扯到自己和陆子规、舒桐，还有自己的上级领导李书记。此刻不是问陆子规的时候，只得站在那里，等最终结果。

"哥们儿，啥意思啊。心情不好，堵门砸场子？不想让我们举办婚礼？"秦悦走过来，冲陆子规肩头一拳。

打起来了？好！舒桐下意识地默念一句，眼中放光。

陆子规一下子扒拉开秦悦的手："我说你俩结婚就结婚，弄这么多事干吗？不怕人看笑话？还是嫌自己不够高调？"

秦悦听得不解，看向陆子规。见他脸色不善，退后一步，从口袋里掏出烟，给陆子规一支，自己一支，"哥们，你说啥，我没听懂。"其实，在外人眼中，都觉得这些官二代、富二代骄纵猖狂，目中无人，何况是在京城很有影响的官二代、官三代。陆子规这几年在北京开饭店，接触人多，其中就有不少官二代、富二代，少部分人确实目中无人甚至目无法纪。但是大部分，如秦悦这般，从小接受良好教育，他们比别人更彬彬有礼，待人接物滴水不漏。

陆子规接了烟，是熊猫，点燃，朝这几个保安指了指："他们倒是尽忠尽责，大门看得滴水不漏啊，没有请帖连生态园都不让进了。我可知道，这生态园消费很高，但是也不是皇家园林，平时只要有钱有预约，想进就进，想出就出啊。"

秦悦问了保安，才知道是怎么一回事。哈哈一笑，拍一拍陆子规的肩膀："哥们儿，这可就别怪我了啊。与我与鸿影都没关系。具体细节我就不说了，你说的是这位，对吧，你朋友，进，现在就进。今天来了，就是座上宾。"

李书记一听，心花怒放，看向俞茹烟，眼神中满是敬佩。

舒桐顿时傻眼，这哪跟哪啊。陆子规与顾鸿影和这一位京城大少秦悦到底是什么关系啊？没打起来，还像兄弟一样。其实，舒桐想错了，秦悦没把陆子规当兄弟，要是真兄弟就不会有这一出了。称呼就是小名或者直接是兄弟而不是哥们儿，哥们儿这称呼太为泛泛，可以称呼同事朋友，甚至只是一面之间。更多是在酒桌上初次见面又不知道如何称呼合适的。秦悦不喜欢陆子规，更抵触顾鸿影是因为陆子规而赌气和自己结婚。也因为这个原因，两人结婚之后，一直没有同房。但是，秦悦自有秦悦的风度，他可以冷淡顾鸿影，但是不愿意表露对陆子规的厌恶，这是他作为京城公子的风度。

陆子规当然知道秦悦对自己很不友善，甚至连掐死自己的心都有。但陆子规不在乎，你秦悦再牛，又能把我怎样。

俞茹烟没想到是这个结果。

秦悦吩咐保安："赶紧让陆先生朋友先进去。"

"好的。"保安答应一声，指挥李书记车辆进入大门，李书记朝陆子规一抱拳："多谢。"

陆子规对于李书记的感谢无动于衷，头都没回。

"不是你朋友？"秦悦不解地问道。

"不是。"

"那你操这个心？"秦悦更是不解。

"我高兴啊。"陆子规摊一摊手。

俞茹烟被两人搞得莫名其妙。看到孙茜就像没事人一样站在一边，对两个男人之间的争斗好像事不关己，俞茹烟对孙茜高看了一眼。上了车，朝陆子规和孙茜挥一挥手，开车进入大门。舒桐一看，也是启动车子准备进去，却被保安拦住："等一下，让车队先进去。"

"为什么啊？"看到没有请帖的李书记和俞茹烟扬长而去，自己有请帖却被拦住，很不解地问。

"哪有那么多为什么？没看到时间快到了吗？新郎官还被拦在外面，耽误了事你承担得起。"保安不悦地说道。

欺人太甚，舒桐暗骂了一句，狗眼看人低。一看表，已经快十点了，大叫一声不好。婚礼十点四十八开始，自己指挥演出，时间不够了，想要赶紧进去，又不敢得罪秦悦，更不敢去和保安交涉。眼巴巴地看着陆子规慢悠悠上了X5，然后缓缓开进去。而奔驰和劳斯莱斯车队却跟在X5后面，有序进入。

李书记车子进了大门。大门内也是一色黑衣西服的年轻男子，三五步一个人，他们娴熟地将车辆指挥进入停车场。这边停好车，那边就有人拉开车门，弯腰鞠躬请客人下车。嘴中还说着："嘉宾好，请问是男方客人还是女方客人？"就算李书记见过世面，这种排场也是第一次见，正在发愁怎么回答的时候，俞茹烟也停好车，走下来。李书记像看到救兵一样，让司机拎了礼物，走到俞茹烟身边。俞茹烟倒是不用发愁如何回答，简单说了一声："谢谢，我是女方亲友。"李书记也就跟着回答自己是女方亲友。

男女方亲友各有通道到婚礼草坪，草坪搭了几个大棚。俞茹烟和李书记一进去，看到龙舒县不少领导在场，大家热热闹闹围着顾副县长祝福，看到李书记，都是略微惊讶了一下。这老李什么时候挤进咱们这个圈子了？顾副县长一看到李书记，也是微微惊讶了一下。青螺镇李书记是县委副书记的人啊，那帮人和自己这帮人基本上河水不犯井水。顾副县长心想，难道是请帖发错了，按理说不应该，办公室主任办事还是很沉稳的，不会在这个事上犯原则性错误。此刻他也不好细问，手下见顾副县长点头招呼青螺镇李书记，也都释然。肯定是老李弃暗投明而且已被顾副县长接纳，于是也都一起接纳了李书记。李书记心中一块石头落地，和大家打得火热起来。

对于和李书记一起进来的俞茹烟倒是没有太多人关注。毕竟一个副科级干部在一群县级重要领导面前无足轻重，他们还以为俞茹烟是老李带过来活跃气氛的女助理呢。

44

有人见猎心喜，端着高脚酒杯过来让俞茹烟陪着喝酒："美女，喝一杯。"草坪大棚里，零零散散地摆着桌椅，酒水、食品按照自助的形式摆放。没到正餐时间，没有上白酒等烈性酒，而是清酒、红酒、啤酒以及一些鲜榨和成瓶饮料。

"不好意思，领导，我不喝酒。要不我敬您一杯茶吧。"俞茹烟拿起茶杯，在座的都是县里一些领导，有的面熟，有的眼生。

"哈哈，不喝酒？你还是政府部门的吗？当干部不喝酒你当什么干部？"这个男人不太乐意，叫过李书记，面色不悦地问，"老李，虽然不知道你是怎么进来的？但是别给脸不要脸。"这男人应该是县里某个部门的，手中握有实权。和比自己年岁大不少的李书记说话，一点不客气。

老李刚挤进这个圈子，拿起酒杯，一个一个跟人碰杯呢。听到县人大副主任说话，赶紧跑过来："哎哟，我的大主任，这是谁惹了你。来，我给你赔罪，自罚一杯。"

"滚你妈蛋的。老子和你这老头子喝酒有什么意思。"这个被叫作主任的男人脸色一黑，嘴朝俞茹烟翘翘，说道，"让她陪我喝酒，刚才喝一杯就行，现在得喝三杯。"

"这个？"李书记犹豫了一下。要是平时，县里来了领导，让女下属陪领导喝酒很正常，不但自己乐意，有些女下属也愿意。但俞茹烟好像不爱喝酒，也不掺和这种场合。何况今日自己都是靠她才进了大门挤进这个圈子，俞茹烟的底细绝对不像自己平时认为的那样简单。李书记可不敢拿上级身份要求下级，要求俞茹烟陪这位县领导喝酒。

看到李书记为难，这个男人火气上来了："嘿嘿，老李啊。难怪你这么多年窝在青螺镇呢，以为当个土皇帝了不起了。我让你的人陪我喝酒，还敢拿捏架子？你就等着吧，你刚才可以和咱这帮兄弟喝酒的，我说一声，从现在起，没人搭理你，你信吗？"

李书记无奈地看看俞茹烟。俞茹烟面色不变，手中端着一杯清茶，内心很不平静。这些领导大部分还是很好的，但是也有少部分官威不小，见到女下属，不管对方愿不愿意喝酒，就往死里灌，把那些女的灌得不省人事，然后就当作玩具，猥亵、揉捏，甚至还有当场脱裤子的。

俞茹烟没想到今天自己遇到这种情况。这是青天白日，也是顾鸿影婚礼现场啊。犹豫着是否给这个人大副主任敬一杯缓和气氛，虽然说扶贫办是个清水衙门，但是毕竟自己在这官场，能不得罪上级尽量不要得罪。

顾母这时候走了进来，扫了一眼大棚里面，乌烟瘴气。用手扇了扇鼻子，看到顾副县长，很不满地说道："搞什么搞啊，乌烟瘴气，吵死人了。"

顾副县长笑笑："一帮糟老头子，平时在单位，难得放松，今天聚到一起，喝喝酒、聊聊天，正常啊。婚礼嘛，当然越热闹越好。"

"我不跟你说这些。这里面是不是有一个叫俞茹烟的？"顾母环视一圈，看到大棚里面男人居多，女性很少，五六个都被男性团团围住，也不知道哪一位是鸿影说的俞茹烟。

大家看到县长夫人进来，顿时安静了下来。有几个端着酒杯过来，想要跟顾夫人敬酒。顾夫人摆摆手，声调调高了一点，问道："请问，哪一位是俞茹烟小姐？"顾夫人出身京城，气质优雅，很少与县城这帮领导，特别是男人混在一起。

俞茹烟听到叫自己的名字，心中欣喜，不管顾夫人叫自己干什么，都是给自己解围，立即走了过去。"顾夫人好，我就是俞茹烟。"同时也跟顾副县长打了个招呼，顾副县长对俞茹烟没有什么印象，上下看了看，点头回应。

"跟我走。"顾母朝俞茹烟笑笑，环顾一圈，微微皱眉，领着俞茹烟穿过草坪，带到顾鸿影房间里。

房间很大。外面一个接待厅，里面是卧室，还有洗浴间。相当于五星级酒店的总统套房。这是顾鸿影和俞茹烟毕业后第一次正式见面，两人站定，相隔两米距离，静静地看了几秒，然后同时说道："您好。"

"恭祝新婚。"俞茹烟补充了一句。

"没给我带礼物？"顾鸿影问了一句。

"啊。"俞茹烟有点尴尬，一般参加婚礼不都是包个红包就行吗，哪有新娘直接问要礼物的？

"肯定没带吧。"顾鸿影自问自答，"可能你压根就不想来参加我的婚礼。"

俞茹烟尴尬地笑笑："你真漂亮。"

"女人就结婚这天是最漂亮的。"顾鸿影一身红色婚纱，定制的，把她身材衬托得曲线毕露。淡淡胭脂擦在脸上，脸色红晕，头上发型绾起，插住金步摇，随着身体晃动，更有风情。

"你本来就漂亮啊，只是今天更美。"俞茹烟发自内心地夸了一句。

"同是女人，爱美之心相通，我就接受你的赞美。不过，你也很漂亮。"顾鸿影说。

"彼此彼此。"

两个女人再一次你看看我，我看看你，同时笑了。

"随便坐。"顾鸿影指了指椅子，"请你帮忙。"

"尽管吩咐。"俞茹烟坐到椅子上，衣架上搭着几件婚纱，做工都很精良。

"我想请你做我伴娘。"顾鸿影说道，看着俞茹烟。等一下，两人出场，一个新娘，一个伴娘，陆子规会怎么想？

俞茹烟惊讶，樱桃小嘴张开，怔怔地看着顾鸿影。一般来说，伴娘都是新娘的闺密。自己和顾鸿影是同学不假，高中同班只有三个月，还很少说话，大学三年，因为陆子规的关系，两人更是形同路人。

顾鸿影静静地等着俞茹烟回答，俞茹烟突然笑了："我做伴娘合适吗？"

"挺合适的。当然，不让你白做。"

"还有好处？给一个红包？"两人刚才见面，稍微尴尬，几句话之后，气氛倒是融洽了不少。随着年月过去，当年那一些小恩怨早就烟消云散了。

"暂时保密，一个大'红包'。"顾鸿影装作神秘地说道。然后给俞茹烟拿过来一套礼服，让她将身上便装换了。顾鸿影就站在俞茹烟身边看她换装，只剩内衣的时候，顾鸿影赞叹一句："真壮观啊。"指她胸口。"流氓。"俞茹烟白了她一眼。等俞茹烟穿好礼服，刚好合身。顾鸿影又赞叹了一句："真漂亮，真女人。"

不大一会儿，两个女人融洽起来，相互开起玩笑。当俞茹烟说起刚才门口的插曲，顾鸿影不顾形象地哈哈大笑："你那舒桐肯定很郁闷吧，被陆子规抢了风头。"

"滚，谁的舒桐？我跟他屁关系都没有了。"俞茹烟要来掐顾鸿影。

顾鸿影被她手指弄得瘙痒，赶紧躲避："别把衣服弄褶了，本姑娘今天是最靓的崽呢。"

"最靓的公主还差不多，崽子等你有了娃再说。对了，你和秦公子啥时候要娃？"俞茹烟受不了顾鸿影荤素无忌，抢了话头问道。

"唉，不知道啊。还没同房呢，也不知道那事咋办？有人说痛，有人说舒服。"顾鸿影四脚八叉地躺在婚床上，唉声叹气。

俞茹烟甚是不解地看着床上的顾鸿影，也不好意思细问。这时候，另外三位伴娘走了进来，女司仪也走了进来，说婚礼快要开始了，顾鸿影和俞茹烟都一本正经地坐好，听司仪安排。

婚礼现场在另一块更大的草坪。主席台搭在中间，一条红色地毯铺出的走廊延伸到房间，两边有序地摆上桌椅。宾客已经入座，随着音乐响起，披着婚纱的顾鸿影缓缓地从房间里走了出来，身后四个伴娘，后边有童子捧花。

陆子规和秦处长坐在一张桌子上，咸淡地聊着天。当看到俞茹烟出现在伴娘团中时，微微惊讶。孙茜凑到他的耳边说道："你看茹烟姐和鸿影姐真漂亮。"

陆子规点头，说："你也不丑啊。"

"你这是夸我还是安慰我？"孙茜问道。

陆子规不愿意接这个话题，静静地看着台上。婚礼有序进行，约一个小时，正式开餐，同时演出开始。

孙茜饭量很小，即使满桌的菜品都是精致佳肴，她也是没有什么胃口，更不与同桌人碰杯喝酒。

> 我也曾赴过琼林宴
>
> 我也曾打马御街前
>
> 人人夸我潘安貌
>
> 原来纱帽照哇
>
> 啊照婵娟哪
>
> 我考状元不为把名显
>
> 我考状元不为做高官
>
> 为了多情的李公子
>
> 夫妻恩爱花儿好月儿圆哪

一首《女驸马》，台上的是舒桐和一个女演员唱着黄梅戏。

"还挺好听。"孙茜感叹。

45

"确实挺专业的。"秦处长在边上也是夸奖了一句。

这时候有人过来请秦处长到主位去坐。主位都是新人的亲属，顾副县长陪着一直没有露面的秦局长出来，中间还有一个老头，陆子规问是谁，秦处长露出高深莫测的微笑："他到了你们安徽，你们省领导都要接待。"

应该是个大官，陆子规看那人气势，外表看似普通，却是不怒自威的样子。局长在他面前，也很小心。按照这个架势来说，怎么也是个省部级官员了。看到这里，陆子规倒是心结解开，曾经自己也不相信，这个社会男女婚姻还必须要门当户对，现在亲临顾鸿影的婚礼现场看到这些来宾身份，方才明白自己没和顾鸿影在一起也挺好，否则，到哪里能请这么多人来参加两人的婚礼啊！

何况，婚礼只是婚姻生活的开始，往后的日子天天活在门第的落差里，累也累死。

俞茹烟行使完伴娘的职责，顾母谦让了一下，让俞茹烟坐到主位。主位是新人双方父母，一个处级一个局级，坐在中间的老头气势不凡，也是一个大领导。如果换成一个爱钻营的人自然求之不得能有这个机会，俞茹烟却是和顾母客气了几句，委婉地拒绝了。看看四周没有熟人，见陆子规身边有一个空位子，就径直走了过来坐下。

李书记挤进了人大主任那一桌。"老李，你他妈的和我说实话，这个女人真是你们扶贫办的？"

"当然，我的大主任，我敢骗你吗？"李书记恭敬地说道，顺便端起一杯酒，给这个人敬酒。

"到底什么背景？"一般在官场，不会直接问人背景的，更多是心照不宣谁是谁的人。但是今天这人大副主任内心还是有点挫折感，他看上俞茹烟才会找她喝酒，却碰到钉子，而且这个钉子不软。

李书记摇一摇头，说道："这俞主任啊，平时不显山不露水的，但是今天，也是让我意外得很。"

人大副主任点点头，眼神略微阴鸷。

孙茜看到俞茹烟坐到陆子规身边，和自己一左一右，将陆子规拥在中间，微不可察地噘起小嘴巴，手托下颏，低头看着自己面前的碗筷。

"听说在北京混得不错啊。"俞茹烟率先打破沉默。

"还行吧，开了两家小饭店。"陆子规谦逊地回答。

"小吗？小的六百多平方米，大的一千平方米呢。"孙茜插话。

"那真不小啊。孙茜，喝一杯啊。"俞茹烟看这丫头好像有点吃醋，为了缓和气氛，端起酒杯。

"我不喝酒。"孙茜懒懒地说道。

"徽味小轩老板娘不喝酒？"俞茹烟打趣道，刚才在房间，自己和顾鸿影聊得投入，天南地北，但是现在一想，聊得更多的好像都是与陆子规有关的事。

"谁说做饭店就要喝酒啊。"孙茜不服气，"不像你当领导的，都是海量。"

"我这算哪门子领导。"俞茹烟自嘲地笑笑。好不容易考上公务员，看似风光，其实并不容易，不喜欢迎来送往，工作也不顺畅。俞茹烟只是把这当作一份职业，人总要有事做吧，去工厂上班是事，办公室文员也是事，那在乡镇上班也是事。只是当了扶贫办主任之后，接触太多平时看不见的贫困，那种穷让人感觉活着不易，这几年，俞茹烟也是把身心全部投入扶贫事业中去，累得让自己麻木，忘掉所有的，包括爱情、感情，只剩下工作、做事。

"我陪你一杯，孙茜身体不好，不能喝酒。"陆子规解围，端起酒杯，和俞茹烟碰了一下，俞茹烟并不是想真的喝酒，嘴唇在酒杯边沿抿了一下，浅尝辄止。

"身体怎么了？"俞茹烟看着孙茜，和初三那时相比，个子长高了不少，至少一米六八左右，但是过于消瘦，脸色也是略显惨白。

"哮喘，一到冬天咳得厉害。"孙茜端着水杯和俞茹烟轻轻碰了一下，"茹烟姐，没想到您给鸿影姐做伴娘。你俩一个穿新娘服，一个穿小礼服，真好看。"

"真的是夸我？"俞茹烟审视孙茜一番，见她是真心，笑着说道，"我俩加在一起，也没有你这个好妹妹好看。"

"喊。"孙茜啐了一口，"你们就会欺负我。"

俞茹烟索性和陆子规换了个位子，坐到孙茜边上。认真问了孙茜的病情，然后给她出谋划策，看怎么调养身体。两个人越说越投缘，最后脑袋靠在一起，说起女孩的悄悄话。

周围一阵骚动。是顾鸿影和秦悦来敬酒。陆子规和顾鸿影双目碰在一起，瞬即转开："恭喜。"

"谢谢。"顾鸿影面色平淡，又和俞茹烟、孙茜敬酒。

俞茹烟和孙茜一直窃窃私语。孙茜突然将身子从俞茹烟胸前伸过来，故作神秘地说道："子规哥哥，告诉你一个秘密。"

"什么秘密？"陆子规不解。

"子规哥哥，你不要为高中时候老是考第三耿耿于怀了。"孙茜小声说道，"茹烟姐姐告诉我舒桐每次考第一都不是真本事。"

虽然对舒桐很不感冒，但是也不至于否定他当年的优秀。自己每次考第三，人家舒桐就是第一。"这都过去多少年了，也没什么。"

"孙茜说的是真的。舒桐的第一有点投机取巧。他哥哥比我们高一届，同一批老师教的，两届用的都是同一种卷子。"俞茹烟补充说道。

"哦，原来这样啊。"同样的卷子在考试之前先做一次，考个第一也就没有多少含金量了。陆子规看着顾鸿影的背影，问俞茹烟："顾鸿影还是很厉害的，那几年他父亲在青螺镇当书记，她插班过去。等她高中毕业，她父亲也到县里当副县长了。"

"这就是缘分啊。"俞茹烟笑道。

三个人话题又说到在北京的饭店，陆子规想到前几天和孙茜吃大排档时遇到黛山村的老板，说黛山村发展了弯羊养殖，就问俞茹烟："黛山村弯羊养殖规模怎么样了？"

"你对这感兴趣？"

"听说是你扶贫项目，搞得不错。"

"还行，现在参与养殖的有二百多户。多的一家有一百多头，少的也有二三十头。一年出栏量一万头左右，产值在二百多万。"说到自己的扶贫工作，俞茹烟顿时精神起来，如数家珍。

"那不错，销量呢？"陆子规又问。

俞茹烟叹了一口气，说道："龙舒县就这么大，大家对羊肉的接受程度不高，一个是吃不习惯，另外一个羊肉价格比猪肉高。除了年节偶尔买上几斤尝尝鲜，平时就靠村民自己在街上卖串了。"

"那能卖多少？"陆子规算了一下，这种销量不足以消化这个产量，顶多是产量的三分之一。

"就是啊，因为销路问题，好不容易培养起来的养羊户热情慢慢消退，想在全村推广很难。你也知道，黛山村全是山，没有什么土地，不搞养殖很难脱贫。"俞茹烟这几年为黛山村养羊，可是没少费心，刚推广时，十户就有九户不愿意，好不容易让党员带头，但是销路一直不顺畅。养了一年羊肉卖不出去，赚不到钱，村民抱怨得越来越厉害。现在，有的家庭发了羊羔直接扔了，或者杀了吃羊羔肉。

"我可以要一千多头。"陆子规算了一算，自己现在两家店，明年不出意外扩展到五家店，可以开发几个羊肉新菜。

"那好啊，陆子规，你别哄我。"俞茹烟一激动，露出小女儿神态。孙茜看到俞茹烟在陆子规面前有点撒娇的样子很不乐意，撇嘴说道："子规哥哥骗你干吗？可别忘了我们在北京有饭店。饭店需要原材料很正常啊。"

46

婚宴热闹，觥筹交错中两个多小时不知不觉地过去。台下宾主尽欢，台上演出也将结束。舒桐招呼演员谢幕卸妆，低头一看，看

216

到俞茹烟和陆子规坐在一起，两人有说有笑，心中失落。

俞茹烟站起身郑重其事地给陆子规和孙茜敬酒。孙茜不喝酒，以水代酒。"可是拜托两位了，羊肉销路打开，我这工作就好开展了。"

"茹烟姐，您还真是进入状态了。子规哥哥答应您一年一千多头，那肯定没问题。"

"您就放心吧。如果我们家店推得好，其他店我也问问。"陆子规端起酒杯，一饮而尽，俞茹烟喝得太快，呛了一下，不停咳嗽。

"您不能喝慢一点。"陆子规让俞茹烟少喝一点酒，说大家都是同学，不必这么客气。

俞茹烟咳嗽停止，喝了一杯水，奇怪地看着陆子规，说道："我发觉你们到了北京，别的没有改变什么，说话倒是客气了。"她的意思是陆子规和孙茜对自己称呼一口一个您，一时之间，觉得礼貌有余，却多少有点生分。

俞茹烟和陆子规约好，改天一起去黛山村看看。孙茜听到，说道："我也要去。"两人笑而不语。俞茹烟笑着对孙茜说："哪能忘了你，怎么说也是老板娘啊。"

从陆子规从广播台辞职直到北京这四五年时间里，这是他第一次回家。当宝马车停在新房门口的时候，母亲陈凤英过来，手足无措地拉开车门，陆子规叫了一声："妈，对不起了。"

"回来就好，回来就好。还开回来这么好的车？子规，这车是你的吗？"母亲搓着手问道，眼中有心疼也有欣慰。

父亲陆浩至站在大门口，没有下台阶，见到陆子规，哼了一声，陆子规从车子上拿下来两条中华，递给陆浩至："爸，对不起了。"

"你还有良心叫我爸啊。出去了，过年都不回来，你知道你妈眼睛都望瞎了吗？"看在香烟的分上，陆浩至终于开口说话，出口就骂了陆子规一顿。

能骂就行，陆子规知道父亲就是这样，不太会表达感情。有时候骂就是爱，这几年也怪自己，父母辛辛苦苦拿钱给自己读书，就是想让自己吃上公家饭。结果自己却从广播台辞职了，而且不声不响一走好几年。这几年，肯定让父母很失望，也很担心。

打开后备厢，陆子规拿出在县城买的礼品，堆了满满一大桌子。

"乱花钱。"父亲抽了一支中华，很好抽。看着一桌子花花绿绿的礼品，又心疼钱。

"儿子回来了，你就不能说几句好听的话？"母亲责怪父亲对陆子规的态度。

"没事，妈。看到你们身体还行，就好。"陆子规环顾一下新房子，这房子盖了四五年，陆子规是第一次看。上下两层小楼，厨房、客厅、卧室，一应俱全。就是略显空旷。偌大的客厅，摆着一些家具。家具也是老式大方桌，几条长板凳。一条桌案，供奉着关公，一座台钟，还是刚分田到户时买的，二三十年了，走得很准。

"身体还行，你爸干完农活还到河里筛沙。有个小病小灾的，也不怕。现在农村也有医保了，看病能报一大半。"母亲一如当年絮絮叨叨，听在陆子规耳朵中分外亲切。不过母亲说的筛沙，陆子规不是太了解，详细一问，就是将河滩里的沙筛出来，卖给建筑工地。

"那能挣多少钱，还累。"陆子规心疼父母，也都快六十的人了，家里农活本来就重，还去筛沙，一车子也没有多少钱。

"农村人哪有不累的。只要吃得饱，哪个农村人不是干一辈子活。再说，沙在河滩不要钱，你不去就被别人抢去了。韩家几个小崽子霸道得很，用挖掘机抢。我们手工哪能抢得过他们。"父亲坐在大板凳上，一口一口抽烟，越抽越觉得这中华烟比红梅烟好抽，不呛人，还很香。只是一问陆子规，说七十多元一盒，又很心痛，这抽一支就三四块钱啊。

陆子规这才想起来什么，推开大门到场基打开车门，从后备厢底层拿出一个大文件袋，鼓鼓囊囊的，递给父亲："爸，别筛沙了，这是十万元钱，够你们一年开支。下一年我再给。"

陆浩至接过袋子手一抖："什么，这么多钱，你给我这么多钱干吗？你在外面挣钱也不容易，留着你自己用。"

"真不用，我现在不差钱，我在北京有两家饭店。当然和孙茜一起的，一年也能挣个好几百万。"陆子规知道父亲虽然说话难听，但是内心关心自己。解释了半天，才解释清楚自己和孙茜的关系，又解释了饭店的流水和利润。

"那你可不能欺负孙茜这丫头啊。要我说，你们现在挣钱源头还是人家小丫头弄的，你只是帮忙把这搞大了。"父亲教导。

陆子规点头，说道，那是当然。

母亲问孙茜回家住哪里了。她家那几间老草屋没人打理，都快要倒了。一个女孩子住那种房子多危险，赶紧的，把她接过来一起住。刚好小妹陆子柔交通大学毕业后就留在上海工作，也很少回家。她的房间让孙茜住着。

陆子规犹豫了。在北京两人住一间房子，因为周边没有熟人，两人守住本分，还没有什么。这回了老家，左右四邻看到孙茜住到自己家，闲言碎语好吗？

"有什么不好的。你心中无愧，就不要有顾虑。"陆浩至从小尊重孙九爷，相应的，对孙茜印象很好。

"那是没什么可以顾虑的，管他们说什么呢。要是孙茜真能做我儿媳妇，我高兴还来不及呢。"母亲也是笑着说道。

"那，那我去找她。"陆子规看父母态度坚决，去孙茜老房子找她。

父母等陆子规出了门，迅速关上大门，走进卧室。关了卧室的门，将袋子打开，将一扎扎新钞票倒了出来，老两口一人拿了一沓，相互看了一眼，脸上都有惊喜。"这么多钱啊，真还是第一次见呢。"

"我不也是。"老两口笑哈哈地把钱装了起来。"咱们还是留好,年轻人挣钱容易花钱也容易,现在有钱不知道心疼,到时候真有事了,没钱我们再把这钱拿出来。"

"那先不和他说,就说我们花了。"

"嗯。"

老两口把钱分开装好,藏在柜子抽屉里,一人一把钥匙。

孙茜刚才在大河边,让陆子规把车子停下,自己拿了衣服沿着小路回家。因为天黑就没遇到什么熟人。到了家门口,看到村庄稀稀落落地亮着几盏灯。这几年,好像留在村里的人很少了,一般年轻人都出门打工,留在村子里的都是老人,老人节省,一到晚上,早早关了灯睡觉,不愿意浪费电。

到了自家门口,孙茜有点伤感。父母不在了,这房子也破旧不堪了。她推开门,进了右边的卧室。这间房不大,当年姐妹五个住在一起,因为家穷,没有衣服,姐妹都是相互轮换着出门。只要一个出门,其他几个没衣服就躺在床上。

那时候穷,家里还有笑声啊,也有父母的温暖。可是如今,老屋空旷,残破不堪,更是没有了亲人。

孙茜将包裹放到地上,一个人也不开灯,再说灯都坏了。她双手抱肩坐在床沿上。门响了一声,"谁呀?"孙茜警觉地问道。

"我,你在哪里?"陆子规的声音,孙茜心瞬间安静了下来:"我在这里。"

两人同时打开手机照亮,看到对方,彼此心安。

陆子规说明来意,孙茜愣了一下,问道:"住你家好吗?"

"我妈说好呢。"陆子规没说妈妈的原话,希望孙茜做自己的儿媳妇。这事,陆子规准备今晚和母亲好好谈一谈。自己和孙茜关系非常单纯,自己也一直把孙茜当妹妹对待,妈妈可千万不要乱说。

那样彼此尴尬就不好了。"我爸也说好。"陆子规补充一句，拎起孙茜的两个行李箱走了出来。外面，暗夜无边。孙茜乖乖地跟在身后，向陆子规家走去。

陆子规父母已经准备好晚饭。看到陆子规和孙茜一起进来，母亲放下碗筷，快走了几步，将孙茜抱在怀里，上下打量了几眼："闺女啊，长这么高了，要是在外面碰到，我都认不出来了。怎么这么瘦啊，是不是子规欺负你，没让你吃饱啊。"

前面说着还好，说到后面就有点变味，话语有点暧昧和暗示啊。陆子规赶紧说道："妈，搞啥好吃的，我和孙茜都饿了。赶紧吃饭。"

"好，好，多吃一点。"母亲松开孙茜，又叫陆浩至，"老头子啊，赶紧端菜，把酒拿出来，你爷俩喝一杯。"

"你想喝吧。"陆浩至不爱喝酒，陈凤英喜欢喝几杯。还从柜里翻出一瓶酒，陆子规扫了一眼，杂牌子，说道："我后备厢装了几瓶茅台，我去拿，喝那个。"

母亲心灵手巧，这一会儿时间做了好几个菜。鸡杂猪肝，一碗红烧肉，拍黄瓜、炒花生米，加在一起，六七个菜。孙茜急不可待地尝了一口红烧肉。"啊，真好吃，比咱们店里厨师烧得还好吃。"她说道。

"你这小丫头就是嘴甜，不过，你从小就爱吃我做的饭。"陈凤英得意地说道。

陆子规倒了三杯茅台。母亲一杯，父亲一杯，自己一杯。孙茜不能喝酒，也就没有客气。"这酒很贵吧?"父亲问道。

"五六百一瓶呢。茅台飞天，53度酱香酒。"陆子规说。

"抢钱啊，一瓶酒五六百元。"陆浩至再一次惊讶。他不知道，再过几年，这酒三四千一瓶了。他也不知道，陆子规因为随手进了一批茅台，储存了几年，光这一项，就为陆子规增加了四五百万财富。

47

陆子规这一晚睡得非常踏实。睁开眼，阳光透过树梢照进窗户，几只松鼠在窗台上蹦跳。披衣起床，走到窗前，门前那几棵桂花树虽在冬天却依然绿荫如盖。这几棵树是从老屋子移栽过来的，桂花树临渊而立，下面一条小河，小河绕着田地日夜流淌。叮咚水声透过树梢传入屋中，让这清晨平添了些许诗意。田地那边是山，山下是霸王河，隔河相望就是龙舒八景之一的"龙眠毓秀"的延绵龙眠山。冬日清晨，薄薄的雾气缠绕在半山腰间，可以清晰看到山脊上的大风车。

孙茜推门进来，披着红色风衣。"子规哥哥。"她站在房间门口怯生生地叫了一声，眉清目秀，长发披肩。

"睡得好吗?"昨晚，陆子规先睡，睡的时候，孙茜还在和他父母聊天。

"睡得可好呢。阿姨用艾草煮水让我泡了脚，又给我房间里加了火盆。可暖和，我一夜都没怎么咳嗽。"孙茜笑着说。山村田间地头多艾草，又称蒿子，蒿子嫩芽可以做成面饼，俗称蒿子粑粑。农历三月三吃蒿子粑，是当地的风俗，据说小孩子吃了不掉魂。端午节插在门头的艾草也是这个，陈凤英还喜欢等艾草成熟了砍下来，晾干存在家里，用来泡脚、洗澡，能够驱寒。山村处于江淮之间，和北方的冷不一样，比较潮湿，属于湿冷。出太阳的时候，家里没有外面暖和，取暖靠炭火火盆。陈凤英喜欢孙茜，昨晚聊了很晚。又给孙茜烧水泡脚，临睡之前，在房间里放了一个火盆。

厨房里，陈凤英已经忙碌开了。看到两个孩子起来，高兴地问道："怎么不多睡一会儿？想吃什么，阿姨给你做。"

"阿姨做什么都好吃。"孙茜嘴甜，在陆子规家，她感受到温暖。

"我想吃浇头面。"陆子规还想吃鸡丝面，小时候的味道。但是一大清早，母亲来不及杀鸡，所以改成盖浇面。用鸡蛋摊皮，和肉一起炒了，盖在面上，味道也不错。

"有鸡丝面呢，你还要盖浇面？"母亲问。

"不会吧。"陆子规感叹一声，昨晚母亲竟然连夜杀鸡了。煮了几个小时，这一大早起来，已经煮好鸡丝面。

陆子规和孙茜吃完饭，穿好衣服出门。刚下河滩，就被眼前的景象惊得目瞪口呆，这哪里是印象中的霸王河？

儿时的霸王河山洪暴发的时候让人恐惧。没有洪水的时候显得安静，河床上满是鹅卵石和沙子，河床中间有清澈的河水，小鱼在河水里游动。白鹭和翠鸟停在河边的岩石上，抓鱼或者弄舞。岸两边长着杨柳、青草，总之，给人宁静祥和之美。而此刻，河中十几辆挖掘机将河床挖得坑坑洼洼，一眼看过去，满目疮痍。那些挖掘机轰轰作响，鹅卵石和沙子挖完了，又向河床底部挖去，有的地方露出河床底的青石。

"怎么会这样？"两人相互看了一眼，都觉得不可思议。

陆子规听父亲昨晚说筛沙，当时就疑问。小时候满河床的沙子取之不竭，还用去挖去筛吗？这种看似不要本钱的活虽然累，也挣不到钱，但是毕竟是破坏自然环境的事。和父亲交流半天，让父亲不要再做这件事。现在看来，父亲使用铁锹、簸箕筛沙还是太原始了。对环境的破坏与眼前的景象也太小巫见大巫了。

"这谁干的啊，政府就不管吗？先不说河流、山川都属于国家的矿产和资源，未经许可不得开采。河床弄成这样，一发大水，岸两边的村庄都要被冲毁。"陆子规愤愤不平，就向挖掘机走去。

大河坑坑洼洼，被挖起的岩石、沙子分类堆在周边。两人艰难地走到一台挖掘机边，只见上面隐约看到山河集团的字样。陆子规挥了挥手，示意挖掘机停下。"谁让你们挖的？"

"你谁呀？"挖掘机师傅连夜鏖战，此刻还睡眼惺忪，不解地看着陆子规和孙茜。

"谁叫你们挖河滩的。你们有开采证吗？"陆子规也不懂挖河滩需要什么手续，什么证件，但是看到这么野蛮挖掘，肯定不对。

"关我屁事，公司让我挖我就挖，给我工钱就行。你有事没事？没事别耽误我干活。"司机回了一句，不满地翻翻白眼，继续启动机器。

"我们去那里找他们，肯定是韩小马他们干的。"孙茜指着河下游不远一栋楼说道。那栋三层楼简易板搭建，临时搭建在河堤上，共几十间房子，前面一个铁质栏杆大院。

陆子规和孙茜走到这座临时建筑面前。远远看到一个金字招牌：马踏山海建筑集团。"是韩小马他们没错了，公司名称也改了，现在成建筑集团了。"陆子规说。

招牌底下还停着四五辆挖掘机、铲车，堆着好几堆沙子。

两个人走到门口，铁门紧闭。两条大藏獒趴在门缝，虎视眈眈地看着外面，孙茜看到大狗，有点害怕停住脚步。

"我去看看，你在这里等我。"

"小心一点。"孙茜提醒陆子规。这几年，韩小马他们将这挖河挖沙的无本生意做得风生水起，人也愈加膨胀了，成为十里八乡的村霸，做事很不讲究。

"放心，他们不敢把我怎么样。"陆子规在韩小马、韩小山、韩小海面前还是有不少心理优势。从小到大，发生过几次纠纷打斗，都是他们吃亏。

陆子规手中攥了两块石头，将趴在铁门上的藏獒砸退。晃动铁门大声喊道："有人吗？"

韩小海穿着拖鞋出来，嘴里叼着香烟。看到陆子规，呆了一下，认出是陆子规，嘿嘿冷笑一声："我还以为哪个大老板来买沙子呢。陆子规，你来干吗？买沙子带钱没有，不买沙子滚蛋。我们马踏山海集团不欢迎你。"

　　"韩小山，一段时间没揍你，皮痒了吧。敢和我这样说话了？"陆子规看了韩小山一眼，"把门给我打开。"

　　"老子不开，有事说事，没事别耽误我挣钱。这一大早的，老子还没睡好呢。"韩小山不耐烦地说道。

　　韩小山不开门，陆子规没法进去，门前有两条大藏獒，陆子规也不敢翻门进去。

　　"谁叫你们挖沙的，把河滩挖成这样？"陆子规问道。

　　"哈哈，陆子规，别以为出去几天就牛逼了。你算哪根葱啊，老子挖沙关你屁事。"韩小山斜着眼看着陆子规，满不在乎地说道。

　　"这河滩的砂石都属于国家矿产资源，你们想挖就挖，就不怕政府管吗？"陆子规耐心问道。

　　韩小山哈哈冷笑几句，说道："哦，你说政府，哪级政府？是镇里还是县里？当然，你陆子规要是代表省里，我还可以和你说说话。我们挖沙怎么了，你爸不也挖沙吗？再说，这河滩就在眼前，你问问咱们哪家哪户盖的房子不是从河滩里挑石头挖沙的，谁又经过政府批准了？"韩小山一番话语，看似无理，却是事实。农村人靠山吃山靠水吃水，洗衣服洗菜都在河里，盖房子用的也是河里的砂石。

　　看到陆子规无语，韩小山更是得意。这时候韩小海也走了出来，陆子规差点没有认出来这个穿西服的男子，西服整洁，大背头梳得油光铮亮，嘴里叼着一支雪茄。这与当年光脚丫子踩着烂泥，整天拖着黄鼻涕的韩小海截然两样。

　　"哦，这不是陆子规吗？在北京发大财回来了？"韩小海阴阳怪气地说道。

"韩小海，你至少上过高中，这河流山川属于国家矿产和资源，你们这样随意采伐，就不怕触犯法律？"陆子规好言相劝。

嘿嘿，韩小海、韩小山同时冷笑。"陆子规，我以为你到北京几年长了点能耐，没想到还是这么单纯、幼稚啊。这河里的砂石你以为我们不挖就没有人挖了吗？你看看这上下河滩，挖砂石的就我们一家吗？我们生产队前面这一块是我们兄弟打下来的，我们挖了还能给村里干一点事，要是别人挖了，大家屁都没有。"

原来这几年，经济发展快速，各地大项目纷纷开工。不少新楼雨后春笋一般起来，对砂石的需求很大，大家就把眼睛盯上了这条霸王河。有点背景有点实力的都买了挖掘机在河里挖沙。刚开始，大家没有界限，想在哪里挖就在哪里挖，为了抢资源时常发生争斗。韩小马兄弟三个加上韩大河、韩大庆等，也算人多力量大。外面强龙压不过他们这个地头蛇，就被他们打跑了，这三四公里左右的河床就成为他们的私有财产。

韩小马刚好开车回来，看到陆子规堵在门口，按了一声喇叭："滚蛋，再不走我放狗咬你。"

48

孙茜见情势不妙，上前拉住陆子规，小声说道："子规哥哥，咱们走吧，和他们没道理可讲。"

韩小海一直喜欢孙茜，上学时像疯子一样追在她后面。几年没见，见孙茜长发披肩身材高挑气质出众，眼睛立即瞪得很大，冒出光彩。嘴角口水都流了出来，赶紧打开门，对着陆子规和孙茜喊道："子规子规，孙茜孙茜，进来坐坐。咱们好久没见了，来聊聊感情。"

孙茜见韩小海这猥琐的样子，顿时恶心，拉着陆子规快步离开。

"妈你巴子的，咋就长得这么好看。"韩小海色眯眯地看着孙茜的背影，"这要是弄到床上，老子死也值了。"

"你他妈别见了女人就走不动路。这个女人你不能动。"韩小马踹了韩小海一脚，厉声说道，"坏了老子的好事，老子要你好看。老子现在就对挣钱感兴趣，你们谁耽误我挣钱，别说我不把你们当兄弟。"

"你这又是老子的又是兄弟，你是谁老子？妈你巴子的，咱俩一个娘胎，就你丫的骂我。你喜欢钱，老子喜欢女人怎么了？"韩小海愤愤不平说道。自从爷爷死后，韩大川和韩小马就看自己不顺眼。大家一起打架拼命，一起挣钱，自己和韩小山分的就是少。而且你韩小马有屁能力，除了会巴结镇里领导，剩下来的脏活累活见不得人的活还不都是自己和韩小山干的。

韩小马站定，看着韩小海，眼神犀利。看得韩小海有点发尿，擦擦嘴角的口水。"我就是一下子看到这个女人，有点心动。你是不是又找这个理由修理我。"

"陆子规不简单，别看今天被我们吓跑了，但真要找到机会，肯定把我们往死里踩，这个机会我们不能送给他。你动他的女人，弄得鱼死网破对我们有好处？你他妈这个样子，喜欢女人就去县城歌厅找，肥的、瘦的、胸大屁股大的什么样女人没有？干吗捅陆子规这个马蜂窝。"韩小马耐着性子说道。他昨晚在县城陪了领导一夜，领导透露马上要有一个大的工程，下来了至少能挣几千万。在陆子规手上，韩小马从小就吃过亏，至今想来，心有余悸。他真怕韩小海这个色坏子精虫上脑，动了孙茜，激怒陆子规。

"对啊，二哥，不就是女人吗？县城歌厅、洗浴里面那些女人叫干什么就干什么，咱还差这一个？"韩小山也怕陆子规，不愿意二哥为了孙茜激怒陆子规，谁都知道这家伙一发怒，打人往死里打，而且还有脑子，歪歪头就会有坏心思整人。

"你俩懂个屁啊。这是爱情啊。"韩小海忧郁地说道，"爱情你们懂吧？不是上了床、睡了觉就是爱情，咱们那是嫖娼。"

韩小马和韩小山听到韩小海说到爱情两个字，抬头哈哈大笑。"就你这尿样，还懂什么叫爱情。你他妈的时间长了没女人见到一条狗都想上。"

孙茜见陆子规半天没说话，侧头一看，还余怒未消的样子，伸手挽住陆子规手臂，晃了晃说："子规哥哥，跟这些人生气不值得。"

"我不是跟他们生气，我是心痛咱们这里的山水啊。你说这山千万年了，静静地立在这里，没有惹谁，给我们提供树木取暖，提供粮食果腹。可是我们为了吃到更多粮食，这里挖一块那里挖一块，挖得千疮百孔，自然灾害频发。大河也是，河水静静流淌，他们却为了一点眼前的利益搞得满目疮痍。"陆子规都不忍心直视河中的情景。

唉，孙茜也长叹一口气。"浙江从2005年就提倡青山绿水，说金山银山不如绿水青山。我们就隔一个省，思想观念却是有这么大的差别。"

两人同时叹了一口气。看到眼前千疮百孔的山水虽是心痛，却是没有法子。"当年我要是考公务员就好了，有了职权就可以管住他们，斩断他们向自然无度索取的双手。"

"呵呵。"孙茜笑了笑，问道，"子规哥哥，你就是考了公务员，咱们没根没基的，你又能做多大的官？你能管得了一个村？一个镇，还是一个县？那其他村、镇、县呢？说来说去，还是观念问题。太多人急功近利了，有能力的挣大钱，没能力的吃山、吃水。这山水的资源又不要钱，是他们来钱的路子，你能管得了那么多吗？"

陆子规自嘲一笑。

两人沿着小路走到凤立洼山冈上。冬天河床被挖得千疮百孔，山林里面却是荒芜一片，连当年开垦的梯田也因为青壮年出去打工而荒芜了。

"我要把这一片，还有那一片，都种上墨旱莲、乌药材，还有首乌和当归。然后研发一种新药，专门治白发的。"孙茜指了指近处的山冈，又指了指对面的山峰。

"你还真要坚持到底啊。"陆子规笑着问道。知道孙茜这决心是因为自己头上几根白发引起的。

"当然，到时候让你对我刮目相看，让你知道什么叫巾帼不让须眉。"孙茜调皮，嘴角上扬。

下山的时候，陆子规忍不住问孙茜："你真要留在家里，不和我一起回北京了？"

"不是说好了吗？你在北京挣钱，我在家里照顾叔叔阿姨。然后将这片山林打理起来，让它重新焕发生机。"孙茜不解地问陆子规，这个决定是两人从北京回来就商议好的。

"可是韩小海他们？"想到韩小海猥琐的眼神，陆子规有点担心孙茜一个人在家，他们会骚扰她。

"这个啊，我也不是好惹的。"孙茜晃一晃小拳头，"何况茹烟姐就在青螺镇，我有事可以找她，还有叔叔阿姨。邪不压正，咱们不怕他们。"

陆子规过几天就要回北京，春节是餐饮旺季，陆子规不放心两个店，特别是陈小文管的新店。

晚上，陆子规提前让母亲做了几个好菜，又到街上买了几瓶好酒。本来还有两瓶茅台的，父亲不舍得喝。做好饭之后，请来二伯陆浩贵和大伯、小叔以及堂哥陆子长一起来吃饭。陆子存家里这几年盖了新房子，在外拼命挣钱，要等过年那一天才回家。

一大家子人，吃了几口菜，喝了几口酒，气氛顿时融洽起来。当知道孙茜要承包凤立洼以及老虎洞那片荒山的时候，陆浩至犹豫了一下："这要很多钱呢。"

"都是荒山了，还要很多钱?"陆子规不解地问。

"子规啊，你还是在外面待时间长了，不了解农村情况。这些山荒着不种没事，但一旦知道你要承包，马上拿着锄头上山。"陆子长喝了一杯酒慢悠悠说道，不到四十岁的人，显得老成。

"他们拿锄头干吗，要种?"孙茜也是不解。

"我懂了，那是宣示主权，只要动了锄头，证明这一块地是他家的，而且还有收成。无非是多要钱呗。"陆子规恍然大悟说道。

"就是这么个理。"小叔喝了一杯酒，慢悠悠地说，"对了，这么多地，租下来，你怎么种啊?"

"这就要靠小叔你们了。当然，不叫你们白干，一天二百块钱。"孙茜早就算好了账，说道。

"一天二百。你这钱大水冲来的啊。"陆浩至不乐意孙茜这么大方。虽然陆子规说自己和孙茜没有那层关系，但是在陆浩至两口子眼中，孙茜做不成儿媳，就做女儿。不能让儿媳吃亏，更不能让女儿吃亏。

"二百块钱不多啊，我们在外面打石排，一天还三百多呢。"小叔在乎钱，这几年又游手好闲，爱赌，在外面打工挣的钱都交给赌桌了。

"小叔，你这样说就是欺负子规和孙茜了。你在外面打石排一天三百不错，但是刮风下雨，不干活的时候谁给你钱? 孙茜、子规，真一天二百，我明年和你大嫂不出去打工了，受欺负不说，还顾不了家。"陆子长相对实在，年龄也大了，更希望能照顾家又能挣到钱。

"大哥，这就太好了。你要是愿意，就不是一天二百了，一天

230

三百，你帮我做管理。"孙茜和陆子规交换了一下眼神，说道。

"真的啊。"陆子长有点惊喜，"可是我懂什么管理啊。"

"地里的事你比我清楚，你管地里的活。我们先期可能要四五十个人，后面正常保持在十个人左右。这十个人就归你管。"孙茜解释。

"这倒是行。"陆子长端起酒杯，郑重其事地敬了孙茜一杯酒，孙茜以茶代酒。

几个人边喝酒边说事，气氛很好。到最后小叔也捞了一个工头当。要一天二百五，陆子规说二百五不好听，一天二百四，干就干，不干喝西北风去。

小叔笑骂了陆子规一句："你还不如外人大方呢，孙茜都答应我二百六一天。"

"我可不是外人啊。"孙茜抗议，灌了小叔一杯酒。

陆子规顺便把孙茜在家可能受到韩小海他们骚扰的顾虑说了。大伯一拍桌子："他敢，这么多年，他们韩家想把我们陆家欺负死、欺负成了吗？现在，你和孙茜这么有出息，我们陆家要团结一致，扬眉吐气。他们敢来欺负，我这把老骨头和他们拼命。拼死一个是一个。"

二伯、小叔、陆子长也都表态，说陆家只要团结了，不怕他们。

陆子规才终于放心，准备过个一两天就回北京。

49

俞茹烟开着她的桑塔纳停在陆子规家门口，从车子上下来，到后备厢拎了一些礼品。陆子规接过来，说："挺客气的嘛。来就来了，干吗还带东西？"

"我又不是给你的，给叔叔阿姨带些东西。对了，叔叔阿姨在家吗？他们不会不欢迎我吧？"俞茹烟将手中的东西交给陆子规。当年陆父以为陆子规第二轮中考考得不好是因为和自己早恋造成的，俞茹烟知道之后，这么多年一直没有来过陆家，怕陆父怪他。伸伸头，看到屋里没人，才放下心，跨过门槛进入屋内。

孙茜刚好从楼上下来，见到俞茹烟，微微意外："茹烟姐，你怎么来了？"

俞茹烟也没想到在陆子规家见到孙茜，还很随意地穿着家居服，也感到意外："你也在啊。"

"是呀，我住楼上。"孙茜说道，问陆子规，"子规哥哥，你起床叠被子了吗？别又被阿姨骂。"

"叠了叠了。"陆子规回答，让俞茹烟坐。倒了一杯茶，问："你来看我爸我妈的？还是找我有事。"

俞茹烟笑了笑，说："我敢说来看叔叔阿姨的吗？这么多年，叔叔好像都不喜欢我，在街上遇到了，我主动打招呼，一般都不搭理我。"

陆子规想了想，对俞茹烟说："你可能理解错了，我爸不是不搭理你，而是农村人都有这个习惯，怕官。你现在是镇里领导，我爸哪敢和你多说话。"

"扯呢。我主动叫他的。"俞茹烟反驳。

"我懂。当年你要和子规哥哥不分手，做了叔叔儿媳妇，叔叔就不会像其他农村人那样怕官了。"孙茜笑嘻嘻说道。看看俞茹烟，又看看陆子规，两个人在一起很般配。用常人话说，这俩人有夫妻相。可是阴差阳错，两个人却分开了。中间出现一个顾鸿影，一个舒桐，再回不到以前那样纯真了。

"就你话多。"几乎同时，陆子规和俞茹烟将矛头指向了孙茜。孙茜笑嘻嘻地进了陆子规房间，帮他收拾床铺。

俞茹烟来找陆子规是谈正事的。在顾鸿影婚宴上，说到弯羊销售的事，销售好不好，能不能变成钱装进养羊户口袋，决定了农民明年弯羊养殖的意愿。如今腊月，那些弯羊要出栏，农民要变成钱，俞茹烟着急弯羊销路。

"那我陪你去看看。弯羊质量要是不错，我回北京就先预订几百头。另外也可以找一下商会和餐饮协会，当然一些熟悉的单位也可以联系的。好的话，几千头没问题。"安徽和龙舒在北京都有商会，陆子规与会长秘书长关系不错。那些人人脉广，可以推销不少。餐饮协会的推广也会很有效果，一些企事业单位春节要发福利，一般大单位几千上万人，一人一头，可就了不得了。

"谢谢。"俞茹烟站起来，郑重其事地向陆子规鞠躬。

"别，你这礼我可受不了。"陆子规赶紧侧身让过。

"不是为我自己谢你，是为这些养殖户。"俞茹烟比较严肃地说道。

"放心吧，这事我尽量争取做成，咱们抓紧时间。今天谈好，我明天回北京，马上落实这件事。"北京大，市场也大。只要找准市场，销售一点弯羊是没问题的。

两个人说走就走，问孙茜要不要一起去。孙茜说："不了。要筹划一下中药材种植的地块范围，还要等阿姨回家做好吃的，就不和你们一起爬山了。"

到黛山村没有公路，陆子规推了自行车和俞茹烟沿河而上。山路狭窄弯曲，边上陡峭，百丈以下是大河潭。能骑行的地方不多，多是陆子规推着车，俞茹烟走在身边。两人都有点恍惚，就如当年周五放学的时候，两个人一起推着车回家。

黛山村也就是原来的黛山乡。西南面与桐城接壤，东北面与龙城乡接壤，占地面积极大。只是百分之九十是山岭，森林覆盖率百分之八十，其余为河流、峡谷，人均耕地不到三分。人口不多，只有四千余户，两万多人口。主要经济作物为板栗、茶叶、油茶。板栗收成靠天，分大小年，一年多一年少。因为板栗品种不好容易坏，不管大小年都卖不出钱。茶叶前几年还好，因为是荒山茶，城里人讲究健康，托关系来收茶。这几年，农民急功近利，给茶叶撒化肥增产，茶叶品质下降，压根卖不出去了。油茶收成有限，黛山村年均户收入不到4000元，按照人口计算，人均收入还不到2009年国家规定的最低人均收入的1196元。整个村一大半都是贫困户。好在国家2005年取消了农业税，又有山林补助，大多数人才勉强维持温饱。

俞茹烟带着陆子规走过一段山路。然后沿着羊肠小道蜿蜒而上，爬了三四百米，索性将车子放下，再爬三四百米，见到一个村庄。

这个村庄就像是农奴时代的房屋一样，低矮、破烂，簇拥在狭窄的山谷里面。俞茹烟擦了擦额头的汗，指着前面说道："这就是黛山村寨洼庄，三十多户，能娶上媳妇的不多，是远近闻名的光棍村。"

"你经常来？"陆子规看到俞茹烟轻车熟路，问道。

"还行吧，一年来五六次。这个庄还不算太穷，那边，山里面几个村庄才贫困呢，好多人出门都没一件完整的衣服。有的老人一辈子没出过山。我去那里多一些。"俞茹烟指着重重深山说道。

两人走到村庄边上，几个老人在墙根晒太阳。看到俞茹烟站起来。"俞主任又来看我们了？是不是来发过年救济粮？"看到俞茹烟空着手，又失望地坐到地上。

俞茹烟和老人打了招呼，见他们不冷不热也不在乎。带着陆子规往山里走去，说："养羊的都住在山里。"

山路难行，到了后面，压根没有了路。俞茹烟手脚并用向上爬，大冬天的，脸上汗珠还是啪啪滚落，看看陆子规，歉意说道："不好意思啊，子规，让你跟着我受累了。"

"还好，我小时候老是爬山。"陆子规也是累得气喘吁吁，不想再走。但看到原本乖乖女的俞茹烟都能坚持，也是咬牙坚持在后面。

两个人刚爬到前面山坡，看到山坡后面凹地里腾出一股烟。俞茹烟大叫一声："不好，别是山火。"冬天要是有了山火，那可是很大的灾难。脚步加快，向烟火处跑去，陆子规紧跟在后。

两个人跑到近前，发现一个邋里邋遢的年轻人，二十多岁，凌乱的头发上粘着野草，身上披了一件旧军大衣，正在那里烤着一只小羊羔。俞茹烟气急败坏，指着这人骂道："李瓜子，你怎么又偷羊吃？"

那人见到是俞茹烟，有点害怕，含糊不清地说道："俞主任来给我送救济品啊？"

"就你懒成这样，还要救济品呢。说，这是谁家的羊羔？"俞茹烟狠狠瞪着这个年轻人。二十多岁，有手有脚，整天游手好闲。躺在家里熬死老人之后彻底放纵了，这里偷一点，那里拿一点。每年给他发放的羊羔一到手就煮着吃了，还隔三差五地到山里偷别人家的羊。

"我懒，我懒怎么了？国家能让我饿死？小心我投诉你，政府干部欺负我。"这个小子就是个二赖子，陆子规见俞茹烟被他抢白，干气恼没有法子。这种人打不得骂不得，骂狠了往乡政府门前一躺。越是上级领导来检查的时候他越往前凑。

陆子规上前一脚踹翻他，指着他鼻梁骂道："老子不是干部，老子揍你怎么了？"

"你，你……"这小子平时在俞茹烟等扶贫干部面前耍赖惯了，也没有人敢把他怎么样。而且有时候闹得越多，得到的救济品就越多，从来没有人敢正面和他顶杠。他以为陆子规也是扶贫干部，所以压根没把陆子规放在眼里。见陆子规踹他，立即在地上打滚，嘴里嚷道："干部打人了，干部打人了。"

陆子规又上前一脚："让你嚷，老子说了不是干部，你小子不信。你可以去龙城乡查一查，老子叫陆子规，专打坏人、懒人。"

"你，你是陆子规？"这人一下子从地里爬起来，指着陆子规问道，"你是陈小文的哥哥？陈小文回来没有？"

"你和陈小文认识？"陆子规非常奇怪，难道眼前这个还是熟人？

"我靠，那小子经常揍我。他来了？那我走，我怕了你，行了吧。"这小子说完，反身就走，下坡比兔子还快。

50

出现这个结果，让俞茹烟和陆子规都很奇怪。俞茹烟本来还怪陆子规鲁莽，这种人就是无赖，打不得骂不得。虽然说陆子规不是干部，但是毕竟和自己在一起，到时候李瓜子到镇里一闹，自己解释不清。

但是没想到真应了那句，恶人还要恶人磨。陆子规几脚踢下去，再报上名号，这个小子吓跑了。

"你们就给这些人扶贫？"陆子规有点不理解。如果扶贫对象就像刚才几个老人，坐等要，那什么时候是个头。国家再有钱，也是一个无底洞啊。还有像李瓜子这样好吃懒做的年轻人，有手有脚，哪怕出去打工，一年也能挣个几万块钱。

俞茹烟摇摇头，说道："不是你想的那样。这些人毕竟是少数。贫困的原因有很多，主要是资源缺失，有力气也挣不出钱。我们国家是社会主义国家，公平正义，大家需要安居乐业。"

"政策很好，就怕被这些人糟蹋了。"陆子规感叹一声，山风吹来，有点冷。

"会好的，我们有我们的优势，集中力量办大事。不说以前，就说1994—2000年，《国家八七扶贫攻坚计划》公布实施以来集中人力、物力、财力，用7年左右的时间，基本解决8000万农村贫困人口的温饱问题。这在哪个国家能做到？2001年，我国颁布实施了《中国农村扶贫开发纲要（2001—2010年）》，扶贫工作更是深入人心。"

　　两人说话期间，一群羊从树木里面蹿了出来。紧跟着一个中年汉子手中拿着羊鞭钻了出来，一眼看到俞茹烟，面露喜色地喊道："俞主任，你来了啊。"

　　"这是李立柱，黛山生产队长，家里养了二百多头羊。"俞茹烟对陆子规介绍李立柱。

　　陆子规点点头，眼光盯在这群羊身上。羊个头很大，每一只都有一百多斤，弯角，毛发锃亮。"这些羊吃的都是山上的草？"陆子规问李立柱。

　　"是呀，咱们这大山就草多。羊从生下来起，就吃这山上的草。用时髦话说，纯野生啊。"李立柱笑哈哈说道，"俞主任，这一位是？"

　　"哦，我朋友，陆子规。"俞茹烟介绍了一下。

　　李立柱还以为陆子规是和俞茹烟一样的乡干部，来检查工作呢，一听说只是朋友，也就没有过分热情。

　　"还吃草药吧。"陆子规看到几只羊在抢食草丛里的药材。大山里，只要有树木草丛的地方都长着天然药材，没有人认识也就没有人采摘。有些药材能生长几十年，放到药材市场就是一个宝。弯羊放养在这个地方，有着得天独厚的条件，品质肯定不错。

　　"是咧，但是你放心，没有毒。"李立柱解释道，生怕人误会他的羊有问题。

　　陆子规点点头，心里有数了。这些羊不喂饲料，吃的是纯天然植被，还有中草药，可以好好宣传宣传。掏出手机，却没有信号。对俞茹烟说："我们先下山。我大概了解了，这羊应该好卖。"

俞茹烟没想到陆子规看了一眼就下了决定，担心陆子规的判断是否草率。她寄希望于陆子规帮忙打开羊肉销路，但毕竟两人如今这种关系，自己不好强求。只想带他多看几家，多了解弯羊，然后最大限度地多卖几只。

"这就看好了？"俞茹烟问陆子规。这么多年，为了扶贫，从来不求人的俞茹烟和人说话都有点小心翼翼。哪怕面前是陆子规，需要他帮忙的时候也是心里没底。

"差不多了。山里没信号，我下去打几个电话。"陆子规说。

下山的路更难走，俞茹烟几次差点摔倒，陆子规索性伸手扶住她。身体接触，虽是冬天，衣服很厚没有肌肤接触，两人身体接触的那一刻也像触电一样。俞茹烟脸色绯红，不敢直视陆子规。

到了庄子里，陆子规手机有了信号，拨通秦处长电话："秦处长啊，我是陆子规，求你一件事行不？"

这几年，把秦处长服侍得不错，秦处长对陆子规也很相信。经常说有事就找我，你什么都不找我，那还把我当什么朋友。但是除了房屋续签的事，陆子规很少找秦处长帮忙。这一次为了俞茹烟扶贫事业，陆子规想试试。

"子规啊，不要客气，什么事说。"秦处长也是直接，没有打官场哈哈。

"是这样，我老家山村，这几年扶贫养羊，羊很不错。吃天然草料，山上还都是中药材。这羊啊，不夸张地说，不但肉质鲜美，还养生、健康。这不春节马上到了吗？听黄科长说你们每年给员工发福利，今年一个人发一只羊怎么样？"陆子规没有拐弯抹角，直接说道。

"这个啊。"秦处长稍微犹豫了一下，说道，"这个有点难度，但是我想想法子。"

陆子规拿着电话，会心地笑了笑。电话按了免提，俞茹烟也听到了，见电话那头答应得不是太干脆，还说有点难度，瞬间紧张。觉得这事可能成不了。但是陆子规与她看法恰恰相反，如果秦处长说这事原则上没问题，那就是真有问题了。公家的事，给你办事的人说有难度，只是难度，只要你做好了，肯定能给你办得成。

"秦处长啊，您看我轻易不敢劳驾您，也知道难度不小，所以才惊动您。要真是小事，我就直接和黄科长说了。当然，这事难度不小。秦处长，您知道，我不是不懂事的人，事成之后一定感谢。"这话听在俞茹烟耳朵里，有点味道。但好像也就一般而已，求人水平不高。

电话那头，沉默了一下："多少只？"

"您那里五百人左右，您帮我销售五百只。哦，对了，秦处长，我有几箱前年的茅台放在仓库，占地方，哪天麻烦您给我想法子解决一下。"

秦处长哈哈大笑："子规，你很懂事，我喜欢。五百只，价格你和黄科长谈一下，就说我同意了。前年的茅台，2007年的，不错，这几年就2007年的茅台品质好。"

"得嘞，谢谢秦处长，我回去就找您。对了，秦处长，您见多识广，认识的人都有分量，其他单位也帮我介绍介绍呗，改天，请这些领导一起喝点。"陆子规乘胜追击。

秦处长没放电话，好像思考了一下，说道："我记得你最多时候储存一百多箱茅台啊。"

"嗯。秦处长真是厉害，我这点小爱好您都了解得一清二楚。"

"那好说嘛，我大哥他们单位五千多人，我给问问。你等我电话。"秦处长放下电话。

"这么容易？"俞茹烟惊讶地张大嘴巴，看着陆子规，眼中露出小星星。

陆子规看着她，心痛得倒吸一口凉气："我的茅台啊，又要少一大半了。"

俞茹烟只顾高兴，没明白陆子规说的卖羊和茅台有什么关系。

陆子规却看到李瓜子在一间破屋面前偷看自己，没好气地叫了一声："李瓜子，你给老子滚出来。"

李瓜子不情不愿地从破屋子走了出来，双手抱拳，对陆子规说："大哥，你就饶了我吧。我没干什么坏事，就是吃了李立柱家一只羊羔。大不了，今年救济品我不要了，赔他行吗？"

陆子规一脚踹在李瓜子屁股上："他奶奶的，今天就是遇到你，我才这么倒霉。"

俞茹烟不解地看着陆子规。刚才打电话挺顺利的啊，倒霉什么。她可不知道，陆子规找秦处长办事，一下子去掉了五箱2007年茅台，如果他大哥那里事成，又要去掉五十箱，五十五箱茅台，多少钱啊。陆子规能不心痛？要是给别人帮忙，陆子规不可能这么大方，给俞茹烟帮忙，唉，这算是还旧情债？

哑巴吃黄连，有苦说不出啊。陆子规将邪气全撒到一脸猥琐的李瓜子身上，踢了一脚又踢一脚。说："为什么那么怕陈小文？"

"大哥啊，你下脚轻一点啊。我能不怕陈哥吗？上学时就揍我，毕业之后在梅山镇，跟着陈哥混，吃香的喝辣的。谁不知道我是陈哥的人，可是为了一个女人，陈哥和我翻脸了。找人揍了我一顿不算，还说只要见到我一次打我一次，你说我这命啊。爹娘死得早，遇到一个陈哥，也被我得罪了。"李瓜子说得眼泪一把鼻涕一把。

陆子规知道陈小文是街里孩子，从小不努力，也不学好，没想到这么豪横无赖，看来回北京要好好收拾收拾他了。

见陆子规脸色阴晴不定，怕不小心又要挨揍，又看俞茹烟在旁边看笑话一般，断定两人不是工作关系，肯定是男女关系，赶紧一步跨到俞茹烟面前，苦哈哈地求道："俞大主任，俞大美女啊，赶紧劝劝你男朋友，是不是你惹他生气了？这邪火别对我发，别踹我了。求求你了，我今年不要救济粮了，也不到镇里闹了。"

51

俞茹烟见他嘴贱，恨不得也朝他身上踹几脚。但是顾及身份，只是皮笑肉不笑地看着李瓜子，又看看陆子规，淡淡地说了一句："差不多就行了，传出去影响不好。"

陆子规掏出烟，自己点了一支。看到李瓜子眼巴巴地看着自己手中的香烟，扔了一支给他。李瓜子双手接了烟，拿在眼前看了看："啊，中华啊。"又放在鼻子前闻了闻，才用打火机点着，狠狠地抽了一口。

"想抽烟？"陆子规问，两根手指夹着烟盒，一根手指弹动，让烟盒在手指间转动。

"想，想，别说中华，每天一盒红塔山就行。"李瓜子盯着陆子规手指间转动的香烟盒，觉得这个动作很帅，也很羡慕陈小文。有这个大哥，当初陈小文在兄弟几人面前夸口，说自己大哥陆子规又帅又有才，自己还不服。

"什么时候把肚子填饱了，再谈每天一盒红塔山。"俞茹烟没好气地说。李瓜子家徒四壁，又好吃懒做，都是靠救济粮活着。让他种地嫌土地贫瘠，让他上山采茶，他说那是娘们儿干的事。让他养羊，刚发羊羔就被他或蒸或煮吃了。还请来一帮狐朋狗友，喝酒吃肉，自己倒是痛快了，但是那酒钱是从别人家偷来东西卖后换的。羊肉不够，也是偷了别人家的羊。

"俞主任，你这就不懂了吧。精神食粮啊，没烟抽没精神怎么脱贫？"李瓜子油嘴滑舌地说道。手中香烟快要抽完，又眼巴巴地看着陆子规手中的香烟盒。

"想抽？"陆子规将烟盒递向李瓜子。等李瓜子伸手来接的时候又拿回来。

"大哥，你？"李瓜子不敢从陆子规手上抢烟。

"想抽可以。你刚才烤羊肉的地方，有几根藤子。喏，就是这个样子的。"陆子规将手中两个叶片递给李瓜子看，"认得吗？认得就好。你去把它的根完整地挖出来，这盒烟给你。"说完，陆子规从口袋里掏出一盒完整的中华烟。

"大哥，你别骗我？"李瓜子认得这藤子，路边、石缝里都有，叫作紫乌藤。

"做大哥的，什么时候骗人了。"陆子规斜了李瓜子一眼。

"好咧，这点小事难不倒我，我这就找锄头去。"李瓜子向陆子规又要了一支烟，说作为预付款。等挖完藤子回来，让陆子规答应给他烟。

李瓜子动作敏捷，闪身进了屋里。瞬间出来，肩上扛着一个大锄头，向陆子规和俞茹烟示威性地看了一眼，爬山挖藤子去了。

"你要紫乌藤根干吗？"俞茹烟和陆子规两人坐在村庄巷道的大石头上，等李立柱赶羊下山。看到陆子规三言两语打发了泼皮无赖的李瓜子，很是好奇还有一点佩服。同时也不明白陆子规让李瓜子去挖紫乌藤干吗，这种东西路边就有，叶片也不美观，偶尔开些勺子一样的紫花，也不值得观赏。

"你不知道这是什么东西？"陆子规手中捻着桃柳叶一样的叶片问道。

"不就是紫乌藤嘛。"

陆子规惬意地坐在大石头上，背靠石墙，懒懒地晒着太阳。俞茹烟也选择了一个舒服的坐姿。刚才上山下山双脚走得生疼，此刻也是将腿盘起，用手指揉着。

"叫紫乌藤没错，但是它有一个大家更熟悉的名字，何首乌。《本草纲目》《日华子本草》《开宝本草》上都有记载。入药可安神、养血、补肝肾，是非常有名的中药材。这几棵何首乌看藤子至少有三四十年，属于何首乌中的精品了。"

"你懂得不少啊。"俞茹烟见陆子规说得头头是道，侧脸看他，眼中露出敬佩。

陆子规用手指戳了她的额头一下："就懂一点皮毛，不至于用小迷妹一样的眼神看我吧。"

"喊，说你胖你就喘。我只是好奇，你怎么连中药也懂。我要是没记错，你学的是中文吧。"俞茹烟侧过头，不让陆子规戳到自己，"你手要是闲着，可以给我按按脚。刚才爬山，好像扭了一下。"说完，把脚伸到陆子规面前。

陆子规脱了俞茹烟的运动鞋，双手轻轻按在脚踝上。冬日阳光正好，静静地照在两个人身上，很久，两人都没有说话。

良久，俞茹烟收回脚，穿上鞋，问："你说孙茜要搞中药材种植，包那么多山林，会不会风险太大。"

"她想做一点事，我还是比较支持的。您方便时也多关照一下。"陆子规靠在墙上，点燃一支烟。

"咱俩说话，别老是您您的，听着不习惯。"

"我习惯了。"陆子规笑笑。眼前之人是自己青春懵懂时候的恋人。那种恋爱单纯、青涩，非常纯真，后来因为误会而分开。现在想来，这不能怪她。时光如流水过去，带走好多东西，那一份情还能回来吗？

"好吧。你今天帮我好大忙，我就不计较你了。你爱怎么样就怎么样，爱怎么说就怎么说。"俞茹烟笑了笑说道，很温婉的样子。

"任君采撷?"陆子规打趣地看着俞茹烟。她这种神态,陆子规非常喜欢。没有职业的矜持,更没有官场上那种装出来的亲民或者拒人千里的样子。

"找打啊。"俞茹烟将刚穿上的鞋脱下来砸在陆子规身上。

"注意影响啊。你可是村民眼中救世主一样的俞主任。"陆子规接过鞋,放在手上。

俞茹烟没有急着要回鞋,连续问道:"你还没回答我问题呢,听孙茜的意思,要留在家乡了。不但搞中药材种植,还要研发新药?但是我记得她没上过医学院啊。"

"这个你不用担心。你别忘了孙茜家世代中医,手中有很多药方,都是独家传世的。她从小学医,他父亲去世之后,将所有医方都传给她了。这可比上一个医学院要金贵得多。"孙茜家世,陆子规比较清楚,小时候,自己没事,也在孙九爷后面跟屁虫一样,看着孙九爷抓药、配药、研制膏丸。那时候,自己是孙九爷的助手,孙茜就是自己的小助手。

"你把她说得这么厉害,那她自己的哮喘怎么治不了?"俞茹烟听到陆子规这么夸孙茜,心里有点不服气。

"医者不自医,渡人不渡己。"陆子规看了一眼俞茹烟,接着说道,"或者,医者难医人心。又或者,万般皆苦,唯有自渡。"

"搞得这么高深。你放心,孙茜有什么事,只要和我说一声就行。我真嫉妒孙茜有你这个好哥哥。"说到"好哥哥"三个字时,俞茹烟故意加重语气。陆子规装作没听见,想起孙茜一篇文章:《人间草木,相互成全》。

李立柱终于将三百只羊赶了下来。当听说今天就要宰杀的时候,这个中年汉子有点手足无措,来得及吗?

"今天必须杀完,晚上放在外面冻了,然后用保鲜膜包了,明早发车。"陆子规站起身,毫无商量余地地说道。

陆子规刚才已经和俞茹烟说了自己的安排。先在寨洼宰杀五百头弯羊，趁晚上温度低把羊自然冻上。然后要俞茹烟联系县城冷库，租一辆冷冻车，明早装车发货，最迟后天上午到北京。先把供给秦处长单位福利的五百只羊落实到位，然后联系第二批、第三批。在春节之前，至少保证销售五千只羊。

"那这羊钱呢？"李立柱搓着手问道。

"市场价一只羊三百五十元，你们也是三百五十元。数量大，就不一只只称了。"俞茹烟从陆子规手中拿回鞋，站起身说道。说到工作，俞茹烟瞬间变成俞主任，说话干脆利落，发布命令也不拖泥带水。

"我已经联系了屠夫，大家一起动手。加快速度，讲究效率。还有，李队长你家三百只要是一只不留，那就全收了，还差二百只，你们看谁家着急，谁家先卖。"俞茹烟吩咐道。寨洼共有七八户养羊，其余几家养的不多，一般二十多只，三十只也有，除了李立柱家，最多的不超过一百只。

"给现钱吗？给现钱我也卖，家里油都没了，赶紧卖了过一个好年。"有村民在边上嚷道。

俞茹烟还真没想过这钱怎么付。按理说，陆子规应该是把羊拉到北京，客户给钱了，再付给村民。现在被村民一问，她发愁地看着陆子规。

陆子规装作视而不见。在农村长大，农民这点小心思他很清楚，得寸进尺。羊卖不出去的时候想着卖出去就行，只要有人要。真等有人上门收了，不但想要现钱，还要抬高价格。

"子规。"俞茹烟见陆子规故意不理自己，知道他在装。装什么装啊？你再大的老板在我面前，嘿嘿，我有法子治你。"听到没？"见陆子规还装作没听见，只顾抽烟。"抽不死你。就不能少抽点。"说到后来，就有点关心陆子规身体多于关心村民要现钱了。

52

陆子规倒不是有意在俞茹烟面前装样子拿劲。而是提前对这些村民做好提防。自己算过,这批羊到了北京,也不会超过四百块钱一只,不是自己不想挣钱,而是这个钱不能挣,挣了觉得对不起俞茹烟。真心诚意帮助她的意义也就变了。另外,也不想挣这些村民的钱。但是即使自己一分钱不挣甚至要搭钱进来,这些村民也不会相信。俞茹烟即使不会怀疑自己,但是细节烦琐,也难以说得清楚。

500头羊,350一只,175000元。这些钱,陆子规倒是可以随手拿出来,但是如果村民太容易拿到钱了,他们马上觉得这个价格卖便宜了,要想法子涨价。已经和黄科长说好,400元一只,到了年前就给结账,差价在25000元。看似挣钱,但是加上百分之三的税金,要从徽味小轩出,就是6000元。俞茹烟从县城冷库租车到北京一趟5000元,这个钱俞茹烟也出不了,需要自己掏。剩下来14000元利润,光是自己五箱2007年的茅台,买的时候600多块钱一瓶,就是18000多元。存放两年,已经涨到800多块钱一瓶。如果真是做生意,陆子规绝对不会做这亏本的生意。

俞茹烟不太懂生意经,也知道陆子规是帮助自己。只有今年的羊卖得好,让村民见到希望,明年才有养羊的积极性。自己这个对点的扶贫项目就能开展下去。见陆子规沉思,知道他是在算账。用手肘捅捅他:"不好办?"

"什么不好办?"陆子规问俞茹烟。

"村民想要现钱啊。"俞茹烟也知道这个账期的事,让陆子规拿钱垫付,自己确实有点开不了口。

"你觉得呢?"陆子规问俞茹烟。陆子规刚才在想,自己这样帮俞茹烟会不会引起误会。不怕别人误会,怕俞茹烟想当然地以为自己这是在做生意,帮她同时也在挣钱。陆子规也不想一切都看着那么容易,让俞茹烟觉得理所当然。

"我也知道不合理,客户收到羊才会给你结账,没有叫你先垫钱的道理。但是农村人卖东西,还是习惯了一手交钱一手交货。"

陆子规点点头。

"我来说吧。"俞茹烟对着村民说道,"这位是我朋友陆总,今天是我请来一起看看咱们弯羊品质的。大家这几年养羊,技术提高了,但是销路一直成问题。所以当我知道陆总在北京开饭店后,就邀请过来看看,拓展大家的销路。陆总过来帮忙,不是为了挣钱,只是想法子帮大家把弯羊销出去。刚才一直在给北京打电话,先确定了五百只,后续还有更大的量。但是,有一点,大家要清楚,陆总是来给大家帮忙,不是要挣大家的钱。所以你们想结现钱,不太现实。我可以担保,客户给陆总结了账,陆总就马上给大家结账。钱,争取在春节前到大家手上。"

村民议论纷纷,有人说可以理解,有人不干,说道:"不给钱,我还不如留着杀着吃呢。"

"你家就四五只羊,都杀着吃?那我家二十多只,也能杀着吃?明年化肥怎么办?小孩子学费怎么办?"

"对呀,我家还一百多只呢?不卖更亏钱了。"

大家七嘴八舌。俞茹烟有点沉不住气,看陆子规,人家静静地抽烟,朝天吐着烟圈,优哉游哉。

李瓜子扛着锄头,哼哧哼哧从山上下来。手中拿着两块黑黑的东西,约有巴掌大小,形状像个小人。挤过人群,走到陆子规面前:"陆哥,你让我挖的是这个东西吗?"

陆子规见到这何首乌,顿时有了喜色:"不错,不错。"从口袋里掏出一盒中华烟扔给李瓜子，想了想，又从口袋中掏出一千元钱，递给李瓜子："这个也给你。"

李瓜子见陆子规真给了一整盒中华香烟，已经喜出望外。见到陆子规又掏出一千块钱，有点不敢接，忐忑地看着陆子规："陆哥，你……"

陆子规笑了笑，看这李瓜子虽然赖皮样子，但是还不太贪，心中倒是不太讨厌他了。说道："拿着，别瞎花了。过年时买件衣服，买点东西，好好过一个年。"

"这是什么啊，李瓜子发财了。"村民见到陆子规给李瓜子又是中华烟又是一千元钱，有点眼红。在这村里，村民人均年收入不到一千二百元，陆子规一出手就是一千元，可是一个大数目。

"我这是劳动付出。怎么了？眼红了？"李瓜子在陆子规面前恭恭敬敬，转眼对村民又是泼皮无赖样。还洋洋得意地打开中华烟，抽了一支，夸张地吐了一个烟圈。"这是我陆哥，你们平时欺负我，是你们有眼无珠。我陆哥是北京的大老板，你们知道吗？我陈哥就在陆哥手下混，现在在北京都人模狗样呢。"

陆子规看到李瓜子说话又要变味，顺势就踢了他一脚。李瓜子嬉皮笑脸站在陆子规和俞茹烟身后，还下意识地将旧军大衣里面的衣领理了理。

"陆老板，其实，我们信得过你和俞主任。但是这羊养了一年，我们就想看到一点现钱，过年时候给娃买一套好衣服。来年不欠学校学费。"李立柱作为队长，被村民选为代表，来求陆子规。

"李立柱，瞧你这点出息，我陆哥是亿万富翁，差你这点钱？"没等陆子规和俞茹烟说话，李瓜子抢先说道。

"没你的事。"陆子规转身瞪了李瓜子一眼。虽然知道他是好心，但是嘴巴不把门，张口就是亿万千万，让他说下去，鬼知道会不会把一个鹅毛吹成天鹅。

"是呀，陆老板都是亿万富翁了，还差这点小钱，就先给我们呗。我们急等钱用呢。"村民又是七嘴八舌。

"哦，对了，李瓜子挖了一个破东西，陆老板就给了一千元，那东西我认识，紫乌藤，满山都是，我也去挖。羊不卖了，我们挖紫乌藤，陆老板收不收？"也有村民奇思妙想。

俞茹烟看了看陆子规，也不理解他怎么就突然大方给了李瓜子一千元。

"这东西不一样。你们谁能挖来五十年的紫乌藤根，我也给一千元。"陆子规对俞茹烟解释，也和村民说。

"你怎么知道这何首乌是五十年的？"俞茹烟好奇。

"《本草纲目》记载：'何首乌真仙草也。五十年者如掌大，一百年者如碗大，二百年者如斗栳大。'你看这个大如巴掌，颜色也对，所以判定是五十年的。你别看村民说满山都是，但是那些年份不到。"陆子规满足了俞茹烟的好奇心。又对村民说道："我不和大家开玩笑，如果谁挖到和这个一样的，我大量收购，市场价四百块钱一个，我给大家五百块钱。"

"那陆老板你到北京，我们还到北京找你啊，来回路费还不够呢。"有的村民反应过来，问道。爬山辛辛苦苦挖了，陆子规回到北京，卖给谁？

"这个不用担心，我不在，你们可以去龙口生产队找孙茜孙总。"陆子规大声说道。

"孙茜孙总是谁啊？"孙茜离开家乡到北京时还上高二，很多人不认识她。

"哦，你们知道龙口生产队陆浩至吗？孙茜就住在他家。"陆子规觉得应该有不少人认识父亲。

"你说的是陆浩至大哥家啊，认识认识。小路没坏的时候，我们去青螺街，就从陆大哥家门口过呢，每次都在他家喝水。陆大哥人没话说，我们相信他。对了，你是陆子规，不会是陆浩至大哥家的子规吧？"李立柱和几个村民问道。

"是呀。"陆子规回答道。

"啊呀，是你呀，我小时候还抱过你呢。这就好说了，那我们这羊卖了，马上就杀，你我们信得过，陆浩至大哥我更信得过。"李立柱和两个年老的村民高兴地说道。

这让俞茹烟和陆子规有点意外。没想到峰回路转，因为陆子规报出陆浩至的名号，村民一下子信任起来。俞茹烟反思了一下，自己作为扶贫干部，每年来这里五六次。自己应该是尽心尽力扶贫帮扶他们的，但是刚才磨了半天嘴皮，村民也不答应没有现钱就卖羊。看来，自己这么多年在农村还是不太了解农村了。村民的信任不看你的地位身份，他们更相信的是做人的口碑。他们没有读什么书，更没有阅人多之后的世故聪明，而是本能地觉得这个人好，他们就信任、信服。就像李立柱和村民信任陆浩至、李瓜子信任陆子规一样。

陆子规并不是冷血心肠。他不愿意先给村民钱，是怕村民得寸进尺，给以后双方的合作带来麻烦。但是，他自己也是农村的，知道农民的苦，眼前这帮村民眼巴巴地希望得到现钱，不全是贪婪和对自己的不放心，而是他们真需要钱。平时缺钱也就算了，大家都过苦日子，但是马上要过年了。谁还不想苦了一年，年能过得好一点。陆子规记得，小时候，为了过年，母亲陈凤英大雪天去梅山镇，找陈三爷家借了一块五毛钱。回来买了几斤米、半斤肉，热热闹闹地把那个年过了。到今天，陈三爷不在了，陆子规一家还是非常感谢陈三爷一家对自己家的帮衬。也因如此，陆子规才非常照顾陈小文。

陆子规默默地从羽绒服内衣口袋里掏出三万块钱，转头对李瓜子说："你去找一个本子，找一支笔。"李瓜子现在非常信服陆子规，也不问他要纸和笔干吗，转身回去找了一个作业本和一支圆珠笔："陆哥，你要我记什么？"

陆子规站到刚才坐的石头上，面对眼前这二三十名村民说道："我买你们羊是看在俞主任是我同学的分儿上。她一个女孩做扶贫工作，天天爬大山很不容易，我不愿意她的辛苦白付出了，才讨了这个差事。我和大家说清楚，我说是帮忙就真的是帮忙，没挣大家一分钱。而且羊拉到北京，我需要开发票给人家人家才给结账，有账期也有税钱。所以刚才我没法子给大家现钱。但是现在看在各位对我父亲的信任，对我的信任。父老乡亲们，我也是穷人家孩子，大家过年要钱花我感同身受。所以我登记一下，一只羊现在先付六十。我身上也没带太多现金，剩下的保证在十天之内全部付清。如果大家有急用钱的，可以去找我父亲拿，也可以找孙茜孙总拿。"

大家听陆子规说得有理，又看他拿出现金预付一些，非常高兴，纷纷插嘴感谢。

"谢谢啊。"站在陆子规身边的俞茹烟眼睛有点湿润，低声说道。

"怎么谢？以身相许？"刚刚还一本正经的陆子规看到俞茹烟这样，促狭地问了一句。

53

俞茹烟脸色瞬间绯红，看着陆子规："你……"

陆子规得意一笑，想着你俞茹烟当年说响鼓不要重敲的时候可想到也有今天。

"哈哈，我以身相许，你就敢陪我仗剑走天涯？"俞茹烟却没有如陆子规预料的那样束手就擒，而是以退为进，反击陆子规。陆子规神情一顿，尴尬笑笑。

"就你陆子规三板斧，我还不知道，和我斗。小心一点。"俞茹烟凑在陆子规耳边得意洋洋地说道。

陆子规耸一耸肩，装作无奈。

屠夫来了，一下子来了十几个。估计是俞茹烟将整个青螺镇屠夫都打电话叫了过来，这些人一到，俞茹烟也不和陆子规斗嘴了，和生产队长李立柱号召想卖羊的都把羊赶到大河边去。

李瓜子已经将卖羊的户数和每家卖多少头都记得清清楚楚。看到村民混乱，一挥手说道："大家别乱，听我指挥。我叫名字的先走。李立柱家190只，李立根家25只，李光明家30只……"

看他指挥得有模有样，俞茹烟咂咂嘴，对陆子规说："厉害呀，御人有术啊，这油盐不进的李瓜子到了你这儿都快成人才了。"

"小儿科。"陆子规习惯做甩手掌柜。这一会儿，更像没他什么事一样，站在那里晒太阳。

"把你得意的。"俞茹烟嘴角翘起，看着陆子规，奚落他一句。

"还好吧。"陆子规随口答道。又问李瓜子："预付款也都记清楚了？"

"陆哥放心，记得清清楚楚。李立柱家最多，预付款共计11400元，李立根1500元，李光明1800元，统计共有570只羊，其中给预付款的500只，欠70只没有。另外，有三家急用钱，说过年娶媳妇，我也记下了，过两天找孙总拿钱……"

李瓜子一边看本子，一边对答如流。还要继续汇报，陆子规摆了摆手："记好了就行，这些事就别跟我汇报了。我回去和孙总说一下，让她明天准备一点现金。"

"好咧，陆哥。"李瓜子答应一声，又挤到人堆中忙前忙后。有时候还插科打诨和村民开句玩笑："李立柱啊，一下成万元户了。晚上钱收好啊，小心山猫子叼去了。"

"就你嘴贱，老子晚上不抱媳妇，抱着钱睡觉，山猫子还能叼了去？"李立柱将钱往内衣口袋里塞了塞，戒备地看着李瓜子。

"瞧你那点出息。要说没认识我陆哥之前，你那点钱我还看得上眼。我现在有我陆哥这个靠山，就你那点小钱，我看得上？"李瓜子撇撇嘴，兜里有中华烟，还有一千块钱，他觉得腰杆挺硬。

村民将羊群赶到河边。大家分工明确，妇女用木棍将羊围成一圈，五百多只羊，蔚为壮观。铺开过去，一公里多河滩像是飘起了白云。由俞茹烟这个镇领导坐镇，十几个屠夫也是干劲十足，一分钟一只羊，宰完之后顺手扔在一边，有人扒皮。

河边宰羊，方便是方便，就是血水全流在了河里。河水瞬间变红向下游流去。陆子规皱眉看着这猩红的河水，对俞茹烟说道："这样不行啊，污染太大。"

"是有点，今天就这样了，时间紧，先把五百多只羊宰了再说。晚上冻上，明天车子来了好拉。"俞茹烟知道污染不好，但是眼下也只能这样，权宜之计，就着河水流淌，清洗羊的速度变快。

"车子都联系好了吗？看这样子，至少两辆冷冻车。另外，剩下来五千多头羊，不能这样宰杀，对河水污染太大。"陆子规虽然习惯了做甩手掌柜，但不是什么事都不管，而是事事掌握方向，查缺补漏，不能出差错。

"那我再联系一下。你说的五千只，确定了？"俞茹烟拿出电话给冷库打电话，确定好车辆之后，和陆子规核实剩下的羊。这个事她再信任陆子规也不敢掉以轻心，毕竟五千只羊，好几百万。关乎好几百家养殖户的利益，要是陆子规没联系好，一下子杀了，可就全砸在养殖户手里了。

"秦处长刚才给我打电话了，说那边确定了，要四千多只。另外几个商会我也确定了一下，零零散散的四五百只。加在一起，五千只不成问题。"陆子规淡淡地说道。

俞茹烟看了陆子规一眼，足足有三四秒时间，然后郑重其事地点头："我会做好后续的工作，这一次真是谢谢你。"见俞茹烟很严

253

肃的样子，陆子规也就没和她开玩笑，想了想，说道："我觉得你应该弄个合作社。群众散养，不好管理，你也不可能事事关心养殖、技术、销路等。另外散户还有一个问题，食品证、许可证等都没有，将来还是会很麻烦。"

"你跟我具体说说。"俞茹烟心思放在扶贫上，想法也很简单。黛山村这个情况靠种庄稼没有收入，搞养殖有地利。她倒是考虑过合作社的事。但是谁出资金，谁来管理？这些具体而细微的问题不是她一个扶贫办主任能解决的。

"再说吧，我现在想法还不成熟，等成熟了我给你出一个方案。政府指导，农户结合，合作社运作，我觉得应该是这个模式。"

"行，等你方案。"俞茹烟干脆利落，"什么时候给我？"

"看你这样子，把我当你下属了。"

"哪敢，你陆总都是身价上亿的了。"

"听李瓜子瞎说。"陆子规看看人群中忙碌的李瓜子，一会儿帮助牵羊，一会儿处理下水，忙得不亦乐乎。稍一休息的时候，还掏出中华烟，给忙碌的屠夫敬上一支烟。

"对了，告诉我呗，你现在到底有多少钱？"俞茹烟好奇心又起，央求着问。

"男人口袋多少钱，就跟女人多大年纪一样，应该保密的。"

"那你不说，我不亏了嘛。我多大岁数你知道？我却不知道你有多少钱。"俞茹烟有点耍赖，凑近陆子规，"说吧，我不向你借钱。"

"借也没有。"陆子规瞥了俞茹烟一眼，转身朝李瓜子走去。俞茹烟在他身后紧跟，见他打死不说，说了一句："小气鬼。"

陆子规走到李瓜子面前，见他旧军大衣都是污血，手上也是，满脑袋汗珠，赞许地说道："李瓜子啊，干得不错。"

"是呀，陆总，我从没见过李瓜子这么勤快过，要是早这么勤快，早盖上新房娶了媳妇了。"边上一个叫李光明的村民说道，并朝陆子规竖起大拇指。

陆子规对他笑笑。

"陆哥，我也不知道怎么一回事，见大家一忙，好像有了盼头，我也有干劲了。"李瓜子从口袋里掏出中华烟，就剩一支，拿出来要给陆子规。

陆子规见他手上满是血污，那血污也沾在烟嘴上，用手拍开，自己掏出中华烟，抽了一支。

大家都在忙碌，陆子规闲着也是闲着，这里看看那里看看。俞茹烟比他要忙，见到有人怠工，马上过去训斥几句。看到哪里安排不合理，也要批评一顿。等稍有空闲，见陆子规站在一块石头上欣赏风景，走过来："还是你当老板舒服啊。"

"羡慕？要真是羡慕了？辞职和我一起去北京。"陆子规打趣道。

"我呀，人老珠黄了，去你那里当一个服务员都不合格。"俞茹烟揉一揉肩膀，自从那次去万佛湖摔倒，肋骨虽然复位，但是一忙起来，还是酸痛得厉害。

陆子规看看她的胸口，俞茹烟没有闪避。

"还痛？"

"嗯，有时候。"

两人眼光碰在一起，都从对方眼中看出一种怀念。

54

最终，陆子规败下阵来，低了头，看脚下流水。俞茹烟噗嗤一笑，心想，陆子规还是这么单纯、腼腆呢。有时候故作厉害应该是装腔作势了。

"李瓜子表现不错啊，你不考虑给带到北京去？"李瓜子这人往日里好吃懒做。在寨洼庄，大家对他小偷小摸的行为怨声载道，投诉到俞茹烟这里，俞茹烟也拿他没有法子。今天看到陆子规几句话把他收拾得服服帖帖的，觉得陆子规还是带走李瓜子好。

"这孩子品行不坏。"陆子规说了一句，"好好引导一下，是个人才。但是带到北京，让他和陈小文待在一起，会很麻烦。陈小文也不老实，一个人在北京孤掌难鸣，还不能做啥坏事。要是他当年手下李瓜子去了，两个人狼狈为奸，我就不好管理了。"

"那倒也是。真希望以后他天天能这样，我就少操不少心了。黛山村村民也能过个安静日子。"俞茹烟最怕的就是扶贫对接村里出一两个这样的刺头，成事不足败事有余。但是真要央求陆子规带李瓜子去北京，就显得自己私心太重，只顾自己工作方便而不顾及陆子规会多了麻烦。

"我有法子安排他，眼前，让他上山寻找中药，卖给孙茜。另外将来合作社能用上他。"陆子规对合作社有个大概规划。除了养羊，陆子规还想养鸡、养猪，这些都是原生态食品，可以给自己店里供货，要是发展得好，可以创一个品牌，打开北京销售渠道。再向上海、南京等市场扩展。现在有地利、天时，人和。俞茹烟代表政府出面，再找一两个合适管理的人。当然，李瓜子这种人不可能独当一面，陆子规想到自己二哥陆子存。在这一方面，不能怪陆子规有私心，把关键岗位留给自家人。毕竟俞茹烟代表的政府不可能垫付资金，合作社成立时候的一大笔资金需要自己出，自己掏钱要由放心的人来管理，这个人不见得要有多大能力，能够严格执行自己在北京发布的命令就行。陆子规想了一圈，自己身边没有太合适的人，陆子长帮助孙茜打理地头，那就剩下陆子存。李瓜子脑袋瓜子活，跟在陆子存身边打打下手没有问题。

俞茹烟没想到陆子规这么短时间就有了合作社的框架。两个人相互补充，很快，合作社模型成立。接下来就是俞茹烟帮助选地，陆子规出资金了。

俞茹烟长出一口气："子规，真是谢谢你。这么多年，我负责扶贫，凭良心说，在国家好政策下，我也很努力。但是往往干了半天，不见什么成效。很着急啊。现在你一说合作社，我好像多了不少头绪，也有信心把这工作干得更好，将国家政策落实到位。"

"你今天已经说了五个谢谢了，咱俩不要这么客气吧。我个人觉得国家扶贫工作这么多年开展得非常成功，也不乏先进的事例。不说其他地方，就咱镇，我记得小时候就有。那时候信用社鼓励农民小额贷款，但是那时候谁敢借钱啊，所以后来不了了之。你这几年，也确实做了不少工作，像这个黛山村，养羊路子对了。虽然阻力不小，效果不明显，主要原因，你积极，但是大家不积极。一件事要想成功，政府号召，政策支持是主要原因，另外就要有人牵头、树立标杆，让大家看到实实在在的好处和希望，这样大家才有干劲，而且这件事要能持久……"

"你说得很有道理，我也想树立几个标杆。但是有能力的人不愿意在农村待，在农村待的，不敢冒风险，承受压力。"这是俞茹烟这几年扶贫工作遇阻的另一个原因。没有能人带头，一件事很难推进。乡扶贫办连自己总共三个人，全乡贫困线以下的好几千户，就算三个人累死了，也顾不过来。而且扶贫工作中还有其他的事也都要一一完成，精力和能力都有限啊。

"你有时间和孙茜也好好交流交流。她的中药材种植产业能带动一大批农民致富。眼前这满山的'宝'，没有识货的也是白白浪费了。"陆子规说的是山上野生的中药材，要是挖掘出来，也能迅速带动一部分人摆脱贫困。为什么要俞茹烟找孙茜，那是因为孙茜对中药材有研究，并且注意生态环境。否则大家一窝蜂地去山上挖药材卖，也是一种环境破坏。

俞茹烟点点头。

孙茜等陆子规和俞茹烟走了，也换了一双运动鞋，沿着山冈走了一圈。回来时陈凤英已经做好午饭，见到孙茜一人回来，问："孙茜，子规没和你在一起？"

"哦，子规哥哥陪茹烟姐姐去黛山村扶贫去了。"孙茜乖巧地说道，见陈凤英炒菜，坐到锅灶前加柴烧火。

"茹烟姐是谁？"陈凤英突然听到这个名字，有点耳熟。

"那个子规哥初中、高中同学啊。阿姨你忘了？"

"哦，她啊。她怎么和子规又联系了？"陈凤英恍然大悟，但是又不明白陆子规怎么又和俞茹烟混到一起了。

"具体的我就不知道呢。"

"嗯，孙茜啊，你子规哥怎么样？"

"很好啊，我子规哥对我很好啊。"

"那你要主动一些啊，我家子规脸皮薄。"

火光跳跃，映照在孙茜脸上，和陈凤英东拉西扯聊着家常，突然听到陈凤英这一句，脸瞬间红了。

忙到很晚，五百多只羊还剩一百多只。天色已暗，村民点起火把，陆子规和俞茹烟交代村民几句，推着自行车往家走。走到水潭的地方，夜黑得彻底看不见了。

陆子规将自行车锁到一棵树上，准备第二天来拿。夜晚推车走这样的山路非常危险。

"子规。"黑暗中俞茹烟轻轻叫了一声。

"我在呢，你看得见吗？"陆子规扶着沿山的峭壁小心翼翼地向前走，听到身后俞茹烟喊他回头问道。

"我有点看不见呢。"俞茹烟眼睛近视，看不清夜晚的山路，差点被脚下一个凸起的石头绊倒。

陆子规伸出手，俞茹烟下意识地伸出手，两只手握在一起。

258

“我领着你走。”

“嗯。”俞茹烟轻轻答应了一声。

月亮躲在山后，从长在峭壁山岩上的灌木透过来一丝一缕光线。脚下百丈处是永不干涸的水潭，星光摇落，点缀在水面之上。

“子规。”

“在呢。”

一步一步向前移动。两个人小心翼翼，怕一失足成千古恨。

三百多米险途两个人好像走了很久。终于到了开阔处，路面有两尺左右，村庄遥远。一团团树影在田野中摇动，鸟声和动物在不远处搅动着树枝，声音清晰，显得夜更是寂静。

俞茹烟纤纤手指被陆子规握在手心。肌肤相触，体温交融。两个人停住脚步，彼此对视，朦胧月光之下，恍如当年。

像相邻的两条河，无声地流淌，偶尔交汇，偶尔分离；

像从山涧流过的溪水，轻轻擦过岸边水草的脸颊；

像星月照在大地，月华一片；

如潮的相思，星光稀落，洒下一生的残梦。

不知什么时候，俞茹烟依偎在陆子规的怀里。安静，缄默，良久！俞茹烟抬起头，呢喃着：“谢谢你。”恍惚之间，声音迷离：“对不起。”

陆子规低头，俞茹烟皎洁的面颊，有泪珠，长睫毛扑闪。

“子规哥哥，茹烟姐姐。”不远处的河岸上，孙茜拿着手电筒向这边照来，清脆的声音也传了过来。

俞茹烟从陆子规怀里挣脱开来，迅速地用手指擦擦眼泪。整理了一下稍微凌乱的头发，朝灯光处叫了一声：“是孙茜妹妹吗？我们在这里。”

两个人向灯光走去，孙茜手持手电筒看到两人，喜悦地说道：“终于等到你们了。我估计你们也该回来了，天黑，我怕你们看不见，就来接你们了。这段路太黑，阴森森的，我一个人不敢走，就在这里等你们了。"

俞茹烟上前几步，搂住孙茜肩膀："谢谢妹妹。"

三个人，孙茜和俞茹烟在前，打着手电筒。陆子规跟在后面，约有二十多分钟，到了家门口。门檐上的灯亮着，灯光散落到前面路面。陆浩至和陈凤英站在门前，看到三人回来，长舒一口气。

"孙茜这孩子，非要接你们，这一大晚上的，我怕她有事。我要陪她，又不让。"陈凤英在陆子规面前叨唠了一句。俞茹烟上前和两人打了招呼，陈凤英上下打量她一眼，俞茹烟不习惯这种打量，脸色红了红："阿姨。"

"嗯，长这么漂亮了。"陈凤英感叹一句。

陆子规在门前和父亲陆浩至抽烟。随口说了一下今天的事，父亲感叹一句："这样说，你倒是做了一件大好事。这些人不容易，能帮一把就帮一把。但是，做事要小心，可不能浮。他们靠你钱过年呢。"

55

陈凤英已经做好了饭菜，留俞茹烟一起吃饭。俞茹烟客气了一下，见大家都很热情，也就没再矜持，坐了下来。陆子规拿出一瓶茅台，给陆浩至和自己都倒上一杯，问俞茹烟："你喝一点吗？"

俞茹烟犹豫了一下，刚要拒绝，陈凤英却拿过一个杯子放在她的面前，嗔怪地对陆子规说："你这孩子，虽说茹烟是你同学，你也不能这么不客气啊。当干部的哪有不喝酒的。"

"阿姨。我不算什么干部。"俞茹烟被陈凤英说得有点不好意思。一直以来，因为上学期间和陆子规的关系，特别是陆子规中考没有考好被父亲责骂说是和俞茹烟早恋造成的，这么多年她怕见到陆子规父母。刚才碰面还有点尴尬，见陆子规父母毫无责怪之意，反而非常热情。这种热情发自内心透着淳朴、喜欢，心情一下子轻松了不少。见陆子规真给自己倒了一杯，拿起酒杯："阿姨、叔叔，我敬你们一杯。"

"别呀，茹烟姐。酒桌上哪有你这么喝酒的？"孙茜拦住俞茹烟，并压下她端起的酒杯。

"怎么了？"俞茹烟不解地问道，"难道还有别的规矩？"

"应该是叔叔先发言，说一下祝酒词。然后大家共同干三杯，再相互敬酒啊。"孙茜说的是北京酒桌上的规矩，大家都上桌之后，由主宾端起酒杯，说一下今天宴请的主题和一些祝福的话语。一桌子人只要喝酒的都端起酒杯，不喝酒的喝茶喝水喝饮料，共同干了三杯之后，才分开敬酒。

"这样啊，好啊，那就等陆叔叔说祝酒词了。"俞茹烟立马说道，期待地看向陆浩至。

陆浩至本就不善言辞。今天家里有外人，孙茜倒是还好，从小看着长大，对子规又很亲近，似是儿媳妇又似是闺女，真让他说两句勉强还可以。但是今晚还有一个俞茹烟，对俞茹烟，陆浩至心情复杂。陆子规中考没有考好，后来虽然证实是因为急性肠炎引起的，但是和俞茹烟的早恋肯定也有关系。为了这件事，陆浩至耿耿于怀三年，直到陆子规顺利考上大学。十几年了，按理说孩子的事情自己解决，老人别过多插手，省得惹孩子讨厌，但是心结这一关哪能说过去就轻易过去。何况俞茹烟现在还是镇政府领导，农民对当官的天生有点畏惧。看到孙茜和俞茹烟都让自己说几句，陆浩至端起酒杯，几次张口，都不知道说什么好。

"爸，您就说两句呗。等着你说完再喝酒呢，你不说，我看着这茅台馋。"陆子规火上浇油。

"你这孩子,眼中就只有茅台。"陆浩至没好气地说道。

"对,这也算一句。"陆子规拍掌叫道。

"那好,你们都让我说几句我就说几句。我是干活的,说话没什么水平,就说一些心里话吧。这几年国家政策好了,农村分田到户,只要不懒,就有饭吃。农业税也免了,还有各项补贴,家里也不缺钱用。我们现在最大的希望就是你们孩子能好。工作好,婚姻也好。"陆浩至端起酒杯,说,"我说完了,喝酒。"

孙茜率先鼓掌,陆子规和俞茹烟相互看看,也端起酒杯:"喝酒。"

气氛融洽,陆浩至不胜酒力,三杯酒之后就不喝了。这还因为是茅台,要是其他酒,他顶多喝一杯。陈凤英酒量不错,但是晚上还有家务要做,等一下还要给孙茜熬艾水泡脚,也不敢多喝。和三个孩子一人碰了一杯后,就和陆浩至下桌子了。桌子上就剩孙茜、陆子规、俞茹烟三个人。

陆子规酒量不错,放开喝的话,白酒八两。如果是茅台类的酱香型酒,半斤以内基本上和没事人一样。

孙茜不喝酒,今晚也倒了一小杯。每次嘴唇舔一下,即使这样,不一刻,小脸也是红扑扑的了。灯光下,红唇娇艳欲滴,腮含桃红,眼如秋水。

没想到俞茹烟酒量和陆子规不相上下。十来杯之后,依然没事人一样,只是脸有点微微绯红。她刚和孙茜碰了一下杯,一口干了,又拿起酒杯,和陆子规碰杯:"来,咱俩第一次喝酒,干了。"

"厉害呀。"陆子规感叹一声,端起杯子喝了:"吃点菜?"

"阿姨做的菜真好吃,配上你这茅台,相得益彰啊。孙茜,你有口福了。"俞茹烟知道孙茜从此以后就住在陆子规家后,话里话外都是羡慕。惹得孙茜说"要不我求阿姨答应你也住过来"。

孙茜放下酒杯，端起一杯茶，慢慢细品，一边看着俞茹烟和陆子规斗酒，也间或三个人斗嘴玩。见俞茹烟又一次提及羡慕自己的事，笑着说："我啊，没这享福的命哈。哪像我子规哥哥，能吃能喝能享受。住别墅、开宝马、喝茅台、抽中华。好多男人苦苦一生追求而不得的享受他都实现了。"

俞茹烟被孙茜这句话提醒，看着桌子上的茅台和中华，赞叹一句："陆子规啊，现在了不起了哈，真成成功人士了。以后要多帮衬帮衬我们这些穷人啊。"说完，又端起酒杯，和陆子规拼酒。

"滚。"酒喝得随意，说话也就随意。

"你敢。"孙茜用筷子敲了陆子规脑袋一下，"说话注意一点，子规哥哥。我们这些红花都滚了，就剩你这一片绿叶，不寂寞吗？"没有红花哪有绿叶。

陈凤英怕桌子上菜不够，炒了一个腊肉烧千张端上来。见桌子上菜基本没动，嗔怪了一句："别光顾着喝酒，多吃一点菜。"

"嗯，阿姨说得对，他俩不听我的。"孙茜附和陈凤英。

"小茜啊，你不喝酒就别管他们了，我烧了艾水，你先泡脚。"陈凤英见孙茜不喝酒，让她先泡脚。

"好咧。"孙茜将筷子放下，故意恶狠狠地对两人说道："我不在，你们好好喝酒，可不准说我坏话。"

"我孙茜妹妹最好了，我哪舍得说你坏话。"俞茹烟搂了一下孙茜，又问，"为什么用艾水泡脚？"

"解乏，驱寒气。我昨晚泡了一下，浑身舒服，一下子睡着了，晚上都没怎么咳嗽。"孙茜欢快地说道，"要不，你也泡一下。"

俞茹烟没有推托，下了桌，和孙茜合力将洗脚桶搬到陆子规卧室里。刚从酒桌上下来的陆子规高兴地问道："你俩真好啊，知道我今天爬了一天的山，脚疼，给我打洗脚水啊。"

"想得美。"两人异口同声，并白了陆子规一眼。

洗脚桶是农村过去挑水的木桶。陈凤英给改良了，很大。孙茜和俞茹烟脱了袜子，同时把脚伸进去，热气腾腾。艾草香气扑鼻，两人同时舒服地呻吟了一声。陆子规奇怪地看看两人，看着两人享受的样子说道："等你俩泡完了，水别倒，我也泡一下。"

孙茜和俞茹烟相视一笑，说道："这个，可以。"

陆子规躺在床上看书，俞茹烟抬起头问："子规，最近在网上怎么没看见你什么新作品啊。"

"你也在网上看书？"陆子规问。

"我又不是老古董，现在网络小说那么火，我当然也看啊。"俞茹烟说道，双脚泡在艾水里，非常舒服。孙茜本来眯了眼养神，听到两人说话，睁开眼说道："子规哥哥啊，懒。最开始的时候努力写书，写火了，应该乘胜追击，却不写了。"

"为什么呢？"俞茹烟不解。

"网文没啥意思。快餐文学，小白文学。都是大白话，追求情节刺激，没什么内涵。再说如今，网络编辑都是年轻人，写手也是年轻人。我也该退隐江湖，给这些小孩子让路啊。"陆子规懒懒地说道。他说的是他现在不写网文的一个原因，另外一个原因，生意太忙，自己没时间研究网文的方向，也没时间构思。

"我虽然不在江湖，但是江湖依然有我的传说。"孙茜笑着说，当年子规哥哥用的笔名可是迷倒一大片小姑娘呢。

"没你的笔名好。"陆子规反驳。

"你也有笔名？"俞茹烟好奇地问孙茜，孙茜不想说。

"草西，专刊写专栏的，比我文笔好。"陆子规站到窗户边，推开窗户，边抽烟边说，"你要是真留在家里，有时间倒是多写写。"

"佩服啊，孙茜。原来草西就是你，太厉害了，我经常在杂志上看到你的文章。"俞茹烟冲孙茜抱抱拳，表示敬佩。

"一般，一般。"孙茜谦逊地笑笑。闻到陆子规的烟味，两人都表示厌烦:"抽烟出去抽啊。"

陆子规无奈,感觉两人鸠占鹊巢,明明是在自己的房间洗脚,却把主人赶了出来。

等陆子规走后,俞茹烟和孙茜说笑了几句,谈起正事。就是白天陆子规说的孙茜要在家乡种植中草药以及野生中药材收购的事。

当孙茜知道陆子规今天用一千元收购了两块五十年的何首乌时,惊叹地说道:"山里真的有不少好宝贝啊。拿到中药材市场,至少能卖两三千元呢,要是烹制好,能卖更多。"

"能卖这么多?我还以为是子规看李瓜子可怜,特意多给的呢。"俞茹烟对中药材不懂,还以为陆子规吃亏了,这一转手,竟然能挣两三倍,也是感叹了一下。

"我子规哥哥做生意可不傻,很少吃亏。只是碰到你,这一次羊肉可要吃亏了。"孙茜说道。两人今天卖羊的事孙茜知道后,帮陆子规算了一笔账,账面上不亏不赚。但是那五十箱茅台要贴进去,也不少钱呢。

"所以我要谢谢他。但是我没钱啊。"俞茹烟感叹一声。自己一个月工资三四千元,扶贫遇到困难户的时候还要自掏腰包,口袋里没有什么多余的银子。原本想给陆子规买一点礼品,但是人家现在住别墅、开宝马、抽中华、喝茅台。自己一个小穷公务员,节衣缩食送他的东西,他也看不上眼。

孙茜嘻嘻笑笑。

"我要是有子规的慧眼,到山上挖一点中药材,也能赚点外快就好了。"俞茹烟当然不会真的到山里去挖药材卖,自己虽然没什么钱,但是自己一个人,欲望不是太高,钱够花就行。

"这应该是你们运气好,山上药材虽多,但是多是普通的药材,卖不上什么钱。也就何首乌、七重楼、金线莲贵一点,还要看年份。"孙茜谈到中药材非常专业。

"我也就是想想而已。"俞茹烟说道。

两个人又说了承包地的事，然后规划。前山后山、山冈洼地这里种墨旱莲，那里种乌药材，还有何首乌、七重楼等。如果再开垦一块地，种上郁金香、玫瑰就好了。一旦成功，赚钱了，就在药材和花朵中间修上栈道，山谷之间架起彩虹桥，不但有收入，还能观光。

"你说我要是成功了，算不算你另一个扶贫项目的成功?"两个女人畅想，然后孙茜问俞茹烟自己想法怎么样。

56

再矜持的女人说到玫瑰，都是两眼放光，俞茹烟也不例外。

两人越说越激动，干脆将脚从洗脚盆里面拿出来。孙茜拿了一支笔和两张纸坐到写字台前勾勾画画，不一刻，一幅草图出来。两座山冈，山冈之间玻璃栈道相连。又在山冈上划出一块地，这里是墨旱莲，那里是乌药材，这里是七重楼。其中用木制栈道分隔，栈道边栽上何首乌、紫藤，然后留下几大块，说：这里是郁金香，四五月开，花期长，需要粉的、紫的，这里是玫瑰，要各种品种。那里是蔷薇，开出淡粉色花朵，也很好看，其实牡丹也行，但是太富贵了。

"好呀，好呀。"随着孙茜的讲解，俞茹烟眼睛冒出小星星，好像眼前的荒山已经变成一片花海。

"我说，你俩务实一点行不?"陆子规抽完烟回来，看到两人兴奋的样子，忍不住泼了一瓢凉水。

"不解风情。"孙茜白了陆子规一眼，"难道种药材行，种花就不行?"

陆子规看到两人光脚丫子露在外面,说:"你俩先穿上袜子,别冻了。"

"我袜子在上面房间呢,怎么穿?对了,茹烟姐咱俩到被窝里面,暖和。"说完,也不管陆子规是否同意,两人钻到陆子规床上,用被子盖了脚,相对而坐。嘴里说个不停,这些需要补充,哪里需要修正,然后一年四季都是花草,肯定很美。

"种那么多花,你俩自己看?"陆子规问,床被两人占了,就只好坐在床沿上。

"什么意思啊。我们又是租地,又要修栈道,还有这玻璃栈桥,好多钱呢。花草我们自己当然要看,但是能吸引来游客更好啊,再盖一些茅草屋,搞成休闲基地。又能挣钱,又能欣赏花草。"孙茜雀跃地说着,俞茹烟附和。

"清醒点吧,至少现在条件还不成熟。老老实实把中药材先弄好。"陆子规打断她俩。

"为什么?"

"要吸引游客,需要两个条件。一是客源,我们主要客源是龙舒县城的。第二交通,县城人来山里看风景直接从县道到梅山镇看风景,那里有瀑布、飞泉、风车和自然风光。要到我们这边,得从沙湾镇转弯,绕这么远只看一些花草,估计不会来的。"陆子规理智分析。

"但是我们青螺镇有温泉。每年光是从合肥来泡温泉的就有五万人左右,从县城来的有七八万人。我们将这些人定为我们潜在客户啊。"俞茹烟说道。

"那你除非能修一条从青螺镇直接到我们这里的公路,再将梅子岭山上的杜鹃开发一下,连成一条旅游走廊,还有可能。"对于经过梅子岭的那条小路,陆子规再熟悉不过。高中三年,除了每月一次走县道陪俞茹烟，其余时间早晚一趟。七八里山路，弯弯曲曲，坑坑洼洼，天气好时一趟一个小时，天气不好，就是两个小时。

两人虽然被陆子规泼了凉水，但是谈兴不减。怕陆子规再添乱，索性让陆子规上楼睡觉，两个人继续畅想自己的花海。

春节是餐饮旺季。第二天，陆子规不敢贪睡，一早起来，与父母告别，要回北京。两家店从备料到方案都不能全部落实到位，另外一个昨天那五百只羊今天就发车，自己需要提前到北京落实接货事项。

孙茜也早早起来，帮助陈凤英将宝马后备厢塞满。不管陆子规如何反抗，说自己饭店不差东西，母亲反驳一句：你饭店再多，有家里腌的腊肉咸鸭好吃吗？

俞茹烟的后备厢也被塞了不少东西。"够了，够了，阿姨，太感谢你了。"

"这傻丫头，和阿姨客气什么？以后有时间常来啊，看看孙茜，也看看我们。"陈凤英热情地说道。

"嗯，叔叔和阿姨去青螺镇也到我那里吃饭啊。家里缺什么，和我说一声，我从镇里带回来。"俞茹烟和陈凤英熟悉之后，觉得陆子规父母很好相处，而且善良热情。

陆子规发动车子，挥了挥手，走了，俞茹烟车子紧随在后。陈凤英和陆浩至直到车子转过山脚才进了屋，看到孙茜呆呆地站在门口，两人叹一口气，没有打扰孙茜。

京城腊月，没有多少过年的气氛。但是单位里面基本上都在准备年货，五百只羊第二天如期到达。陆子规没有想到李瓜子主动跟车，还选了一身较为合身的衣服。因为不知道北京冬天的寒冷，穿得有点单薄。

陆子规掏出一千元钱，让陈小文带着李瓜子去商场买一套厚一点的衣服，李瓜子受宠若惊，连连摆手，说不敢要不敢要。

陈小文按住他的脖子往外推，嘴里嘟囔着："你小子还挺上道，让我哥认可了，让你去，你就老老实实地去。"

李瓜子对陈小文又怕又敬。被他掐住脖子，动都不敢动，老老实实地跟着陈小文去了商场。

陆子规和黄科长对接，将五百多只羊送到指定地点，一一核实数据。忙完后，又将黄科长单独拉到一边，说："我给叔叔阿姨单独留了两只，另外我回家的时候，我父母说叔叔阿姨这么多年没回安徽，肯定怀念腊肉和咸鸭的味道，让我带来了。"

黄科长眯着眼看了陆子规一眼，说道："陆总有心了。您带这些土特产给我父母，比给我烟酒还好。"

陆子规谦逊地笑笑，说："叔叔和阿姨的土特产是我父母的意思，您的烟和酒我另有准备，您看什么时候方便，我单独给您送过去。"

"您太客气了哈。这个不急，离春节还早。我这一两天赶紧将您这账结一下。"黄科长和陆子规相处，很舒服。陆子规虽然是生意人，但不俗气也不功利，同时也很会做生意，很懂规矩。官商之间，规矩非常重要。

第二天一早，徽味小轩的账上多了七十多万元，其中二十二万八是五百七十只羊钱，另外三十多万是这个季度黄科长单位的接待费用。这个单位五百多人，不算是很大的国企，但因为是工程单位，接待事项较多。秦处长、黄科长、王主任对陆子规都比较认可，一大半接待都放在了徽味小轩。当然，这样的单位，秦处长又不是一把手，接待花钱的事不可能一手遮天。他们这样对陆子规已经算是做了最大的关照了。包括这一次，员工春节福利，二十多万也是从别的领导手中划拉一部分过来的。

陆子规立即将二十多万从公户上划过来，给孙茜打了电话，说将这五百多只羊钱的余款给村民付了，钱两个小时会到孙茜账上。

孙茜立马和俞茹烟联系。俞茹烟没想到陆子规办事效率这么高，村民们三天内拿到全部羊钱，也是对前来发钱的孙茜和俞茹烟万分感谢，纷纷将家里的土特产塞给两人。两人当然不要，实在推辞不过，象征性地拿了几个土鸡蛋。

陆子规电话又追了过来，说剩下来的四五千只羊马上准备。北京那边已经联系好，要求十天之内到位，欠款在十五天之内付清。

俞茹烟看看孙茜："厉害啊。"

孙茜点头："就是有点累啊。"她陪着俞茹烟在寨洼给村民发钱，忙了一下午。

"你们认识我，算你们倒霉。"俞茹烟开了一句玩笑。

"共同致富，扶贫光荣。"孙茜伸了一个懒腰。

寨洼生产队从来没有这么热闹过，当所有村民知道寨洼养殖户的羊变成现钱后，眼红的有，激动的有。眼红的是一些养羊不挣钱或者卖不出去砸在手里的，很多都是俞茹烟通知到却不做理会的；激动的是已经在俞茹烟这里登记过的。刚开始还有点担心，那个陆老板有这大能耐吗，一下子能卖出去四五千只羊？当寨洼庄的卖羊钱落实之后，他们相信了。

赶羊、宰羊，清洗、包装。三四百养殖户分散在每一个村庄，一个村庄平均一二百只羊。同时宰杀，想不热闹都不行。俞茹烟忙前忙后，开车去县城冷库联系车辆，又叮嘱各户搞好羊的卫生。孙茜这几天闲着没事，也跟着俞茹烟。两个人开着那桑塔纳，那车老旧，常常上坡熄火。

"你这破车，该换了。"再一次熄火时，孙茜说。

"没钱。"俞茹烟下车摆弄，但是手艺不精，半天没有弄好。

"让子规哥送你一辆。"孙茜靠在车上，看俞茹烟脸都被油污溅成大花脸，忍不住笑道。

"送你还差不多。"俞茹烟没好气地说。脸上有汗珠，用手一擦，花脸变成大花脸。

孙茜抽出湿巾帮助俞茹烟擦脸："我有钱，自己买，不要他送。"

俞茹烟伸手拧住孙茜的鼻子，"小富婆啊，以后靠你包养我了。"说完，看着孙茜笑了起来。原来自己手上有油，拧到孙茜鼻子上了，还说了一句让孙茜气得冒烟的话："你这脸长得祸国殃民，特别是这个小鼻子，男人看了想入非非，我看了也是夜不能寐。"

孙茜一看后视镜，自己脸上有油，指着俞茹烟，嗔怒："俞茹烟，你故意的。"

"我就故意，怎么了？"两人嬉笑。然后看到趴窝的桑塔纳，又变得垂头丧气。

57

青螺镇离合肥100多公里，合肥离北京1100公里，青螺镇和北京之间就相差了1200多公里。从地理位置上来说，两者之间很少有交集，更不可能有过多的互动。但是这个冬天，却不一样。

陆子规在北京奔忙。开车从店里到秦局长单位，一步步落实卖羊的事，包括签合同、到货日期、验收、结账。因为有这层关系，陆子规办事又地道，秦局长特批了40%的预付款，款先打到徽味小轩的账上。陆子规留下税额剩余的转到个人账号，给孙茜打过去。交代她验收羊的时候按比例给农户预付款。

有了预付款，农户宰羊更有积极性。整个青螺镇黛山村忙碌起来，屠夫成为最抢手的工种。宰一只羊从十五元钱涨到三十，还是人手不足。幸好到了腊月，在外打工的年轻人纷纷回乡，也加入宰羊队伍。

俞茹烟成为青螺镇各科室中最忙碌的人。统计、对接，每天基本上在镇里露一个面，就开着她的桑塔纳下乡。科室中两个年轻人也被她带动起来，其中一个叫作吴春风的女孩原本就是她的副手，这个腊月彻底成为她的助手，忙前忙后，累得也是叫苦连天。

从腊月十三开始，到腊月二十三这十天时间，已经交付北京三千多只羊，完成预定的百分之六十。这个效率不可说不高，但是没等俞茹烟松一口气，陆子规就打过来电话催促：马上过年了，天气又不好，四天之内，剩下的羊必须全部到位。

陆子规！你就知道催，催，不知道我累成狗了吗？你再催，把我当羊宰了好了。俞茹烟当然只是在心里痛骂陆子规，明面上还很恭敬。这段时间，累虽然累，但是看到村民脸上乐开了花，自己从没有此刻这样的踏实，有成就感。自己身为扶贫办主任已经很努力，但是因为产业定位、技术壁垒以及销路的问题，扶贫工作并不好做，也难见成效。最主要的是被扶贫的对象也不认可，觉得政府只在乎数据、报告、形式，所以很多时候是抱着尽本分听天命的心态做事，和混日子没什么区别。俞茹烟虽然只是一个女人，也不想做什么大官，但是让她这样认命，并不甘心。

现在终于看到了希望。羊能卖得出去，村民挣到了钱，扶贫初见成效。下一步，陆子规还有搞合作社的计划，孙茜中药材的种植，生态园的筹建，都让俞茹烟看到美好的未来。如果一切变为现实，就是这个已经被破坏得千疮百孔的山镇重生的时候。那时候，入眼都是花海，人民安居乐业。

所以对陆子规电话中不客气的催促，俞茹烟慨然接受。只是比平时起得更早，睡得更晚，跑乡下更勤。

几天没见到孙茜了。那一天孙茜陪自己将黛山村庄所有羊款结清，车子趴窝在路上，两人费了九牛二虎之力将车子拖回镇里。弄到晚上十一点，孙茜好像受凉，哮喘又一次发作。这十几天，俞茹烟忙得也没过问她的病情。想起来，俞茹烟有点惭愧，扶贫是自己的工作，这一次不但拖累了陆子规，连孙茜这个局外人也被自己拖累得旧病发作。

等忙完今天，一定要去看看孙茜了。这个让人又爱又恨的丫头，相处一段时间，俞茹烟越来越喜欢她，恨不得将她当自己的亲妹妹一样去疼去爱。

往年江淮之间的青螺镇也下雪。俞茹烟小的时候，有时冬天雪还很大，天也很冷。这几年全球变暖，雪水好像少了，让人都渐渐忘记了青螺镇还会下雪。但是今年，连着下了几场雪，如眉黛一样的远山雪还没有化，第二场雪就接踵而来。将本来如青黛水墨画的世界装饰得粉雕玉琢，很是好看。但是这样的天气，可是苦了俞茹烟。

早晨六点，俞茹烟叫上助理吴春风，两个人胡乱往嘴里塞了几个煎饺，就去院里。准备打车去黛山村，催促那些农户，尽快将羊宰好，清理好。前几天，陆子规又打来电话，语气很不好地责怪俞茹烟工作不彻底，送过去的一批羊连内脏都没清理干净。到了北京，羊肉变臭了，再这样，你俞茹烟任何事我陆子规都不会管了。

那意思就是人情归人情，事归事。别以为你俞茹烟曾经是我的初恋情人，现在工作就可以糊弄。人命大于天，羊肉是吃的，食品安全和卫生需要严格把关。不要留情面，出了事，你我都脱不了干系，死了人，你我都是罪人。

俞茹烟接完电话，呆呆地在雪地站了半天，眼泪不争气地流了下来也毫无知觉。还是吴春风大惊小怪叫道："俞主任，谁欺负你了，你跟我说，我去找他理论。"

俞茹烟缓过劲来，心平气和之后也觉得陆子规说得没错。食品安全哪是自己一个忙字顾不过来就可以疏忽的。见吴春风大嗓门惊动了镇政府其他领导，赶紧把脸上的眼泪抹干净，挥手和大家说，没事没事，该干吗干吗去。

所以今早六点，她就要带吴春风去落实农户宰羊的事。大家越忙越不要忽视细节，特别是卫生。不能萝卜快了不洗泥，所有人必须把羊内脏清理干净了再包装。

但是越急越乱，那辆老破旧的桑塔纳关键时候又掉链子了。天冷之后发动机坏了，打不着火。俞茹烟摆弄半天，车子一点动静没有。气得一脚踹在发动机盖上，"破车，关键时候老是掉链子。"

"俞主任，我觉得你这车即使能启动，也危险。到黛山村都是山道，路窄、陡峭、又滑。"吴春风担心地说道，别在路上翻车了。这样为了工作牺牲，吴春风肯定不干。自己还是花样年纪，还没真正地享受人生呢！

"那走着去？"车子坏了，半天发动不起来，俞茹烟本来就有气，见吴春风阴阳怪气，更是气不打一处来。

"主任，你要是愿意走着去，我不拦着。我可没这力气，扶贫扶贫，做的最苦最累的工作，每年县、镇评先进的时候也没我们。"吴春风牢骚一句，说的倒是事实。别说她一个进镇里三四年的新人没被评过先进，就是俞茹烟这个十几年的老扶贫干部，也从没有与先进沾过边。

俞茹烟看了吴春风一眼。小风衣，小裙子，高跟筒靴，不像下乡扶贫，倒像是去相亲一样。现在的年轻人啊，俞茹烟一时之间有点担心，等自己这一批干部退了或者转换频道，靠吴春风这一代年轻人搞扶贫，他们能不能搞好？能够将这一代的优良工作传统传承下去吗？

两人一筹莫展的时候，镇政府大院门口响起"嘟嘟"的车喇叭声，一辆白色霸道一个侧移停在了两人身边。车轮卷起雪花，吴春风身子一闪，没好气地骂道："谁这么烧包啊，一大早开一个豪车来炫耀？"

车门打开，孙茜跳了下来，对俞茹烟笑着说道："我就说你这个破车不行，天一冷，就打不着火。"

　　"你怎么来了？咳嗽好了？我还想忙完今天怎么着都要去看看你呢。"看到孙茜俏生生地站在自己面前，俞茹烟担着的心放了下来。

　　"哪敢劳驾你这大忙人。我不是担心你这破车耽误事吗？给你送车来了。雪天路滑，就黛山村那路，叫鬼见愁都不为过。你要是出了事，我子规哥哥可不骂死我。"这车是孙茜刚买的，昨天办完手续，花了七十多万。

　　"你给我送车？"俞茹烟不敢相信地看看孙茜，又看看这辆霸道。孙茜站在车前，虽然身材高挑却也显得格外娇丽，就如美女与野兽的完美搭配。

　　"是呀。"孙茜扔给俞茹烟一把车钥匙，"两把钥匙，你一把我一把。不过春节前，应该你开得多。等一下你把我送回家，这车子就交给你了。我再跟子规哥哥汇报一下，他应该就放心了。"

　　"你是说陆子规让你买的？他有那么好心？这几天我都被他骂死了。"俞茹烟不确定地问，说着说着，眼泪不争气地滚落下来。

　　孙茜上前帮她擦去眼泪："好了，好了，这么大人还哭鼻子，在你手下面前，不怕羞？"

　　不说还好，一说，俞茹烟更觉得委屈，上前抱住孙茜，呜呜咽咽："对不起，谢谢。"

　　孙茜用手拍着俞茹烟后背，轻声安抚。这时候，李瓜子从车后座跳了下来。看到原本在自己眼中如天神一样的两个女孩这样柔情，一时之间有点发呆。看到一边发呆的吴春风，问道："你是谁？我怎么好像在哪见过。"

　　吴春风见到一个年轻男子傻傻地看着自己，没好气地问道："你又是谁？"

　　"我啊，李瓜子啊。因为好穿麻衣，江湖人称李麻衣是也，你不认识?"李瓜子自以为豪气地说道,并冲吴春风一抱拳,"江湖儿女,相见就是缘分,女侠多多关照,对了,还没问女侠尊姓芳名呢。"

"麻子?是马蜂还是麻风病?"吴春风看到李瓜子这样,觉得很有趣,捂住红唇问道。

"麻衣,与布衣一个意思,麻衣者,神人也。小姐还没说你的名字呢。"李瓜子紧追不舍,一再追问这个似曾相识的女孩姓名。

"吴春风。"

"哈哈,缘分啊。麻衣白发笑春风。我是李麻衣,你是吴春风。麻衣不笑春风,春风也不误麻衣。幸会幸会,多多关照。"李瓜子又是抱拳又是作揖。弄得本来有点委屈和伤感的俞茹烟心情瞬间好转。看着李瓜子,一身亮堂衣服,一头精干短发,就像换了个人一样。问孙茜,他怎么和你在一起?

58

"哦,他啊,前几天突然冒了出来,说跟着陆子规到了北京一趟。长了见识,决定从此好好做人,跟子规做一番大事业。我这不买车吗?那些手续办起来烦琐,我就让他和我一起。手脚倒是麻利,脑瓜子也不笨。"孙茜简单地叙述了一下,朝李瓜子招招手,让他把车辆手续给俞茹烟一份,特别是保险。怕俞茹烟开车磕磕碰碰要走保险时没有保险单。

"来了,茜姐。"李瓜子本来和吴春风聊得火热。说是聊,不如说是拌嘴。看到孙茜招手,立马从车子里拿了资料,屁颠屁颠地跑了过来。

"茜姐,给您。"李瓜子将资料递给孙茜。他对孙茜发自内心地尊敬。这都是陈小文洗脑，陈小文和他说："我怕我哥，我也尊敬我哥。还有茜姐，那可是我的好姐姐，你回去伺候好了。如果听到我茜姐说你一个不字，我回去扒你皮抽你筋。"陈小文的话就是李瓜子的圣旨，加上这几天跟着陆子规，那架势彻底折服了自己。不管见到多大的官，陆子规不卑不亢，出手又很大方。陆子规话语之中时不时说到孙茜，那就如自己亲妹妹一样。尊敬的大哥陈小文对孙茜尊敬，大哥的大哥陆子规对孙茜又是这样重视，李瓜子哪敢不尊敬孙茜。刚开始听说孙茜高傲冷清有文采人又长得漂亮，李瓜子还很自卑。怕这样的女孩讨厌自己这个小混子，但是孙茜对自己好像没有什么看不起，很平淡的。因为说是陆子规让他来找自己的，哦了一声，然后就没话了。这次买车，让他帮助办手续，六七十万，装在大袋子里，就扔给自己拿着，也不怕自己跑了。

李瓜子突然明白，这是信任。有一刻，眼泪在李瓜子眼窝里打滚。长这么大，别人骂自己，打自己，恨自己，讨厌自己，也有村民因为怕自己背后干坏事，表面尊敬。但没有人像孙茜一样如此信任自己，那可是几十万啊，要是不信任自己，谁敢把钱让他拿着。

后来有一次闲聊时，俞茹烟问孙茜：你把这么多钱交给李瓜子看管，你就不怕他跑了？他在村里可是连人家小羊羔都偷着吃啊。

孙茜却很平淡地说道："既然子规哥哥相信他，我有什么不相信的？"这句话让俞茹烟品味半天。与其说孙茜相信李瓜子，不如说孙茜是从内心里相信陆子规。

孙茜摆摆手，指了指俞茹烟。

李瓜子明白过来，将资料递给俞茹烟："俞主任，给您。您可收好了。"

"哎哟，不错呀，李瓜子，到北京去一趟，会说您了。"俞茹烟看到李瓜子的变化，不光是外在的衣着、发型，就连待人接物都有了长进，心中也是疑惑不已：是北京有这么大魔力，还是陆子规有这么大魔力，短短几天时间，竟能让一个很无赖的人变得上进，彬彬有礼。

霸道车适合走黛山村庄这样的山路。即使道路上有厚厚的积雪，霸道车也能顺畅地通过，开车的俞茹烟感叹一句："孙茜，你真是给我送来了一场及时雨啊。"

"雨夹雪，就有你受得了。"孙茜本来要回家，被俞茹烟做了思想工作，说这个天在家待着，白白浪费了这落雪世界。还不如一起出来走走，山里面风景更美。孙茜此刻就窝在副驾驶座位里，双手抱胸，看着窗外，一个山坡连着一个山坡，山坡上长满松树、翠竹。枝叶上顶满雪花，绒绒的，白色与绿色完美交融。

"和你说正事呢。"俞茹烟一本正经地说道。

"别打扰我看风景。"孙茜淡然回挡，"你不用这么紧张，放松点。霸道车皮实，不会打滑。"

"这么大的车我第一次开，有点把握不住啊。而且这车这么贵，撞坏了，把我卖了也赔不起。"俞茹烟能不紧张，第一次开这么好的车，手心都出汗。

"不用卖，车子坏了，拿人抵债。"孙茜打趣。看着俞茹烟略显娇小却丰满的身躯，咂咂嘴。

一切都很顺利，第二笔预付款也到了村民手里。在俞茹烟严格监督下，这一次羊收拾得很干净，忙到晚上五点，孙茜有点疲倦。俞茹烟开车送她回家，要不陈凤英肯定抱怨自己不会照顾孙茜。留下吴春风收尾，李瓜子屁颠屁颠地跟在吴春风身后帮忙，一天时间，李瓜子和吴春风好像熟得不能再熟了，干活、拌嘴，两人都乐在其中。

腊月二十八，一切都弄得妥当。俞茹烟终于长出一口气，拎着礼物到陆子规家看望陆浩至和陈凤英。还给孙茜送了礼物，一只精美的zippo打火机。因为看到孙茜抽烟，在雪地里，那打火机怎么打也打不着。孙茜回礼，是一件自己在云南亲手染织的麻衣长裙，俞茹烟非常喜欢。当时就在陆子规卧室里脱去冬衣，穿上试了试，在镜子中孤芳自赏一会儿，旋转了一个圈，问孙茜："好看不？"

"我见犹怜。"孙茜跷了大拇指。那裙子穿在俞茹烟身上恰好，玲珑身材上该丰满的地方愈加突出了。

陆子规将羊肉的事彻底忙完，就把全部精力放到了店里。每年到了这个季节餐饮最忙，今年也不例外，两个店不管是中午和晚上，包厢爆满，散客等位。有不少客人因为订不到包厢，找陆子规，陆子规也没有法子，除了那间荣华厅给秦处长每晚留到六点，其他包厢本来就不多。将先预订包厢的人赶走留给那些打电话的客人是不现实的，来的都是客，谁也不能得罪。

腊月二十九，陆子规去人大店巡视。于店长看到陆子规愁眉苦脸，叫了一声："陆总，怎么办啊？"自从孙茜回了安徽不再来店里，大家对陆子规的称呼也改变了，不称呼老板改称陆总了。

"生意这么好，你怎么还愁成这样？"陆子规问。

"就是生意太好，才愁呢。年夜饭订超了，现在张总、李总、王总、吴总等在和我打架呢，要求我必须保证包厢，否则让他们没有面子，别怪到时候找店里麻烦。"于店长愁眉苦脸地说道。年夜饭在一个月前开始预订，结果前台小姑娘糊涂，只管接单子，也不问店里包厢是否预订出去，现在订超了。

这个啊，陆子规想了想，有的人还真不能得罪。是不是老总不说，有的人是当地税务局、工商局等领导。得罪他们，让他们没面子，后续真有麻烦。"要不这样吧，现在就给客户打电话，年夜饭分时段，中午十点到十二点一个时间段，十二点到下午两点一个时间段。下午从四点开始，也是这样。"

"这样行吗？"于店长做了这么多年餐饮，还真没想到这个法子。

"不试试怎么知道。另外，从初一到初七也放开，不叫年夜饭，叫团圆宴。"陆子规吩咐一句。于店长马上去打电话和客户沟通，过了一个多小时，回来和陆子规汇报，说："大家虽然有点意见，但是相对于没有包厢，还是同意这个安排。"

"对于配合的客人一律升为VIP。年夜饭、团圆宴每一桌送两瓶红酒，以示歉意。"年夜饭标准比平时点餐高，利润不错，陆子规这样安排，客人满意，利润也不会降低多少。

陆子规到西客站店，也遇到这个情况。陆子规马上叫来陈小文，用同样的方法解决。陈小文最近工作表现不错，年前收到孙茜让陆子规带过来的大红包，干劲十足。时不时还给李瓜子打电话，严格要求，好好做人，好好做事。

正月初一，一大早，手机铃声不断，拜年的，祝福的。孙茜打来电话，两个人聊了半天。当知道生意这样火爆后，孙茜也是惊喜地说道：好啊，开了一个好头。一年之计在于春，这个春天不错啊。另外，我不在北京，你孤单不？

陆子规感觉还好，主要是忙，没时间感受孤单。昨天忙到晚上十二点回来，第一个电话是顾鸿影的，声音淡淡的。好像没有太多新婚的喜悦，这个春节不是陪父母在龙舒过的，也没有陪秦悦来北京过年，而是一个人在合肥，说是值班。刚放下来，俞茹烟打来电话。电话接通，两人却不知道该说什么，然后，就相互拿着手机，隔着千里，说：照顾好自己。另一个说：你也一样。

至于其他的信息和电话，陆子规接也不接，信息也不回了。等孙茜电话挂了，陆子规打电话给父母问好。父母正在拜门年，今年家里一下子富裕起来，父母在村里有了面子，说话嗓门都大了不少。忙得也没时间搭理陆子规。"啊，人多，吵呢，在你三叔家拜年，马上去你大伯家。你有事没事啊，没事挂了。"拜门年是龙城乡这里的风俗，正月初一，同村同队的，一家家走过。喝一口茶，抽一支烟，大家相互问好，哪怕头一年刚吵架的两家人，今天遇到了也是和和气气。

59

转眼到了来年四月。河溪里小鱼游动，岸边水草茂盛。龙眠山、五龙山延绵的山峦树木葱郁，映山红开得灿烂，如一块块云霞，飘浮在山峦之上。

四月也是农人较忙的时候，采茶，耕田，插秧。

> 绿遍山原白满川，子规声里雨如烟。
>
> 乡村四月闲人少，才了桑蚕又插田。

出自宋代诗人翁卷的《乡村四月》，描写的虽然是浙江乐清的四月江南美景，但是放在青螺镇，也再合适不过。

从青螺镇向梅子岭方向狭窄弯曲的山路上，两个女孩并肩而行。遇到狭窄的地方一人先行一人在后，正是俞茹烟和顾鸿影。

顾鸿影最近到龙舒县考察，对县里报上来较大的项目文件做初步审查，看到青螺镇上报的两个项目。一项是脱贫攻坚农村道路硬化工程，一项是温泉生态园项目。道路硬化工程共有三条道路，其中最长的一条是青螺镇到龙口村庄，再加一座大桥，直通沙塘到黛山村的乡道。项目预算资金为725万。每公里道路预算费用为105万，大桥费用为200万，项目总计不到三千万，资金不算太多。和生态园5000万资金相比，还少2000多万。但是一个镇三年之内只能申报一个项目，所以农村道路硬化项目就和温泉生态园项目发生冲突。可能温泉生态园项目是镇里李书记亲自主抓的项目，又有县里部分领导背书，所以和顾鸿影一起来考察的省里领导对这两个项目的审批就持保留意见。

顾鸿影看到项目书上"脱贫攻坚"四个字，估计是俞茹烟的项目，就打了个电话问俞茹烟，俞茹烟说是。顾鸿影问：你明知道你们书记已经先报了温泉生态园的项目，而且主题不错，说是发展青螺镇的旅游事业，深挖温泉资源。你怎么还和他对着干？往年也就算了，今年基层换届，你不怕领导给你小鞋儿穿？永远把你按在扶贫办主任这个位置上，永远是个副科。

俞茹烟说：要不你来一趟吧，我带你走一趟这个路。你高中毕业之后很少回来，这一次就当旧地重游，顺便看看山上的杜鹃花。

于是，顾鸿影就让考察组先看别的乡镇的项目，最好都实地看看，自己开着车来到青螺镇。俞茹烟和她在青螺中学走了一圈，两个人也没惊动老师，就当旧地重游，重温旧梦。然后饭也不吃，就从青螺中学过河，跨过老街，走在这一条路上。

孙茜这段时间很忙，和村庄里各家各户签订租地合同，租期十五年。每亩一年一百五十元，包括山头、水田在内，总计有一千多亩。两个山冈，山冈中间一条小溪，还有部分水田，只是如今都荒芜了。这个工作并不好做，牵涉到本庄的三十多户，邻队的二十多户。这些田地真荒芜了，没人心痛，如今有人承包，不少人狮子大开口。有要价一年一亩五百的，有要到一千的，还有说承包十五年，那不如十五年一起付了。还有打死不承包的，说宁愿撂荒了。这一部分人以韩家为主，兄弟几个抱团，孙茜各个击破，最后就剩韩小马兄弟三个，还有二狗子韩大庆不愿意承包。三驴子韩大河这几年跟着韩小马没挣到什么钱，也就不那么听话，偷偷把家里十亩多地承包给孙茜。

孙茜给陆子规打电话说这事，陆子规说不急。中药材种植不见得规模越大越好，先少租一点也能节省包地成本，同时节省人工等。等成规模了，别家都能挣到钱，那些人地放在那里，白白地荒芜，他们也心痛。

孙茜说好，设想的乡村生态园反正要等中药园成长起来才能实现，倒也不急在一时。地包下来后，就是重新开垦。有的地方早几年被农民精耕细作，比较贫瘠，需要上肥料。荒芜时间长的地方土壤板结，草根长得深了，要重新开垦。这些都是陆子长带人去做，请的乡民，一天一百五十元，按日工资结算。

孙茜也经常上山看看，和陆子长交代这里怎么划分，那里怎么填土。陈凤英看到孙茜小脸都晒黑了，非常心疼，说了陆子长一顿：你做哥的不能多操一点心啊，什么事都让我家小茜操心，你一天拿二三百干什么吃的？

陆子长被三婶不明不白地说了一顿，心里委屈，又不敢说出来，只好跟孙茜说好话：求求你了，你就别每天上山了，你要是再上山，我三婶又要骂我。

孙茜没法，就在家休息。先把自己衣服洗了，包括内衣内裤。洗完晾在场基前的晒衣架上，自己坐在二楼外延走廊上喝茶、抽烟、看书。

春日阳光让人慵懒，没有人打扰。四野只有花香、鸟鸣，孙茜看书看着看着就有点犯困。突然听到下面场基院子门响，然后见到韩小海偷偷摸摸地拉开院子的门，孙茜一下子从慵懒中惊醒过来。叔叔阿姨不在家，孙茜轻手轻脚摸了一把镰刀，握在手中，韩小海要是敢到家偷东西，今天自己非要砍他不可。

顾鸿影陪着俞茹烟走了四五里路，脚下高跟鞋根子都差点崴掉了。看着俞茹烟的运动鞋，没好气地说道："俞茹烟，你到底想干吗？真想我脚崴了，你才高兴是不是？好好的县道你不走，走这什么破路？"

俞茹烟淡淡地笑着，看着顾鸿影："别急，前面就到了，你看这个山叫梅子岭，路边有蔷薇，山上还有杜鹃，当然你刚才一路走来，也听到那布谷鸟叫了。布谷鸟也叫杜鹃鸟。"

"我知道，也叫子规鸟。但是我来不是陪你看花的，也不是听鸟叫的。我忙着呢，考察组还在等我回去开会。"看到前面的梅子岭，一条小道穿山而过，那高度，自己看着都怕，再爬上去，这脚就毁了。

"别急，别急，我拉着你上。"俞茹烟真拉起顾鸿影，哼哧哼哧地爬上有几百米绝对高度的梅子岭。顾鸿影双手扶住膝盖，气喘吁吁，瞪了俞茹烟一眼："我今天被你害惨了。我说俞茹烟，你是不是在给陆子规打抱不平啊。因为我和秦悦结婚了，好像甩了陆子规。不对啊，当年做女版陈世美的是你俞茹烟啊，不是我顾鸿影。"

"没我当陈世美，你也做不了昭阳公主啊。"昭阳公主就是陈世美抛弃糟糠之妻秦香莲娶的那位。

"你！"顾鸿影被俞茹烟撑得哑口无言。

"别急赤白脸，马上就到了。"俞茹烟指了指梅子岭朝龙口村庄的方向。

顾鸿影没有法子，反正今天上了俞茹烟的贼船，恐怕俞茹烟不会罢休。咬牙坚持，走下山岭，又走了四五里山路。俞茹烟站在离龙口村庄不远的地方说道："顾鸿影，知道我今天为什么带你走这条路吗？"

"我还不知道你的心思？你的项目是脱贫攻坚农村道路硬化工程，你不就是想让我感受一下农村道路的不好走吗？要都像你这样报项目，我不累死也被害死。有开矿的，我还要到矿洞走一圈啊？俞茹烟，你绝对不全部是公心，肯定还有报复我的私心。"顾鸿影的高跟鞋彻底报废，这双鞋三万多元，顾鸿影将鞋子脱了，彻底把坏了的鞋跟拔掉，穿在脚上，不舒服也别扭，"你赔我鞋。"

"项目批了，我赔你十双鞋。"俞茹烟笑吟吟地说道。

"一双鞋三千多，十双，凭你那点工资，一年不吃不喝？"顾鸿影讽刺地说道。她怕说出来这双鞋三万多，吓着俞茹烟，就随口说道是三千多。

"这么贵啊！"俞茹烟觉得自己再一次变成彻头彻尾的穷人。自己一个月工资也就三千多，真要一年不吃不喝才赔得起她十双鞋呢。

"哦，我倒忘了，人家陆子规现在变成有钱人了。给旧情人送车一出手就是六七十万，我比不了啊。"顾鸿影感觉今天被俞茹烟坑惨了，所以语言里也是充满了刻薄。

"后悔了？"俞茹烟也不示弱。

"俞茹烟，我警告你，你再这样说话，咱俩朋友都没得做。别说项目审批，就是其他领导同意了，我也给你砍了。你就一辈子混你的副科吧。"顾鸿影彻底被俞茹烟激怒，秀眉竖起，脸有薄怒。

"顾鸿影，你能冷静一下吗？你真以为我今天带你走这一条路单纯为了项目顺利审批吗？"俞茹烟淡淡地说道。不理会顾鸿影探问的眼神，继续说道："这条路，你今天只是走了一遍，就累成这样。你能想象当年我们口中的那个人一走就是三年，无论春秋寒暑，无论雨雪风霜。那时候，你和舒桐每年考第一第二，他无论如何努力，都是第三，有时候他很沮丧。我也是不解，后来才明白，你和舒桐住校，吃穿不愁，有的是学习时间。而你们学习的时候他却要穿着一双烂鞋，每天走这样的路，来回要两三个小时，回家还要干农活……"说到后来，俞茹烟眼眶湿润。

"你，你是说这条路是子规上学的路？"顾鸿影弱弱地问。

60

"要不然呢。"俞茹烟不管顾鸿影看自己的眼神，任凭眼泪从眼眶落下，"我现在真的后悔，当年他那样辛苦，学习，走路，回家干农活。我每个月还要他陪我从县道回家，每周还要他帮我整理笔记。包括那一次，我去万佛湖摔了，他骑五六十里路带我回来。身上没钱，一天都没吃饭，当时虽然感动，也觉得理所当然，谁叫他是我的恋人呢。他爱我应该，我爱他也是应该。但是最终我把他弄丢了。"

说到这里，俞茹烟已经泣不成声，顾鸿影反过来安慰她。

像是一股委屈积压在心里好久，又像是懊恼当年自己就是那个无理取闹的小丫头。因为陆子规照顾孙茜，发生那件被"抓奸"的事，自己明知道两人不可能发生那样的事。但是，当时，自己就是委屈，觉得他们伤害了自己。如今想来，还不是为了自己一点浅薄的面子！觉得自己生来应该是一个公主，他就是要为我想，为我付出，只能围着我一个人转。

那之后，她知道陆子规失落、自责，人也一下子变得沉默。但是他越是这样自己越是解气，甚至为了报复陆子规，自己和舒桐走到一起。

大学三年，她每一次看到陆子规，都是冷言冷语。直到舒桐的本性暴露无遗之后，才发觉陆子规才是真爱自己的人，但那时候，陆子规和顾鸿影好像走到一起了。

问世间情为何物，直教人生死相许！到如今天南地北双飞客，老翅几回寒暑。真是爱不得已，恨也不得已。

"好了，好了。"

顾鸿影和俞茹烟认识十几年，虽然交往不多。也因为陆子规，两人之间有着一种尴尬，有时候相互刻意回避。俞茹烟眉眼生烟，有着女孩的傲气，又经过官场这么多年磨炼，为人沉稳，性格内敛。没想到今天这么放声纵哭，真情流露。想到自己和陆子规的结果，也是不尽如人意。

"好了。别哭了，多大的人了，还是镇里领导呢，让村民看到多不好。"顾鸿影劝慰俞茹烟。

"我哭我自己，和别人有什么关系。顾鸿影，你也是活该，我知道你现在过得不幸福，这个你别骗我，我就是能看得出来。但是顾鸿影，你这也是自找的，陆子规遇到你，就像经过冰冻的岩石遇到阳光，真心对你，这么多年他就大学三年时光是最快乐的。毕业之后，工作再不如意，但是因为有你，他积极上进，寻求出路。事业终于有了一点起色，你却抢先和京城公子秦悦结婚了。"俞茹烟停住哭声，擦干眼泪，看着顾鸿影，略带讽刺地说道。

"扯来扯去，怎么扯到我身上了。我也不知道，今天你哪根筋搭错了，就是要报复我、打击我。我结婚，看似好像我抛弃了陆子规，但是他有错在先，我亲耳听到人家叫他老板，叫孙茜老板娘。他俩都这样了，我还不能结婚?"顾鸿影不服气地说道。

"哼，叫老板的多了，叫老板娘的多了。孙茜就是他妹妹，和他没有任何对不起人的事。不过说这个，这就是笑话，我当年犯了这个错误，你也犯了这个错误。自傲、自怜，觉得他就不应该亏欠我们。现在想来，是我们亏欠他更多啊，一个男人，在外漂泊、打拼，没有任何根基，真的挺难，挺让人心疼的。"

两人一顿发泄之后，身体都突然像被掏空了一样，相对无言，静默不语。

然后，顾鸿影平复心思问道:"说完了，说完我们回去吧。他们还等我回去开会呢。"

俞茹烟指一指临河的那户人家:"那就是陆子规家，到了这里，你不去看看?"

顾鸿影犹豫了一下，点点头，两人向陆子规家走去。

孙茜拿着镰刀轻轻地下楼，躲在门后边，只要韩小海敢推门进来，她就敢拿镰刀砍他。但是等了半天，也没见韩小海推门，孙茜轻轻拉开门缝往外一看，差点气死。这个韩小海实在猥琐，走到晾衣架下，拿起孙茜的内衣闻了起来，脸上还露出陶醉的表情。

孙茜气得大喝一声，拿着镰刀冲了出去："色坯，本姑娘砍死你。"

韩小海一见，吓得掉头就跑，跑的时候还不忘将那件内衣拽下来，往自己胸前塞。

韩小海在前面跑，孙茜拿着镰刀追，不一刻，追到小河边。孙茜追得气喘吁吁，但是一想内衣还在韩小海那里，今天就是累死也要追回来，用火烧了。

俞茹烟和顾鸿影刚走到小河边，就见一个人影从小河里蹿上来，再看后面，孙茜拿着镰刀气势汹汹追了过来。两个人匪夷所思地看着这一切，就听到孙茜叫道："茹烟姐姐，快拦住这个人，这个人是贼，偷我东西。"

俞茹烟也不问缘由，看到韩小海就要到自己面前，弯腰捡起一块石头，大喝一声："给我站住。"自有一股官威，吓得韩小海跳到河里。

"这是谁？"顾鸿影问。见俞茹烟拿起一块石头，自己也拿起一块石头，虎视眈眈地看着跳到河里那个人，要帮助俞茹烟一起抓贼。

"不知道，看孙茜这么生气，这个人肯定没干好事。"俞茹烟答道，抢占了一个有利地形，不让河里男人逃跑。

"哦，原来是孙茜？"顾鸿影和孙茜不熟，饭店里看到一次，婚礼上看到一次，时间都很短暂，没留下太多印象。这真是说曹操，曹操到啊，刚才还和俞茹烟说到她呢，以为是一个妖精，专门勾引陆子规。和两人是实打实的情敌，现在可好，妖精手中拿着镰刀追贼了。

好笑的是三个人，本来情敌关系，现在一起对付毛贼。等孙茜说这人是淫贼之后，三人更是同仇敌忾，合力将韩小海围在中间。

韩小海还要当困兽斗。以为凭自己腿脚怎么样也可以甩掉三个美女的包围，却没想到被看似面熟的一个女人吓住："韩小海，你现在犯的是偷窃罪和猥亵罪，还不交出赃物？"见韩小海犹犹豫豫，俞茹烟又是一声大喝："韩小海，再不老实，马上抓你去派出所。"

韩小海站在小河里，刚下了几场春雨，河水膝盖深。他抬头看向河岸两边，孙茜拿着镰刀虎视眈眈地守在来时的路口，另外一个出口被两个女孩把守。两人看似文弱，但是手中都拿着石块，只要自己闯上去，石块肯定砸了下来。

"你们是谁？多管闲事！"韩小海问道。

"我们是孙茜的朋友。你做了这么见不得人的事，还有脸说我们多管闲事。赶紧的，将赃物交出来，否则马上送你去派出所。"见韩小海厚颜无耻，俞茹烟也没有了耐心，将手中大石头砸向韩小海。

韩小海侧头躲过，顾鸿影手中石块也砸了过来。两人又弯腰捡起石块。"这是警告。"然后一起砸向韩小海。

河道狭窄，除了出口，别的地方坡陡，河水湍急，韩小海躲无可躲，孙茜一手拿着镰刀一手抓起石块砸了过来。

"姑奶奶，求求你们了，我给你们还不行吗？"有几块石块砸到他的身上，还有一块差点砸到他的脸上。韩小海认尿，将一件红色内衣举在手中。

"扔过来。"孙茜气势汹汹地说。

韩小海将内衣包了石块朝孙茜扔过去，孙茜接过来，厌烦地看了一眼，对顾鸿影和俞茹烟挥一挥手。三人准备撤退，临走之前警告韩小海："再有下一次，我剁了你的手。"

"韩小海，你给我听着，我是镇政府的俞茹烟，如果你觉得我分量不够，这一位是省政府的顾鸿影。我们都是孙茜朋友，你如果敢再欺负孙茜，我们分分钟叫你怎么做人。"俞茹烟指着韩小海鼻梁骂道。

韩小寒弯腰作揖："三位姑奶奶，我再也不敢了。"俞茹烟他认识，镇政府扶贫办的，手中有点实权。韩家兄弟几个在镇里有关系，也不会太在乎一个有点实权的扶贫办主任。但是另外一位如果真是省政府的，借韩小海几个胆，他也不敢招惹。而且让韩小海恐惧的是大哥韩小马心狠手毒，这段时间已经警告过自己和韩小山几次，别惹事，如果耽误他的大事，绝对没有好果子吃。

孙茜等顾鸿影和俞茹烟跨过门前的小桥过来，惊喜地问道："你们怎么过来了？"

"我们不过来，哪能看到刚才的热闹。"顾鸿影矜持地笑了笑，说，"挺厉害啊，敢拿镰刀砍人。"

孙茜斜眼看了顾鸿影一眼，又看到顾鸿影残破的高跟鞋，突然笑了："你们从梅子岭过来的，山路不好走吧？"

"都是被俞茹烟坑的，她答应赔我十双鞋。"顾鸿影对俞茹烟今天的特意安排还是有点耿耿于怀。

"菲拉格慕？你这一双不是经典款，也要三万多一双吧。俞茹烟，你疯了，要赔她十双？"孙茜很好奇地看着俞茹烟，不知道两人之间到底发生了什么事。

"啊。"俞茹烟张大嘴巴，真是贫穷限制了想象，一双鞋三万多，还不是经典款。不对啊，是不是孙茜看走眼了，顾鸿影刚才明明说这双鞋三千多啊。就是三千多，自己一年工资也赔不起她十双鞋啊，除非自己不吃不喝，不买化妆品。

"菲拉格慕，意大利十大奢侈品品牌。有着'明星御用皮鞋匠'的称号，以质量和细节赢得了全世界的名媛淑女们的青睐。菲拉格慕每双鞋的制作共有134道工序，款式与舒适度都无可挑剔。"孙茜仔细看了看顾鸿影脚上没有高跟的鞋，说道，"我应该没有看错，同样的鞋，我在北京买过一双。"

"俞茹烟，现在知道我没欺负你，这么多年都是你欺负我了吧。"顾鸿影一语双关地说道。

孙茜将手中被韩小海偷去的内衣放在椅子上，自己回身到房间

290

拿来一双和顾鸿影脚上差不多的鞋，递给顾鸿影："换上吧。我买来就穿过一两次。"孙茜偶尔买点奢侈品，但是用得不多。比如包、衣服，作为女孩，通过自己的努力拥有一两件奢侈品，也是对自己的一种犒劳。

顾鸿影脚上的鞋子实在不能穿了。抬起腿，把脚上的鞋子抖掉，换上孙茜拿出来的，穿上之后很合脚。"刚好。"她说。

"算我赔你了。"俞茹烟赶紧说。开玩笑，一双鞋三万多，自己可赔不起哈。

"这是孙茜的，和你没关系啊。"顾鸿影故意不依不饶。

"反正我一个穷公务员，买不起这样好的鞋子。"俞茹烟不搭理这茬。

孙茜将那件内衣用打火机点着，等烧成灰烬，才觉得手上干净一点。

61

三个人坐在二楼露天阳台上喝茶聊天。远近树木绿得正浓，布谷鸣叫"不如归去，不如归去"，松鼠在树枝间跳动。"农村真好。"顾鸿影感叹了一句。"你要是待时间长了，就不这样想了。"俞茹烟说了一句。

三个人又说到孙茜中药材种植的事。当听说将来要规划玫瑰花园、郁金香园，还要修建栈道、廊桥，盖上茅草屋。顾鸿影忍耐不住惊喜："你们一定要给我留一间，我没事就过来住。"

"不给。"俞茹烟和孙茜异口同声说道。

"不给，赔鞋。"顾鸿影见两人抱团欺负自己，恶狠狠地对俞茹烟说道。

俞茹烟叹息一声："人穷志短啊。给你留一间吧，最边上的，晚上让野兽来吃你。"

"俞茹烟，你够坏的啊。"顾鸿影感叹。

中午的时候，陈凤英和陆浩至从河滩回来，见到家中一下子多了两个人。俞茹烟他们认识，顾鸿影眼生，问："这是哪家姑娘？长得这么俊。"那一次顾鸿影给陆子规送通知书，在陆子规家吃了一顿饭。但是这十几年过去，顾鸿影变化很大，主要是一种气质的改变。

没等孙茜和俞茹烟介绍，顾鸿影自己站了起来："叔叔阿姨好，我是顾鸿影，再次见到你们真的很高兴。"

"哦，鸿影啊。记得，给子规送通知书时候在家吃过饭。子规也经常说到你。"陈凤英脱口而出，说出来有点后悔，边上还有俞茹烟和孙茜呢。

"真的啊，子规经常和你们提到我？"顾鸿影微微惊喜。

中午饭很丰盛。陈凤英是巧妇，家里又不缺食材，一大桌子菜上桌，等陆浩至在主位坐定。孙茜和俞茹烟一左一右，顾鸿影挨着孙茜。菜刚上桌，陆子长来了，陈凤英让一起吃饭。陆子长看一看孙茜，欲言又止。孙茜知道他找自己有事，说道："先吃饭吧。"

就在这时，李瓜子拎着一只刚打的野兔过来，后边跟着吴春风。"阿姨，我来给你送兔子。"看到俞茹烟，马上叫了一声，"俞主任，你也在啊。"

"这是多灵的鼻子啊，菜刚上桌，你们就来了。"俞茹烟看看李瓜子和吴春风，两个年轻人好像好上了。

李瓜子嬉皮笑脸一笑："我们有口福啊。这位是?"他不认识顾鸿影。

"顾鸿影，我们同学，省里的。来了就一起坐吧，喝酒不？我去拿酒。"在场的只有孙茜全部认识，又算是在自己家里，招呼大家坐下，又去拿了两瓶酒。

顾鸿影和俞茹烟都说中午不喝酒。俞茹烟今天目的已经达到，下午回不回镇里都行，顾鸿影原本打算上午就回去，这一耽误，只能下午了。"难得一聚，喝点吧。"孙茜自己不爱喝酒，但是喜欢看别人喝酒。

李瓜子和吴春风已经跃跃欲试。陆浩至不喜欢喝酒，只是让孙茜倒了一小杯。陆子长酒量不错，但是面前坐着镇领导和省领导，多少有点拘束。被俞茹烟和顾鸿影一口一个大哥一叫，也放开面子，话多了起来，端起酒杯。

陈凤英看到三个女孩都是水灵水灵的，又漂亮又有气质，还没架子。一高兴，也陪三个差点成为儿媳妇的女孩喝起酒来。

酒一多，说话就比较随意。当李瓜子知道韩小海做的这个龌龊事后，立马将酒杯放下，起身要走。"你干吗去？"吴春风问。

"他奶奶的，韩小海找死啊，敢做这事，我去找他算账。"李瓜子恼怒地说道。陈小文几次交代，让他在老家这边一定要保护好孙茜，现在发生这事，是自己失职啊。何况，对孙茜，他内心感激。从来没有人像孙茜这样对自己，既不鄙视，也不刻意为了显示自己有涵养和大度而同情自己。只是很平常地把自己当一个普通人，对李瓜子这种曾经被当作癞皮狗的人来说是一种最大的尊重。

"你给我坐下。"孙茜淡淡地说了一句。这事本来不想再提，刚才也是喝酒时三个人开玩笑，随意说漏了嘴。她不想再把这事闹大，搞得满城风雨，虽然韩小海很龌龊，但是说出去对自己名声也不好。

李瓜子对孙茜言听计从，虽然心中愤愤不平。孙茜让他坐下他还是马上坐下，"但是，就这样算了，太便宜他了。"

"那你准备怎么办？"俞茹烟对李瓜子比较了解，见他这段时间改变很大，欣喜同时也怕他旧病再犯，一冲动惹是生非。

"我要好好教训他一顿，让他不敢下一次。"李瓜子回答。

"打架不能解决问题。你一个人不可能打得过他们兄弟好几个，你要是打人就成为斗殴了，双方都有事。"俞茹烟对韩小海兄弟几个的所作所为也是知道一些，欺行霸市，胡作非为。按理说政府应该早就管管，但是听派出所人聊天，韩家有领导罩着。俞茹烟隐约知道韩家的靠山就是镇里的李书记，两家关系应该在韩小马父亲韩大川那时候就结下来的。那时候，韩大川是龙口生产队队长，李书记是龙城公社干事。

李瓜子边喝酒边琢磨，迟早要找韩小海算账。"你眼珠子乱转，我就知道你不想好事。"坐在他身边的吴春风说道。

"爷们儿的事，女人别管。"李瓜子瞪了她一眼说道。吴春风立即低下头，很温顺的样子，让俞茹烟感觉奇怪。这个吴春风平时在镇里也是天王老子不怕的主，家世不错，对谁都不服。就是见到镇长书记，也是趾高气扬，却没想到在李瓜子面前突然这么温顺。是否这就是爱情？爱情中的女人总是温顺贤惠的。

陆子长见酒喝得差不多了，还是和孙茜汇报了一下近期的工作。其余的事情都比较顺利，就是今天早上发生一件事：周玉柱家的地答应出租了，合同都签了，陆子长也带人开垦出来了，周玉柱家的女人却跑到工地说租金不对，不一下子给十五年的，就不出租了。

"周婶？她以前挺通情达理的啊，应该不是这样的人啊。这一次，怎么这样啊？"孙茜不解地问道。周玉柱和孙家一样，是龙口生产队建队时为数不多的外来户。周玉柱没有兄弟姐妹在这个庄子，性格又软弱，被韩家如狼似虎的几个兄弟打压，就更�了。哪怕全村人都知道韩大川和他媳妇不清不楚，平时也是屁都不敢放。看到韩大川，还点头哈腰，敬烟敬酒。这次征地，除了韩家，就他家最麻烦，今天这么说，明天那么说，现在合同签了，钱给了，地耕了，他又要变化。

"估计是韩大川捣的鬼，四处放话。说你搞这事，没经过他的同意肯定搞不成。即使政府审批，他不答应也不行。"陆子长无奈说道。

"谁呀，这么嚣张？连政府同意都不行？眼中还有国家和政府吗？还有党吗？"顾鸿影喝了几杯茅台，小脸绯红。

"嗯，别激动，把舌头捋直了再说话。"俞茹烟喝的酒不比顾鸿影少，笑话顾鸿影说话太急，也不落地，"在农村，法治意识相对淡薄，好多事靠家天下思维治理。很难让他们尊重政府和党，农村工作不好做，这有很大原因。"

"我不管。谁阻挡政府的治理，谁阻挡国家大好政策，我就治他。你们说那个韩大川是谁，我要治他。"顾鸿影明显有了醉意。"孙茜是我小妹，谁也不能欺负她。"

"你在发改委，又不是公安厅，你怎么治他？"俞茹烟拍一拍顾鸿影的肩头，"少喝点。"

"我就有法子治他，你还别激我。"顾鸿影不甘示弱。

"哦，忘了你爸是县长。"俞茹烟补了一句。

"这和我爸是县长没有关系。"顾鸿影白了俞茹烟一眼，"都怪你，不求上进，没有政治觉悟。就想着扶贫扶贫，自己姐妹都被人欺负了，还没有法子，你要是做了书记，谁还敢欺负孙茜？"

俞茹烟看顾鸿影明显喝多了，也不抬杠，说道："好了，好了，我努力就是。"

"这次换届，你一定要争取。"顾鸿影对俞茹烟郑重其事地交代，"不能一步到位坐上书记的位置，也要做到副镇长。"

"知道了知道了。"俞茹烟看到在座的虽然都算是自己人，但在这个场合说这些事毕竟不好，于是赶紧和孙茜将顾鸿影扶下桌。

大家见三人下桌，也草草吃了一点饭，各自干各自的事去。

李瓜子和吴春风回到黛山村。吴春风最近争取到黛山村驻点扶贫，算是接替了俞茹烟原先的工作。今年开春，黛山村弯羊养殖工作开展得不错，去年那些养殖户挣到了钱，原先不想养弯羊的也都积极争取镇里发的羊羔。有闲人家家里羊羔不够，就找老养殖户买羊羔。今年养殖户一下子增加到一千多户，总存栏数达到三万多头。这些养殖户一边精心喂养弯羊，一边打听陆子规的消息。羊养多了要卖出去才行，只有陆老板有这个实力。大家知道陆老板是李瓜子的大哥，对李瓜子也重视起来，在路上遇见："李兄弟啊，一定要跟陆老板说说，我家的羊吃的是野草，原生态，羊肉质地好，收羊的时候先要考虑我家啊。"

李瓜子很有成就感，也像模像样地跟着吴春风到各家各户检查，遇到问题，就一本正经地说道："这样不行啊，你们不按规矩来，保证不了羊肉的质量，别怪到时候我不收你们的羊。"

那些人对李瓜子愈加尊敬。

养羊为主，鸡鸭猪的养殖也有条不紊地开展推进。

62

顾鸿影在陆子规家住了一晚。三人用艾叶水泡脚，就一个桶，三个人相互抢着，就像小孩子过家家一样，玩得不亦乐乎。陈凤英两口子听到卧室里面的欢声笑语，露出笑容，说道："要是子规在家就好了。"

"在家能挣钱？"陆浩至瓮声瓮气地说了一句，就默默地抽烟，眼中露出一些对现在年轻人的不理解。

顾鸿影没回龙舒县城。和她一起的考察组成员有点着急，说好今晚将所有项目碰一下，看最终筛选哪些项目，明早开会拍板。

考察组的到来，让龙舒官场涌起了一股暗流。通过各种关系打听考察组动态，如果能直接对接考察组成员那是最好，不能对接也是各显神通搞关系。包括各委办局以及下面乡镇。李书记这几天一直在县城寻找机会，他的旧靠山是县委副书记，就是当年陆子规竞聘县电视台主持人时被他一句"这个孩子太土"pass掉的，如今不太管事。有心要帮李书记和考察组搭上线，但是有心无力。新投靠的顾副县长直接说我女儿是考察组组长，我要避嫌。同时委婉地提醒李书记马上换届选举，将心思多放在工作上面，最近都消停一些。

李书记不会因为顾副县长几句轻飘飘的话而放弃这个项目。他打电话叫来韩小马，拉了整整一车的烟酒。酒是古井贡酒26，烟是天都，都是省内名酒名烟。然后给了一个电话，让韩小马按照地址一家一家送。很晚的时候韩小马回到宾馆，一五一十给李书记汇报谁收了，谁收了多少，谁拒绝。李书记沉默不语，在房间里来回走动。然后吩咐："回去把公司资质都准备好，这段时间公司千万别出任何事，一定要拿一个项目下来。"

"李书记，大概是什么项目？"韩小马希望项目金额越大越好。

"不管什么项目，都是三五千万。"李书记说，"该问的问，不该问的不要问。"

韩小马点头哈腰，殷勤给李书记点上天都烟："我听书记的，还是老规矩？"

李书记伸出四根手指，朝韩小马晃了晃："懂吗？"

四根手指是40个点的总额分成。韩小马暗自吸了一口冷气，工程利润不大，偷工减料也只能做到45个点，稍有不慎，只能持平。但他不敢得罪眼前的人，只好点点头，转身要走。却被李书记叫住，严厉地说道："回去让你爸把裤腰带给我扎紧，都他妈快入土的人了，还他妈一天到晚给我整那些不要脸的事，真缺女人，到县城歌厅找，不比姓周家的那个老女人强？"

韩小马知道韩大川的毛病，三天两头去周玉柱家，和那个女人搞在一起。有几次被周玉柱撞见，差点打了起来。现在韩大川又将眼光放在周玉柱儿媳妇身上，老周家儿子虽然有点傻，但是在这方面也不尿，有一次就和韩大川干了起来，要不是老周两口子拉着，那镰刀就砍在韩大川脑袋上了。

"我知道了，李书记，你放心，我一定办好，保证在投标之前不出任何纰漏。"韩小马被李书记狠狠训斥了一顿，又因为李书记这一次狮子大开口，干完活不挣什么钱，气鼓鼓地从县城回来。一到家听说韩小海做了那事，差点得罪了副县长女儿，更是气不打一处来，拿起铁棍就照韩小海脸上打去。

项目公示出来，让青螺镇所有领导大跌眼镜。书记上报的温泉度假村被砍，说过度开发，对环境不利。俞茹烟的脱贫攻坚农村道路硬化工程顺利通过省县审批，还在原有三千万资金基础上追加了五百万资金预算，用在梅子岭那条路上。

李书记把俞茹烟叫到自己办公室，先是一番嘘寒问暖，然后说到正题："俞主任啊，这一次项目审批多亏你那位同学。感谢啊，虽然我申报的项目押后了，但是你申报的项目顺利通过，确保了我镇的发展。我代表青螺镇感谢你啊！"

俞茹烟面色平静："都是书记领导有方。"其实内心做了几种猜度，别看书记表面上和颜悦色，但是谁都知道他对自己的项目看得有多重，今年换届选举，这可是他的政绩。

李书记打了一个哈哈，对俞茹烟的态度还基本满意，"两件事，和你商议一下。一个是脱贫攻坚农村道路硬化工程项目审批下来了，那就抓紧落实，需要招标。另外一个今年的政府债券，还有一点缺口，刚好这个项目多划拨了五百万，就将这五百万拿出来，完成全镇的目标。"

政府专项债券主要是指地方政府为了筹集到预算资金建设某些专项政府工程而发行的一种债券。在青螺镇，政府专项债券相关工

298

作由李书记主管。

俞茹烟将李书记的话在脑子中快速过了一遍。知道有的话自己可以说，有的话明知道有问题，也不能轻易说。还是职位问题，人微言轻。今天这事，看着是李书记找自己协商，那不是看自己面子，而是背后审批人的面子。对顾鸿影要她掌握这次机会换届时争取上一步，也有了深切感受。"李书记，都听您安排。第一，招标本来不是我负责，我只是希望招标的时候尽量选择一家好公司，保质保量，毕竟关乎民生。第二，政府债券的事希望李书记慎重考虑，专款专用是国家政策，我们要是违反了，后果很严重。"

李书记打了一个哈哈，说知道了，挥挥手让俞茹烟出去。俞茹烟走到院子里，站在桂花树下，深深吸了一口气。手伸向口袋，摸了半天，没有摸到烟。偶尔抽烟放松一下自己也是最近被孙茜影响的，孙茜烟瘾不大，但遇到烦心事就点上一支，哪怕点燃拿在手指上。孙茜有个坏毛病，自己抽烟时，也让俞茹烟陪她。掏了半天，没有找到香烟，俞茹烟反身到霸道车上找到烟盒，坐在车子里，抽完一支烟再下来。

俞茹烟没有决定招投标的权限。上了五十万以上的项目必须经过工委会决定，其实最终都是李书记一人拍板。即使有，俞茹烟也没有时间去管这些事。吴春风在黛山村将养殖事业搞得有声有色，这让俞茹烟非常高兴，也放手让她去做。但有一件事，俞茹烟要自己抓，就是陆子规去年说的合作社项目。

陆子规中间回来一趟。到黛山村实际考察了一下，看到弯羊存栏三万多只，老母鸡五万多只，猪一千多头，还有麻鸭、老鹅。在吴春风和李瓜子严格要求下，养殖户都比较规范，只愁销路。

销路陆子规已经设想好了。北京这几年徽菜馆如雨后春笋一般冒了出来，缺少原材料供应。徽菜讲究原汁原味还有菜品的原产地，这给陆子规拓展了思路。养殖、生产加工、打出品牌，然后建立渠道销售。陆子规在北京成立了一家商贸公司，资质证照齐全，组织了一个销售队伍，现在开始着手合作社的事。

当陆子规要求政府以出租地皮入股，十五亩地，占股20%。俞茹烟写了一个报告，镇里工委会、党委会基本通过。陆子规自己占股49%，剩下股份按照养殖户养殖规模分配。合作社以陆子规北京的商贸公司加上青螺镇政府、农户共同入股的方式成立。

合作社选址在沙塘小镇。这里靠近县道，交通方便，离黛山村也近。设计方案以厂房办公为主，没有什么高楼大厦。初期投入三百万，由陆子规垫付，资金到位，就准备施工。俞茹烟每天都去工地监督质量，孙茜没事了，也去工地转转。

孙茜的中药园进展也比较快。土地在春天平整好后，种上了墨旱莲、乌药材、半夏、何首乌。中间一大块栽上了玫瑰，准备来年再种上一块郁金香，生态园就初具规模了。俞茹烟和孙茜两边忙碌，常常是上午去合作社工地，下午去玫瑰园。虽然玫瑰园的玫瑰刚刚栽下，只是冒出新芽，但是两人还是喜欢站在地头，想象着玫瑰开放的样子，每天如此，乐此不疲。

到了秋天，基地平整好后，就准备修建厂房。需要奠基仪式，陆子规准备带着北京商贸公司的团队回到沙塘，主持奠基仪式。

63

年底，基层换届选举。青螺镇拟提拔副科级3名，由副科提拔为正科级干部一个名额，由人大代表投票选举。一个是俞茹烟，另外一个是青螺镇政府办公室主任。办公室主任是李书记可信之人，在名单公示出来的时候，包括俞茹烟，都觉得自己是陪太子读书，所以也不积极。几个平时关系不错，对俞茹烟工作非常认可的科室干部看到俞茹烟不慌不忙的样子，找俞茹烟做工作：你这态度不行啊，虽然说你不是官迷，但这也是个机会，你至少做一个争取的样子。

俞茹烟面带微笑，说道："事情太多，实在是没心思花在这上面。再说，我也不知道怎么样才算争取？"

"到上面活动活动啊。对了，你和顾县长不是有点关系吗？如果顾县长说一句话，事半功倍。"

这句话倒是提醒了俞茹烟。她当然不会自己找顾县长的，而是把电话打给顾鸿影："鸿影，京龙农业合作社马上举行奠基仪式，你有时间过来一趟吗？"关于正科的事一个字没提。俞茹烟反感跑官要官，如果自己工作好，确实做了贡献，组织自然会考虑。这不是自己努力不努力的事，也不是同事说的态度问题，真正的态度应该是对工作保持积极的心态，而不是把心思放在跑官要官上面。但是这些话不能和别人说，说出去只会落一个假清高的话柄。而且，俞茹烟担心，真要是磨到正科，到时候分管工作可能就不是扶贫工作，自己这么多年心血付出，青螺镇刚有点起色的扶贫工作是否会变样？

"你和陆子规那个合作社？你俩夫唱妇随搞的产业，我凑什么热闹？"没人时候，两人拿彼此和陆子规的关系相互开着玩笑。

"别呀，不管谁的产业，你这个省领导要来给我们撑腰啊。"

"我给你撑的屁腰，一个乡镇的农业合作社还不至于让我这个省委办局干部撑脸面吧。我问你，俞茹烟，这一次换届选举有信心吗？这事，我可不和你开玩笑。你快三十五岁了吧，这一次不能升为正科，下一次就不知道是哪一天了。一步慢步步慢。我可不和你开玩笑。"顾鸿影觉得自己来不来给合作社剪彩，对合作社发展影响不大。影响大的应该是俞茹烟的位置，合作社在青螺镇，能不能发展好，除了陆子规的管理和经营思路，最重要的就是需要青螺镇长期的支持。自己鞭长莫及，不可能大事小事都管。只有俞茹烟位置越高，说话分量越重，对合作社的生存和发展的支持才越大。这个道理，难道陆子规和俞茹烟不懂吗？顾鸿影都有点为他们着急。

"怎么又是正科？"俞茹烟揉着脑袋。难道这是自己必须要跨过的一道坎？跨过去就海阔天空，跨不过去就万劫不复？不至于吧。

"看你这态度，好像很无所谓啊。我怎么说你呢？是你故意的，懂装作不懂？还是你本来就是榆木脑袋，少一根筋？"顾鸿影怒其不争。

"你就当我是榆木脑袋吧。"俞茹烟无奈地说。

"你给我等着，我下班就开车过来找你。"顾鸿影气嘟嘟地挂了电话。

另外一边，办公室里只有李书记和办公室主任。

李书记抽完烟，看着办公室主任，低声问道："招标公司定好没？"

"还是县财政推荐的那三家，我们可以从其中选择一家。"办公室主任姓张，四十多岁，面相比实际年龄略大，微微秃顶，眉头经常打结，总给人愁眉苦脸的样子。但更多时候为了表示亲民，见到人挤出笑脸，那表情有点勉强，不知是哭是笑。

"哪一家配合得好？"李书记问。

张主任明白书记什么意思，就是哪一家招标公司比较听话。能听甲方的，能够让甲方指定或者暗示的意向公司中标。招标公司性质也是公司，和甲方合作，也是甲乙关系。作为一般的合作双方来说，乙方服从甲方，为甲方提供优质服务是理所当然的。但是招标公司性质稍微特殊，一般多为上一级财政部门推荐。下级单位使用的时候，不见得能控制招标公司，最终的招标结果也不都是甲方想要的结果。

青螺镇每年都会发生过一两例脱标的事。所谓脱标就是最终中标单位不是原先内定的潜在中标单位。镇政府也不敢为难这些非意向中标单位，因为脱标的发生就这几种可能，一是意向中标单位实力太差或者标书出了问题，二是中标单位实力更强。当然这一种可能可以忽略不计，除非是多包，兼投不可以兼中。因为招标单位在多包之中象征性地留一包让实力强的公司中标。三是招标公司从中做了手脚，他们有意向单位，在编制招标文件及开标时有了侧重。

如果是第一种结果，作为招标单位自认倒霉。那是自己意向中标单位不争气。第二种结果可以当作冠名堂皇的理由，但是实质上也就是一个借口，没人去信。或者中标单位真有实力，标书也编制得好，如果真是只拼实力的话，那这个市场倒是清明公平了，也不会有这么多人为了招标、中标费心费力，为了中标手段用尽。第三种结果，镇政府也是敢怒不敢言，你不敢去责怪招标公司。招标公司有一千种理由等着你去问，比如废标、打分等等，你一问反而露出马脚了。证明你和投标单位有内定和不合理的行为，官场之上，这种傻子很少，既然是公开招标，大家公平竞争，招标条款很清楚，专家打分也公平。另外一个，所有的款项最终由财政结算，你得罪了招标公司也就得罪了财政。干完项目，你钱拿不回来也是白搭。

"基本上都差不多。这几年，我们逢年过节也没少去烧香。"张主任是李书记的得力助手、亲信，对于这些迎来送往熟门熟路。包括三家招标公司，虽然是乙方，张主任也是小心翼翼，各种费用，包括招标管理费、专家费那是一分不少，按时结算，只多不少。只是走两个账，一个公账，另外一个就是其他的账目。

其中也牵涉张主任的办事能力。五十万项目就要走政府招标流程，青螺镇虽然不富裕，但是每年项目不少。这些项目大多数是李书记一个人拍板，当然工委会等流程必须要走，而且还很完善。但是最终落实到项目，必须是正规招标的流程。谁最终中标，这个才是结果。当然，李书记也会下放一些权力给其他副书记、镇长，利益均分。叫花子都有三个相好的，何况是这些领导，谁身边没有一个亲近的人。平时这些人围着领导转，总得有些好处吧？好处怎么给，当然是这些项目。谁的意向中标单位中标了皆大欢喜，没中标那就是分管招标的张主任能力不够，办事不牢，忠心不足了。

"找一家最靠谱的。这一次道路硬化工程事关青螺镇的民心工程，千万不能出错。"李书记很官场地说。

"那您的意向是？"张主任小心翼翼地问。如果是平时，以他是李书记得力干将的身份，他就直接问李书记意向中标单位是谁了。但是刚才李书记拿民心说事，公事公办，他也就不敢问得太明显。

"这些事，你是分管领导，你按程序来。但是我们要大力扶持当地企业，他们可是给我们镇里缴税啊。一个好的企业能够带动周边发展。"李书记说完，看了一眼张主任。非常时期，马上换届选举，明年开十八大。李书记也不敢明目张胆插手招投标事宜。按理说这个老张用了很多年，他应该明白自己心思。

张主任想了想，青螺镇也就两三家工程公司。有资质业绩的也就马踏山海建筑公司了，张主任知道。这一家公司名义上的法人代表是韩小马，实际掌权的不就是李书记吗？"李书记，我明白了，我会和招标公司对接，让他们在编制招标文件上面侧重一些。另外我也会叫韩总这几天抓紧和招标公司好好表示一下，争取在公告出来之前就能决定结果。另外，也要让韩总搞好外围关系，别让那些不知道底细的公司添乱。"

李书记点点头，给张主任扔过来一支烟："你办事我放心啊。"

"那……"张主任欲言又止。

"怎么，你还有事？"李书记问。

"这次镇长选举，还要您多费心。"老镇长今年退休，换届选举，张主任很有希望，但是还有俞茹烟。虽然张主任内心不将俞茹烟当一回事，但是在没有尘埃落定之前，什么变化都难说。这事最终拍板是李书记，所以，张主任还是想得到李书记的亲口承诺。

李书记默默地抽了一会儿烟，说道："如果换作以前，这个事不是问题。这么多年我也是把你往这个位置培养。但是现在俞茹烟那边，背景不小啊，我已经接到上面好几个领导暗示了。"

"那这事难办了？李书记，我可是你的人啊，这么多年你叫我干什么我就干什么。我都快五十岁的人了，这一次没有机会，一辈子都没有机会了。"张主任神情突然有点失控。

李书记看了他一眼："至少还有争取的机会吧，你急啥子。先把招投标搞好，这也证明你的能力。上一次秦镇长的项目脱标，对你意见很大呢，这一次再要出事，我也没法保你。"

张主任突然感觉自己是在刀尖上跳舞。

64

江淮之间的秋并不凉爽。中秋时节，山上道边树叶还是青翠的，细看之下才会发现树叶之上一点蜡质的黄，不但看不出枯萎，反而让树叶多了光彩。夜晚纳凉，还是乡村人的习惯。

龙口村村民吃完晚饭后，家家户户将家里竹编的凉床搬到自家的场基上。一家老小或是在坐椅子上，或是躺在凉床上，有的人家将电视挪到大门口，边看电视边乘凉。

早几年，年轻人出去打工，留在家里的都是老人小孩，今年因为孙茜中药材种植项目顺利开展，需要人手，在家就能挣钱，比在外面打工挣得不少，一些年轻人纷纷返乡，龙口村庄重新有了生气。

今夜，月亮还在后山坡，要到后半夜才能升起一弯下弦月。天上只有星星，四周山野在星光朦胧映照下，显得安静，也多了一些迷蒙。鸟儿归巢，小动物出来觅食。突然，从庄子后面传来一声惨叫。"打死人了。"然后一阵慌乱的脚步声传过来，一个身影飞快地穿过场基，向大河方向跑去。后面，周家傻儿子拿着镰刀狂叫着："砍死你，砍死你这老不死的，砍死你这不要脸的。"

大家一看，被周家傻儿子追击的是韩大川，瞬间明白了怎么一回事。

韩大川与周家女人一直不清不楚。几次被村民发现他们在行苟且之事，也就是周玉柱这个窝囊废，被绿帽子压得头都低到裤裆了，这么多年竟然相安无事。也不知道这个傻儿子有了什么好命，从广西那边娶了一个水灵水灵的媳妇，让韩大川垂涎欲滴。不但霸占了人家婆婆，还要对这个小媳妇下手。周家傻儿子傻是傻，但是比他父亲有骨气。韩大川欺负他妈，他不说也不管，有时候还在光屁股的两个人做那个事的时候，站在边上哈哈傻笑。韩大川知道他傻，也就不把他当一回事。今晚韩大川在周玉柱家喝完酒，周玉柱知道韩大川要和自己媳妇做那个事，就溜了出去。韩大川肆无忌惮，见小媳妇长得水灵，就不要满脸皱纹的老太婆陪自己上床，硬拉着小媳妇，在她婆婆和傻丈夫面前，要做那个事，吓得小媳妇在床上一动不动。差点就要得手的时候，一向痴痴傻傻的傻儿子突然哪根筋搭对了，拿起镰刀砍在韩大川后背。

韩大川刚被小媳妇顶得身体歪斜，要不这一刀砍中，韩大川也就跑不了了。见傻儿子拿刀砍自己，韩大川穿起裤子就跑，一路跑一路喊救命。乘凉的二三十个村民见到韩大川狼狈的样子，除了嘲笑没有一个过来救他，他只好拼命往河滩跑。

韩大川拼命逃跑，周家傻儿子在后边拼命追赶。不一刻，韩大川跑到马踏山海公司。快六十多岁的人跑到这里已经气喘吁吁，他扒住栏杆，疯狂摇晃并大声喊救命。

韩小山见是自己爹，赶紧开门让老爹进来。韩小海也跑了过来，见到周家傻儿子手中拿着镰刀，大声呵斥一声："周傻子，你想干什么？"

周家傻儿子嘴边流着哈喇子，双眼发红："我要砍死这个老不死的。"

"你敢。"韩小海哪会搭理这周家傻儿子，转身就要关大门。周家傻儿子一步窜到大门前，死死推开大门，一镰刀差点砍在韩小海脑袋上。

"我的妈呀，真砍啊。"韩小海吓得一缩脖子，往一边滚去。

周家傻儿子双眼发红，拿着镰刀追击韩大川。

吓得韩大川四处逃窜，一边逃一边叫喊："你们拦住这傻子，他真砍人。"

韩小海和韩小山面面相觑。傻子发疯了，谁敢拦他。

见两个儿子不动，韩大川更着急："老子白日你妈了，日了才有了你们。老子被人砍了，站的像桩。快放狗咬他，咬死他。"

对呀，放狗。韩小海被他干尽坏事的老爹一句话提醒，立马将院子中的两条藏獒绳子解开。那两条藏獒呼的一声扑向周家傻儿子，藏獒力大，一下子扑倒周家傻儿子。周家傻儿子被扑倒在地，先还是使劲挣扎，不一刻，被两条凶恶的藏獒撕扯，渐渐地面目模糊，没有了力气。

"快把狗拉开，别把人咬死了。"韩小山见周家傻儿子渐渐不动了，紧张地说道。却被韩大川一脚踢在屁股上："你这狗日的没良心的东西，老子被追了要死，你还怕他被狗咬死了。"

"咬死人会犯罪的。"韩小山提醒。

韩小海却看得津津有味。那人就像一个破口袋被两条藏獒撕扯，韩小海越看越兴奋。

就在这时，铁门外一声哀号："求求你们，别让狗咬我儿子了。"周玉柱和他老婆担心傻儿子有事，怕真砍死了韩大川，追到这里，却看到自己傻儿子在狗嘴下奄奄一息，手脚、脸都被藏獒撕扯得不成模样。

两人闯进来，拼命将狗撵走。那个傻儿子已经出气比进气多了。

"啊。"周玉柱一声惨叫，扑向韩大川，"还我儿子命来。"韩大川哪会在乎他，一脚将他踹开。周玉柱被踹得趴在地上，半天没敢爬起来，趴在地上呜咽。

周家女人看着自己丈夫，再看看韩大川，又回头看看自己一命呜呼的儿子，突然一声惨叫，这声惨叫如夜空的夜枭一样刺耳。在大家都以为这一声惨叫会继续撕心裂肺时却突然戛然而止。女人双眼发直，站起身，一步一步如僵尸一般向家走去。

"爹，你自首吧。你弄了人家妈还不算，又弄人家儿媳妇。"韩小海一见人真死了，心里感到恐惧，想着自己怎么脱身。

"我日你妈的。老子日弄了才有你，叫老子自首，去坐班房，你他妈的有良心吗？"韩大川骂骂咧咧地说道。见到周玉柱还趴在地上，一脚踹在他身上。

"赶紧叫大哥回来，他有法子。"韩小山脸色煞白地说道。

韩小马正在县城一间歌厅里和招标公司谈条件。谈得基本上差不多了，总额的五个点，外加专家费等，招标公司原则同意按照马踏山海公司条件编制标书。韩小马递出一个手提袋，说："那就拜托陈总了，这是预付款，剩下的投标结果出来，马上到位。另外家里准备了一点土特产，改日送过来。"

陈总拎起手提袋，实沉沉地，大概有四五十万，点点头："另外三家你要找好，这个标的不小，别让人捣乱。我听说县城几家公司也在找关系，论实力比你们强，论关系，人家是省里也有县里也有。"

"这个我明白。"以前这些事韩小马没少干。围标无非是找几家公司说好利润，明面去投。但在标书里故意漏项，确保一家公司中

308

标，或者拿人家公司中标，再给管理费。对于确实不听话不配合的公司，打、砸、威胁。如果这些都不管用，就在开标现场派人把守，不让这些投标单位进入。韩小马兄弟几个都如狼似虎，手下还有一帮打手，养兵千日，用兵一时，这个大标，韩小马志在必得。即使死几个人，他也觉得值。

就在这时，韩小海打来电话。韩小马怒气攻心，恶狠狠地骂了一句："老不死的，尽给我找事。"这个节骨眼上，韩小马眼中只有这个标，真的不愿惹事。包括京龙合作社的土石方工程和砂石料，韩小马想插手都没有插手。要是放在以前，只要在青螺镇的工程，韩小马怎么也要插上一杠子，真正去谈，不行，就走黑道。堵门、威胁对手，各种手段都有，反正逼得你不用韩小马，这个工程就没法子进行。这一次，韩小马没乱动，一是京龙合作社是陆子规和镇政府联合的。他不怕镇政府，却有点害怕陆子规。虽然强龙不压地头蛇，何况陆子规也不算是什么强龙，和自己一样，是生长在农村的泥腿子，但他就是有点怕陆子规。第二个，不愿因小失大，惹怒陆子规和陆子规身后的人，影响这次投标。

人死在自己公司院子里，不管韩小马怎么愤怒，怎么想撇清关系，还是立马驱车回来。一看院子里的情景，拿起靠大门的一条木棍对着韩小海、韩小山劈头盖脸地打去，连韩大川也不放过。

"我日你妈的，你是老子日出来的，敢打老子。"韩大川一边躲一边骂道。也就是现在生产队长不吃香了，放在以前，自己跺跺脚，五龙山都要颤三颤。就你他妈的老子日的，你还敢打我。但是，这是韩大川心里的想法，没敢说出来。韩小马这几年确实挣了钱，自己腰杆在村子里挺硬得很。人家不看他生产队长的面子，但看在他儿子能挣钱有本事的分上，也都是特给他面子。

韩小马打累了，冷静想一想，光打几个成事不足败事有余的，也不管用。看到周玉柱蹲在地上就跟一个傻子一样，也不知道去整理一下周傻子遗体。心里冷笑一声，对两个弟弟努努嘴，自己进了总裁办公室，不一会儿，韩小海、韩小山将周玉柱架了进来。

周玉柱第一次进这间办公室。看到装修得富丽堂皇，心里更是被压制得毫无底气，怯生生地看着韩小马。韩小马从柜里掏出十万块钱，放到周玉柱面前。"事情经过我都知道了，是你儿子砍人在前，我爹属于正当防卫。而且是狗咬死你儿子的，其实和我们没有什么关系。但是怎么说呢，毕竟你儿子死了，你们心里难受。这十万块钱给你，你找个地方把他埋了吧。"

周玉柱傻傻地看着韩小马。他知道韩小马比他爹更阴险狠辣，周玉柱发自内心地害怕。但还是忍不住看看面前一大堆百元钞票，吞了一口口水。韩小马看到，微微冷笑一声。

"我日你妈的，你他娘的是不是挣钱太容易了，十万，还给十万？"韩大川也走了进来，见到韩小马准备拿十万块钱打发周玉柱，立即心疼起来。上前拿起四万塞到自己口袋。"老子跟你要一点钱，你还抠抠搜搜的。"

"六万少吗？"韩大川喝问周玉柱。周玉柱懦弱，不敢直视韩大川，嗫嚅说道："一条人命啊，不到十万？"

韩大川抬脚又要踹他，被韩小马一把推开。"你给我出去。"将韩大川推出门，转身又拿了四万放到周玉柱面前，和和气气地说道："那就这样了，趁晚上赶紧把这事处理好，出去别乱说，周叔你知道我脾气的。你要是听话，我会继续给你钱，你不听话，嘿嘿……"

"听到没？我大哥和你说话呢。"韩小海一声怒喝，周玉柱吓得一哆嗦，连忙点头。

韩小马挥挥手，朝韩小海、韩小山说道："你俩也搭把手，快点把这事情处理好。"

周玉柱将钱揣进胸口，生怕少了一沓。走出院子，到了周傻子尸体前，叹息一声："妈的，是不是我儿子还不知道呢，老子得了这十万块钱，后半生够用了，也不用人养老了。"

65

陆子规是在农历八月十四回到青螺镇的，和他一起的是京龙商贸公司的中层骨干。其中包括营销团队、技术团队，还有总经理陈小文。

徽味小轩这几年发展很快，在北京已经开了五家分店，管理人员都是内部提拔。第一家店的于店长现在已经升为餐饮公司副总经理，那个李厨也升为公司行政总厨。各家分店的店长和厨师长由原来店里的领班、主管提职，陈小文转为商贸公司总经理。

内部提拔有个好处，就是企业文化的传承。这些人升职之后，干劲十足，以老带新，认真负责，每家店品质只会提高不会下降。

看到陆子规发展很快，他的朋友黄科长高兴同时也有点担心："是不是发展得太快了？而且有的店就开在某些知名餐饮周边，比如九头鸟、湘鄂情。"

陆子规说："不用太担心，我这内部提拔的模式能够控制品质。品质不下降，生意就不会太差。你说的什么湘鄂情，我不是太在乎。人家走高端路线，主要是商务宴请。其实说白了也就是政府那帮人吧。我这是实实在在做餐饮。为老百姓开的，丰俭由人，不怕竞争，毕竟民以食为天嘛。"

陆子规没想将动静搞大。十来个人坐高铁到合肥，再准备打车回青螺镇。刚出站台就看到俞茹烟，俞茹烟自己开了那辆丰田霸道，又开来一辆中巴斯柯达，看到陆子规，迎上前去："辛苦了。"

两人点头笑笑。"不来一个拥抱？"陆子规面带微笑地问。这一年时间，和俞茹烟再一次变得融洽，除了工作，偶尔也聊聊天。

俞茹烟看看四周人群，脸红了一下："不好吧。"

陆子规真要想要这个拥抱，俞茹烟也不会拒绝。两个人这么多年，最亲密的举动也就是牵一下手，拍一下背。如今，十几年过去，彼此都成熟了不少。陆子规也是随口开一个玩笑，身后这么多公司骨干，他还要有老板的架子和威严呢。

俞茹烟微微失落，跟着陆子规。陆子规将团队人员一一介绍给俞茹烟。陈小文早已出队，看到来迎接的李瓜子，一脚踢了过来，"有出息了啊，穿上西装，打上领带了。就是你这运动鞋配西装的风格有点独特哈。"

"大哥，大哥，别，没看到我女朋友就在身后吗？给点面子。大哥给点面子，请您喝酒。"李瓜子实实在在挨了陈小文一脚，嬉皮笑脸地把吴春风介绍给陈小文。

吴春风眼睛一直盯在陆子规身上，嘴里叨唠：真帅，真帅啊。被李瓜子拉了拉手，才回过神。看到陈小文，落落大方地伸出手："陈哥好，老是听我家瓜子说起你，今天终于见面了。"

哦，陈小文呆了一下，也是伸出手："弟妹好。"

陆子规上了霸道，俞茹烟开车。陈小文也要上车，却被李瓜子轻轻拉住："陈哥，咱们坐大车。"吴春风掩嘴一笑："人家久别重逢，有悄悄话要说，咱做灯泡不好啊。"

陈小文恍然大悟，打了自己一嘴巴："我这有点得意忘形了，忘了这一茬。走，我们坐大车。"

见没人上车，俞茹烟说："咱走？"

"走吧。"陆子规坐在副驾驶座椅上，系好安全带，"这车还开得习惯吗？"

"挺好。你挺有威严啊，你手下都很怕你的样子。"俞茹烟见众人自觉上了斯柯达，连陈小文都没有上这台车。

"还行吧，有总经理，管理人员。好多人进公司三四个月，我都叫不上名字。"

"甩手掌柜?"

"也不算吧，任务制定好了，他们做就行。我适当抽查，不出偏差就好。什么事都亲力亲为，太累，也约束团队积极性。"

"哦。谢谢你的车啊。"开了好久，快要上高速了，俞茹烟说。

"咱俩之间不要这么客气。"陆子规点燃一支烟，问俞茹烟抽不抽。俞茹烟说自己开车不抽，怕落烟灰。"再说，这车是孙茜送你的。"

"这就把你摘干净了?"俞茹烟问。眼睛余光看到陆子规脸型，侧脸比正脸更好看，更有型。难怪吴春风第一眼见到陆子规就失神半天。

人在青螺镇住下，吴春风和李瓜子办事不错，将大家安排在温泉宾馆，房间一般，但是有温泉。晚上，镇政府给陆子规等人接风，李书记亲自参加，对团队表示欢迎，感谢陆总为家乡所做的贡献。

参加完宴请，陆子规和俞茹烟都有点微醺。俞茹烟提议：出去走走。

两人穿过老街，青石板路还在。街道两边的房屋多数保持木质结构，月光透过窗棂，照得花草隐隐约约的。到了河边，河水缓缓流淌，晃动的落月，如一层层银色鳞片。不知不觉，两人走到青螺中学，校门未关。沿台阶而上，就是当年的教室，教室外，栀子花香浓郁。

"子规。"

"嗯。"

"子规。"

"茹烟。"

月下台阶，无人的地方，树影葱郁。风吹过树梢，俞茹烟靠在陆子规的肩头。

第二天清晨，李瓜子和吴春风带领团队去京龙合作社工地实地考察，俞茹烟送陆子规回家过中秋。孙茜看到陆子规，一下扑上来："子规哥哥，你好像又瘦了，长高了。"

"你叫子规哥哥，这么亲热，那我这个亲小妹呢。"陆子规还没反应过来，又被一个女孩拥抱住。低头一看，是自己小妹陆子柔从南京回来，一起过中秋。刮了她一下鼻子："都做到高层了，还这么没形。""嘿嘿，嫌我碍事?"陆子柔缠住陆子规不放，"说，给我带什么礼物了。"

"都有，都有。"陆子规好不容易摆脱孙茜和陆子柔的左拥右抱，和俞茹烟从后备厢往下搬东西。月饼、香烟、茅台酒，还有不少衣服、包包。

大家坐下喝茶。陈凤英却含着眼泪进来。"怎么了，妈?"陆子柔问。

"你周婶服药自杀了。就在刚才，你三婶喊我去看看。你们在家，我去看看再回来做饭。"陈凤英边擦眼泪边说。周玉柱家女人和陈凤英差不多同时期嫁到这个村子，两个人关系虽然不是太好，但毕竟三十多年街坊了，现在人突然没了，陈凤英还是有点伤感。

周玉柱家女人眼见着自家傻儿子活活被狗咬死，麻木了几天，等头脑慢慢清醒后，更加悲伤。也觉得没脸见人，自家儿媳妇和公公闹，要分那十万块钱，说拿了钱回广西去，也不在这么无耻的家庭待了。今天中秋，别人家热热闹闹，都回家团圆，自家这样凄惨。周玉柱女人突然觉得自己这一辈子活得没脸没皮，拿起一瓶农药喝下肚。周玉柱就在边上默默看着她喝农药，也不阻止也不叫人。等尸体硬了，才出来叫。

家破人亡，周家算是彻底散了。但丧事还是要办，陈凤英等几个村里贤惠的女人给周家女人穿好衣服，不免悲戚。如今农村也是土葬，不过不像当年那么麻烦。以前，人死了装在棺材里，用稻草包了，放在地上三年之后才入土。现在提倡火葬，因为丧葬的变化，农村老人现在更怕死，说活了一辈子，临死还要被火烧。

晚上，陈凤英回到家，用消毒水消了手和衣服，要给大家做饭。见家中又多了几个人：顾鸿影、李瓜子、吴春风、陈小文。

顾鸿影的突然到来，让陆子规感到意外。按理说，秦悦应该和她在一起，虽然顾鸿影很少在几人面前提到这个名字。但毕竟结婚了，也没离婚。而且北京人讲究过中秋不过端午，一家人能够团聚就尽量团聚。

顾鸿影也带过来几瓶好酒，红酒，拉菲，不是1982年的，但是酒的品质不错。还给孙茜和俞茹烟带了礼物，各自一个包包，很贵的那一种。看到陆子柔，很不好意思地说："不知道小妹回来，没带礼物，下次一定补上。""可以啊，我留个地址，你给我寄去。"陆子柔笑着说。

"哪有你这样伸手向人要礼物的。"陈凤英接过顾鸿影给老两口买的营养品，嗔怪地对陆子柔说。

"嘻嘻，我喜欢鸿影姐不行啊。"陆子柔吐了吐舌头。她不差钱，但她喜欢收和哥哥有关系的女孩的礼物。这次回来算是大丰收，孙茜给她买了衣服、裙子、包包，都很贵重，包括俞茹烟，也是送了一套职业小西装。哥哥更是大方，送的鞋就两三万一双，当然不是自己一个人的，那鞋自己和孙茜、俞茹烟一人一双。

"我也喜欢子柔妹妹啊。"顾鸿影欣喜地看着陆子柔，越看越亲近。

老人不愿意掺和小孩子的事，忙去做饭了。大姐陆子然知道家里有客人，也买了好多菜回来，陪母亲一起做饭。陆浩至叫来老兄弟几个，还有侄子陆子长和陆子存，陆子长帮助孙茜打理地里的活，陆子存帮助陆子规搞养殖。

月亮悄悄爬上山坡。场基周围桂花开得正盛，花香浓郁，弥散在夜空之中。原本准备的烟火因为周家女人的服毒自杀，陆子规让取消了。

场基上，两张大方桌摆开，老人一桌，年轻人一桌。

陆子规、孙茜、俞茹烟、顾鸿影、陆子柔、陈小文、李瓜子、吴春风，八个人刚好一桌。陆子柔撸起袖子，拿起拉菲："今晚不醉不归。"

"好像你很能喝一样。"陆子规白了她一眼。

"要不拼一下？"陆子柔不甘示弱。

"不喝红酒，喝茅台。"陆子规拿起茅台。家里没有分酒器，让陈小文洗了玻璃杯。

"你这腐败分子，一天到晚就是茅台、中华、别墅、宝马。"陆子柔笑着撑她哥哥。

陆子规哈哈一笑："我这自己挣钱买的，只是提高生活品质而已，跟腐败没关系。她俩，才有机会腐败。"陆子规指一指俞茹烟和顾鸿影。

"我就是一个小公务员，可没机会腐败。"俞茹烟笑着说。

"好像我就腐败了。"顾鸿影反驳。

66

月亮爬过山坡，到了中天。月华如水，远近的山头遍洒月光。近处被挖得千疮百孔的霸王河在月光下也是显得贤淑安静。远山如黛，近处桂子香气弥漫。

陆浩至等老人那一桌已经结束。陈凤英收拾完碗筷看到这一桌还在喝酒，问要不要加菜，都说不要了。陈小文跟着李瓜子和吴春风去镇里了，桌子上就剩陆子规、顾鸿影、俞茹烟。陆子柔说了一句"我拼不过你们"，就洗漱完钻到母亲被窝了。说好多年没被妈妈搂住睡觉，很怀念那种感觉。孙茜坐在一边，盖了一床毯子，看三个人喝酒。

"我们去楼上吧，赏月。"孙茜建议一句。

楼上没有树木遮挡，视野开阔，山水看得更是清楚。四人彼此说着近况，有时候开句玩笑。说到最后，落实三天后的奠基仪式流程，还有梅子岭那条路硬化工程也该动工了，应该是明后天开标。俞茹烟担心中标单位的实力，会不会偷工减料做成豆腐渣工程。顾鸿影说这个好办，从省里找一家监理公司全程监督。又说到换届选举的事，俞茹烟做好分内事就行，其余的不用担心。俞茹烟拿起红酒杯，和顾鸿影碰了一杯："真的谢谢，让你费心了。"

"谢我什么？谢他就行。"顾鸿影端起酒杯，朝陆子规看了看。

陆子规视而不见听而不闻，只是和孙茜聊天。孙茜可能受了凉，突然剧烈地咳嗽，腰弯到一起，面色苍白。

三个人赶紧围了过来。孙茜艰难地抬起头："老毛病了，你们继续。"

农历八月十八，京龙合作社奠基仪式顺利举行。七里八乡知道京龙合作社的经营方向，都充满好奇。闲着的人赶来围观，黛山村养殖户数百人赶来参加，纷纷围在陆子规身边。看他稍有空闲，便围上来聊几句，得到陆子规的肯定答复，他们对今年的养殖更有信心。

同一时间，青螺镇第三会议室，气氛凝重。眼看到了九点，开标主持人张主任看看手表，又看看挂钟。偌大的会议室里只来了三家投标单位，马踏山海和另外两家公司。从细节上看，不难发现另外两家公司给马踏山海公司陪标的蛛丝马迹。张主任心知肚明，不但没有点破，反而暗暗欣喜。如果就这三家公司参与投标，那最终中标的肯定是马踏山海公司，结果与设想一样，这是最理想的结果。但是这一次报名投标的还有两家公司，一家县城的，一家省城的，都很有实力。其中一家还是国企。由国企参与的投标，想要多做手脚，风险很大。张主任巴不得那个分针快一点，马上到九点，一到开标时间，会议室门一关，未到的公司就算自动放弃投标资格了。

八点五十五，张主任打了一个哈哈："卫老师，可否开始了？"卫老师是一个中年女人，精明干练。她是招标公司的招标代表，招标现场所有事是她负责，包括接收标书、审核投标资格材料、专家评分等。

"还有五分钟。"卫老师抬头看一看挂钟，又将摄像头调整了一下位置，招标现场全程监控，明面上谁也不敢作弊。

另外两家公司看看正襟危坐的韩小马，韩小马微不可察地点点头，一切都在把控之中。

从县城到青螺镇，先是一段省道到麻河口，然后从麻河口向西南方向，都是县道。过了春秋山后道路两边就是起伏的山坡山冈，弯道较多，路面狭窄。最窄处两辆车必须小心翼翼才能交会过去。快到青螺镇时，弯道更多，险而陡，是事故多发地带。

在离青螺镇还有三公里的地方，山弯处停放着一辆带挂的大货车。大货车里坐着两个戴墨镜的人，手边放着一瓶白酒。其中一人看看时间，八点整。"差不多了吧，二哥。"

"还早，到八点三十再说。现在动手，他们不开车走也能走到开标现场。"其中一个满脸横肉，即使戴着墨镜，也能感受到目露凶光的人说道。

"韩二哥刚才打来电话，问我们准备得怎么样了。"先说话的那个人说。

"他妈的就是废话多。"满脸横肉的男子说道。

此刻，有几辆车陆续驶过。"给我盯好了，县城牌照的带8字的，特别是合肥牌照的，一辆车都不能放过。"

"知道。"先说话的那个人紧紧盯着路上，还不断低头看手机，一有信息，马上打开。

"来了。"约在八点二十分，先说话的那人看了信息，"韩二哥说那两辆车刚过枫香树，还有十分钟到这里。"

"干完这一票，咱们拿钱走。"满脸横肉的人对另外一个人说道，"你先下车，我要是出了事，一家老小就拜托你了。"

"咱俩不在一起?"那人问。

"咱俩都进去，谁跟姓韩的要钱。韩小马那杂种不是讲信用的人。"原来这两人是韩小马请来的杀手，在路上拦截县城和省城那两家投标公司。

按理说，不到开标的那一刻，投标公司也不知道谁来投标，这算是保密事项。但是因为韩小马前期做了很多工作，并在招标公司收买了一个项目经理。虽然不负责这个标，但是能进入系统看到谁投标谁交了保证金。所以，在购买标书截止的那个时间，韩小马和张主任就知道了这一次一共有五家投标单位。其中两家是韩小马找来陪标的，另外两家一家是县城建筑公司，另外一家省城国企。

韩小马曾经尝试去找这两家公司暗箱操作，但是面对一个乡镇企业，这两家公司没看在眼中。为了确保这个三千多万的项目能够中标，韩小马就找了两个杀手，在路上制造车祸。试图让那两家公司在开标截止时间前不能到开标现场。能不死人最好，实在不行，让这两个杀手看着办。只要拦截成功，一人二十万，真出现死人，死一个人多加二十万。

最后两分钟，韩小马嘴角露出诡异的微笑，看一看招标老师。又看了一眼张主任，两人微不可察地点了一下头。

整点报时，九点。卫老师嘟噜一句："这样的国企，按理说不应该啊，保证金都交了。"卫老师向来公正，属于招标界的清流。经她手的招投标都基本上都做到公平公正。她对另外两家公司也是比较了解，比现场三家实力强，资质全，市场口碑不错。但是今天怎么这么不靠谱，到时间了，两家都没来。

"时间到了吧，卫老师？"张主任问。

"只好这样了，关门吧。"卫老师说了一声。

韩小马嘴角笑容已经掩饰不住。因为有外人在场，他不敢笑得太得意，现场也有摄像头，他也不敢和另外两家交流太多。

一切按照流程走，卫老师将摄像头对准标书，宣读招标事项和流程，然后让三家相互检查标书的密封性。当然，这就是走一个过场，没有人故意刁难标书的完整性和密封性这些不太紧要的细节。然后唱标，唱的是商务标，也就是价格一栏，技术标现场不打开，要等五位评标专家到场再打开。

三家报价，马踏山海报价最低：3499万，离拦标价只差一万。正常情况下这么大标底，没有人敢这样报价的。因为价格一项占十分，韩小马这算是顶格报价了，在价格一项不占优势。但是让卫老师意外的是另外两家报价更高，一个3499.9万，另外一家3499.95万。这样一来，报3499万的马踏山海公司在价格一项竟然满分。卫老师意味深长地看看三家，嘴上没说什么，心里已经知道大概。

只有两家，也不能过分苛责，只要其中一家废标，不够三家的话本次招标只能作废，要重新开标。这个风险卫老师担不起，中间牵涉各种费用，公司和甲方都不承担的话，要自己承担。

最终投标结果不言而喻，三天后公示出来，中标公司：马踏山海公司，中标价3499万。

结果出来，顿时哗然。同一时间，离青螺镇三公里的车祸却没有引起太大影响。交通队勘察了现场，断定有人酒驾，另外一方也是弯道超车太快，发生剧烈碰撞，现场死了两个人。原本就要草草结案，但是省城的那一家公司觉得蹊跷，要求县交通局彻查，需要一个真实的结果。

俞茹烟知道结果后叹息一声，为后续道路施工进度和质量发愁。给顾鸿影打了一个电话，顾鸿影说事已至此，不可能推翻投标结果了，还是抓紧落实监理公司吧！

还有一件事让基层忙碌起来，年底换届选举，已经如火如荼。

副科长人选都顺利通过，吴春风这一年因为工作突出，升任扶贫办副主任。

正科级公示，结果出乎大多数人意料。是俞茹烟而不是志在必得的张主任。张主任脸色阴郁地从李书记办公室出来，回了自己办公室，狠狠地把门关上。"日你妈的，敢涮老子。老子不好过，你姓李的吃不了也兜不住。"然后从抽屉里掏出一个文件袋。

67

到了冬天，孙茜的咳嗽愈来愈厉害。陈凤英想方设法，熬艾水给她泡脚，屋里早早放了火盆，都无济于事。孙茜自己熬二陈汤，天天喝得黄疸都吐出来，咳嗽也没见减轻。

"去医院看看吧。"陈凤英担心。

"没事的，阿姨，这是老毛病了。"孙茜反过来安慰陈凤英。

"那你少往工地跑，在家好好养着。"陈凤英叮嘱。

一年时间，中药种植园已经初见规模。因为周家女人的死，周玉柱和韩大川彻底反目成仇，那一块地也是按照别人家模式租借给孙茜。现在两个山冈和中间田地连到一起，孙茜开始着手栈道事宜。

这期间，孙茜投入不少，也有部分创收。收购村民在山上采挖的野生中药，销售很好。卖了一茬药材，也收回来不少成本。陆子规将今年的分红打到孙茜账上，竟然有七八百万。

只是中间也有插曲。有部分村民看到孙茜坐在家里收购药材就挣了不少钱，也想着自己去做，和孙茜竞价收购。但是好几个人高价收购完药材后找不到销路，那些高价收购来的药材全砸在自己手里。他们只看到孙茜挣钱容易，却没想过孙茜是中药世家，从孙九爷起就和亳州及全国中药材收购商有着世交，孙茜收再多药材销售都不是问题。这些人不知道其中的关节，也不知道到哪里找到采购商。另外一个他们对中药材不懂，高价收购了低质药材，好不容易别人来收购，一看药材品质，摇摇头就走了，还是去找孙茜。

整个生态园的构思都是孙茜一手策划的。她不到现场不放心，陆子长虽然尽心尽力，但毕竟只是一个农民，地里的活他能干好，这设计和思路就差了火候。所以，陈凤英千交代万交代不让孙茜去工地，等咳嗽稍微好一点，她还是忍不住去现场指导。

雨雪刚停，太阳出来，山地泥泞。孙茜穿着风衣，外面套了一件羽绒服，慢悠悠地走到山冈上。这里是廊桥起始处，孙茜左右打量，没发现什么大问题，交代几句，就走到玫瑰园边。尽管是冬天，玫瑰绿叶还是没有落尽，还有几朵玫瑰在顽强开放。孙茜站在花朵前，看了好久。

俞茹烟当了镇长，比以前愈加忙碌。不光扶贫工作，还有分管的卫生、文化，事无巨细，都要交代清楚，并跟踪落实。忙啊，俞茹烟难得地靠在办公室椅子上，听吴春风汇报完黛山村养殖情况。今年黛山村所有养殖户的鸡鸭羊都销售一空，报名参加明年养殖的农户更多，不少人挤破脑袋都要加入京龙合作社。因为合作社成员不但靠养殖和采收山货分钱，年底了还有分红。

"如果每个村都能这样就好了，咱们青螺镇的扶贫目标就可以提前完成。"俞茹烟感叹了一句。

"不是每个村都有陆子规大哥这样的能人的。"吴春风笑着说了一句，"即使有，没有俞镇长做后盾，也是不能成功。"

俞茹烟看了吴春风一眼："和李瓜子到什么程度了？"

"怎么突然问这个事？"吴春风脸色红红地问道。

俞茹烟打了一个哈哈，据说两人已经到了谈婚论嫁的程度。

眨眼到了春节，这个春节很忙，陆子规不回来。孙茜忙且身体不好，顾鸿影终于要到北京过年。好像就剩她一个人了。俞茹烟想，应该到梅子岭路工地看看。

工地很忙，监理公司项目经理看到俞茹烟过来考察，走上前寒暄几句，然后大吐口水。马踏山海公司经验不足，有时候上马蛮干，要不是监理公司极力阻止，好几次都要发生工程事故，还有偷工减料等等。

俞茹烟叹了一口气，然后正色说道："事关老百姓安全，你们一定要把好质量关，紧跟进度。你们是省里来的公司，专业，也不用太担心和建设方的关系，镇里肯定会支持你们的。"

"您支持我们，我们相信，但是……"监理公司项目经理欲言又止。俞茹烟看看四周，点点头，没说什么。

过完春节，转眼到了三月份。大地复苏，山花开了起来。

俞茹烟除了关注扶贫工作，也要组织各种会议和安排，喜迎党的十八大的召开。

六月，县里下了文件，让各乡镇上报献礼十八大的重点工程和成果。这个任务落在分管文化、卫生、扶贫等工作的镇长俞茹烟身上。俞茹烟把自己关在屋里，组织材料。扶贫攻坚乡村道路当然是青螺镇重要一项，另外一个是京龙合作社，这种政府、企业、农户合作的方式也是县里一个亮点。另外一个，青螺镇去年成为省级卫生乡，还有……

对了，孙茜的人间草木生态园怎么忘了？

那个看似孙茜的个人产业，可也带动了三百多农户的经济收益。租地收益、打工收益、中药收益，马上还有旅游收益。应该去看看这丫头了，三四个月没见面，俞茹烟觉得自己这个做姐姐的非常失职。

俞茹烟看着眼前的景象，心情不能平静。六月，所有草木长得茂盛。人间草木生态园的绿植长势良好，在中草药环绕的地方，郁金香全部开放。那三块玫瑰园花朵开得妩媚、灿烂。粉色、红色、黄色都惹人爱怜。

生态园中间的木质栈道已经修建完毕。沿着栈道周边，盖起了十几座茅草结构的房屋，木质地板、窗棂，很有乡村风味。两个山冈中间的玻璃栈桥也在紧锣密鼓地做着收尾工程，只等验收就能使用。

这个丫头，看似弱不禁风，却是一个实干家。俞茹烟看到孙茜站在玫瑰园边，长发被山风轻轻吹起，身形婀娜，仪态万千。"真了不起。"

"还行吧。"孙茜看到俞茹烟莞尔一笑，指向远近处的花草，"我就和这些花草在一起，感觉自在。"

"咳嗽好一点吗?"三四个月没见，俞茹烟非常担心孙茜的身体。

"没事。"孙茜弯腰摘下一朵娇艳的粉色玫瑰，"送你。"

俞茹烟接过来，拿在手中嗅了嗅，说："都说人生有三恨，一恨海棠无香，二恨鲥鱼多刺，三恨《红楼梦》未完。据说还有一恨，就是玫瑰有刺。但是所有女人，就没有不喜欢这玫瑰的。"

"人间草木，相互成全。"孙茜淡淡地说道，"我喜欢海棠，也喜欢玫瑰。"

"什么时候正式开园?"俞茹烟问。梅子岭道路也快验收了，道路一旦开通，就可以将这个生态园纳入温泉旅游线路。到时候资源共享，增加创收。

"一个月。七月底肯定能行。"孙茜细算了一下工程进度。

"那要增加人手啊。厨师、接待人员。"

孙茜点点头，和俞茹烟说了一下自己的构思。原来，孙茜已经将村里部分女性组织起来，送到省城一家五星级酒店培训了。这些人将来就是生态园正式员工，年轻一些的购买社保，年老的多给补助。

俞茹烟轻轻抱住孙茜："辛苦妹妹了。你这又给我做了一个标杆模范，如果能够成功推广，青螺镇就会渐渐富起来。大家都有收入，还有社保。"

孙茜带着俞茹烟走了一圈。茅草屋内虽然是木质结构，却很精致，卧室、客厅、洗浴一应俱全。窗台上还摆放着干花草。"我都想住进来了。"俞茹烟欣喜地说道。

"肯定给你留一间啊。鸿影姐姐也有。"

"你真好啊。"

孙茜笑笑，陪着俞茹烟走下山冈。到了霸王河边，俩人被眼前的景象惊呆。与山冈上的草木茂盛相比，霸王河就如地狱一般。原本就被挖得千疮百孔，现在河床裸露，河水污浊，十几台挖掘机冒出浓烟。

"唉！"孙茜叹了一口气，"人家浙江2005年就提出要保护生态，保护绿水青山，咱们这个情况什么时候能到头啊？"

"金山银山不如绿水青山。我们这里应该也快了，马上召开十八大。"具体政策的事，俞茹烟不能和孙茜说得太深。

中国共产党第十八次全国代表大会（简称中共十八大）于2012年11月8日在北京胜利召开。对于普通百姓来说短时间内还没有明显感受，依然日出而作日落而息。但是在政府部门，这种变化还是比较明显的。先是党风党政的加强，然后是各项政策的推出。其中践行"八风"，全面加强领导干部作风建设在全国落实，切实从理念、德行、用权和自律等方面严格要求自己。以身作则、率先垂范，努力做倡导和践行八个方面良好风气的带头人。以更加振奋的精神、更加良好的作风，创造更好的业绩。龙舒县城那些高档饭店和歌厅一下子门可罗雀，生意一落千丈。

徽味小轩一间包厢里，只有黄科长和陆子规两个人。喝了几杯酒，陆子规装作随意地问道："秦处长好像很久没见了。"

68

黄科长喝了一口酒，看着陆子规："陆总，我们认识几年了？"

"六七年了吧。"徽味小轩在人大附近选址，最先认识的就是黄科长。两人相对投缘，也因为黄科长父母当年在安徽插队，陆子规与黄科长显得更为亲近。

"六七年，那是老朋友了。"黄科长幽幽地说道。

陆子规点点头。

"秦处长，不对，老秦可能有麻烦了。你这边也注意一下。"黄科长接着说道，"形势不一样了，我们都要注意。"

一个月后，也就是2013年春节刚过。秦处长被双规，原因是利用职权贪污受贿。家族当中，他只是其中之一，他的哥哥，也就是秦悦的父亲所犯罪名更大更多。还有秦悦，一家当中有老虎有苍蝇，老虎苍蝇一起打是新时代反腐的决心和特征。

黄科长被提拔为处长，偶尔还来饭店。每次来只要几个家常菜，也不喝茅台。更多时候和陆子规在路边小饭店吃一点，有时候问陆子规饭店和商贸公司经营怎么样。

这几个月，徽味小轩周边的不少大饭店接连倒闭。一问缘由，大多是原先的政府接待少了，普通消费没法支撑当初巨大的投入以及后期的运营费用。

"徽味小轩还行，生意没受影响。毕竟面对普通消费者，丰俭由人。还能支撑。"陆子规算了一下，十八大以后自己店里的日营业额没有减少反而增多了一些。商贸公司也已经成型，2012年一年销售额三千多万，光是弯羊开发出来的产品就达到两千多万。手撕弯羊风干羊肉一年销售了三百多万袋，每袋一公斤，零售价一百多元，批发价六十多元。其他的如老母鸡也比较畅销。

"不错！"黄处长点点头，"做合法生意能够长久，不能违反政策和大的形势。"

京龙商贸公司2013年的生产和销售目标是五千万。原材料依托黛山村的养殖，弯羊为主打产品，已经开发了多种形式。少部分带皮冷冻销售，其余开发成手撕弯羊，属于风干羊肉的一种，进入各大超市销售，很受欢迎。黛山村老母鸡养殖也已经达到十万只的规模，鸡肉主要销售给徽菜系列的饭店。老母鸡汤是徽菜中的经典菜品，土鸡蛋也很畅销，其余猪肉和鹅肉还没有打出特色。

次年五月，俞茹烟作为镇长带队到京龙商贸公司参观考察。商谈完正事，陆子规陪她去长城，爬上好汉坡，俞茹烟有点气喘吁吁，感叹一句："不到长城非好汉，这坡好陡，果然名不虚传啊。"

陆子规背靠城垛，看到清风吹起俞茹烟秀发，侧脸很美。当了一年多镇长，气韵更是沉稳。"你这身体要多锻炼啊，这坡对于我这山里孩子来说，也就是毛毛雨哈。"

"谁说不是呢，当了镇长，会议多了，下乡倒是少了。原先当扶贫办主任的时候经常下乡，就是黛山村每一个山疙瘩我都走了一个遍，也没觉得多累。"俞茹烟擦擦额头的汗，有点感慨。

"不能脱离群众啊，道阻且长，行则不远。"陆子规打趣道。

"放心吧，我是农村孩子，能吃苦，不忘本。现在政策好，我还有好多想法呢，争取在我这一届，青螺镇全部脱贫。"俞茹烟挥一挥小拳头，指一指山上，"咱俩继续，看谁先爬到顶。"

在俞茹烟带队到北京考察的时候，青螺镇办公室来了县纪委的几个同志，约谈对象是李书记。

"什么，找我谈话？你们没搞错吧，我一辈子奉公守法，兢兢业业，将青春和热血都奉献给了青螺镇。青螺镇这几年发展不说在全县第一第二，前三也有吧。"李书记态度强硬。

"李书记不要激动，是非曲直自有公论。组织找你谈话，不是没有根据的。"纪委同志面色平静地说道，"你是老党员，老干部，要相信组织。要将自己的事情交代清楚。"

"交代？交代什么？"李书记一拍桌子，勃然大怒，"我老李一辈子为党为国家，吃的是粗茶淡饭，行的是二八大杠。你们让我交代什么？要说交代，你们应该找俞茹烟镇长谈谈。这个年轻人，因为扶贫工作做出了一点成绩，就得意忘形，做了镇长之后很少下乡。下乡了也是非常张扬。"

纪委同志知道李书记故意误导自己办案，想要祸水东引，将纪委关注点引向俞茹烟，顺水推舟地说道："咱们纪委立案是要有证据的，我们不会放过一个犯错误的干部，也不会平白无故冤枉一个好干部。"

"证据？停在院子中的那辆霸道车你们看到没？凭一个镇长的正常收入能买得起这么好的车吗？而且，这个车是一年前的。那时候俞茹烟只是扶贫办主任，副科级。一个月工资三四千元，这辆车据说六七十万元，她不贪污受贿，拿什么买？"李书记看到纪委同志果然感兴趣，话语更是激动。

"哦。"两个纪委同志相互看了一眼，觉得如果李书记反映属实，这个事情还真不小，那辆车就是证据，"先打电话让查封车子吧，再打电话让俞茹烟回来接受调查。"

"哈哈，我就说嘛。我老李一辈子兢兢业业，为国家为党做奉献。你们肯定是得到错误信息了。或者是我老李平时工作作风过硬，不讲情面，得罪了人，有人乱告我。好了，你们现在知道俞茹烟情况，我代表镇党委全力配合你们调查，绝对不徇私枉法。"李书记得意地笑了起来，站起身就要出门，说，"我马上还有一个会要开，就先失陪了。中午让老张安排两位同志在食堂吃饭，现在反对形式主义、官僚主义、享乐主义和奢靡之风四种不正之风。我这个书记要以身作则，带头响应。"

两位纪委同志相互看了一眼，眼神做了交流，平静地说道："李书记别急。俞茹烟镇长如果真有问题，我们会另案处理。先说说你的事吧，咱们国家的政策李书记应该了解。坦白从宽，等我们先拿出证据对你就不利了。"

李书记心中狐疑，不知道两位纪委同志手上有没有真实证据，但他坚信只要自己不松口，他们就拿自己没办法，继续胡搅蛮缠地说道："我说过，我没有事。两位同志啊，你们都知道俞茹烟有问题了，那辆车就是证据，还有平时俞茹烟背的是LV包。你们知道那包一两万一个吗？还有她用的化妆品，据说也好几万一套。还有据说她一双鞋子就是三万多。这不是贪污是什么？不去处理她，干吗老抓住我不放？"

两位纪委同志听到这儿，立马走出房间，给上级打电话。对方沉思了一下："如果李书记反映俞茹烟的情况属实，马上立案调查。"

"那李书记这边？"

"只能说举报有功，他的问题更多，一刻也不能放松。国家坚持反腐，老虎苍蝇一起打，我们决不能掉以轻心。要将政策贯彻落实到底，还龙舒一个清明的官商环境。"领导在电话中说得掷地有声。

"明白了。"纪委同志返回会议室，面对坐立不安的李书记，说道："俞镇长的事我们会认真调查，先说说你的事吧。你既然想不起来，我们先提醒两点，一是青螺镇扶贫攻坚乡村道路硬化招标的事。第二个是挪用专项资金购买政府债券的事。其余的，咱们一个一个核实……"

强装镇静的李书记一下子瘫坐在椅子上，看着两位纪委同志，又迅即坐直身子："纪委同志，你们可要给我做主啊。我是烈士后代，家世清白。肯定是我平时作风严厉，得罪了人，他们诬告我……对了。那个招标的项目也是俞茹烟申报的，可和我没有什么关系啊。当然，我是青螺镇书记，手下出了事，是我工作作风不扎实，与我也有很大的关系。对，我就是连带责任，连带责任……"说到后来，李书记自己也不知道该怎么说下去。

两位纪委同志相互看看，黔驴技穷，狗急跳墙啊，这些人他们见得多了，冷笑一声："证据材料都在这儿，你还要强词夺理，继续狡辩？"

说完，拿出一个文件袋拍在桌子上，里面露出几张纸，有日期，有地址，有金额。

李书记一看，颓然坐在椅子上，脸色慢慢变得惨白。

"提醒你一句。马踏山海公司也已经在查账了，很快会水落石出。"就像压死骆驼的最后一根稻草，听到马踏山海公司，李书记两眼睁得很大，直直看着前方，嘴里呢喃："这个韩小马，他妈的不是个东西，老子后悔啊，怎么就认识了这个草包。"

纪委和警察是突然入驻马踏山海公司的。那两条藏獒先被处理，然后包括韩小马、韩小海、韩小山兄弟三个以及韩大川、韩大河等都被警察控制，分开关在小黑屋里。警察拿着本子在龙口村挨家挨户走访，询问记录调查韩家这么多年的恶行。周玉柱第一个站起来，说到自己儿子的死，自己媳妇如何被韩大川强暴，儿媳妇也差点被这个畜生糟蹋。警察没想到在原有调查基础上还有这么严重的刑事案件，立马对韩小马检调立案：刑事杀人罪。

俞茹烟和陆子规刚爬上好汉坡后面的高处，接到纪委的电话，脸色顿时不好，陆子规问："怎么了？"

"出事了，纪委调查。说我车子的事，还有你送的那双鞋以及那些化妆品和一个LV包。"

69

燕山四月下了一场大雪，山坳背阴处积雪还没有融化，山中野生桃花杏花开了一个春天，最终落在积雪上面，星星点点煞是好看。

"我要回去接受调查。"俞茹烟神情有点颓然。

"没事的。"陆子规说，"所有东西都有发票，而且是以孙茜的名义购买的，你和孙茜只是朋友关系，没有任何利益输送。"

俞茹烟看着陆子规，约有三四十秒，脸色缓和下来："你早就考虑好了？"

"算是无心吧。"陆子规没有过多解释。两人下山，俞茹烟听到陆子规的解释，知道这些东西只是朋友赠送，应该称不上自己受贿，心情稍微落定，但是毕竟还要接受调查，有些事解释起来，也是麻烦，所以俞茹烟下山时不如上山时高兴。

"对了，京龙公司和京龙合作社账目也很清楚，你不用担心。"陆子规送俞茹烟上高铁时说了一句，俞茹烟在车门地方回身，对陆子规说："谢谢你了。"

俞茹烟回到龙舒，主动到了纪委，说明情况。纪委找来孙茜核实，孙茜拿出车辆所有手续，车辆手续齐全，没有问题。是京龙合作社名下车辆，主要供合作社领导去黛山村考察使用。平时停放在镇政府大院里面，俞茹烟做了镇长之后只使用过两三次，而且是自己加油，不算受贿。又查了那一双三万多块钱的鞋，以及LV包和部分化妆品。孙茜手中都有发票，属于朋友之间的赠送。孙茜的人间草木生态园属于自主承包项目，包括租地、建设等等，没用政府一分钱，所以和俞茹烟也没有什么关系，不算受贿。但是作为公务员，使用这些奢侈品，影响不好，应该退还。

俞茹烟受到了一个口头警告处分。

李书记的事情可不这么简单。韩小马被抓进局子后，将这么多年和李书记的交往全盘托出。李书记是马踏山海公司隐形掌控人，公司所挣利润百分之七十以各种阴暗渠道装进他的口袋，总计不低于两三千万。作为一个科级干部，这种贪污程度可谓耸人听闻，何况是在青螺镇这样一个本就不富裕的地方。李书记不光和马踏山海公司有交集，其他罪行还有在征地、租地、拆迁、工程项目建设等过程中有操纵、经营行为。同时多年把持基层政权、操纵破坏基层换届选举、垄断农村资源、侵吞集体资产等犯罪行为。按照我国相关法律，他这一辈子是要把牢底坐穿了。

和李书记一同落马的，还有张主任。

马踏山海公司直接被查封。法定代表人韩小马按照《刑法》第294条规定组织、领导黑社会性质组织的，处七年以上有期徒刑，并处没收财产；韩小海、韩小山等骨干分子，处三年以上七年以下有期徒刑，并处罚金或者没收财产；其他如韩大川、韩大河，处三年以下有期徒刑、拘役、管制或者剥夺政治权利，并处罚金。

韩小马团伙作为青螺镇的"村霸"这一次被一网打尽。多年来他们横行乡里，称霸一方，严重干扰破坏村民正常生产生活秩序，并无事生非、无理取闹、打架斗殴、聚众闹事，危害农民群众利益。群众不敢惹、乡村干部不敢管、恃强凌弱、强拿强要、强买强卖，欺行霸市或坐地纳贡、结伙哄抢。

韩小马被判了十年。五年后全国进行扫黑除恶行动，那两个开车撞击来青螺镇参加扶贫攻坚道路硬化工程投标车辆并造成两人死亡的黑社会分子落网，如实交代韩小马就是背后指使人。罪上加罪，韩小马罪大恶极，被判了死刑。韩小海、韩小山作为帮凶，也都被增加了罪行；韩大川长期作恶，刑期被改为十年。

青螺镇，特别是五龙村没有了韩小马团伙的为非作歹和肆意破坏环境，一下子安宁了不少。霸王河再也没有人肆意挖掘，孙茜的人间草木生态园没有人在中间恶意破坏，这个小山村在悄然发生着改变。

为了维持青螺镇基层政府的稳定。李书记被法办后，县里没有空降领导，对俞茹烟经过两年考察，提拔俞茹烟成为青螺镇书记，分管党政工作。

俞茹烟始终没有放弃扶贫攻坚工作。2012年，党的十八大把脱贫攻坚纳入"五位一体"总体布局和"四个全面"战略布局，标志着扶贫攻坚战的全面打响。

2013年"精准扶贫"概念首次被提出。2016年《"十三五"扶贫攻坚规划》正式提出了2020年前实现"两不愁三保障"的扶贫攻坚总目标。2017年6月，深度贫困成为该阶段扶贫攻坚的重点难点，2017年10月，十九大将"精准脱贫"列为决胜全面建设小康社会的三大攻坚战之一。2020年后，将持续巩固拓展脱贫攻坚成果，做好同乡村振兴有效衔接，实现"三农"工作重心的历史性转移。2020年年底新时代脱贫攻坚目标任务如期完成，在该阶段实行标准下的农村贫困人口全面脱贫，贫困县全部摘帽。

青螺镇的扶贫工作一直走在龙舒县前列。其实，俞茹烟主抓的黛山村弯羊养殖在2013年青螺镇最贫困的黛山村就实现了户均收入1万元，人均2000多元。随着京龙农业合作社的成功，俞茹烟又将这种模式推广到其他村。到2020年，青螺镇没有一户贫困户，人均收入达到了4000多元，在全县名列前茅。

人间草木生态园成为远近闻名的独特景点。不但花草娇艳，中药材也种植成功。每到春夏季节，游人摩肩接踵，休闲吃喝玩乐，成为青螺镇最有名的亲子旅游场所。梅子岭那条路的修建不但方便游人泡完温泉后来此散步休闲，也带动了两三个村的经济增长。以前因为道路不畅通，当地产的菜籽油、桐油等不好走出大山，如今，交通方便，商户上门收购。

只是作为一手打造人间草木生态园的孙茜在三年前因为哮喘引起的并发症，在那个冬天不幸病逝。这让全村人唏嘘不已，造化弄人，老天不公。陆子规接手了生态园，京皖两地来回奔波。

这几年，徽味小轩扩大到十二家店的规模，成立了徽味馆餐饮集团。京龙商贸公司和京龙农业合作社完全走上正轨，在原有规模上扩展到青螺镇各个乡村。陆子规将更多心思放在生态园上，有时候，自己扛一个锄头在田间地头除草、施肥。常常看着茂盛的药材、灿烂的花草而发呆，然后走到玫瑰花园的一个墓碑前默默沉思。

村人看到陆子规的沉默，都很心疼。没有人来打扰，包括陆浩至和陈凤英以及管理生态园日常工作的陆子长。唯有俞茹烟会在忙碌之余过来看望陆子规。

"三年了。"俞茹烟和陆子规并肩而立。正是四月，天空飘着小雨，雨色如烟，远近处的树叶间，有布谷鸣叫。

陆子规任雨水打在自己发梢、肩头："又是一年了啊。"

"好像就剩我们俩了。"自从秦家出事之后，顾鸿影就显得非常低调，与三人的联系也变得少了。三年前孙茜不幸病逝，俞茹烟给顾鸿影打电话报丧，顾鸿影语调低沉，情绪不高，说："我在万座毛呢。刚从海洋馆出来，特意看了那只大鲸鱼，脖子上真有藤壶。代我给孙茜烧三炷香吧，姐姐心疼，就不送她最后一程了。"鲸鱼身上的藤壶被俞茹烟形容为在山水之间的山村。

前几年，顾副县长出事，顾鸿影就彻底失去了消息。

"还有这青山绿水。"陆子规指指眼前花草，又指指霸王河。五年前，马踏山海公司倒闭，陆子规每年从京龙商贸公司拿出一百万，修复河床。经过这几年努力，霸王河又恢复往日风采，岸堤平缓，水流清澈，游鱼再现。

"是呀，有青山绿水，有你在，我就不觉得孤单了。"俞茹烟感叹。布谷鸟在烟雨中鸣叫，玫瑰香在山坳间飘摇。俞茹烟若有所思地说了一句，"子规声里雨如烟，当年父母给我起这个名字，奶奶还说这个名字不好，如今看来，其实也挺好的。"

"确实不错。"陆子规和俞茹烟相偕向冈上走去，那里绿色更浓，雨更如烟。

图书在版编目（CIP）数据

人间草木／项宏著. -- 北京：作家出版社，2023.6
（2023.6重印）
（"新时代山乡巨变创作计划"潜力文丛）
ISBN 978-7-5212-2241-8

Ⅰ．①人… Ⅱ．①项… Ⅲ．①长篇小说 – 中国 –
当代 Ⅳ．①I247.5

中国国家版本馆CIP数据核字（2023）第052648号

人间草木

作　　者：	项　宏
责任编辑：	兴　安
助理编辑：	赵文文
封面题字：	溪　翁
装帧设计：	付儒佳
出版发行：	作家出版社有限公司

社　　址：北京农展馆南里10号　　邮　　编：100125
电话传真：86-10-65067186（发行中心及邮购部）
　　　　　　86-10-65004079（总编室）
E-mail:zuojia@zuojia.net.cn
http://www.zuojiachubanshe.com
印　　刷：唐山嘉德印刷有限公司
成品尺寸：152×230
字　　数：266千
印　　张：21.25
版　　次：2023年6月第1版
印　　次：2023年6月第2次印刷
ISBN　978-7-5212-2241-8
定　　价：56.00元